# I HATE u LOVE ME

#1

TESSA WOLF

# I HATE u LOVE ME
#1

BMR

## NOTE DE L'AUTEUR

Certains chapitres sont accompagnés de musique. Je vous invite à suivre mon conseil et à mettre vos écouteurs lorsque vous rencontrez l'indication : ♫.

Je vous promets un voyage des sens, ainsi que des émotions exacerbées. Faites l'expérience au moins une fois.

Couverture : © Shutterstock/Coka


Hachette Livre, 58 rue Jean Bleuzen, 92170 Vanves

**« Ne jamais oublier le passé,
pour ne jamais oublier
ce qu'il t'a appris. »**

Inconnu.

# 1 – UNE JOURNÉE PRESQUE COMME LES AUTRES

Elena : « Je te déteste et, si tu m'approches encore,
je vais te faire souffrir comme j'ai souffert.
Je vais te briser, qu'importe ce que cela me coûtera ! »

## ***ELENA***

— Arrête, El ! Tu ne peux pas lui dire oui !

Katy s'arrête brusquement de marcher. Elle me regarde avec de gros yeux ronds. Elle rejette ses longs cheveux aux mèches blondes dans son dos.

— Bah, c'est ce que j'ai fait. Enfin je crois…

— Mais tu vas avoir dix-neuf ans ! C'est ta dernière année de lycée !

— Et alors, il y a plein de gens qui se marient à cet âge, non ? Et je l'aime…

— Oui, tu l'aimes, mais ce n'est pas une raison !

Je lève les yeux au ciel. Katy est ce genre d'excentrique qui a toujours des idées plus farfelues les unes que les autres. De nature directe et spontanée, elle dit ce qu'elle pense sans filtre. Sa peau est aussi blanche qu'une poupée de porcelaine, ce qui est un étrange paradoxe avec ses origines mexicaines. Elle a des rondeurs qui lui vont bien, mais ne cesse de s'en plaindre à longueur de journée.

Elle semble réfléchir deux secondes, regarde ailleurs puis fait un grand signe à un garçon de notre classe. Je suis sûre qu'elle a déjà oublié ce que je viens de lui apprendre. Je reporte mon regard sur mes bouquins retenus entre mes bras qu'il m'est impossible de faire entrer dans mon cartable déjà plein.

— Allez, viens, on va encore être en retard, me dit-elle en poussant la porte du bâtiment B du lycée.

Je la suis mais la perds des yeux dans la cohue du couloir. Je suis bousculée par un couple qui se tient bras dessus, bras dessous. Mes affaires me glissent des mains et se retrouvent étalées par terre.

— Oh ! Ça va pas ? m'écrié-je.

La fille ricane avant d'embrasser le garçon à pleine bouche. Je tourne la tête, embarrassée. Ce sont des choses avec lesquelles je ne suis pas vraiment à l'aise. Quand Chris était encore au lycée, jamais il ne me serait venu à l'idée de m'afficher de cette façon.

— Prenez une chambre, je marmonne en m'accroupissant pour ramasser mes livres de maths.

Je me relève tout en essuyant la poussière de leur couverture. La seconde sonnerie retentit et je monte les deux étages rapidement. Je cours à travers le couloir.

Mon cœur fait un bond au plafond quand je m'aperçois que je suis entrée dans une salle qui n'est pas la mienne. Je lève les yeux et remarque qu'il y en a une vingtaine de paires braquées sur moi que je ne reconnais pas.

— Putain !

Je bafouille, recule et sors, les joues en feu. Je suis comme ça, complètement déboussolée, dans un lycée que je connais pourtant sur le bout des doigts. Tout ça parce que le fil de mes pensées a encore pris le dessus.

Katy me tire par le bras et m'entraîne dans la salle d'en face.

— Bah t'étais où ? Tu es vraiment tête en l'air ce matin.

À la fin du cours de français, je rassemble mes affaires et j'attends Katy qui est en pleine conversation avec une autre élève. C'est dingue la facilité qu'elle a pour parler aux autres. Tout le monde l'apprécie.

Pendant ce temps, je regarde mon annuaire et repense à la proposition de fiançailles de Chris. Il l'a faite ce week-end, au bord de l'étang où nous avons l'habitude de nous promener certains dimanches (« comme des petits vieux », ajouterait Katy). J'en suis restée bouche bée. Il s'est tourné vers moi, affichant l'un de ses plus beaux sourires.

— Elena, ça fait un moment que l'on est ensemble. Je t'aime. J'ai besoin de vivre à tes côtés, de fonder une famille avec toi. J'ai besoin que tu me dises oui, avait-il commencé.

— Heu… OK !?

Je l'ai regardé chercher quelque chose dans sa poche et en sortir un écrin bleu. Il m'a présenté une superbe bague en or, sertie de petits diamants. Je m'y attendais, à vrai dire, mais pas aussi vite. Je me suis déjà projetée dans l'avenir avec lui, des dizaines de fois. Mes parents l'adorent et j'adore les siens. Nous avons une routine que j'aime : les week-ends je dors chez lui et sa mère nous prépare de bons petits plats polonais.

— Elle est magnifique, Chris, mais tu n'aurais pas dû ! C'est trop.

— Tu le mérites.

Je suis restée là, à l'observer, imaginant ma vie future avec lui. Nos enfants pourraient avoir ses yeux bleus et mes cheveux noirs. Nous achèterions une maison et nous aurions un chien ou un chat. J'allais entrer à la fac, mais il m'attendrait le temps que je finisse mes études et nous planifierions notre mariage, entourés des gens que nous aimons.

Un léger sourire me parcourt les lèvres.

— El ! Elenaaaa !

— Oui, excuse-moi.

— Tu viens ?

Nous marchons dans la cour en direction de notre deuxième cours de la journée. Katy me raconte la vie d'une des filles de notre classe et je l'écoute d'une oreille distraite.

— Elle pleure encore tous les jours, tu te rends compte ? Même en cours ! Pauvre Sarah.

Son petit ami s'est tué tragiquement dans un accident de voiture en sortant d'une soirée, il y a quelques mois. Je le connaissais bien, nous étions dans la même classe depuis la seconde. Quelques jours avant l'accident, il avait même essayé de me parler en fin de cours, mais comme je ne l'entendais pas, il s'était approché et avait renversé toute ma trousse par terre. Il allait me présenter ses excuses quand sa copine, Sarah, l'a tiré par le bras. Je ne saurai jamais ce qu'il avait voulu me dire ce jour-là, et ça me fait quelque chose.

Je me demande un instant ce que serait ma vie sans Chris. Je pleurerais sans doute autant qu'elle. Rien ne pourrait me consoler.

Katy jacasse toujours quand une main me saisit le bras :

— Hé ! T'as pas une cigarette ?

Ma vision parcourt tout d'abord sur la main hâlée accrochée à mon bras. Mes yeux s'arrêtent sur le visage attentif, sur les lèvres charnues et galbées puis sur le regard aux prunelles noires – qui me détaille outrageusement. Ma peau semble réagir sous ses doigts, de légers picotements pas vraiment innocents. Ce n'est pas désagréable, mais je me dégage avec vigueur.

— Non ! Bien sûr que non !

Je suis moi-même surprise par le son aigu de ma voix. M'a-t-il bien regardée ? J'ai l'air d'une fille qui fume ? Ma réaction a l'air de l'amuser et, à ce moment-là, il étire sa bouche, montrant des dents blanches éclatantes. Son sourire provocant me coupe les jambes.

— OK, à plus, dit-il simplement.

À plus ? Sérieusement ? Il est dingue, ce mec !

Mon cerveau se vide et je crois que c'est la première fois de ma vie que je ne sais que penser. Je le regarde s'éloigner tranquillement.

Quand Katy me fait revenir à moi, il est déjà loin. Le sac sur une épaule, il est vêtu d'un jogging turquoise de marque, la veste ouverte sur un long T-shirt blanc. Il a un style spécial. Le genre de mec qui ne se prend pas la tête. À vrai dire, c'est exactement le genre de mec avec lequel je ne traîne pas.

— Non, mais attends ! Il est sérieux celui-là ? Il croit qu'il peut venir nous taxer une cigarette, s'insurge Katy.

Il est nouveau depuis ce début d'année. Je le sais parce qu'il traîne avec un des élèves de ma classe, Luc. Il est toujours dans l'espace fumeurs avec lui. Tous les élèves « dans le coup » squattent là-bas d'ailleurs. Des filles gravitent toujours autour de lui comme la Terre autour du Soleil. Je dois avouer qu'il possède des attraits physiques qui sont loin de passer inaperçus, mais nous ne sommes vraiment pas du même monde, lui et moi. Non pas que je croie que mon monde soit insignifiant, mais le sien n'entre pas dans mes critères. Le genre « hot boy », très peu pour moi. Je suis une fille studieuse. Je vise l'excellence et je n'ai pas de temps à perdre en frivolités.

# 2 – L'INVITATION

Le reste de l'après-midi passe comme un éclair et je perds toute concentration pendant le dernier cours de la journée quand, par la fenêtre, je l'aperçois. Le mec au jogging turquoise, capuche sur la tête. Habillé comme ça, il n'échappe à aucun regard.

Je pose mon menton sur ma paume, coude sur le bureau, et l'observe. Il marche nonchalamment, le bras droit sur les épaules d'une fille. Ils traversent ensemble la cour déserte. Ce qui me surprend est sa capacité à sauter d'une nana à l'autre. Il est toujours entouré de filles particulièrement belles, maquillées et, selon moi, trop bien habillées pour venir en cours.

Tandis que moi, je me maquille à peine, je porte des vêtements simples, mais choisis avec goût. Mes cheveux – noirs et épais – me tombent juste en dessous des épaules. J'ai décidé de les laisser pousser cet hiver quand Katy m'a fait remarquer que ma coupe me faisait ressembler aux figurines Playmobil de son petit frère. D'aussi loin que je m'en souvienne, j'ai toujours eu les cheveux très courts et aujourd'hui c'est un vrai drame pour moi quand il s'agit de les coiffer.

— Mademoiselle Lopez ? Mademoiselle Lopez ?

— El ? souffle Katy à côté de moi en me donnant un coup de coude.

Cette fois, j'ai carrément réussi à occulter les bruits autour de moi. De mieux en mieux !

— Ce qui se trouve dehors a-t-il plus d'intérêt que mon cours ?

D'intérêt ? Pas vraiment. Je hausse les épaules en faisant non de la tête. M. Ray, mon professeur de mathématiques, me dévisage tout en écarquillant les yeux comme deux soucoupes.

— C'est étonnant de votre part. Au tableau !

— Pardon, murmuré-je, embarrassée.

Je me lève précipitamment, le teint rouge pivoine, et m'exécute. J'attrape le feutre et, la langue entre les dents, je résous le problème en moins de cinq minutes. Je me retourne triomphante. Le professeur soupire et indique ma place afin que j'y retourne. Je suis très forte en maths, c'est ma spécialité. J'ai d'ailleurs toujours eu les meilleures notes de ma classe. J'aime calculer, analyser. Je ne sais pas vraiment où ces facilités peuvent me mener, la finance ou le commerce peut-être. Je me suis orientée vers l'économie et le social au grand dam de mes parents qui m'imaginaient médecin, mais la biologie et la physique, très peu pour moi. Je ne sais pas non plus quelle faculté je vais choisir. Ça me stresse, quelquefois, d'être aussi indécise. Je me demande vraiment ce que mon avenir professionnel me réserve mais heureusement ma vie sentimentale est déjà toute tracée. Je vais me marier avec Chris.

En attendant, je travaille dans un supermarché tous les vendredis et samedis jusqu'à vingt-deux heures. Allez savoir pourquoi, j'aime ce boulot d'étudiant et ça m'amuse de voir de quelle façon les gens se comportent avec moi.

Certains sont adorables et me regardent avec compassion comme si j'exerçais le pire métier de toute la terre. D'autres ne me parlent pas, ne me disent pas « bonjour », comme s'ils étaient au-dessus du Soleil, comme si on n'était pas de la même espèce ou encore comme si j'avais une maladie « caissuellement » transmissible.

D'ailleurs, j'ai une manière très spécifique de les recevoir : je passe leurs articles tellement vite qu'ils se retrouvent complètement entassés, en bout de caisse. Et quand ils daignent enfin lever les yeux vers la pauvre Cosette que je suis pour m'implorer d'arrêter, j'ai un sentiment jouissif de toute-puissance.

Et quelquefois, j'ai même droit à des dragues lourdes ou maladroites. J'adore ! J'analyse le monde et ça m'éclate.

Ce soir-là, je prends mon temps avec une vieille dame qui passe souvent à ma caisse et je l'aide à mettre ses achats dans son sac. Les autres peuvent bien attendre cinq minutes.

— Tu es vraiment gentille, mon bouchon. (Elle baisse un peu la voix.) Je crois qu'il en pince pour toi, le jeune homme.

Je lève les yeux en direction de la personne qu'elle regarde et je le vois, toujours avec sa ribambelle d'amis. Le mec au jogging turquoise. Il est habillé différemment. Il porte un jean et un T-shirt noir dont il a remonté les manches longues jusqu'aux coudes. Il a vraiment une belle peau, elle a l'air plus douce encore que celle d'un bébé. Il doit sûrement faire du sport, car on peut nettement voir les muscles fins de ses avant-bras.

Je glisse mon regard sur son torse, ses épaules bien faites et son cou, puis lève enfin les yeux sur son visage quelque peu ombré par de grandes mèches noires et rebelles. Il me regarde, visiblement amusé. Il m'a clairement surprise en train de le mater. Il penche la tête sur le côté en me fixant d'un air narquois, puis la tourne complètement pour répondre à la fille accrochée à son bras.

Je me demande pourquoi mon cœur prend un rythme plus soutenu. Je me fous de ce mec…

— Bonsoir.

— Salut, Elena.

C'est Luc, il est avec lui.

— Ça va ?

— Ça va, merci.

Je sens qu'il passe juste devant la caisse et son parfum masculin entre directement dans mes narines. Il sent vraiment bon. Cette fragrance lui va parfaitement, un attrape-nanas. Le genre à te faire tourner la tête avant de plonger les deux mains jointes et les yeux fermés dans son lit. Je grimace un peu comme si cela m'était juste désagréable d'y penser. Je scanne les articles rapidement, tête baissée, soudain mal à l'aise. Bières, chips, vodka, jus d'orange…

— Tu fais ça tout le temps ? souffle-t-il penché au-dessus de la caisse.

Je rêve où il vient de me parler ? Je ne lève même pas les yeux.

— Quoi ?

— Énumérer tout ce que tu scannes ?

Heureusement, mon teint hâlé des premiers rayons de soleil doit pouvoir cacher le rouge qui me monte aux joues. Le rouge de la honte.

— Quarante-cinq euros, marmonné-je sans lui répondre.

Je reste tête baissée quand il me tend le billet. Je fixe un instant ses doigts, fins et longs, et prends rapidement les cinquante euros, en faisant bien attention de ne pas le toucher. J'ouvre ma caisse et bafouille un « merci » inintelligible.

Quand je relève les yeux pour lui rendre la monnaie, lui et son groupe sont déjà partis. Je les regarde s'éloigner. Il tape dans l'épaule de Luc qui semble se moquer de lui. De vrais gamins. Je me surprends à sourire et mon cœur se pince légèrement.

— Mademoiselle ?

Un homme se racle la gorge en essayant d'attirer mon attention. Mais c'est quoi mon problème ? Il y a un truc qui ne tourne pas rond chez moi. Certes, il est beau, c'est indéniable, mais je n'ai jamais été attirée par les garçons comme lui.

J'ai passé tout mon dimanche avec Katy et Julia – elles sont aussi géniales l'une que l'autre. Julia a les cheveux courts aussi noirs que les miens. On nous prend souvent pour des sœurs. Cependant, nos yeux n'ont pas du tout la même couleur : les siens sont marron doré, les miens d'un vert foncé assez rare, selon ma mère.

Quand je lui dis pour Chris et sa proposition de fiançailles, elle me saute dans les bras les larmes aux yeux.

— C'est toi alors ! C'est toi la première de nous trois ! dit-elle, tout excitée par cette nouvelle.

— Quoi ?

Qu'est-ce qu'elle raconte ? Je lève un de mes sourcils.

— Bah, oui. J'avais prévu que ce serait moi qui me marierais en premier, mais bon, je veux bien être la deuxième. Je suis tellement heureuse pour toi, El !

C'est son rêve tout ça ; le mariage, les enfants, elle a déjà tout prévu. Elle travaillerait à mi-temps et s'occuperait de ses trois enfants à la maison.

Ça devrait être aussi le mien, enfin j'imagine... Son enthousiasme me contamine et me fait complètement oublier le reste.

En descendant du bus, le lundi matin, j'ai décidé d'arrêter de me laisser distraire. Il faut que je finisse l'année et me concentre sur le choix de ma faculté l'année prochaine. À force de repousser au lendemain, j'ai bien peur de ne jamais me décider du tout.

En entrant dans la classe, Luc m'interpelle :

— Dis, Elena, ça te dit de m'aider pour le devoir de maths au cours de soutien ? J'ai trop de mal avec le problème aux deux inconnues !

— L'équation à deux inconnues, tu veux dire ? Oui, si tu veux, je pense pouvoir m'occuper de toi avant l'élève de première. Disons qu'on se rejoint là-bas juste après le cours de français.

J'aide souvent Luc. Quand M. Ray m'a proposé de participer au cours de soutien les lundis et jeudis, je n'ai pas pu refuser. Je suis douée et les élèves apprécient mon aide.

Après la classe, je rejoins directement le bâtiment du cours de soutien. J'entre dans la salle et vois Luc qui est déjà là. Je m'assois à côté de lui.

— Bon, on commence ? lui demandé-je en souriant.

Je sors un stylo rouge de ma trousse.

— Mouais, je ne sais pas comment tu fais. Les maths, ça me débecte ! lâche-t-il, dégoûté.

Je me mets à rire.

— Je suis certaine que tu adores des choses que je n'aime pas, l'histoire-géo, par exemple.

— Nan !

— La philo ?

— Je déteste ça aussi.

Il me fait un sourire grimaçant dont lui seul a le secret – celui qu'il affiche quand il est interrogé en classe.

— OK, bon, peu de monde aime la philo, dis-je en essayant de le rassurer. En attendant essayons d'être meilleurs en maths.

— Yes ! Merci, Elena, tu es super.

Je lui explique le problème et, après quinze minutes de théorie, je lui donne un exercice. Ce n'est qu'en relevant les yeux que je le vois… Il est assis sur le dossier d'une chaise près de la fenêtre, son sac entre ses jambes sur l'assise. Il me dévisage d'un regard vraiment troublant. Je tourne rapidement la tête.

— Qu'est-ce qu'il a à me fixer, ton pote ? demandé-je, embarrassée.

Luc se tourne, le regarde deux secondes et bafouille :

— Euh… rien. Laisse tomber. Au fait, on sort tous ensemble samedi soir, ça te dit de venir avec nous ?

Est-ce une blague ? Je regarde autour de moi. Il se moque de moi, c'est certain. Je réponds presque froidement :

— Je travaille samedi.

Il se dandine sur sa chaise, mal à l'aise.

— Attends, je te parle de sortir en boîte de nuit.

— Ah !

Encore mieux ! Je ne comprends pas ce qui lui arrive, je m'entends bien avec lui, même très bien, certes, mais de là à sortir avec ses amis. C'est la meilleure, celle-là ! Je me mets à rire. Luc me scrute, étonné par ma soudaine crise d'hilarité.

Mais je croise le regard de… l'autre, ce qui m'arrête net. Il me fixe avec un regard dur cette fois. Il commence à me saouler celui-là ! Qu'est-ce qui lui arrive ? Je suis certaine qu'il entend notre conversation, en plus.

— Je suis sérieux, Elena. Viens, ça peut être amusant.

Il me supplie du regard et je ne comprends pas tout. À moins que ce ne soit un piège, je vois mal ce qui pourrait être amusant à ce qu'on traîne ensemble. Luc ressemble un peu à l'autre, je suis certaine qu'ils sont de la même famille. Ils sont cousins ou je ne sais quoi. Mais ce qui est certain, c'est qu'il n'a pas la même gueule d'ange. L'autre a les trais plus fins, le teint mat, une bouche plus pulpeuse, des yeux magnifiques et un sourire à tomber.

Non, mais je disjoncte complètement là !

Je me ressaisis, troublée par ces pensées inopportunes.

— Je ne pense pas que ce soit une bonne idée mais merci pour la proposition, dis-je pour clore le sujet.

— Allez, El. On sort toujours au Middle Night Club, tu vois où c'est ? Viens avec tes copines, si tu veux ?

Et voilà, il use encore de ce sourire grimaçant.

— S'il te plaît…

Je soupire longuement.

— On verra.

L'air ravi, il me gratifie d'un sourire plus franc. Mais je ne veux pas qu'il se fasse un film.

— J'ai dit on verra, Luc.

Il acquiesce vivement de la tête.

— Oui, j'ai compris.

Je jette un coup d'œil par-dessus son épaule, mais il n'y a plus personne.

— Il est parti !

Super, je pense à voix haute maintenant. Je deviens complètement tarée.

— Qui, Fares ? Il m'a juste accompagné, c'est tout.

— Vraiment ?

— Crois-moi, un mec comme lui n'a pas besoin de cours de soutien, ajoute-t-il devant mon air perplexe. Il est en S et a déjà sauté deux classes. Bon, une en maternelle, mais ça compte, non ?

Quoi ? Non, mais je rêve. Il doit avoir quoi ? Seize, dix-sept ans. Il paraît beaucoup plus vieux, plus mûr. Je me force à retrouver toute ma concentration en voyant Luc me dévisager.

— Bon, tu as fini ton exo ? je demande, avec sérieux.

Plus rien ne vient perturber mon cours et, sur le chemin de la maison, je reçois un appel de Chris.

— Salut, Nana. Ça va ?

Je déteste ce surnom. Je grogne un oui.

— C'était bien ton cours de soutien ?

— Ça va.

Je ne sais pas pourquoi, je lui cache l'invitation. Je ne suis jamais sortie sans lui. Attends, mais pourquoi ne viendrait-il pas avec moi ? Je peux bien me rendre en discothèque avec Chris. Je n'ai d'ailleurs pas encore décidé, c'est pour ça que je ne lui dis rien, oui c'est pour ça.

— Nana ?

— Oui, je suis là.

— Tu ne m'as pas écouté ! Je disais que, cette semaine, je pars chez mon cousin Frank. Ça ne te dérange pas ? Je sais que tu as des tas de choses à faire, mais tu peux venir si tu veux. Ma tante fera ses délicieux babkas…

— Je ne peux pas avec le travail et je dois encore remplir mes dossiers pour la fac.

— OK, pas de problème. Une prochaine fois. Sinon, j'ai un collègue…

Nous sommes restés encore une heure à parler de tout et de rien. J'aime parler avec Chris. Il est doux. Il me comprend. J'ai l'impression de le connaître depuis toujours. Notre histoire est simple et sans faux pas.

# 3 – UNE SOIRÉE RATÉE

— Non, tu rigoles ? Luc t'a invitée ? crie Katy pendant que nous nous installons dans la salle de cours.

— Chuuuuuut ! Il « nous » a invitées, je rectifie.

— Il en pince pour toi, Luc ?

Elle le regarde à la dérobée. Il est installé près de la fenêtre. D'ailleurs, il est en train de nous observer. Je le salue de la main en répondant doucement entre mes dents pendant que mes lèvres gardent un sourire pas très naturel.

— Non, pas du tout ! Enfin, je ne crois pas.

— J'en étais sûre, je t'avais dit, ils craquent tous pour toi !

Je lève les yeux au ciel, je ne sais pas d'où elle sort ça.

— Tu te fais trop de films.

— Comment vais-je m'habiller ? Il faut absolument que je trouve un truc à me mettre ! J'ai perdu quelques kilos. Que penses-tu de ma robe bleu marine et de mes compensées ? (J'ouvre la bouche mais elle n'attend pas ma réponse.) Oui, tu as raison, je crois que ça peut le faire.

Elle me fatigue.

— Katy, on ne va pas y aller de toute façon.

— Bien sûr que si ! J'appelle Julia tout à l'heure. Ça fait trop longtemps qu'on n'est pas sorties toutes les trois, ça va être géniaaaal ! Je suis tout excitée !

Ça y est, c'est parti. Katy va téléphoner à Julia et jamais je ne pourrai me défiler. Ce sera la pire soirée de toute ma vie. Non pas que je n'aime pas sortir, mais en discothèque, ça fait une éternité que je n'y suis pas allée. Je ne sais même pas si je sais toujours danser d'ailleurs.

Avant Chris, je sortais beaucoup avec les filles, mais depuis que je suis casée, j'ai dû sortir dans deux ou trois pubs, c'est tout.

Et samedi est trop vite arrivé. Je quitte le travail. Les filles m'attendent chez Julia pour que l'on se prépare ensemble. Il est déjà vingt-deux heures trente quand j'arrive au volant de ma vieille Mini Cooper vert foncé. C'était celle de ma mère quand elle avait mon âge. Elle a quelques kilomètres au compteur mais j'y suis très attachée.

Quand j'entre dans la maison de Julia, sa mère m'indique qu'elles sont à l'étage. La musique est à fond et une bouteille de Smirnoff est posée sur le rebord de la fenêtre de la chambre. D'ailleurs, Katy est penchée à celle-ci.

— Qu'est-ce qu'elle fait ? je demande en entrant.

— Elle essaie de commencer à fumer, me répond Julia qui se maquille devant le grand miroir de son dressing.

Je hausse les sourcils, voilà encore une lubie de mon amie.

— Je n'arrive pas à croire qu'on va sortir toutes les trois, crie Katy entre deux toux, recrachant toute la fumée dans la chambre.

— Fais attention, merde ! s'énerve Julia.

— Mouais, ça va être géniaaaal ! j'imite Katy, faussement enthousiaste.

Je file sous la douche et me délecte du jet d'eau qui coule le long de ma nuque. Je pourrais rester comme cela pendant des heures.

Quand j'ai annoncé à Chris que je sortais, j'ai cru entendre une pointe d'énervement dans sa voix, mais il s'est ressaisi en me demandant de ne pas faire de bêtises et de l'appeler quand je quitterai la boîte, qu'importait l'heure.

Peut-être que j'ai besoin de ça après tout, relâcher toute cette pression : mon indécision concernant la fac et le choix de me fiancer avec Chris. Sans que je puisse l'expliquer, je me sens un peu à cran ces derniers temps. Je finis de me sécher et m'habille. Je tire en arrière les mèches de cheveux qui me tombent devant le visage et les maintiens sur mon crâne à l'aide d'une pince.

Puis je sors de la salle de bains.

— C'est bon, je suis prête.

Les filles me regardent et explosent de rire.

— Attends, Elena, tu ne vas pas sortir comme ça ? On dirait que tu te rends au lycée, dit Julia en s'arrêtant enfin de pouffer comme une dinde.

C'est vrai que, comparée à elles, je fais un peu tache. Je porte un jean bleu foncé – c'est l'un de mes plus beaux – et un haut blanc un peu moulant.

— Tu crois ?

— Et c'est quoi, cette pince de mémé ?

— Hé !

Katy a volé la pince dans mes cheveux.

Elle a sans doute raison. J'ai apporté une autre tenue un peu plus habillée, mais j'ai peur de ne pas me sentir à l'aise, surtout avec les talons aiguilles de sept centimètres.

J'enfile alors un slim noir et un top de la même couleur complètement ouvert dans le dos. Il m'a été offert par ma grand-mère, un brin frivole, pour mes dix-huit ans. Je chausse mes escarpins.

— Tu es bien plus jolie comme ça, s'exclament les filles en chœur.

Julia a décidé de conduire et, après une longue route dans un nuage de fumée compacte dû à Katy qui crapote comme un pompier, le GPS nous indique enfin notre arrivée devant le Middle Night Club.

— Katy, tu devrais arrêter, essayé-je de dissuader mon amie alors qu'elle se rallume une clope dans la file devant la boîte de nuit provoquant le mécontentement autour de nous – mais Katy s'en fout, elle est comme ça.

— El, tu n'as pas compris, c'est ultra tendance, et puis je compense : pas de mec, pas de sexe, clopes à volonté.

— OK, dis-je finalement en ouvrant de grands yeux.

— Elle est en manque, déclare Julia.

— Crie-le pendant que tu y es ! s'offusque Katy en tirant plus fort sur sa cigarette. Je crois que le mec là-bas ne t'a pas entendue ! Tu sais celui qui habite à trois pâtés de maisons.

Julia pouffe de rire et je la rejoins pendant que Katy boude un peu.

Nous attendons patiemment dans la file. Le videur me regarde de haut en bas d'une drôle de façon et nous laisse passer. Bizarrement, on entre sans avoir à payer.

Une fois à l'intérieur, je crois devenir complètement sourde. Après le cancer des poumons, les acouphènes me guettent. Rien à voir avec le genre des clubs que l'on a fréquentés autrefois. La première chose qui me frappe est la tenue vestimentaire des filles, elles sont toutes plus exubérantes les unes que les autres. En face de moi, certaines dansent langoureusement dans des cages au son de la musique. Heureusement que j'ai quitté mon jean bleu. Mais je me demande ce qu'on fout là.

Je me retourne vers mes amies, elles ont les yeux qui pétillent, l'air en transe. Elles sont dingues et aussi célibataires. Elles ont envie de s'éclater, ça se voit.

Allez, il faut que j'arrête de jouer les rabat-joie ! C'est une soirée comme au bon vieux temps.

Un autre videur nous demande de le suivre jusqu'à une petite table dans le coin supérieur au-dessus de la piste de danse et je ne peux pas m'empêcher de chercher Luc des yeux. Sont-ils déjà là ?

Des flûtes de champagne nous sont servies immédiatement.

— Waouh ! Énorme, cette boîte ! s'extasie Katy.

— Je doute que ce soit gratuit, dis-je avec circonspection.

— Allez, Elena, tu avais promis de t'amuser ce soir. C'est un peu comme ton enterrement de vie de jeune fille.

Elle rigole toute seule de sa plaisanterie.

— Très drôle !

Je regarde encore autour de moi. Je doute que Chris m'aurait laissée venir ici, nous avons l'air de trois gamines. C'est une boîte pour les plus de vingt et un ans. S'il savait ce qui s'y passe… Des couples dansent étroitement enlacés, se mouvant sensuellement, et je ne peux pas m'empêcher de les regarder avec une pointe d'envie. Jamais Chris ne se comporterait de cette façon, il est plutôt du genre à rester au bar toute la soirée.

Après avoir bu nos flûtes de champagne, Katy et Julia se lèvent et m'entraînent au centre de la piste de danse. Je retrouve certaines sensations oubliées jusque-là : le rythme langoureux de la musique, le plaisir de danser sans complexe. Nous sommes rapidement encerclées par quelques garçons. Certains essaient de capter mon regard, mais j'y suis hermétique.

La musique se fait plus douce. Ce sont les slows et je me demande vraiment pourquoi ça existe encore. Quoique ce ne soit pas des slows ordinaires. La musique est très sensuelle et les danseurs aussi. Nous décidons de retourner nous asseoir.

— Finalement, ils ne sont pas venus, tes potes ? me crie Katy dans l'oreille pendant que nous quittons la piste.

— Ce ne sont pas mes potes !

C'est vrai que je ressens un peu de déception, Luc s'est bien foutu de moi. Il ne perd rien pour attendre. Pourquoi a-t-il insisté pour que je vienne, si au final il me pose un lapin ? Je ne comprends plus rien.

Au moment, où nous montons les dernières marches, je percute un buste solide.

— Excusez-moi, dis-je, même si le mec ne m'entend pas.

Je ne lève pas les yeux et essaie de le contourner, mais il m'arrête, sa main se posant sur ma taille, sa chaleur traversant le tissu. Je me fige, surprise par l'effet que ce contact produit dans tout mon corps. Je sens son souffle contre mon oreille, ce parfum… C'est lui.

— Danse avec moi.

Trois mots. Trois minuscules mots et j'éprouve un violent frisson qui me traverse tout entière. Il n'attend pas ma réponse. Il me prend par la main. Déconcertée par la sensation qui électrise doucement ma peau, je le suis jusqu'au centre de la piste. Le champagne y est pour quelque chose, j'en suis sûre.

Et je suis folle de me laisser entraîner, mais c'est plus fort que moi. Il me fait pivoter face à lui et se rapproche, ne laissant qu'un infime espace entre nous. Nous ne bougeons presque plus. Je n'ose pas lever les yeux sur son visage. Il a pourtant le regard penché vers moi. C'est troublant. Je peux sentir chaque muscle de ses bras se contracter à mon contact, sa respiration régulière sur mon front soulevant un peu les mèches couchées sur mes joues, sa main englobant ma nuque. Son odeur m'enivre. Il paraît très grand même si je suis perchée sur mes talons.

Et je reste figée, ne sachant même plus où je me trouve et ce que je dois faire. Une de ses jambes se place entre mes cuisses. J'inspire difficilement. Sa paume glisse au creux de mes reins, là où ma peau est nue. Je retiens mon souffle.

— Respire, me murmure-t-il au creux de l'oreille.

J'essaie mais je manque d'air.

Il resserre son bras et commence à danser. Ses mouvements sont lents. Il possède un sens du rythme aigu et il a une complète maîtrise de son rôle de meneur. Je m'imprègne de ses gestes, ils m'emportent. La danse devient plus intime. J'ai l'impression qu'il m'observe, qu'il veut une fusion complète comme le suggèrent les paroles langoureuses du chanteur.

Peut-être est-ce grâce à l'osmose évidente, j'arrive à le suivre comme si mon corps pouvait anticiper chacun de ses gestes, comme si nous devions ne faire plus qu'un et que plus rien autour ne comptait. Je pourrais perdre l'équilibre mais sa main gauche logée au creux de mes reins me maintient contre lui. Je crois devenir folle quand il presse son bassin contre le mien et que j'y trouve un plaisir indécent. Je ne peux plus le toucher, c'est trop pour moi. Je le lâche et laisse mes bras retomber le long de mon corps. Je ne suis plus qu'une poupée alanguie par une danse qui submerge chacun de mes sens.

Il ne me tient plus que par la nuque, son souffle chaud caresse mon visage. Je sens mon cœur battre jusque dans mon crâne quand il prend ma main et la place sur son torse. Une excitation inusitée me gagne pendant que sa respiration devient courte et rapide. Je dois arrêter cela mais j'en suis incapable, autant troublée que fascinée par ce qu'il provoque en moi. Et je reste à savourer ce contact comme s'il y avait une suite évidente, quand une voix interne me dérange.

Chris… Oh bordel Chris… Mon corps se contracte entièrement.

La magie de l'instant est brisée et je crois qu'il le sent. J'ai à peine le temps d'ouvrir la bouche qu'il me libère et quitte la piste. Je reste un moment seule pendant que les couples se reforment. J'ai les jambes en coton. Ça me prend quelques secondes pour me rappeler où je suis.

— Tu veux danser, ma jolie ?

Je ne réponds pas à l'homme qui me pose cette question et m'éloigne, chancelante.

Quand j'arrive à notre table, Katy me considère avec étonnement et Julia avec réprobation. Elles ne sont pas seules, Luc est à côté de Katy, et un garçon que je ne connais pas discute avec Julia. Il a l'air de lui plaire. Je réponds à leur regard par un « quoi ? » muet.

Je m'assois et malgré moi je le cherche partout. Je le trouve en compagnie d'une fille du lycée. Il lui parle et elle éclate de rire. Il ne m'adresse aucun regard. Je ne comprends pas cette impression désagréable que j'éprouve. À quoi je m'attendais ? Il a dansé avec moi une fois et alors ?

La soirée s'éternise et je ne le revois plus. Je me sens de plus en plus mal à l'aise et vraiment pas à ma place. Je refuse même de danser à plusieurs reprises.

— Bon, les filles, je rentre, décidé-je enfin.

— Attends, on arrive, répond Julia en détachant à peine son regard du garçon à côté d'elle.

— Non, c'est bon, je vais prendre un taxi.

Rentrer seule ne me gêne pas. Je me lève et me rends au bar pour payer mes boissons. Je dois attendre un moment avant que le barman daigne s'approcher de moi.

— C'est déjà fait, beauté, me répond-il.

— Quoi ? Qui ?

— Fares.

Je suis abasourdie. Pour qui se prend-il ? Je ne suis pas l'une de ses poules ! Je n'ai pas besoin qu'il me paie des verres alors qu'il m'adresse à peine la parole.

Je récupère mes affaires et sors du club au bord de la crise de nerfs. Je me tords la cheville sur les cailloux devant l'entrée et ça finit de m'énerver. Mon cœur palpite avec force. Pourquoi cela me touche-t-il autant ? Je n'arrive pas à me calmer. Il a de la chance de ne pas être en face de m…

— Tu pars ?

Je fais volte-face. Il a l'air d'avoir couru. Je reconnais qu'il est magnifique et cela accentue ma colère. Son regard passe de mon visage à mon sac.

— Attends… Fares, c'est ça ? (Il acquiesce.) Alors je vais te dire un truc : je ne suis pas le genre de filles que tu fréquentes, OK ?! Je ne suis pas non plus à ta botte, OK ?! Et ça ne risque pas d'arriver, ni maintenant ni jamais.

Son regard me déstabilise. Il paraît d'abord étonné puis sa réponse se matérialise en un masque d'indifférence.

— OK, bonne soirée.

Il fait demi-tour et je le vois disparaître dans la boîte de nuit. Ai-je commandé une douche froide ? Non ?! Eh bien, tant pis, elle est pour moi quand même !

Bon sang, pourquoi je prends tout à cœur ? J'ai envie de me cacher sous terre. Il a voulu être sympa avec la camarade de Luc, rien de plus, et moi, je pète un câble. Il faut vraiment que je déstresse.

# 4 – BESOIN D'AIR

Le lendemain matin, dans le but d'apaiser mes curieux troubles de la soirée, je fais quelques brasses dans la piscine de mes parents. Je souhaite surtout effacer ma honte, je me suis un peu égarée dans le tumulte d'étranges sensations toutes inconnues jusqu'alors.

Ma mère m'apporte le téléphone de la maison.

— C'est Katy, *mi corazón.*

Je sors de l'eau, attrape ma serviette et m'essuie rapidement les mains dedans avant de m'y envelopper.

— Merci, maman.

— Ne tarde pas trop, le déjeuner est prêt.

J'acquiesce en récupérant le téléphone.

— Salut, El, ça va ? Tu es bien rentrée hier soir ?

— Oui, ça va.

— Tu es partie tôt.

— J'étais fatiguée, éludé-je simplement.

— Mouais, ça te dit d'aller au lac cet après-midi avec nous ?

Je ne sais pas pourquoi mais je sens venir l'arnaque à des kilomètres.

— Qui, « nous » ?

— Toi, moi, Julia, son chéri…

— Minute, Julia a un chéri ?

— Oui, le mec d'hier. Il l'a embrassée avant qu'on parte. Il s'appelle Paul. C'est un pote de Luc. Elle n'arrêtait pas d'en parler en rentrant, c'était horrible !

Je rigole en pensant que, pour une fois, Katy a été obligée d'écouter sans pouvoir en placer une.

— Je peux en dire autant de toi d'ailleurs : c'était chaud avec « T'as pas une clope » !

J'arrête de ricaner instantanément et réponds, outrée :

— Tu es sérieuse ? Je suis fiancée, Kat.

— Et alors, il est sexy. Vous avez vraiment mis le feu à la piste, tous les deux !

— Tu plaisantes ?

Je l'entends rire à l'autre bout du fil. Elle est folle et moi, je suis rouge écarlate.

— OK, je viens, j'ajoute rapidement pour clore le sujet Fares.

— Super, je passe te récupérer à quatorze heures.

Je coupe la conversation et reste quelques secondes les yeux dans le vague. Je regrette amèrement d'être sortie hier soir et ce que j'ai fait. Danser avec ce garçon était une très mauvaise idée car ce moment reste dans ma tête comme une tache que je n'arrive pas à effacer. Je me promets de faire preuve de plus de bon sens la prochaine fois.

***

— C'est blindé ! se plaint Julia quand nous passons devant le guichet après avoir payé notre entrée du lac.

Effectivement, la plage artificielle est noire de monde.

— On se pose où ?

— Il y a Paul là-bas, dit Julia.

J'aperçois à vingt mètres ledit Paul nous faisant de grands signes. Au fur et à mesure que l'on s'approche, je constate que Luc est là aussi, ainsi que d'autres, filles et garçons, que je n'ai jamais vus.

— Vous n'êtes pas sérieuses !? Ils sont combien avec lui ? Katy, tu m'avais dit qu'il n'y aurait que nous ! Pas des gens que l'on ne connaît pas, je peste, dégoûtée.

— Ah bon ? Je pensais te l'avoir dit pourtant, dit-elle, sincère.

Ça, c'est du Katy tout craché ! Je prie silencieusement pour qu'il ne soit pas là. Je n'ai pas envie de le croiser après ce qui s'est passé hier.

— Tiens « T'as pas une clope » n'est pas là, me chuchote Katy en me donnant un coup de coude.

Merci, mon Dieu ! Je lève la main pour saluer tout le monde puis je me déshabille, installe ma serviette à l'extrémité du groupe et m'allonge sur le ventre, savourant les rayons du soleil et le clapotis de l'eau. Les filles discutent avec les autres mais je préfère me concentrer sur le cri joyeux des enfants barbotant dans l'eau. Seule l'odeur du sable et de l'air marin manque pour me donner l'impression d'être au bord de mer.

J'arrive presque à me détendre quand…

— Salut, Fares.

Je tourne mon visage d'un coup, manquant de peu de me déboîter la nuque. Il est debout, juste devant ma serviette. Il porte un long short de bain qui lui arrive en dessous du genou et un débardeur de basket-ball qui lui couvre juste les épaules. Ses cheveux noirs encore mouillés partent dans tous les sens. Il fait tourner un ballon de volley de plage dans sa main. La légère sueur sur son maillot indique qu'il vient de finir une partie. Katy a raison, il est canon.

Quand je sens un truc me pincer le ventre, je détourne le visage. *Elena, calme-toi. C'est exactement l'effet qu'il fait à toutes les filles, bon sang.*

— What's up ?

— Nous nous demandions si nous partions cet été, répond Luc, enjoué, en sortant une canette de coca de la glacière se trouvant à ses pieds.

Il la lui tend et je sens que Fares se penche juste au-dessus de moi pour la récupérer.

— Viens t'asseoir à côté de moi, susurre une des filles – une blonde aux cheveux longs, Laura, je crois.

— OK.

Je tourne alors le visage de l'autre côté en l'évitant avec soin. Ils continuent à discuter et je ne les écoute même plus quand Luc propose un truc complètement délirant.

— Ça vous dit une course de pédalos ? On est dix, donc cinq équipes de deux. Je me mets avec Katy.

Je ne lève même pas les yeux. Ils rêvent s'ils pensent que je vais me prendre au jeu. J'entends les équipes se former. Julia se met bien évidemment avec Paul. Un grand blond avec une petite brune...

— Elena se met avec moi, lance Fares contre toute attente.

— Pardon ? dis-je en relevant la tête.

En plus, il a l'air sérieux.

— Quoi, avec elle ? s'écrie Laura, faisant une moue dégoûtée.

— Je ne joue pas, de toute façon, dis-je en feignant l'indifférence.

Katy m'implore en me secouant l'épaule.

— Allez, El, c'est juste pour s'amuser.

Laura me fusille du regard et semble vraiment contrariée par le choix surprenant de son favori.

— OK, d'accord...

Je le fais juste pour énerver Laura, qui commence à me taper sur les nerfs. Elle se prend pour qui, sérieusement, avec son mini-bikini rose flashy, ses cheveux de sirène et son air peu farouche ? Je me retourne sur la serviette et mets mon short.

Je n'ose pas croiser le regard de Fares quand il me tend la main pour m'aider à monter sur le pédalo. Après m'être enfin stabilisée, je dégage rapidement mes doigts de sa paume. Aucun garçon ne m'a touchée autant de fois depuis que je suis avec Chris. Il va falloir se calmer.

Fares dirige habilement le pédalo devant la ligne de départ imaginaire.

— Celui qui gagne est celui qui fait deux tours du lac et arrive entre les deux plots rouge et blanc, là-bas, crie Luc.

Je place ma main en visière au-dessus de mes yeux et, waouh, ça nous fait un sacré trajet.

— À vos marques, prêts, partez !

Je pédale de toutes mes forces. Nous doublons un des pédalos, puis un second. Katy crie comme une dingue et essaie de pagayer en moulinant avec ses bras, c'est hilarant.

Nous sommes deuxièmes à mi-chemin.

— Allez, Elena, encore un petit effort. Continue, m'encourage Fares tout en ne quittant pas des yeux le pédalo devant nous.

Nous arrivons juste derrière Julia et Paul. Je redouble d'efforts. Je n'en peux plus, mais il faut que j'aille jusqu'au bout.

Nous sommes bientôt au coude à coude.

— On va gagner !

Julia engueule Paul quand nous les dépassons, c'est à mourir de rire. Elle déteste perdre.

Nous franchissons devant eux la ligne d'arrivée. Nous sommes tellement excités que nous nous mettons debout. Ivres de notre victoire, nous sautons sur le pédalo ensemble. Il me gratifie d'un magnifique sourire tout en me prenant les mains. Je me fige à ce contact, subjugué maintenant par ses yeux d'onyx soudés aux miens. Nous avons à peine le temps d'entendre Julia nous crier quelque chose comme « hameçon » ou « caleçon », que le pédalo est projeté sur le côté, nous entraînant dans sa chute. Nous plongeons tous les deux dans le lac.

Je me débats. De l'eau s'engouffre dans ma bouche. Je n'arrive plus à respirer. Suis-je à l'endroit ou à l'envers ? Je ne sais plus ! Un bras me saisit par la taille et me fait émerger. Je halète. Je panique.

— Doucement, calme-toi… Ça va ?

Je secoue la tête, oui, tout va bien, enfin, non ! Fares me parle calmement tout en essayant de me rassurer. Il soulève une mèche devant mes yeux et me serre un peu plus contre lui. Je sens son torse ferme sous son T-shirt qui lui colle maintenant à la peau. Non, ça ne va pas, il est bien trop proche. Je suis presque nue et ce contact me laisse sans voix. Nous sommes sous le pédalo, seuls. Les cris des autres nous parviennent de l'extérieur comme des murmures. C'est trop intime. Je sens l'air quitter mes poumons quand il approche son visage et plonge ses yeux noirs dans les miens. Il fronce légèrement ses sourcils.

— Tu es si belle que ça me fait mal.

Le choc. Arrêt cardiaque ou commotion cérébrale, je ne sais pas. Mais des trucs ne fonctionnent plus chez moi, j'ai complètement bugué. Je me mets à fixer ses lèvres et, de près, elles paraissent plus charnues, affreusement attirantes. Il va m'embrasser !? Arrête, non, il ne va pas faire ça ! J'entrouvre les miennes, je ne peux plus respirer. Il reste quelques secondes de plus à me sonder, il secoue légèrement la tête avant de disparaître sous l'eau.

Quand il me lâche, je suffoque. J'arrive avec peine à me tenir à la surface. Je suis incapable de le suivre pour le moment. Je reste sous le pédalo.

Qu'est-ce qui me prend ? Suis-je devenue complètement dingue ? Je l'aurais laissé m'embrasser, j'en suis certaine. Je dois absolument reprendre mes esprits et arrêter tout ça, comme mon cœur dans ma poitrine qui ne calme pas son allure désordonnée. J'entends Fares dire que je vais bien.

Je prends une profonde inspiration et plonge sous l'eau. En arrivant à la surface, Katy rigole et Julia me dévisage.

— Ça a été là-dessous ?

— Oui… enfin je crois, je réponds, le regard fuyant.

Les garçons sont déjà loin. Ils ramènent les pédalos au loueur qui est rouge de rage. Je peux l'entendre vociférer des noms d'oiseaux, ce qui, d'habitude, m'aurait fait rire, mais un truc me dérange, je ne me sens pas bien. J'ai comme l'impression d'avoir fait quelque chose de mal, comme un secret honteux qu'on préfère garder pour soi.

Un peu tremblante, j'arrive devant ma serviette et j'entends mon portable sonner.

Merde, c'est Chris.

— Salut, ça v…

— Putain, qu'est-ce que tu fous ? J'étais mort d'inquiétude ! Tu ne devais pas m'appeler hier soir ?

Complètement oublié !

— J'ai dû contacter ta mère qui m'a dit que tu étais sortie.

— C'est bon, tu sais que tout va bien alors !

Il commence à m'énerver à me crier dessus comme un charretier. Face à mon répondant glacial, il se radoucit.

— Tu es où ? Avec qui ?

Voilà qu'il se la joue inspecteur de police. Je me rends compte que les filles me regardent. Je décide de m'écarter un peu du groupe.

— Avec les filles au lac.

— Ah bon ? Je croyais que tu n'aimais pas ça ?

C'est vrai que, d'habitude, je me défile toujours pour la simple raison que je déteste l'odeur de vase qui s'en dégage. Julia est en train de secouer sa serviette et Katy range les magazines dans son sac.

— Bon, il faut que je te laisse. Les filles sont sur le départ, je te rappelle.

— Attends, je…

Je raccroche. Il faut qu'il se calme un peu. D'où je suis, je constate que les garçons sont revenus. Je serre et desserre le portable dans mes mains, un peu nerveuse, et je n'ose plus bouger, mais Julia m'interpelle :

— El, tu viens ? On va boire un verre.

Je me rapproche lentement. Je ne comprends pas d'où provient cette soudaine timidité. Je ramasse mes affaires.

— Non, il faut que je rentre, je dois encore envoyer mes papiers pour la fac.

Je lève le regard sur Fares qui m'ignore. Il agit comme si de rien n'était. Il a récupéré son ballon de volley de plage et joue avec d'autres garçons à se l'envoyer à petits coups de pied. Je m'interroge franchement sur ce changement d'attitude. Non pas que je m'attende à quelque chose de spécial mais au moins à une explication.

— Quoi, tu n'as toujours rien envoyé ? me demande Katy, la clope au bec, ce qui lui fait couler les yeux.

— Katy, tu sais que la cigarette tue plus de trente mille personnes chaque année ! lâche Julia en éventant la fumée devant son nez.

— Julia, tu sais que Adèle fume, Rihanna fume, Amy Winehouse aussi ?! C'est la classe !

— Elle est morte…

— Si tu t'arrêtes sur un détail… Elena, alors, ces inscriptions ? m'interroge Katy pour détourner l'attention.

— Je décide ce soir.

J'ai un bon dossier, je peux me permettre de l'envoyer à la dernière minute. Je suis surtout mal à l'aise, il faut absolument que je m'éloigne de ce mec qui me dit que je suis belle à deux centimètres de ma bouche. Ça devient trop dangereux. Je ne peux pas donner d'explication à ces émotions. Tout ce que je sais, c'est qu'il faut que je l'évite. J'ai l'impression que je pourrais le laisser me faire n'importe quoi. Je suis consciente qu'il m'attire, c'est un beau garçon, mais je suis certaine qu'il y a une explication rationnelle.

C'est peut-être à cause de cette demande de mariage… Je stresse tout simplement.

— On s'appelle plus tard, les filles.

Je quitte le groupe et me dirige vers l'arrêt de bus.

Quand je rentre à la maison, mon père est à l'extérieur et prépare une paella pour dix personnes. L'odeur des fruits de mer cuits au feu de bois me met l'eau à la bouche.

— Coucou, ma puce.

Je lui fais un gros bisou sonore sur la joue.

— Salut, papou. Tu sais qu'on n'est que trois à la maison.

— Je le fais pour ta mère. Tu sais qu'elle adore ça.

Mes parents sont le pilier de ma vie. Ils me rassurent, me poussent à me dépasser, à les rendre fiers. Mon père ne cesse de me dire que peu importe où je suis et avec qui, il sera toujours là pour moi, dût-il gravir des montagnes, traverser les océans, même le froid polaire de l'Alaska ne l'arrêtera pas si j'ai un jour besoin de lui. Le papa poule par excellence.

C'est un homme aux traits charmants, et on voit que ma mère a été très belle, elle aussi. J'aimerais lui ressembler quand elle avait mon âge. Elle était plus sophistiquée que moi.

Mes parents proviennent d'un milieu modeste et mon père a retroussé ses manches pour nous offrir un toit confortable. C'est d'après ce modèle que je veux réussir ma vie.

— Je monte dans ma chambre.

J'éparpille les dossiers des facs sur mon lit. Le temps de relire encore et encore des dizaines et des dizaines de pages, de les analyser, la nuit est déjà tombée.

Ça y est, c'est décidé. Ce sera ESCP, la Business School à Paris. Elle se situe dans le palmarès des trois meilleures écoles d'Europe. Je remplis les documents avec frénésie. Je suis grisée. À moi la liberté !

Je me rends compte soudain que je suis loin d'être libre, mais bel et bien fiancée… À un garçon que j'aime, bien entendu.

Tout va bien et pourtant le poids dans ma poitrine n'a pas disparu et, cette nuit-là, j'ai du mal à trouver le sommeil.

Ce lundi matin, je me prépare rapidement pour aller au lycée. Je me regarde dans la grande glace une dernière fois. J'ai dix-neuf ans dans quelques semaines et pourtant ma chambre est restée figée au goût de mon enfance. Comme exemple, mon éternel fond d'écran « Coldplay » sur mon PC allumé de jour comme de nuit, les nombreuses peluches que j'adorais au-dessus de l'armoire, les bouteilles de parfum vides qu'il m'arrive encore de sentir, les mots de mes amies dans la boîte à chaussures cachées sous mon lit. Cette pièce n'est pas à l'image d'une jeune femme censée se marier bientôt.

J'examine encore mon reflet, mes baskets, mon slim roulotté sur mes chevilles, mon T-shirt blanc qui dépasse d'un pull légèrement cropped bleu marine. Rien d'exceptionnel. Rien de très mature. Je place mon cartable Eastpak gris sur mes épaules. Un basic, rien de très féminin quand je compare les grands cabas des filles plus populaires du lycée. Les filles qui sortent avec Fares.

Je grimace. Penser à lui me dérange, penser aux filles qu'il se tape me déplaît aussi. Pourquoi ? Bon sang, je n'en ai pas la moindre idée.

Un étrange malaise s'infiltre en moi. J'ai toujours eu l'impression d'avoir grandi après les autres, d'avoir joué à la poupée plus longtemps. Je suis consciente qu'il me manque ce quelque chose pour parfaire le rôle d'épouse. Le rôle pour lequel j'ai dit oui. Peut-être que c'est la dernière étape pour me sentir vraiment femme. J'ai hâte de grandir pour de bon.

Quand j'arrive à l'entrée du lycée ce matin, je passe devant les grands peupliers et m'interdis de regarder du côté fumeurs. Je trace ma route, tête baissée, quand Katy m'interpelle :

— El !

Je m'arrête et l'attends. Je froisse mon nez, elle sent la cigarette.

— C'est bon, tu as choisi ta fac ?

— Oui, ce sera l'ESCP.

Un grand sourire se dessine sur son visage.

— Super ! On sera presque à côté l'une de l'autre. On pourra même prendre une chambre sur le campus avec Julia.

Julia a une année de plus et déjà ses deux semestres en poche. Elle a choisi la branche juridique et Katy suit le même chemin. Par chance, la résidence universitaire regroupe nos deux écoles.

— Je n'y avais pas pensé, mais ça peut être une bonne idée.

Mes parents habitent en banlieue parisienne. Je peux prendre le train puis le métro, mais suite à mon introspection de ce matin, ma soif d'indépendance est plus tenace que jamais et être en résidence sur le campus est un bon compromis.

— Énorme ! Toutes les trois, unies pour le pire, mais surtout pour le meilleur !

— Tu es folle.

— Oui, je le veux !

— Arrête… dis-je en levant les yeux au ciel.

— Non, mais tu nous vois, toutes les trois ? On va s'éclater ! À côté, il y a la fac de sport en plus ! (Elle mime une longue-vue avec ses mains.) Ah ! BG en vue. Ah ! Ici aussi. Tiens, là, juste devant moi ! Rhhhaaa, il y en aura partout ! On n'aura que l'embarras du choix !

— Tu dis n'importe quoi, avoir l'embarras du choix ne s'applique pas à moi. Tu le sais.

— Attends ma poule, tu as la bague au doigt, mais pas encore la corde au cou.

Elle me fait un clin d'œil exagéré tout en passant son bras sous le mien. Elle m'entraîne jusqu'à l'entrée du bâtiment A. Je ne retiens pas mon sourire, emportée par son enthousiasme très communicatif. Je souris toujours quand mon regard rencontre celui de Fares un peu plus loin. Il est adossé au mur de l'enceinte, un pied également contre. Mon cœur s'emballe pour des raisons que j'ignore. Fares a l'attitude du mec cool, que sa tignasse noire décoiffée vient parachever. Une main dans une poche, son sac de cours retenu au bout de son bras ballant, il échange avec une fille aux cheveux longs et brillants. Il ne sourit pas. Il ferme simplement les yeux en fronçant les sourcils avant de les rouvrir sur elle comme s'il ne m'avait pas vue. Et pourtant, je jurerais qu'il me regardait.

La journée passe très vite et, quand je rentre à la maison, je me décide enfin à appeler Chris.

— Salut.

— Tu es chez toi ?

Son ton ne me plaît pas, mais je décide de ne pas relever.

— Oui, et ça y est, j'ai décidé, ce sera l'université à Paris. Tadaaa !

— Super, on pourra toujours se voir aussi souvent.

Sa voix est soudain plus enthousiaste. C'est le moment de prendre des pincettes pour lui annoncer l'autre nouvelle.

— Oui. Enfin… techniquement non. J'ai décidé de m'installer sur le campus pendant toute la durée du cursus.

Je serre les dents en redoutant sa réponse qui ne se fait pas attendre.

— Quoi ? Mais tu n'es qu'à une heure de trajet de chez tes parents.

— Et à peine à dix minutes de l'école si je suis sur le campus ! me justifié-je avec véhémence. Prendre le métro, attendre le train. C'est du temps de perdu. C'est plus pratique pour les révisions, les cours, la disc… bibliothèque.

Un blanc. Je serre les dents. Et merde !

— Plus proche des discothèques, oui, ça c'est sûr !

Il est vraiment énervé à présent. Je ne l'ai jamais entendu me parler sur ce ton. J'ai, une fois de plus, envie de lui raccrocher au nez, mais je me retiens. Je me pince le haut du nez entre le pouce et l'index. Je décide finalement de garder mon sang-froid et de le rassurer. Il a besoin de cela alors je prends sur moi.

— Chris, rien ne va changer entre nous, tu le sais, je suis fiancée à toi.

Il se radoucit.

— J'aimerais qu'on en parle justement. Quand est-ce que tu veux l'officialiser ? Ça serait possible juste avant que tu reprennes les cours. Ça te va ? On pourrait faire cela chez tes parents ?

— Oui, bien entendu. Je vais leur en parler.

— OK, tiens-moi au courant.

J'ai complètement oublié d'en faire part à mes parents mais je suis certaine qu'ils vont sauter de joie. Ils sont très à cheval sur les convenances. Ils me laissent déjà dormir chez Chris. Ce n'était pas gagné au début. Ils sont croyants et vont à l'église presque chaque dimanche. J'ai dû promettre à ma mère que je ne franchirais pas l'étape cruciale avant le mariage.

Quand Katy m'en parle, j'ai l'impression que c'est fabuleux, eh bien moi ça ne me tente pas. Je ne dois pas être normale.

J'ai une boule au ventre en pensant à cela. Je crois que je ne serai jamais prête. Je dois avoir un problème avec le sexe. C'est complètement abstrait pour moi. Je n'ai jamais ressenti l'envie de le faire. Je crois que je suis frigide. J'ai lu ce mot dans un des magazines *Cosmo* de Julia. C'était le témoignage d'une fille qui vivait très bien avec ça. « Pas de désir, pas de frustration », racontait-elle. Elle était ravie d'expliquer que son absence totale de libido assurait la pérennité de son mariage. Bordel, je suis certaine qu'elle est à présent divorcée. Son mec est sûrement parti avec sa sœur.

Mais pour l'instant Chris ne me pousse pas. Il connaît mon point de vue. Même si des fois je dois calmer ses ardeurs, il s'est toujours montré compréhensif, et le principal, c'est que je l'aime de tout mon cœur et que l'on va se marier dans une ou deux années.

Je l'ai rencontré à la rentrée de ma première année de lycée. J'étais trop occupée à regarder le plan du bahut quand je l'ai percuté.

C'est un grand blond mince aux iris bleus tachetés, la peau dorée. Il portait une chemise large colorée et son bermuda court accentuait son allure de surfeur.

— Bonjour ! Moi, c'est Chris, je suis en terminale. Tu cherches quelque chose ? Je peux t'aider ?

Très vite, nous avons sympathisé. Quelquefois, nous mangions ensemble le midi et, le soir, il attendait le bus avec moi. J'étais impressionnée qu'un garçon de son âge s'intéresse à moi. Il se dégageait de lui une telle confiance. Beaucoup de filles s'intéressent à lui. C'est vrai, il est charmant.

Il m'a embrassée un soir sous l'abri de bus. Un baiser très romantique. C'était mon premier.

Puis quand la fin de l'année est arrivée, il a quitté le lycée pour apprendre le métier de menuisier. Les études n'étaient pas vraiment son truc.

Mes parents l'adorent, voilà pourquoi je ne me suis pas attendue à la réaction de ma mère à l'annonce de nos fiançailles après le dîner.

— Elena, tu es trop jeune ! Tu t'engages sans réfléchir. Tu as toujours eu du mal à prendre des décisions. Tu laisses trop souvent les autres les prendre à ta place. Réfléchis ! Demande-lui un temps de réflexion !

J'arrête de disposer les assiettes dans le lave-vaisselle. Je me redresse, stupéfaite.

— Quoi ?

Ma mère fronce les sourcils, les mains sur les hanches.

— Tu m'as bien entendue.

Son accent espagnol est bien plus présent quand elle est agacée ou en colère.

— Maman, tu sais que je suis bien avec lui, il a un travail, il est gentil et tu l'aimes bien non ?

— Ma chérie, là n'est pas le problème. La question est : est-ce que toi, tu l'aimes ?

Plus tard, je me retourne encore une fois dans mon lit et je repense à la remarque de ma mère. Bien sûr que j'aime Chris. Il me manque quand il n'est pas là. J'ai besoin de lui, de son affection. J'allume ma lampe de chevet pour regarder une dernière fois l'étui bleu sur la table de nuit. Pourquoi je ne ressens rien, ni de l'excitation, ni de l'impatience ? Le mariage est une suite logique pour deux personnes qui s'aiment, alors pour quelle raison mon cœur ne bat-il pas plus vite, pourquoi reste-il de marbre ? Je soupire et éteins la lumière.

Je passe une sale nuit. Elles sont agitées depuis plusieurs jours.

Le lendemain, à la fin du cours de philo, la sonnerie me réveille presque. Katy m'a plusieurs fois secoué le bras quand elle me surprenait à piquer du nez.

— Faut dormir la nuit, El ! Tu fais des folies de ton corps ou quoi ? Attends, tu l'as fait ?

Elle a vraiment trop d'imagination. Quand j'ouvre la bouche pour lui répondre, je vois Luc s'approcher.

— Salut, les filles.

— Salut, Luc.

Je regarde du coin de l'œil Katy qui s'est accoudée à la table pour mieux l'écouter. Luc paraît mal à l'aise devant son examen. Il tousse un peu.

— Vous faites quoi ce soir ?

— Rien. Qu'est-ce que tu proposes ? répond aussitôt Katy.

Je la foudroie du regard.

— Bah, on est un petit groupe à se rejoindre. On va faire un grand feu en haut des roches. Il y a une vue magnifique. Venez ! Je crois que Julia y sera avec Paul.

— OK !

Je donne un coup de coude à ma traîtresse de copine qui se retourne vers moi en ouvrant grand la bouche en se massant le bras, l'expression outrée.

— Super, à tout à l'heure.

Dès que Luc a atteint sa place, je plisse les yeux en dévisageant mon amie.

— Mais arrête de jouer les rabat-joie, on dirait ma grand-mère.

Je soupire, exaspérée.

— Katy, tu n'as jamais connu ta grand-mère.

— J'aurais pu !

J'aimerais être comme elle. Elle se sent à l'aise partout et avec tout le monde. Qu'importe les circonstances. Alors qu'en ce qui me concerne, la spontanéité ne fait pas vraiment partie de mes qualités. J'ai besoin de tout anticiper, tout prévoir. Mais elle a raison, à ce rythme, je vais finir par passer tous mes samedis soir devant ma télé, un chat sur les genoux avec une tasse de thé.

Il est vingt heures trente quand Julia klaxonne pour nous faire descendre. Elle a emprunté la Twingo bordeaux de sa mère. J'ai choisi de porter un chino bleu foncé avec un gros gilet. Il faut toujours se méfier des nuits fraîches du début du mois de juin.

— Ne rentre pas trop tard, Elena ! Pense aux examens, me prévient ma mère avant que j'aie franchi le seuil.

— Oui, maman.

Je crois devenir sourde quand je monte dans la voiture. Julia chante à tue-tête et Katy l'imite joyeusement, et elles poursuivent ce récital sur tout le trajet.

Une fois la voiture garée près d'autres véhicules à l'entrée d'un sentier, nous marchons cinq bonnes minutes avant d'arriver en haut des roches. Il fait déjà nuit et nous ne voyons pas grand-chose à l'exception d'un grand feu de joie et quelques ombres autour. Arrivée là-haut, je suis stupéfaite. La vue est magnifique, les routes forment comme des lacets lumineux. J'ai vraiment l'impression d'être au-dessus du monde. Je tourne sur moi-même puis lève les yeux au ciel, je peux voir des milliers d'étoiles scintiller et les constellations.

— C'est splendide, dis-je dans un souffle.

Julia est déjà assise entre les jambes de Paul à quelques mètres du feu. Il lui parle dans l'oreille. Elle se met à rire. Quant à Katy, elle est devant le poste de musique à essayer de convaincre son propriétaire de changer le genre de chanson.

J'ai pris une petite couverture et je l'étale pour m'y installer. En face de moi, il y a Laura et l'autre nana du lac – Béatrice, je crois. Elles me regardent et se parlent à voix basse. À ma droite, je vois un groupe de garçons. Ils fument et boivent des bières. Un couple est couché un peu plus loin. L'atmosphère est assez plaisante et mes pensées divaguent pendant que je regarde les flammes.

Il y a un peu plus de monde maintenant. Plusieurs personnes nous rejoignent, s'assoient à côté du feu, d'autres plus loin sur l'herbe. Soudain, j'entends un rire féminin beaucoup trop fort. Je me retourne et je le vois. Fares. Il dégage un truc inexplicable qui attire sans conteste la majorité des filles ici présentes. Il est impossible de l'ignorer. Son regard sombre est voilé de ses mèches noires indisciplinées. Le premier qualificatif qui me vient serait : « mystérieux ». Du fait qu'il soit grand, tout lui va bien, comme ce long pull gris sur son pantalon noir. Ses larges épaules sont mises en valeur par son look un peu street. Une fille est pendue à son bras. Elle le regarde amoureusement et il l'embrasse. Je déglutis ! Suis-je jalouse ? N'importe quoi ! Je détourne les yeux pour ne pas en voir plus. C'est ça, son trip ? Se taper une fille chaque soir ? Combien sont déjà tombées dans le panneau ?

— Je peux ?

Je lève la tête.

— J'étais au lac ce week-end. Fred.

Il regarde la couverture sur laquelle je suis et je hoche la tête pour l'autoriser à s'asseoir.

C'est un mec assez costaud, très grand. Il a de beaux yeux en amande qui s'étirent quand il sourit.

— Elena, me présenté-je.

— Je sais qui tu es.

— Ah bon ?

— Oui, tu es celle qui était coincée sous le pédalo avec Fares. Ça va, tu t'en es sortie ? demande-t-il en le désignant du menton.

La fille est toujours collée à Fares. Sa bouche est à présent dans son cou.

— Oui, on peut dire ça comme ça, je réponds, mal à l'aise.

— Je suis content de faire ta connaissance, Elena.

Il me tend la main. Je la lui serre.

Je lui souris aimablement. C'est vrai que je n'ai pas pris la peine de me présenter au lac la dernière fois. Il faut que j'arrête d'être sauvage avec tout le monde.

Fred a l'air sympa et au moment où j'entrouvre les lèvres pour lui demander de m'excuser de mon attitude…

— Dégage, Fred !

À l'instant même où j'entends sa voix, mon cœur manque de s'arrêter.

— On discute, mec. C'est bon.

— Je t'ai dit de dégager !

Fares… Sa mâchoire se crispe, sa voix est grave et dangereuse, les traits de son visage sont tendus. Je ne comprends pas ce qui attise chez lui une telle colère.

— OK, OK.

Quoi ? Fred lui obéit en plus ! Il se lève doucement sous mes yeux ébahis et je vois Fares se raidir quand il passe devant lui. Il a l'air menaçant et il ne le quitte pas du regard. Fred me fait un signe :

— À plus, Elena.

Et il s'éloigne sans demander son reste.

Après le départ de Fred, Fares se laisse tomber à côté de moi. Je le dévisage, encore choquée par ce qu'il vient de faire. Il fixe le feu devant lui et je peux voir les flammes se refléter dans ses prunelles noires. Je perds un instant la parole.

— Pourquoi tu parles avec lui ? me demande-t-il sur un ton un peu trop brusque à mon goût et, de plus, en ne prenant pas la peine de me regarder.

— Je te demande pardon ?

Il dépasse les bornes. Il embrasse une fille et, maintenant, j'ai l'impression qu'il marque son territoire avec moi. Je sens la colère m'envahir, elle est terrible. Elle me surprend. Il me rend dingue, ce mec !

— Tu ne devrais pas, tu ne le connais pas… commence-t-il, avant que je lui coupe la parole.

— Attends, je ne devrais pas quoi ? Toi non plus, je ne te connais pas. Tu danses avec moi, tu me dis que je suis belle et tu m'ignores la seconde d'après. Tu te prends pour qui, sérieux ?

— Tu ne comprends rien.

Quand il daigne enfin tourner le visage vers moi, son regard est si intense que je perds contenance. Il s'humecte les lèvres et je louche sur sa bouche. Mon cœur se met à palpiter de façon incontrôlable mais ce qui me perturbe le plus c'est que je n'arrive pas à déchiffrer mes émotions.

— Alors, explique-moi. Qu'est-ce que tu me veux à la f….

Sa bouche se plaque sur la mienne, m'arrachant un gémissement de surprise. Sa main glisse derrière ma nuque et m'oblige à répondre à son baiser. Une onde de choc me parcourt chaque vertèbre. Mon ventre se contracte au moment où sa langue franchit la barrière de mes dents. Je ne pense plus. Complètement impuissante face à la force de ce baiser. Ce n'est pas un baiser romantique, mais violent, annonciateur de bien pire. Mon ventre se remplit d'une substance aussi brûlante que de la lave en fusion, elle m'envahit, partout. Je sens un frisson passer à un endroit jusqu'alors inconnu. Son odeur musquée entre dans mes narines et me fait comprendre que je suis à deux doigts de succomber à son baiser. Le baiser d'un inconnu. Bordel !

Rattrapée par la raison, je le repousse violemment, mes deux mains plaquées sur sa poitrine. Je fixe ses lèvres humides. Mes paumes me brûlent au contact de son torse chaud et ferme. Je les retire immédiatement.

Je le dévisage et crois voir un torrent brûlant dans ses yeux, mais l'instant d'après, plus rien. A-t-il pu lire dans les miens ? Il continue à me fixer les sourcils froncés comme s'il avait découvert quelque chose qui ne lui plaisait pas. Il s'amuse, c'est ça ? Une de plus sur son tableau de chasse ! Ça me dégoûte !

Saisie de terreur, je n'arrive pas à parler. Mes yeux se remplissent de larmes. Je me lève d'un bond et il me laisse partir.

Je descends le sentier en courant et je manque de tomber. Bouleversée, je m'essouffle bien trop rapidement.

— Elena ! Que s'est-il passé ? me lance Julia.

Je secoue la tête. Elle me court après et me rattrape alors que je suis presque à la voiture.

— Où vas-tu ?

— Je ne sais pas, je pars… Il faut que je parte d'ici.

Je suis au bord des larmes, Julia me prend dans ses bras.

— Viens, je te ramène. Je reviendrai récupérer Katy. Personne ne t'a fait du mal ?

Elle ne nous a donc pas vus. Ce baiser n'a duré que quelques secondes, mais c'est comme s'il continuait de me brûler.

Je ne parle pas durant tout le trajet et fixe le bord de la route. Julia me raccompagne jusqu'à ma porte.

— À demain, OK ? Tu vas bien ? Tu es sûre ? me questionne-t-elle dubitative.

— Oui, ce n'est rien, promis. À demain. Merci, Julia.

Une fois dans mon lit, je n'arrive pas à fermer les yeux. Je pense à lui, à son odeur. Je pense à ses lèvres. Je pense à son baiser. Je ne comprends pas ce qu'il a éveillé en moi et je le déteste pour cela, de toutes mes forces. Un autre qualificatif me vient le concernant : « indécent ». Fares n'a l'air d'avoir peur de rien, ni de personne. Cette nuit-là, plus troublée que jamais, je ne m'endors qu'aux aurores.

# 6 – CONFESSION

Après cette soirée, je ne voulais plus accompagner les filles lors de leurs sorties. J'ai décidé de me tenir loin de tout ça. De lui surtout. Jamais personne ne m'a embrassée de cette façon. Son baiser était possessif, d'une violence égale à une tempête, un tsunami. Son contact est... dangereux.

J'ai encore du mal à comprendre son geste. Il ne sentait pas l'alcool. Il était donc en pleine possession de ses moyens. Qu'est-ce qui lui a permis de croire qu'il avait le droit de m'embrasser ? Je ne lui ai jamais laissé entendre qu'il me plaisait. Alors pourquoi ? Suis-je un jeu ? A-t-il décidé de prouver qu'il pouvait faire craquer n'importe quelles filles, même les plus rangées. Ça m'écœure. Mon Dieu, j'aurais dû lui dire, lui crier d'arrêter, mais encore aujourd'hui je ne comprends toujours pas la sensation qu'il a provoquée en moi... Et l'envie... l'envie dévorante de goûter sans fin à ses lèvres charnues qui m'aspiraient. Il embrasse très bien, voilà tout. Toutes ces sensations ne sont que de la poudre aux yeux.

J'ai passé chez Chris tous les week-ends précédant l'examen de fin d'année. Il fallait que je me concentre sur mes révisions. Je ne suis pas une personne qui se contente d'un bac sans mention. J'ai décidé de ne pas parler du baiser à Chris. De toute façon, il n'y a rien à dire, c'est une grosse erreur.

J'ai ravalé ma colère en croisant Fares au lycée. Je ne me voyais pas fendre la cour jusqu'au coin fumeurs pour lui demander des explications. Avec tous ses amis, il paraît intouchable, si bien que je me ridiculiserais à coup sûr. Pourtant, je crois qu'il m'observe, et quand je le surprends, il baisse la tête ou parle comme si de rien n'était avec ses potes ou une de ses fans absolues. Comment fait-il ? Ça ne l'épuise pas tout ça ?

Nous passons l'examen de mathématiques aujourd'hui, le premier d'une longue série. Katy est en panique totale.

— J'espère que le sujet ne portera pas sur les dérivées ! Tu sais que je n'y comprends rien ! dit-elle d'un air dépité.

Elle me serre dans ses bras comme si nous nous rendions à un enterrement.

— Tu vas y arriver, Kat, ne t'inquiète pas.

Je la quitte dans les couloirs. Les élèves sont dispatchés dans les classes par ordre alphabétique et je m'assois à ma place quand je le vois entrer. Fares. Derrière ses lunettes de soleil, il sourit à une fille qui l'appelle.

— Fares ? C'est des Dita ? s'extasie-t-elle.

Il retire la monture et regarde la marque. Il acquiesce.

— Tu me les prêtes ?

— Yep, tiens.

Il les lui tend sans discuter pendant qu'elle pousse de petits cris telle une groupie hystérique. J'ai même l'impression que cette idiote va embrasser les verres. N'importe quoi. Il secoue la tête mi-surpris, mi-dérouté par sa réaction excessive.

Je constate, malgré moi, qu'il est renversant. Il a du style et j'avoue qu'il y a matière à séduction. Il tourne le visage et ses yeux noirs s'arrêtent sur moi. Mon cœur s'arrête.

Il ne sourit plus. Son regard est perturbant, sa mâchoire se crispe. Pourquoi n'arrête-t-il pas de m'observer ? Je tourne enfin la tête, mais je sens toujours son regard insistant sur mon profil.

— Il est interdit de copier, bien évidemment. La bulle est éliminatoire. Marquer son nom ne suffit pas, on est d'accord, monsieur Lenard.

Toute la classe rigole et se retourne pour regarder le fameux Lenard qui est, maintenant, rouge de honte.

— Allez, on se calme ! C'est parti. Bon courage. Retournez vos copies.

L'examen commence. Du coin de l'œil, je remarque que Fares a les poings serrés sur sa copie qu'il écrabouille entre ses doigts. Qu'est-ce qui lui arrive, bordel ? J'essaie d'ignorer son comportement pour me concentrer sur la feuille devant moi.

Cinq minutes plus tard, il se lève en poussant rageusement sa chaise. Toute la salle le regarde, stupéfaite.

— Ne me dites pas que vous avez déjà fini, monsieur Fardem.

— Si, c'est fini pour moi ! lâche-t-il avec colère.

Il sort, laissant sa copie sur la table. Il est complètement malade !

Par la fenêtre, je le vois marcher et se diriger d'un pas rapide vers la salle de sport du lycée. Au passage, il tape avec son poing la porte d'entrée. J'en ai des frissons.

Les minutes passent et je noircis la feuille blanche à une vitesse folle. Mon cerveau est en ébullition et je crois n'avoir jamais été aussi pressée de rendre un devoir.

Je suis la troisième, après Fares, à sortir de la salle. La cour est déserte. Il faut que je le voie, que je lui parle, que je comprenne. Les mots de Luc me reviennent en mémoire : « Crois-moi, un mec comme lui n'a pas besoin de cours de soutien. » Alors, pourquoi avoir jeté sa copie sans même regarder l'exercice ?

J'entre dans le gymnase et l'aperçois. Il a l'air de reprendre son souffle. Assis sur la deuxième marche des gradins, la tête entre les mains, il a retroussé sur ses épaules les manches courtes de son T-shirt. Il est en sueur, un ballon de basket entre les pieds. Je m'approche rapidement.

— Mais tu es dingue ou quoi ! Tu seras recalé ! lancé-je en faisant de grands gestes.

Il relève le visage, surpris, puis il me toise.

— Qu'est-ce que ça peut te faire, hein ? demande-t-il froidement.

Il se met debout et j'ai l'impression d'être minuscule.

— Rien, je ne compr…

Il balance le ballon à travers la grande salle et saute juste devant moi. Impressionnée, je recule d'un pas. Il avance pour supprimer toute distance que j'essaie de mettre entre nous.

— Qu'est-ce que tu me veux ?

C'est vrai, qu'est-ce qui m'a pris ? Pourquoi l'avoir suivi alors qu'il ne me doit aucune explication ?

*Car c'est plus fort que toi, parce que tu as besoin d'être près de lui et de comprendre ce qui le met dans cet état.* Il est juste à quelques centimètres de moi, furieux. Ses mains tremblent. Ses yeux me foudroient. Les battements dans ma poitrine s'accélèrent.

— Explique-moi, murmure-je.

Ses poings se serrent et se desserrent. Je jette un regard vers la sortie juste dans son dos tout en continuant de reculer. Nous exécutons un mouvement semblable à une chorégraphie que l'on aurait répétée. Ma respiration se bloque quand il avoue tout en me regardant droit dans les yeux :

— T'expliquer quoi, Elena ? Que je crève quand je te vois ? Que je ne sais même plus qui je suis quand tu me regardes ? Que je perds toute ma raison quand je te touche ? Reste loin de moi, OK !

Comme assommée, je n'arrive plus à parler. Je crois voir de la douleur dans son regard, un désespoir si profond que ça me bouleverse. Il pince ses lèvres et, avant de sortir, il souffle :

— Laisse tomber. Oublie tout ça et surtout ne m'approche pas.

Je suis perdue. J'ai les yeux qui me brûlent. Mon cœur prêt à exploser.

Pourquoi ses mots ont-ils un tel effet sur moi ? Il me demande d'oublier, mais il faut me rendre à l'évidence, je l'ai laissé entrer dans ma tête et il a déjà tout chamboulé.

# 7 – AUDACE & TOURMENTS

Je ne l'ai plus revu de la semaine et ça m'a fait bizarre de voir sa chaise vide dans la salle de cours. Du fait de son absence, Katy a eu moins de mal à me traîner sous le préau du coin fumeurs. Sans que je décèle pourquoi, ce lieu paraît différent sans lui et sûrement moins prestigieux pour les filles aux grands cabas qui ont, semble-t-il, arrêté de fumer.

Les examens se sont terminés vendredi. J'ai dit à Chris que je dormais chez Julia avec Katy, que nous voulions fêter ensemble la fin des cours. Je ne veux pas rester seule avec lui, du moins le temps que je remette mes idées en place. Il a grogné un peu, mais ne m'a pas fait de remarques. Je lui en suis reconnaissante, mais surtout je ne suis pas d'humeur à supporter ses excès du moment. Il est trop sur mon dos, j'ai besoin d'air.

— Il a toujours été comme ça. C'est juste que tu ne t'en rendais pas compte, dit Katy en se vernissant les ongles. Tu as du corail, Ju ?

Cette dernière lui lance le vernis depuis son lit sur lequel elle est avachie. Outrée par la réflexion de Katy, je cherche un soutien auprès de Julia.

— Je ne vais pas la contredire, El, désolée.

Je pose une fesse au bord de son bureau et soupire.

— Peut-être… Je ne sais pas, je réponds, un peu perdue.

Julia relève les yeux de son téléphone.

— Ça va entre vous ?

J'ai envie de dire non, que je me pose tout un tas de questions qu'une fiancée ne devrait pas se poser. Je réponds faiblement :

— Oui, ça va…

— Je sais de quoi tu as besoin. De t'é-cla-ter !

L'enthousiasme soudain de Katy me fait sursauter. Elle affiche un grand sourire, celui dont je me méfie d'habitude.

— Ce soir, il y a une fête chez Luc. Ses parents sont absents. On a prévu d'y aller, tu es obligée de venir avec nous, poursuit-elle.

— Je ne sais pas si ça me tente.

— Allez, ne t'inquiète pas, on s'occupe de toi.

— C'est bien ce qui me fait peur...

Me voyant mal en point, les filles se sont mises en tête de me faire « belle ». Et pour elles, être belle c'est porter une des robes noires de Julia qui dévoile plus de la moitié de mes jambes, même en tirant dessus.

— Vous voulez m'abandonner sur un trottoir, rue Pigalle ou quoi ?

— Mais arrête. Tu es superbe, tes jambes sont magnifiques !

J'avais eu le temps de me dorer au soleil chez mes parents et effectivement ça donne un certain effet.

Katy m'ordonne de rester immobile et commence à me maquiller. Elle trace un trait d'eye-liner noir au-dessus de mes cils, passe un crayon de la même couleur sous les yeux, du mascara et finit par du blush rose sur mes joues.

— Ce qui est cool avec toi c'est qu'il en faut peu. Allez, viens te regarder.

Je m'examine un peu déconcertée. La fille dans le miroir ressemble à celle de la une de *Cosmo*. Rien à voir avec moi et mon style habituel. Katy m'a lissé les cheveux, ils ont l'air un peu plus longs maintenant et encadrent joliment mon visage. Mes cils sombres ouvrent mon regard, le maquillage fait ressortir mes yeux verts et mes traits paraissent plus fins.

— Laisses-en pour moi, OK ! Il n'y a que moi qui suis célibataire ici ! me dit Katy.

— Tu es dingue.

Je souris, presque intimidée par mon propre reflet. Ce n'est tellement pas moi.

— Surtout, ne t'approche pas de lui.

Ça, c'est Julia tout craché. J'imagine qu'elle sait exactement ce qui se passe dans ma tête. Je n'avais rien dit à Katy à propos de ma petite crise de larmes dans le gymnase. Lorsque je l'avais rejointe ensuite, les yeux gonflés, elle m'avait prise dans ses bras pensant que mon état était dû au stress du bac. Elle ne m'avait rien demandé. De toute façon, je n'ai pas envie de m'épancher sur un truc qui n'existe pas et puis, heureusement, Katy c'est comme un magnétophone : il suffit d'appuyer sur le bouton pour qu'elle t'écoute.

— Ne t'inquiète pas, ça ne risque pas. D'ailleurs, je pense qu'il ne sera pas là, enfin je l'espère.

— Il y a de grandes chances, Luc est son cousin et il habite chez lui.

Je déglutis. Ça y est, j'ai la nausée.

— Les filles… je ne pense pas que ce soit une bonne idée…

Je me sens complètement ridicule maintenant dans cette tenue. Il va croire que je suis venue pour l'allumer.

— Ne te fais pas de souci, il sera avec Laura. On les a vus ensemble à plusieurs soirées. Fais comme s'il n'existait pas.

Un peu plus tard, assise sur le siège arrière de la voiture de Julia, je repense à ces mots… Faire comme si Fares n'existait pas… Impossible. Partout où il va, c'est comme si un grand panneau lumineux indiquait sa position. Et quand je dis lumineux, je parle du spot que devient le regard des filles concentré sur lui. En réalité, je me rends compte de quelque chose. Pour tout dire, je pensais que son physique et le fait d'être nouveau attisaient cet engouement à son égard. Mais ce n'est pas seulement cela. Fares est canon certes, or, il dégage quelque chose de très sexy et surtout ses yeux noir profond semblent cacher de nombreux secrets… des secrets inaccessibles. Il paraît si mystérieux qu'il donne envie d'être l'élue de son cœur nébuleux et être celle qui en chassera les nuages. Seigneur, je divague là, non ?

Nous arrivons en voiture devant une propriété splendide encerclée par de grands murs en pierre. Du portail, largement ouvert, nous distinguons une longue allée qui mène au perron d'une maison d'architecte blanche dont une des façades est entièrement recouverte de lierre. Devant, s'étalent des jardins bien entretenus aux cyprès parfaitement élagués. Une vingtaine de voitures sont garées un peu partout sur la pelouse. Je me penche entre les deux fauteuils de devant pour mieux évaluer dans quel pétrin je me suis fourrée. À première vue, un pétrin qui sent le luxe.

— Luc est beaucoup plus intéressant maintenant ! s'exclame Katy.

Je lui donne un coup sur l'épaule, elle pouffe tout en sortant une cigarette qu'elle coince dans le coin de sa bouche.

— Kat, commence Julia, je te conseille d'arrêter avant d'être dépendante et…

— … ça ne te va vraiment pas, je finis en chœur avec elle.

— M'en fous, et puisque je vous dis que je m'arrête quand je veux, riposte Katy, sûre d'elle en faisant rouler la pierre de son briquet avec son pouce.

— En attendant garde ton cancer, si tu allumes ta clope à l'intérieur, je te tue, prévient Julia.

Cette dernière gare sa Twingo entre deux voitures le long de l'allée. De là où nous sommes, nous entendons la musique de la fête. Certains couples se bécotent dans les coins du jardin.

— Merde, El, je crois que tu as loupé les slows, me lance Katy avec un clin d'œil.

— Tu vas arrêter…

Rien que de penser que je vais le revoir me coupe les jambes et mon cœur m'envoie des petites doses d'adrénaline. En fait, j'ai peur. Quand Julia m'a dit qu'il était avec Laura, ça n'aurait pas dû me toucher mais mon ventre s'est noué. Oui, je redoute l'effet que cela peut me faire de le voir avec elle.

Plusieurs personnes sont sur le perron, en haut des marches. Je reconnais Paul et Fred.

— Chérie ! crie Paul à l'intention de Julia.

Elle court jusqu'à lui. Il la serre dans ses bras. Elle a vraiment l'air de l'aimer. Ils se contemplent avec adoration.

— Écœurant ! lance Katy en passant devant eux tout en évitant de justesse un coup donné par Julia.

Elle disparaît dans la grande bâtisse et me voilà chandelle officielle des deux tourtereaux. Un peu mal à l'aise, je fais mine de taper un texto sur mon portable.

— Elena, tu es vraiment magnifique ce soir, me dit Fred.

Je lève les yeux et me rends compte qu'il étudie chaque centimètre carré de ma robe et imagine ce qui se trouve en dessous. Mes joues s'empourprent sournoisement. J'ai vraiment l'impression d'être à poil, là !

Je maugrée un simple « merci ».

— On se prend un verre ? propose-t-il gentiment.

Je lance un regard de détresse à Julia mais elle est obnubilée par Paul. Ils s'embrassent encore. « Écœurant », oui, c'est bien le mot.

— OK, je finis par dire.

Nous entrons dans un grand hall. Il y a beaucoup trop de monde. Je suis bousculée de partout. Je sens des regards se poser sur moi, un peu trop à mon goût, et je regrette vraiment d'avoir écouté les filles. Nous nous faufilons entre les danseurs et les gens qui discutent, rigolent, verre à la main. Dans une autre pièce, un concours de *Dance Revolution* est organisé et plus loin, devant une longue table, on joue au *51*. Des filles s'amusent avec une peinture transparente, visible uniquement à la lumière noire, à marquer leurs noms et à reproduire leurs empreintes sur un des grands murs de la pièce principale. Je ne sais pas si une seule personne est nette dans cette maison.

Quand nous arrivons devant un bar assez classe pour une « house party », Fred me demande ce que je veux boire.

— Un diabolo menthe, merci, c'est gentil.

Il me scrute rapidement et demande d'une voix forte :

— OK, deux mojitos, s'te plaît !

— Non...

— Laisse-toi aller, c'est la fin des cours !

— Je n'ai pas l'habitude de boire.

— Parle plus fort, je ne t'entends pas.

J'approche la bouche de son oreille, et je comprends qu'il en profite pour poser sa main sur ma hanche.

— Je ne bois pas souvent ! crié-je en me décalant.

Il fait mine de comprendre et me lance un sourire voulant dire : « On va bien s'amuser, toi et moi. » Ma bouche grimace et, vu sa tête, ce n'est pas ce qu'il attendait.

Une minute plus tard, le mec derrière le bar me tend un cocktail où flottent des feuilles de menthe et une lamelle de citron vert sous de la glace pilée. Je le prends à contrecœur.

Fred cogne son verre contre le mien pour trinquer.

Il boit d'un trait et en redemande un autre. Je pose le bout des lèvres sur l'extrémité de la paille, je sens le sucre glisser sur ma langue, l'alcool se propager dans ma gorge puis le goût de menthe s'accrocher au palais, c'est trop bon !

— Je vois que tu aimes ça.

Il greffe sur son visage un sourire plein de sous-entendus. Je décide d'ignorer sa remarque. Il est gentil et mignon, mais je ne suis décidément pas disposée à le suivre sur ce terrain-là.

Je bois vite, trop vite. J'ai déjà fini mon deuxième verre. Ma tête tourne, mais je me sens tellement bien.

Fred continue de me parler, je l'écoute à peine, des bribes seulement : il va à la même fac de sport que celle que Luc a choisie, sa spécialité, c'est le rugby. C'est vrai qu'il a l'air baraqué, mais pas autant que Fares. Cette remarque pour moi-même me fait sourire. Qu'est-ce que je m'en fous de Fares !

Katy arrive à mes côtés, me fait poser mon verre et m'entraîne sur la piste de danse.

— Putain, t'es complètement bourrée ! crie-t-elle en riant.

Je danse en respectant le rythme de la musique, la tête dans les nuages, j'oublie tout. Mes mains dans les cheveux, je fixe du regard les lumières provenant du magnifique lustre au-dessus de moi. Des ailes de papillon me chatouillent le ventre quand je baisse la tête et que je le vois. Fares. Je ralentis mes mouvements et ne le lâche plus des yeux – impossible pour moi de faire autrement. Il est debout, l'avant-bras appuyé contre le chambranle d'une fenêtre. Il me scrute d'un regard indéchiffrable. Vêtu d'une veste en cuir noire idéalement taillée sur un T-shirt blanc à col en V, les cheveux en pétard, la bouche à demi ouverte, les yeux sombres voilés de mystère, Fares est fantasmagorique. Je me mets à rire devant un tel mot que je n'aurais jamais cru employer. Lui intensifie son regard en penchant le visage un peu plus en avant. Un chalumeau pourrait bien moins me brûler la peau.

Je ne sais pas pourquoi, je cesse de rire et je lui souris. Il n'a pas le temps de réagir, Laura se place devant lui, attrape sa nuque et s'empare de ses lèvres. Il l'embrasse mais continue à me regarder quelques secondes avant de fermer les yeux lentement. Mon sourire s'éteint et j'arrête de bouger. Je garde la bouche ouverte, suffocante. Je ne devrais pas être si bouleversée, mais c'est plus fort que moi. J'ai mal au ventre, j'ai envie de vomir. Je cours vers le bar et demande un autre verre que je bois d'un trait. Soigner le mal par le mal, c'est ça que je veux.

— Ça va, beauté ? me demande Fred, resté au bar.

— Non, j'ai besoin de prendre l'air.

— Je t'accompagne, dit-il en posant sa main sur ma hanche.

Je me dégage vivement.

— Non, ça va, merci.

— Allez, tu tiens à peine debout.

Je fais volte-face et la salle tangue autour de moi. Je me mets à marcher et m'accroche à ce que je peux. La musique est encore plus assourdissante. Quand je suis enfin dehors, l'air frais me fait du bien. Je marche encore et encore, j'arrive au portail quand une main m'arrête, c'est Fred. Rien à voir avec la poigne franche de Fares. J'ai l'impression que la sienne est moite. Je l'enlève. Je me retourne pour lui faire face et lui parle sèchement :

— Tu ne m'as pas comprise peut-être ?

— Tu es une bombe, Elena… S'il te plaît, laisse-moi…

Il me prend le haut des deux bras et m'attire contre lui. Je n'ai même pas la force de l'empêcher de m'embrasser. Il n'a pas le goût sucré de Fares. C'est fade et amer ! Je le mords. Il recule d'un coup.

— Putain, je ne te comprends plus. Tu me chauffes dans cette robe et tu te trémousses devant moi !

Il est en plein délire. Son regard salace me dégoûte. Je rigole toute seule, un rire gras.

— Je danse devant toi ? Non mais ça ne va pas bien !

Son expression irritée se change en colère.

— Tu préfères te faire sauter par Fares, c'est ça ?! Il va te jeter comme il le fait avec les autres. Il ne t'aime pas. Il n'aime personne. Il s'amuse.

Bon sang, qu'il ne m'assimile pas aux dindes que se tape Fares ! Je bous intérieurement, je réponds d'une voix tranchante :

— Ne crois pas que, parce que je me suis saoulée, tu peux me peloter ou me prendre dans un coin de ce jardin ! Si tu crois ça, tu es un grand malade, Fred, va te faire foutre !

L'instant d'après, je reçois un coup qui m'assomme sur place. Pas croyable, il m'a giflée ! Je le dévisage, stupéfaite, et son visage se déforme. Il comprend qu'il a commis une erreur mais c'est trop tard, le mal est fait. Il avance d'un pas mais, avant que je lui intime de ne pas approcher, il est par terre, un gars le frappe sans s'arrêter. Cette vision semble irréelle, elle me terrifie.

— C'est quoi ce bordel ? Arrête ! Oh, arrête ! hurlé-je.

Je tire l'assaillant par le bras, mais il continue. J'encercle alors mes bras autour de son cou et sous son épaule, et pèse sur lui de tout mon poids. J'arrive à le faire basculer en arrière et nous tombons. C'est Fares !

Je m'écarte d'un bon mètre.

— Pourquoi tu fais ça ?

Ma voix est presque inaudible.

— Je l'ai vu, il t'a frappée ! fulmine-t-il sans me regarder.

Nous nous mettons tous les deux debout. Vu comme sa poitrine se soulève, il a traversé le jardin ventre à terre. Mais je ne lui ai rien demandé ! Qu'il retourne auprès de sa pouffe et s'occupe d'elle. Il retire sa veste en cuir sûrement hors de prix et la balance au sol.

— Putain, relève-toi ! crache-t-il à l'intention de Fred.

Je ne sais pas si c'est l'alcool ou la rage mais je m'entends crier :

— Oh ! C'est quoi ton putain de problème ?!

Mes yeux se remplissent de larmes et mon cœur tangue comme si j'étais sur un bateau. C'est encore pire quand son regard s'abat sur moi et qu'il me lance la mâchoire serrée :

— Tu ne peux pas t'habiller mieux que ça ! Tu excites toute cette putain de baraque et des tarés comme lui se jettent sur toi !

Cette fois, je vois rouge.

— Tu as envie de jouer l'enfoiré, c'est ça ? C'est moi la pute de service et c'est toi qui te tapes tout ce qui bouge ! Non, mais je rêve ! Lui (je montre Fred qui s'est remis sur un coude en essuyant le sang de son nez) et toi, vous êtes pareils !

Il me regarde et, déconcerté, il se passe la main dans les cheveux. Je me retourne, mais il m'attrape par le bras.

— Attends.

Non, pas ça. Pas maintenant. Du monde est sorti de la maison et s'est attroupé autour de nous.

— Où vas-tu ?

— Lâche-moi, Fares.

Je le fixe et je suis immédiatement subjuguée. Pas par sa beauté sans conteste mais par la couleur noire de ses yeux et toutes les lumières dangereuses qui s'y reflètent. Je répète doucement :

— Lâche-moi.

Son visage est trop proche. Il faut qu'il me laisse partir, loin de toute la chaleur qui émane de lui et de son odeur unique. Je comprends à quel point il peut être magnétique. Surtout sa bouche, incroyablement belle et attirante. Je me sens mal. Très mal. Il faut que je me trouve un coin tranquille. J'ai besoin de respirer.

Il retire ses doigts et je les regrette aussitôt. Tout ce que je ressens n'a rien de cohérent. Perdue, je lui lance un dernier regard avant de me frayer un chemin entre les personnes déçues qui nous encerclaient et attendaient une bagarre.

Quand j'arrive devant la maison, je croise Katy.

— Tiens, El, ça va ?

Je ne réponds pas. Je file dans le hall et monte rapidement le grand escalier de marbre en évitant les couples qui se bécotent.

Je trouve une salle de bains et m'engouffre à l'intérieur en fermant à clé derrière moi. Je m'appuie contre la porte et aperçois mon reflet dans la glace au-dessus du lavabo. Il ne m'a pas loupée, ce gros porc ! Je me laisse glisser jusqu'au sol et, accroupie, je me prends le visage entre les mains. Mais qu'est-ce qui m'arrive ? Je sors dans cette robe moulante, je bois de l'alcool alors que je n'en ai pas l'habitude, je suscite malgré moi une bagarre. Je ne me reconnais pas.

— Je suis désolé.

Je relève brusquement la tête. Je tourne mon visage et regarde, complètement désorientée, la porte par laquelle je suis entrée et que j'ai fermée à clé.

— C'est ma salle de bains. Ma chambre y est attenante, dit Fares en montrant l'autre accès derrière lui.

Le destin se fout de moi, c'est ça ? Car c'est le désordre dans mes pensées. Rien ne colle au schéma que je m'étais fait. C'était pourtant simple. Chris et moi. Moi et Chris. Personne d'autre. Mais Fares s'est infiltré dans la faille, celle que je tentais d'ignorer. Quel cliché ! Le hot boy faisant tourner la tête de la fille bien rangée, remettant tout en question même la plus enracinée des certitudes. Je suis d'un pathétique.

Je soupire tout en me relevant. Il reste devant moi, les mains dans les poches, le regard perdu. Son T-shirt laisse apparaître ses biceps musclés et met en valeur sa peau bronzée. Ses cheveux lisses et noirs tombent devant ses yeux, accentuant son côté rebelle. Il possède des yeux magnifiques, et quand il les relève sur moi, je m'y noie instantanément. Fares est d'une beauté renversante.

Je retiens ma respiration alors que mon cœur chavire. Depuis la scène au gymnase, je suis dans cet état. À fleur de peau. Je suis fatiguée de lutter contre le désir qui s'est incrusté en moi. Cette curiosité qui me tient éveillée. J'hésite mais je sais au fond que j'ai besoin de lâcher prise. Avec lui. Juste une fois. Je veux savoir. Quelque chose de puissant nous rapproche l'un de l'autre, inexorablement.

Une nouvelle dose d'adrénaline, bien plus forte cette fois.

J'avance vers lui, je tremble un peu. Il fronce les sourcils mais ne recule pas. L'alcool m'aidant certainement, je glisse ma main derrière sa nuque, je me hisse sur la pointe des pieds et ma bouche plonge sur la sienne, l'embrassant avec fougue, et frénésie.

Il se contracte mais, très rapidement, il retire les mains de ses poches pour m'enlacer la taille, plaquant ainsi mon bassin contre lui. Être ainsi collée à lui dépasse toutes les idées que je m'étais faites. C'est naturel et j'ai l'impression d'être à ma place, comme si j'avais été spécialement moulée à partir de son corps. Je suis saisie par tout le bien que ça me procure et soupire au milieu du baiser. Haletant, il fait une pause et respire contre ma bouche, et juste ça, c'est trop. Il sent tellement bon que je me demande qui est le plus enivrant. Lui ou l'alcool ? Lui, assurément. Ses mains emprisonnent ma taille et me soulèvent pour me poser sur le lavabo. Ma jupe se relève et il se place entre mes jambes. De longs frissons suivent le chemin de ses deux mains qui remontent dans mon dos. Ses doigts longent ma nuque puis s'enfoncent dans mes cheveux.

— Tu es belle.

Mon cœur bondit. Ses gestes, ses mots sont d'une efficacité redoutable. Quand il parle, il fait un truc avec sa langue qui m'alanguit. Il est sexy même quand il prononce trois mots. Je suis perdue. Je me colle encore plus contre lui, je veux le sentir. Chaque parcelle de mon corps veut être en contact avec lui. Je ne peux pas m'arrêter. Plus maintenant. Je veux juste savoir jusqu'où va ce désir, cette envie qui me bouffe de l'intérieur et que je ne connais pas.

J'ai besoin d'une fois, juste une seule, de ressentir ce désir pour comprendre, mais c'est pire que ce que je pense, mon corps m'a abandonnée et lui appartient. Ses lèvres saisissent les miennes avec plus d'ardeur, me possédant tout entière quand il glisse sa langue dans ma bouche. Je perds mon souffle sous les sensations qu'il éveille. Ses lèvres pleines et sensuelles tourmentent ma raison. Je n'ai jamais été embrassée comme cela. Aussi intensément. Une chaleur fuse dans tout mon corps et s'arrête au point crucial, un point inconnu en bas de mon ventre. Je le veux à cet endroit. Je le veux de tout mon être. Je ne veux plus que ça.

— À présent, plus personne d'autre que moi ne te touchera.

Il prononce ces mots contre mes lèvres et mon corps se consume. Je resserre mes jambes autour de sa taille et ses deux mains descendent sur mes fesses de manière possessive pour me rapprocher de son bassin. Il grogne contre ma bouche alors que je le sens gonfler entre mes cuisses. Il remonte ma robe sur mes hanches. Son index s'attarde sur mon ventre et s'infiltre entre la dentelle de ma culotte et ma peau. Il trace plusieurs fois une ligne horizontale imaginaire avant de saisir le tissu entre ses doigts. Ses yeux s'arrêtent sur les miens comme s'il attendait une réponse. Un consentement… J'ouvre la bouche, l'air entre avec difficulté et mon cœur va exploser.

Quelqu'un tape à la porte.

— Elena !

C'est Julia. Je secoue le visage et enfin je réagis. Oh mon Dieu ! Que suis-je en train de faire ? Je me dégage et descends du lavabo rapidement, complètement déboussolée. Je baisse ma jupe avec maladresse.

Il me fixe, des flammes dansant dans ses yeux noirs. Sa respiration est lourde et saccadée. Lui aussi est troublé. Affreusement gênée, je me tourne vers la glace. J'ai la bouche en feu. Mais qu'est-ce qui m'a pris ? Soudain, me sentant horriblement coupable, j'ouvre à Julia. Elle nous regarde l'un et l'autre, bouche bée.

— T'es dingue ! Qu'est-ce que tu lui as fait ?

Elle pousse Fares, mais il ne bouge pas d'un centimètre. Elle m'attire contre elle.

— Ne l'approche plus, OK ? le prévient-elle.

— Ne t'inquiète pas pour ça ! répond-il, glacial, avant d'ouvrir la porte donnant sur sa chambre.

Mon cœur se retourne en l'entendant dire ces mots. Comment peut-il être si proche et, l'instant d'après, si froid ? Je me laisse guider par Julia. En bas de l'escalier, on croise Katy.

— Tiens, les filles, qu'est-ce que vous faites ?

— Kat, sors avec Elena pendant que je dis à Paul que nous partons.

— Quoi ? Déjà ?

Elle me regarde et comprend tout de suite que ça ne va pas.

Une fois dehors, nous regagnons la voiture. Je n'arrive pas à parler, encore sous l'effet de ce baiser ou de l'alcool. Je ne sais pas. Ce dont je suis certaine, c'est que Fares embrasse comme un dieu et ça, je ne suis pas près de l'oublier.

Katy tente de mettre la clé dans la serrure.

— Kat, je crois que tu te trompes de caisse.

— Mais je ne comprends pas, elles se ressemblent toutes !

Nous déambulons le long de l'allée. Elle me raconte sa terrible soirée passée avec un mec du nom de Sam ou Tom, elle ne sait plus.

— Tu l'aurais vu, à un moment, il a posé un genou à terre, et moi, j'ai sorti un « oui, je le veux ». (Elle rit carrément et moi, je ne peux m'empêcher de l'imiter.) Attends, El, il s'est relevé et m'a dit : « Patience, je fais juste mon lacet !!! »

Nous éclatons de rire et ça me fait du bien.

Fred nous rejoint et se poste devant nous, il a l'air navré.

— Je suis désolé, Elena, je ne sais pas ce qui m'a pris. Pardonne-moi, s'il te plaît.

Il est pitoyable, le nez en sang. Quelque part, je suis contente de ce que lui a administré Fares, ça lui apprendra qu'on ne frappe jamais une fille.

— Casse-toi, Fred ! dit Katy en le poussant. Tu ne vois pas qu'on cherche… On cherche quoi déjà ?!

Fred nous laisse passer à contrecœur. Je ne peux pas m'empêcher de rire. Je ne sais pas si c'est elle ou moi qui porte l'autre, mais nous sommes toutes les deux vraiment bourrées !

— Kat, je l'ai embrassé.

Ma confession me surprend. Elle tourne la tête pour me dévisager.

— Et ensuite, tu as…

— Non, non, juste embrassé. Enfin, je lui ai pratiquement sauté dessus.

— Non, mais arrête ! Tu t'es éclatée ?

— Euh, oui… Je crois.

Je ne sais pas si le terme « éclatée » est vraiment approprié pour ce que j'ai ressenti quand j'étais dans ses bras.

— Tant mieux. Ça fait du bien, hein ?

Oui, je me suis sentie plus vivante que jamais, comme si je respirais de l'air pour la première fois. Je me suis laissée aller. Il aurait pu faire de moi ce qu'il voulait et ça me terrifie alors que je sens encore ses mains, chaque geste, jusqu'au goût sucré de ses lèvres. Son odeur est restée sur moi, musquée, irrésistible. Oui, il m'a embrassée comme un garçon qui sait comment faire, comme un mec qui sait exactement ce que j'aime.

Julia arrive à notre hauteur.

— Kat, donne-moi ces clés. El, ce mec est dangereux.

Elle regarde la trace rouge sur ma joue.

— Ce n'est pas lui, Ju, c'est Fred.

La surprise se lit sur son visage.

— OK. Mais je n'ai pas confiance quand même. Il y a quelque chose qui ne tourne pas rond chez lui. J'étais à deux doigts de le frapper !

# 8 - SENTIMENTS ARTIFICIELS

Le lendemain, j'ai une sacrée gueule de bois. En plus, la mère de Julia parle trop fort quand elle passe sa tête par la porte entrebâillée de la chambre.

— Allez, les filles, débout ! Y faut assioumer !

Son accent italien est très marqué. Katy se retourne, grincheuse, elle s'étouffe dans son oreiller.

— Huuuuuuummm !!

Je n'ai pas dormi. J'ai dessaoulé douloureusement en pensant à lui. Ses lèvres sur les miennes. Ma main caressant ses cheveux plus courts sur sa nuque, et moi, jamais rassasiée, l'embrassant avec fièvre. Je touche doucement ma bouche du bout des doigts en fermant les yeux, essayant de retrouver la sensation, son contact. Mais il n'est plus là. J'ai l'impression d'être une droguée et que ma drogue s'appelle Fares... N'importe quoi, il ne faut plus jamais que j'y repense.

Mon téléphone sonne. Un frisson déplaisant longe mon dos de bas en haut. C'est Chris. Je ne me sens pas bien.

— Allô, Nana.

J'ai honte.

— Salut.

— Ça a été hier soir ?

Je vais vomir.

— J'ai la gueule de bois.

— Hum. On se voit tout à l'heure ?

*Noooooonnnn !!!!*

La dernière chose dont j'ai envie est de m'enfermer avec lui. Comment vais-je pouvoir le regarder dans les yeux ? L'alcool n'est pas une excuse valable. Je l'ai trompé et, le pire, c'est que j'ai aimé ça.

Techniquement, deux fois, le baiser tordu avec Fred et le passionné avec Fares.

Si j'ai bien compris, il ne veut plus que je l'approche. Alors c'est bon, j'ai eu mon moment de passion, c'est terminé. Je fais ma fière mais je n'en mène pas large. Je me rends compte que son rejet me blesse.

— Je ne sais pas, j'ai quelques trucs à faire avec les filles, parler de notre emménagement sur Paris, dresser la liste de ce qu'il nous faut.

Katy soulève l'oreiller et ouvre un œil. Elle me lance un « ah bon ? » silencieux. J'écrase mon index sur sa bouche pour qu'elle se taise.

— Ah, tu veux toujours y aller ?

Je soupire. *Chris, ça ne va pas nous deux… Je doute…*

— Oui. Rien n'a changé.

Silence.

— Hum.

Ou plutôt, *tout* a changé, je le sais. J'aime Chris, mais nous traversons une épreuve et j'ai besoin de comprendre pourquoi notre histoire n'est pas née d'une passion dévorante.

*Parce qu'elle est stable, simple, réfléchie, sincère et saine*, me chuchote la voix de la raison.

— Chris, il faut que tu comprennes, j'ai besoin de temps, avec la fin des examens, la fac et nos fiançailles, j'ai les idées complètement en vrac, dis-je, sincère.

Suit un autre blanc qui augmente ma culpabilité.

— Je comprends. Je vais te laisser un peu d'espace. Je voulais que tu viennes avec moi… Bref, je pars pour un mois chez ma sœur dans le Sud. Prends du temps pour penser à nous, OK ? Je t'aime plus que tout.

Son ton n'a rien du reproche. C'est un mec bien. Je souris. J'ai soudain envie de partir avec lui. Il me rassure. Il a toujours été là pour moi. Et en ce moment, j'ai besoin qu'il me réconforte et me dise que tout va bien. Qu'on va bien. Mais ce n'est pas le cas, je pense à tout sauf à nous. Je m'éloigne de lui et malheureusement il n'y peut rien.

J'ai besoin d'analyser ce que je ressens et de mettre un nom sur ces sentiments qui m'ont déjà bouleversée trop souvent quand j'étais près de Fares. Frustration, colère, désir ou amour ?

Amour ! Je suis choquée par mes propres pensées. Non, l'amour, c'est ce que je ressens pour Chris. Passion. Voilà ! Frustration, colère, désir ou simple passion.

Dans tous les cas, rien ne peut sortir de bon de ces émotions.

Je frissonne. Est-ce que ça vaut vraiment le coup que je gâche ma relation avec Chris pour découvrir de nouvelles sensations ?

Nous raccrochons et j'ai le sentiment bizarre que c'est la dernière fois que nous nous parlons. Je reste même plusieurs minutes à regarder notre photo sur le fond d'écran de mon téléphone. Chris est derrière moi et me tient par les épaules, son menton appuyé au sommet de mon crâne. J'étais heureuse à ce moment-là. Un malaise qui s'apparente à du chagrin s'empare de moi. J'ai peine à croire que je suis en train de tout foutre en l'air.

C'est juste une mauvaise passe. Oui, une très mauvaise passe.

L'après-midi, j'aspire vraiment à me changer les idées et, avec les filles, nous décidons de faire les boutiques. Dans trois mois, je serai à la fac. Je ne suis plus une gamine, j'ai besoin de vêtements qui me sortent du style adolescent.

Chez H&M, je choisis une combinaison noire avec une fine ceinture en cuir, une ou deux chemises cintrées, deux jeans slim et une robe qui épouse mes formes sans vulgarité.

À la fin de la journée, je suis épuisée. Je rentre à la maison, me jette sur mon lit et m'endors presque aussitôt. Loin de me laisser tranquille, mes rêves m'imposent Fares. Il me caresse, aspire ma peau entre ses lèvres tout en murmurant des mots doux. Il devient plus entreprenant. Au moment où sa main descend sous mon nombril, je me réveille en sueur. J'ai du mal à reprendre mon souffle, torturée par tous les sentiments contradictoires qui m'assaillent, mêlés à une intense frustration.

Je tourne dans mon lit encore et encore, son visage m'obsède. C'est décidé, je me donne un mois pour savoir ce qui se passe dans ma tête. Un mois pour comprendre ce qui ne tourne pas rond chez moi. Et seul Fares peut répondre. Cette décision ne m'aide aucunement à trouver le sommeil, bien au contraire.

Je profite de mes parents la première semaine de vacances. Nous nous occupons de la maison et du jardin. Nous plantons de la lavande et quelques abeilles me tournent autour. Je ne réagis pas, mon cerveau est focalisé sur une seule chose : revoir rapidement Fares et avoir la possibilité de classer l'histoire sans suite.

— *Mi corazón ?*

Elle me tend un tasseur de terre.

— Pardon, maman.

Son regard soucieux me laisse entendre qu'elle souhaite une conversation sérieuse. Je détourne rapidement les yeux pour y échapper.

— Tu as des problèmes, ma chérie ?

— Non, ça va.

Je tasse la terre, faisant mine de rien.

— Tu sais, on ne parle pas beaucoup de ce genre de choses…

Maman, arrête par pitié !

— … mais si je peux te donner un conseil, il faut te marier par amour sinon ça ne durera pas, et cet amour est évident.

Évident ? Sur le coup, je ne suis pas certaine d'avoir compris. J'ai justement l'impression que la vie n'offre aucune évidence. Comme une graine, je file au gré du vent et qu'importe où cela me mène.

Cette constatation me déplaît. À dix-huit ans, ne devrais-je pas être capable de prendre ma vie en main ?

Le samedi, mes parents se préparent car ils partent trois semaines en Espagne chez ma tante Rebecca et ma mère veut être certaine que je ne manque de rien.

— Tu as bien l'argent que je t'ai donné ?

— Oui.

— Tu essaies d'être joignable ?

— Oui, dis-je en roulant des yeux.

— J'ai rempli le frigidaire, normalement tu as ce qu'il te faut.

— Oui, merci, maman.

Elle me fait un bisou sonore puis mon père m'enlace.

— Fais attention à toi, ma puce. Partout où tu es, je peux venir te chercher, tu le sais.

— Oui, papou. Merci.

J'adore mes parents, je ne sais pas comment je ferais sans eux. Les voir ensemble me remplit de fierté. Ils sont si proches l'un de l'autre et inséparables.

Je leur adresse un dernier signe de la main en les voyant partir. Je me dis que j'aimerais avoir la chance de vivre le même amour. Soudain, les paroles de ma mère me reviennent de plein fouet. Il est évident que leur amour ne ressemble pas à celui que je partage avec Chris, mais doivent-ils tous se ressembler ?

Je remonte dans ma chambre et j'ai trois appels manqués de Katy affichés sur mon portable. Je décide de la rappeler.

— El ? crie-t-elle – j'entends du monde derrière.

— Oui.

— Tu ne nous rejoins pas ?

— Si, si. J'arrive.

Nous sommes le 14 juillet, c'est la fête nationale et des feux d'artifice vont éclater partout en France. Nous avons décidé de passer la soirée au lac. Tout est organisé, il y a un bal et des buvettes un peu partout.

Je décide de mettre un T-shirt simple, un short et mes Nike noires. Je m'entête à me faire un chignon qui ne ressemble à rien, puis une queue-de-cheval, mais mes cheveux n'en font qu'à leur tête, impossible de les plaquer sur mon crâne. Je renonce à me coiffer. Je crois que je suis nerveuse. Je m'apprête sans doute à commettre une terrible bêtise. J'inspire. Courage, Fares sera là-bas et je veux en avoir le cœur net. Je veux comprendre même si j'ai peur de ce que je vais découvrir.

Il fait déjà nuit quand je me gare sur le parking. C'est noir de monde. De petits bars improvisés sont décorés d'ampoules multicolores, on peut les voir à cinquante mètres. Des gens se sont réunis sur la piste de danse pour admirer le feu d'artifice à venir. Les enfants sont assis et attendent impatiemment. Il faut que je le trouve. Il faut que je lui parle.

Je me faufile dans la foule. Tout s'éteint autour de moi, les premières fusées sont lancées et je l'aperçois enfin. Il est vêtu de blanc de la tête aux pieds. Il regarde le feu d'artifice avec d'autres personnes que je ne connais pas. Il est toujours entouré.

À chaque explosion, je peux voir son visage, il sourit. Il pourrait faire son âge s'il n'était pas aussi grand et bien bâti. Je me demande si je vais me faire à sa beauté car, dès que je l'aperçois, immanquablement, c'est un véritable choc. J'avance doucement. Je ne sais pas comment je vais l'aborder et ça me met dans un état pas possible. Les mains moites, je continue à marcher prudemment, chaque pas me rapprochant de lui me semblant plus pénible. Et s'il me repousse devant tout le monde ? Et s'il se moquait de moi ?

Je perds aussitôt le reste de mon courage quand j'aperçois qu'une fille le tient par le bras. Je m'arrête net. Cette image me bouleverse et me fait brutalement redescendre sur terre. Une fille de plus au tableau du hot boy professionnel. Même s'il ne l'embrasse pas, c'est pareil. Je suis ridicule de m'être crue spéciale un instant. Et c'est maintenant clair comme de l'eau de roche, je me rends compte que j'attendais qu'il me dise que je ne suis pas comme les autres. Qu'il me respecte. Mais Fares ne respecte personne. Il s'en fout. Je me sens honteuse, je suis la dernière des gourdes.

Je tourne les talons pour quitter les lieux quand je percute Luc qui a deux verres dans les mains.

— Tiens, Elena, tu viens ? Les filles sont là-bas.

Il me montre un point reculé sous des arbres derrière le groupe de Fares. Je le suis à contrecœur.

— El ! (Katy m'attrape le bras.) Te voilà enfin. Il faut que je te présente quelqu'un, il va à la même fac que toi l'année prochaine. Il s'appelle Charles.

Charles est d'origine asiatique. Il est mignon, a un sourire charmant et est assez drôle.

La soirée n'est pas si mauvaise finalement, le courant passe super bien entre Charles et moi. Il me fait éclater de rire quand, tout en accentuant ses mimiques et en simulant un accent mandarin, il imite son père qui le réprimande de vouloir faire des études alors qu'il pourrait d'ores et déjà reprendre son commerce. Je sais qu'il en rajoute, qu'il joue sur les clichés pour me dérider mais je ris de bon cœur et ça me fait du bien. Au moins lui, il a capté que je n'étais pas dans mon assiette.

Je tourne la tête et m'arrête net devant le regard le plus dur que l'on m'ait porté. Depuis combien de temps est-il là ? La mâchoire crispée, il serre les poings de toutes ses forces. Je l'affronte le menton relevé. C'est quoi encore, ce manège ?

Il tourne les talons sans attendre et s'enfonce dans la foule.

— Excuse-moi, Charles.

Je pars aussitôt à sa recherche. J'ai ce besoin obsessionnel de savoir sinon je vais devenir dingue. Il y a trop de monde, je n'arrive pas à me déplacer aussi vite que lui. Les gens doivent s'écarter pour le laisser passer tandis que moi, j'ai plutôt l'impression qu'ils m'empêchent d'avancer. J'allais abandonner quand je le vois remonter la petite colline qui mène aux douches collectives.

Je cours maintenant et me retrouve rapidement devant la porte. J'hésite à entrer et prends le temps de me calmer. Qu'est-ce que je vais lui dire ? Comment vais-je m'y prendre ? Allez, un peu de courage, j'ai besoin de savoir s'il ressent la même chose que moi ou si je suis devenue la pire des affabulatrices.

J'entre même s'il fait noir. Je suis guidée par le souffle bruyant et profond de Fares. J'entre dans la salle de douches. Seule une petite ampoule extérieure éclaire la pièce. Fares est penché au-dessus d'un lavabo. Les épaules voûtées.

— Suis-je un jeu pour toi ?

— Un jeu… Qu'est-ce que tu fous là ?

Sa voix me fait sursauter. Il émane de lui tellement de rage et de tension.

— Réponds-moi !

Il se redresse et me toise de toute sa hauteur. Tout à coup, il me terrifie. J'ai l'impression d'être une minuscule souris dans la cage d'un lion.

— Je me demande vraiment ce que tu veux que je te réponde. Tu n'écoutes rien quand on te dit de rester loin de moi ?

Ses yeux sombres se plantent dans les miens.

— J'ai besoin de savoir. C'est quoi le truc entre nous ?

Je sors ça sans réflechir. Son regard glacial me le fait regretter aussitôt.

— Le truc entre nous ? Il n'y a rien entre nous, OK ? Comme il n'y a rien entre Laura et moi, rien avec aucune autre.

Mon cœur me fait mal. J'en ai la nausée, mais je décide de continuer. Il faut que je sache. J'avance fébrilement.

— Alors pourquoi tu me fixes toujours comme ça ? Pourquoi tu es en colère, là maintenant ? Et pourquoi tu as foutu en l'air une année de cours ?

— Tu ne comprends pas…

Il secoue la tête et la baisse à nouveau, il me laisse entrer dans sa fragilité, je la vois quand il mord sa lèvre inférieure, qu'il ferme les yeux avec puissance, ses mains se serrant et se desserrant autour de la céramique du lavabo.

— Mais je comprendrais, si tu voulais bien me l'expliquer. Je ne sais pas ce qui m'arrive, je pense à toi, je ne sais pas où j'en suis… Fares…

Je ne peux pas croire que je suis en train de lui avouer que j'ai du mal à être sans lui. Même moi, je me sens dépassée. Tout ça n'était pas prévu. Et là, tout de suite, j'ai envie de me jeter dans ses bras et d'emprisonner entre mes doigts ses biceps tremblants pour le calmer. Il a relevé la tête et son expression me trouble. Il me dévisage et se redresse.

— Elena, ne me dis pas ça, lâche-t-il dans un souffle.

Son expression a changé, sa colère est retombée. La pièce s'est réchauffée de plusieurs degrés. Mon Dieu, mon cœur va exploser.

— Donne-moi du temps.

J'ai du mal à assimiler, je ne comprends pas car tout me porte à croire qu'il ne s'adresse pas à moi directement. Je recule en bafouillant :

— Du… du temps ? Mais pour quoi ?

Je perçois dans ses yeux une lueur inconnue. Jamais personne ne m'a regardée comme cela. Ses yeux brillent de fureur mais, je le vois, il a mal. Il avance rapidement vers moi et je crois l'entendre dire avant qu'il n'écrase sa bouche contre la mienne :

— Du temps pour faire ça.

Il me plaque contre le mur. J'en ai le souffle coupé.

Il m'embrasse furieusement. D'abord choquée puis comme si je n'avais attendu que ça, je réponds à son baiser avec la même hargne, le même désir. Comme si ma vie en dépendait, je m'accroche à lui. Sa langue m'ouvre la bouche. Ses mains chaudes entrent sous mon T-shirt et caressent ma peau. Un arc électrique me traverse. Il murmure :

— J'ai besoin de toi, ça me bouffe !

Je soupire contre sa bouche, moi aussi j'ai besoin de lui. Je ne suis plus moi-même à son contact. Je suis une autre, lui est mon démon et il me dirige tout droit en enfer.

— Je ne supporte pas de te voir avec un autre. Que l'on te touche. Qu'un autre te fasse rire ou qu'un autre que moi te fasse du mal.

Il emprisonne mes mains derrière mon dos et embrasse le haut de ma poitrine. Sa bouche me rend folle. Je suffoque. Il a pris un bout de mon âme, le reste de mon bon sens, je ne réfléchis plus.

— Je veux que tu sois aussi malheureuse que moi. Je veux que tu souffres comme je souffre, que tu aies aussi mal quand tu m'aperçois.

Ce qu'il me fait subir n'a rien à voir avec un supplice, c'est tellement bon ! Il m'embrasse à nouveau, divinement. Il prend ma lèvre inférieure entre ses dents. Ma poitrine se soulève avec frénésie. Il lâche mes mains et je les plonge dans ses cheveux. Ils sont si doux, si loin de ce qu'il est. Ses bras tombent le long de son corps. Notre seul contact est son front contre le mien. Ses yeux expriment une immense douleur.

— Il faut que tu m'arrêtes, car jamais plus tu ne pourras revenir en arrière. Jamais plus tu ne seras heureuse et je ne sais pas si je pourrai le supporter.

Je ne comprends pas ce qu'il veut dire par là. Pourquoi me ferait-il du mal alors que là, tout de suite, je n'ai jamais ressenti autant de bien ?

Paniquée, je mets mes deux mains sur son torse et le repousse un peu.

— Pourquoi tu me dis ça ? Pourquoi me voudrais-tu du mal ?

Son regard redevient vide d'un seul coup. La flamme a disparu. On dirait même qu'il n'est plus là.

— Fares, réponds-moi !

— Tu es comme les autres. Tu es comme elles. Je ne peux pas.

Il répète cela comme pour se convaincre de quelque chose. Je le secoue. Je cherche à capter son attention.

— Non, ce n'est pas vrai et tu le sais. Regarde-moi ! Mais regarde-moi !

Quand il me fixe enfin, je ne vois que de la tristesse et du désarroi.

— Si seulement tu n'étais pas entrée dans ma classe. Si seulement j'avais regardé ailleurs que tes beaux yeux, ta bouche, tout ton être. Si seulement, je n'avais pas ressenti le besoin de te connaître, depuis le premier jour, je le sais… Je sais que je vais me perdre. Tu es mon épreuve et je dois résister.

Des larmes me montent aux yeux.

— Fares… Fares, reste avec moi. S'il te plaît, ne pars pas. Parle-moi.

Il baisse les yeux, recule en faisant non de la tête. Mes mains quittent son T-shirt et restent suspendues.

— Ne me laisse pas ici toute seule, ne me laisse pas comme ça…

— Desolé, je ne peux pas.

Il est déjà parti, emportant avec lui un morceau de moi.

Pendant un moment, je ne peux plus bouger. Des larmes couvrent mon visage. Je regarde mes mains qui tremblent. Et je me mets à sangloter vraiment. Je me laisse tomber au sol et je me couvre de mes bras. Je ne comprends pas. Même mes propres sentiments. Je ne sais pas pourquoi je pleure pour un garçon. Un garçon comme lui.

Je ne sais pas combien de temps je suis restée ainsi, deux heures, toute la nuit, ou encore à quel moment je me suis endormie. Quand j'ouvre enfin les yeux, le soleil pointe à l'horizon, certaines personnes sont encore au bord du lac. J'ai mal à la tête d'avoir trop pleuré. Je me redresse puis cours jusqu'à ma voiture. Je regarde mon portable, je vois des messages de ma mère et de Chris…

Je suis venue dans le but de comprendre… Et j'ai compris que, quoi qu'il se passe, je dois rompre avec Chris.

# 9 – LE DÉBUT DE LA FIN

Deux semaines ont passé, durant lesquelles je suis restée enfermée, ne sortant que pour aller au travail ou au centre commercial pour acheter des fournitures pour la fac.

Katy et Julia sont venues me voir plusieurs fois et, un jour, je leur ai tout dit. Enfin, sauf la partie « Fares ». Il n'y a rien entre nous de toute façon. Je suis une fille comme les autres avec laquelle il s'est amusé. Julia n'a pas compris et m'a dit que c'était une mauvaise passe.

Katy a répondu que c'était une mauvaise passe depuis deux ans. Julia lui a fait les gros yeux.

— Bah quoi, tu n'as pas remarqué, toi ? Elle est trop… et lui pas assez… Bref, ça ne pouvait pas coller. Je ne veux pas te blesser, El, tu sais ?

Moi trop, lui pas assez… Je comprends… Moi trop jeune, trop inexpérimentée. Lui pas assez patient, pas assez passionné, pas assez « Fares ».

Et même s'il a joué avec moi, je ne peux pas ignorer ce qu'il m'a fait ressentir. Il m'a prévenue, j'aurais dû me tenir loin de lui.

Mais maintenant, je ne peux plus revenir en arrière. Je l'ai dans la peau et j'ai besoin de temps pour l'oublier. Je me moquais souvent de celles qui tombent dans les filets de ces garçons-là et je me rends compte que le cœur ne choisit pas. On y succombe doucement mais assez vite. Assez vite pour avoir mal.

J'ai décidé de tout dire à Chris dès son retour. Il doit savoir que je ne l'aime pas comme il le voudrait, que je ne suis pas quelqu'un pour lui. Que je ne mérite pas son amour.

Il m'a téléphoné plusieurs fois et j'ai répondu pour ne pas gâcher ses vacances. J'ai tout fait pour ne pas paraître trop distante. J'étais nerveuse et il me l'a fait remarquer. Je suis en réalité paniquée. C'est ma première rupture et je ne sais pas si je trouverai les bons mots.

Ces deux semaines ont été difficiles. Mes pensées sont en miettes. Fares est présent dans mon esprit, mon imagination me joue des tours, je crois le voir partout. J'ai essayé d'analyser son comportement, ses paroles. J'ai retourné cent fois le problème dans ma tête, en vain. Pourquoi m'a-t-il repoussée ? C'est incompréhensible. Je n'arrive pas à trouver une explication rationnelle. J'ai décidé d'arrêter de me torturer. C'est la vie, c'est comme ça, quelquefois il n'y a pas de raison.

Nous sommes samedi et c'est mon anniversaire. Dans une semaine, mes parents sont de retour, Chris aussi. Il m'a fait livrer un bouquet plus tôt dans la journée, avec un petit mot :

« J'ai hâte d'être à nouveau près de toi et pour toujours. Bon anniversaire, ma Nana que j'aime. »

J'ai vomi.

Ma mère m'a appelée et je n'ai pas pu m'empêcher de lui dire que j'avais décidé de rompre. J'ai pleuré. Elle m'a rassurée en me disant que, parfois, penser à soi et à son bien-être doit passer par un peu de douleur chez les autres.

Elle a raccroché en me souhaitant un bon anniversaire et en me disant que je devais m'amuser, dans la limite du raisonnable bien entendu.

Je suis sortie du boulot vers vingt-deux heures quinze. J'avais hâte de rentrer. Je n'avais rien prévu et bizarrement les filles ne se sont pas manifestées.

Arrivée devant chez moi, j'ouvre la porte et :

— Surpriiiiiiise !!!!

Ils sont tous là. Katy, Julia, Paul, des camarades de classe, Luc et des amis à lui, beaucoup trop de monde à mon goût.

— Mais vous êtes dingues !!!

La musique envahit la maison, et tout le monde vient m'embrasser. Katy me met une couronne sur le haut du crâne. Je ne sais plus où donner de la tête. On me pousse maintenant vers la terrasse. Non, non ! Pas ça ! Ah si !

Après un sonore « joyeux anniversaiiiire, El », je suis dans ma piscine, tout habillée et d'autres me rejoignent ! Je vois Julia et Katy, je leur adresse un « je vais vous tuer ! » muet.

Julia me crie :

— C'est une idée de ta mère !

Quoi ?! Ça me fait rire, je doute que ma mère ait prévu autant de monde...

Je remonte l'escalier de la piscine, trempée. Les filles me saisissent et m'emmènent à l'étage. Je suis heureuse finalement, voir du monde me fait du bien. Elles me poussent dans ma chambre.

— Tiens, on t'a mis des fringues sur le lit. On t'attend en bas.

Elles sortent et me laissent seule. Je rentre dans ma salle d'eau et me douche rapidement. Je ne l'ai pas vu, bien évidemment. Pourquoi viendrait-il ? Je ressens un pincement au cœur. Il ne faut pas que je pense à lui, il doit sûrement s'être trouvé une autre fille.

Je sors et j'enfile la minirobe que Julia a déposée à mon intention. Elle est rouge à paillettes et, bien sûr, trop courte. Je place la couronne sur la tête. C'est ridicule, mais je m'en fous.

Je retourne dans la salle d'eau et me maquille un peu. Cela ne peut pas me faire de mal. Bizarrement, je me trouve jolie.

La fête bat son plein. Il me faut encore quelques minutes de calme avant la tempête. Je sors sur le petit balcon de ma chambre. De là, je vois la piscine et les gens qui s'amusent à ma fête d'anniversaire. Le barbecue tourne à fond. Des ballons gonflables de toutes les formes et de toutes les couleurs sont dispersés un peu partout. Tout le monde danse et rit. Je m'accoude à la rambarde. Je sens l'air dans mes cheveux. C'est si bon de ne penser à rien.

Soudain, je sens des bras m'entourer. Un buste chaud se coller contre mon dos. Mon cœur s'emballe comme un fou. J'inspire l'air qui me manque tout à coup. Je sais que c'est lui. Il est là. Son nez me chatouille la nuque. Je baisse le regard sur ses grandes mains jointes sur mon ventre.

Je crois défaillir quand, dans mon oreille, il souffle :

— Bon anniversaire, Princesse.

Je fonds, je me retourne. Il est superbe. Ses cheveux sont en bataille et tombent sur ses yeux d'un noir mystérieux.

— Pardonne-moi, dit-il doucement.

Il caresse des doigts ma couronne puis me regarde droit dans les yeux. Il paraît si sincère qu'il est touchant. Très lentement, il glisse sa main derrière mon cou, se penche. Il approche son visage du mien.

— Je peux ?

*Oh oui !*

J'acquiesce de la tête et ses lèvres se posent délicatement sur les miennes. Il m'embrasse doucement, tendrement. Il s'applique, prend son temps et je profite de chaque lent et long passage de sa langue. C'est doux mais tout en moi explose. C'est trop bon, je dois rêver. Cette tendresse est inattendue et me fait du bien. J'ai l'impression qu'un million de papillons s'envolent dans tout mon ventre.

Avec langueur, j'entoure son cou de mes bras. Je perds le fil, mais reprends mes esprits quand j'entends, d'en bas, les gens qui crient, sifflent et nous applaudissent, nous hurlant de rester décents.

Je m'écarte. L'affiche complète !

Le sourire aux lèvres, il me prend la main et m'attire dans la chambre. J'en profite pour contempler son visage, Fares qui sourit est comme un tableau de Rembrandt, ça vaut des milliards.

Une fois à l'intérieur, je ne sais pas quoi dire.

— Fares, je… commencé-je, troublée.

— Attends. Écoute-moi. Je suis désolé. Je sais que je suis bizarre, que j'ai déconné avec toi. Mais si tu désires vraiment être avec moi, il faut que tu apprennes à me connaître, que tu saches qui je suis, dans quoi tu t'embarques. On est très différents tous les deux, il y a un tas de choses que tu ne pourrais pas comprendre. Je ne sais pas si ça peut coller, mais j'en ai envie. Je sais que je me sens plus fort avec toi et que l'on peut tout traverser. Je ne supporte pas de te voir avec un autre, ça me rend fou. Je sais que c'est dingue, mais je me dis qu'ensemble on peut se battre et changer le destin.

Il a les yeux qui brillent et j'y lis, à tort peut-être, beaucoup de sincérité.

— Je ne sais pas, tu sors avec tellement de filles, je m'y perds un peu, dis-je, incertaine.

Aussi, il m'embrasse et ensuite me repousse. Comment puis-je lui faire confiance ?

— J'imagine très bien ce que tu penses, mais laisse-moi, juste une fois, te prouver que je ne suis pas celui que tu crois. Les autres ne comptent pas. Passons du temps ensemble.

Qu'est-ce que j'y perdrais ? C'est vrai après tout, être avec Fares, apprendre à le connaître, passer ce temps à le regarder est un programme grisant.

Il me prend dans ses bras. Il dégage une telle chaleur. Je me sens en sécurité avec lui, mais la voix de la raison me souffle qu'il peut me faire plus de mal que n'importe qui. Ma tête contre son buste, j'entends son cœur battre et son odeur s'immisce dans mes narines, et j'oublie tout.

— Elena, tu veux bien ?

Je sais à cet instant, au moment même où mon prénom sort de sa délicieuse bouche, que j'ai fait tomber toutes les barrières et qu'il peut obtenir de moi ce qu'il veut.

— OK.

Il se dégage et se baisse à ma hauteur. Son sourire me remplit de joie. Il a l'air si heureux. Il me porte – facilement – au-dessus de lui et m'embrasse avant que mes pieds ne touchent à nouveau terre.

Puis il me regarde de la tête aux pieds, un sourcil relevé.

— Tu n'as pas trouvé du tissu pour finir cette robe ? me demande-t-il d'un air inquisiteur.

Je lui lance un des coussins posés sur mon lit et m'entends lui dire :

— Quel rabat-joie !

Nous éclatons de rire. Mon cœur se gonfle de bonheur, ça me prend dans le ventre et m'anesthésie tout entière. Il me prend la main. Il est divinement parfait.

— Allez viens, on sort de cette chambre sinon je ne crois pas pouvoir rester longtemps un gentleman.

Son regard devient incandescent puis beaucoup plus doux, plus tendre.

C'est à ce moment-là que je tombe follement amoureuse. Pas seulement de son physique et de ses mots, mais aussi des émotions qu'il me procure. Elles échappent à mon contrôle. Elles me hantent, me font planer, me bouleversent. C'est un dérèglement ingérable, étourdissant mais merveilleux. Fares puise dans mes sentiments les plus profonds, les plus intenses. Et même si je tremble, même si tout ce que je ressens m'effraie, je ne veux plus jamais m'arrêter de tomber.

***

Voilà comment notre histoire a commencé. Ce fut pour moi une félicité, une évidence. J'avais gagné ce droit. Aimer. Je savais que ma vie ne serait plus jamais la même. Il apportait au puzzle la pièce qui me manquait depuis tout ce temps. Désormais, je me sentais entière, complète.

Ce soir-là, j'ai remercié Dieu de l'avoir mis sur mon chemin, mais je ne savais pas qu'il allait me le reprendre.

Cette chambre est témoin d'un des plus beaux jours de ma vie, mais sera aussi témoin du pire.

Dans cette pièce, Fares m'a dit qu'il pourrait tout traverser avec moi et c'est aussi là qu'il me dira que tout est fini.

# 10 - LE PROLOGUE

— Cette fête était incroyable ! s'exclame Julia, un gros sac-poubelle à la main.

Mon regard balaie la maison qui est littéralement sens dessus dessous. On peut distinguer, à travers la baie vitrée, Fares qui ramasse les bouteilles et gobelets en plastique parsemés un peu partout dans le jardin.

— Alors, tous les deux, c'est du sérieux ? me chuchote Julia en faisant un geste de la tête dans sa direction.

Je le regarde. Il a l'air si jeune, il est si beau.

— Je crois, oui.

— El, c'est officiel, tu es une pédophile ! marmonne Katy.

Elle est avachie sur le canapé et elle rigole toute seule. Son rouge à lèvres a débordé sur son visage. Je suis choquée. Mais ce dont elle m'accuse n'est pas faux.

— Il faudra lui faire signer une lettre de consentement, ajoute-t-elle le plus sérieusement du monde.

Ce qui est sûr, c'est qu'elle a bien choisi sa voie : le droit.

— Il est mignon, mais reste sur tes gardes, OK ? ajoute Julia.

— Ne t'inquiète pas.

Je ne sais pas pourquoi, mais j'ai confiance en lui.

— Et Chris ?

Je fais une grimace, indiquant clairement ma gêne et le tourment de ma conscience.

— Je vais rompre dès son retour, déclaré-je finalement.

Mon regard se reporte sur Fares et je soupire de bonheur. La soirée a été magique. J'ai passé mon temps à être attentive à ses gestes, ses expressions, ses moindres mots, irrémédiablement subjuguée. Nous sommes arrivés en bas de l'escalier et je n'arrivais pas à détacher mes yeux de nos doigts entrelacés. Il m'a souri puis embrassé le dos de la main. Par ce geste, c'est comme s'il scellait nos vies. Il est resté près de moi à me prendre dans ses bras, me sourire. Il était doux et attentionné. Cette partie de lui, très inattendue, me fait fondre.

Il a sorti deux gars qui s'amusaient à faire peur aux oiseaux de la volière de mon père et, quand Laura s'est jetée sur lui, il l'a clairement éconduite.

J'ai entendu la conversation dans mon dos. Il était assis sur l'îlot central de la cuisine pendant que je cherchais une louche pour la sangria.

— Laura, je suis désolé, mais je te l'ai déjà dit, il n'y a rien de sérieux entre nous.

— C'est à cause d'elle ! a-t-elle sifflé assez fort pour que je l'entende.

— Non, grâce à elle.

Mon cœur a sauté dans ma poitrine. Tous mes atomes faisaient la fête. Je me suis sentie « spéciale ».

Notre relation a fait un bond en avant. Minute, j'ai une relation avec Fares ! J'en ai la tête qui tourne.

Il est six heures du matin et le ménage est pratiquement fini. Katy et Julia sont montées à l'étage se reposer dans la chambre d'amis. Il ne reste plus que nous deux. Il se lave les mains puis se les essuie dans le torchon que je lui tends. Il ne me quitte pas des yeux. J'ai du mal à le regarder en face – il peut parfois être très intimidant. Il détache la couronne de mes cheveux et la pose sur le plan de travail. Ce simple geste me donne des palpitations.

— Tu viens ?

Il me tend la main et ajoute :

— Nous avons bien droit à un moment rien qu'à nous. En plus, je ne t'ai pas donné ton cadeau d'anniversaire.

Si mon cœur pouvait applaudir, c'est ce qu'il ferait. Je le suis comme une petite fille. Fares a deux ans de moins que moi, pourtant près de lui, là maintenant, silencieuse et timide, c'est comme si nous avions échangé nos âges. Je suis impressionnée par sa taille et son aura, sa façon de marcher, de s'exprimer. Par lui, tout simplement.

Il me dirige dehors, près de la piscine. Il s'arrête en face de moi. Je suis des yeux ses doigts qui saisissent le bas de ma robe pour me la retirer lentement. Je tremble un peu. Je suis en maillot de bain devant lui et gênée par ma quasi-nudité. Je ne sais pas du tout où mettre mes mains alors je croise les bras sur ma poitrine. Il sourit gentiment devant mon comportement très loin de celui d'une femme super sexy et à l'aise avec son corps. J'aurais voulu qu'il me voie comme une personne sûre d'elle mais je reste obstinément crispée et figée comme une maudite statue de cire.

Le rouge me monte aux joues quand il défait un à un les boutons de sa chemise et la retire. La vision de son torse nu me coupe le souffle. Mon Dieu, il est beau à se damner. J'hésite mais, avec sa silencieuse permission, je souligne ses muscles du bout des doigts. C'est irrésistible. Il laisse échapper un soupir. Je ne crois pas que je sois en train de caresser Fares, le mec le plus sexy du lycée. Il se met à rire alors que je m'aperçois que je suis en train de le tâter comme de la marchandise. Un morceau de viande très cher au kilo. Je retire mes mains. Je me mords la lèvre inférieure soudain honteuse et, quand je relève le regard, il a retrouvé tout son sérieux.

— Tu as déjà eu des relations ? s'enquiert-il.

Encore une fois, mon ventre se tord une seconde et mes joues deviennent cramoisies. Je fais oui de la tête sans vraiment me mettre d'accord sur ce qu'il entend par « relations ». Il prend mes mains qu'il pose sur lui. Mon cœur tape avec plus de puissance dans ma poitrine. Je caresse cette fois ses abdominaux, plus lentement, suivant leur tracé parfait. Sa peau est aussi douce que celle d'un bébé et c'en est même frustrant. Fares est parfait sous tous les angles.

Je remonte mes mains sur ses pectoraux de mannequin, puis lève mon regard sur lui pendant que mes pouces continuent leur caresse pour redescendre sur ses hanches. Je sens une légère chair de poule sous mes doigts.

Son regard électrique est rivé sur ma bouche. Sa main vient se poser sur ma joue. Il s'approche pour me souffler au creux de l'oreille :

— Arrête, sinon je ne réponds plus de mes actes.

Mon sourire est fragile. J'espère qu'il ne le trouve pas trop innocent.

— Viens.

Il me conduit auprès de la piscine. Il me fait asseoir sur le bord, et mes pieds trempent dans l'eau. Celle-ci est fraîche, ce qui me fait frissonner. Il glisse doucement dans le bassin et, quand il regagne la surface, il est face à moi, juste entre mes jambes. Je n'ose pas parler, à peine respirer. Le silence de l'aube rend ce moment envoûtant.

Ses cheveux mouillés, en bataille, lui donnent un air encore plus rebelle. Il les repousse en arrière sans vraiment vouloir les discipliner. Quelques goutes perlent le long de ses tempes.

— Tu as froid ?

— Je sais pas, dis-je en fixant ses lèvres humides.

Le rire fugace qu'il laisse échapper me fait revenir à moi. Son regard devenu incandescent se fixe sur le mien. Il pose ses mains sur mes hanches et mes palpitations adoptent un rythme infernal. Il me fait avancer un peu plus près de l'eau. Ses paumes quittent ma peau pour se déposer sur les dalles de part et d'autre de mes cuisses. Il se dresse facilement hors de l'eau jusqu'aux hanches et je me perds dans la contemplation de son torse lisse et ruisselant.

— Regarde-moi.

Je relève le menton et ses lèvres viennent à la rencontre des miennes. Doucement, érotiquement puis plus intensément. Des gouttes tombent de ses cheveux pour venir s'écraser sur ma poitrine et mon ventre, me faisant frissonner plus encore. Il embrasse tellement bien. Sa bouche est douce et sensuelle. Je respire de plus en plus fort. Je sens quelque chose me consumer de l'intérieur. Il embrasse mon cou, mon buste et évite soigneusement ma poitrine. À ce moment-là, j'imagine qu'il veut me tuer. Sa bouche voyage plus bas pendant qu'il descend au fur et à mesure dans le bassin. Je commence à gémir doucement. Cette envie impérieuse revient et s'écrase par vagues au centre de mon corps. Là où je le veux ardemment.

Il dépose des baisers autour de mon nombril avant de tirer sur une des ficelles de mon bas de maillot. Je frissonne. Seigneur, je dois l'arrêter, mais je n'arrive pas à bouger. Je suis choquée ou en transe, je ne sais pas. Il a cet effet sur moi. Je retiens mon souffle. Bientôt, il embrasse le sommet de mes cuisses et remonte avec lenteur. Je ne sens plus rien, sauf sa bouche charnue sur ma peau qui à chaque pression m'électrise. Il dégage le bout de tissu de mon intimité et tout mon corps est bousculé d'un long frisson. Je ferme les yeux.

— Tu es magnifique, murmure-t-il.

Son souffle me caresse là où il faut. Là où j'ai besoin de lui. Je sens la pulpe de ses lèvres me frôler comme une plume. Des plaintes incontrôlées sortent de ma gorge. Je n'arrive pas à le regarder, trop honteuse de mes réactions. Je sais ce qu'il va faire, je me contracte. Ma pudeur me hurle de l'arrêter mais, au lieu de ça, je pousse un profond soupir quand il m'embrasse.

Sa bouche, chaude, m'aspire, me taquine, et je sens sa langue humide me goûter. Je me perds, je ne réfléchis plus. Il maintient fermement mon bassin entre ses paumes. Je n'ai pas froid. Je suis brûlante. Je renverse ma tête en arrière. Il me caresse avec ses lèvres encore et encore, plus doux puis plus fort. Je me contracte par saccades sous sa langue qui me fait perdre la raison. Je me mords les lèvres pour étouffer mes gémissements qui deviennent plus longs, plus profonds. Sans m'en rendre compte, j'écarte les jambes pour lui laisser l'espace qu'il veut me prendre.

— Tu me rends fou.

Le silence autour de nous, son humidité qui rencontre la mienne, son souffle léger sur ma chair, ses mains chaudes sur ma peau couverte de frissons, lui… Fares me fait vivre l'instant le plus torride de ma vie.

Arrive un plaisir grandissant et nouveau, délicieux et presque douloureux, rythmé par les mouvements réguliers de sa langue sur moi. Ça vient, puis repart pour revenir comme un torrent puissant au fond de mon corps et ça me brouille l'esprit. Tout s'efface autour de moi. Un plaisir plus intense et profond se propage en moi comme un éclair. J'ouvre la bouche mais me retiens de crier que c'est trop bon. Je crois le sentir sourire contre mon intimité avant qu'un million d'étoiles finissent d'éclater sous mes paupières. Ça dure dix ou quinze secondes, c'est trop court. Mon corps s'alanguit d'un bien-être et d'un apaisement incomparables. Je ne peux plus réfléchir, ne veux plus vivre, juste rester dans cette quiétude salvatrice. Avec lui.

Quelques secondes plus tard, j'ouvre enfin les paupières, encore troublée par ce plaisir si intense qu'il devrait être interdit. Fares me regarde, un sourire tendre au coin des lèvres.

— Il vaut mieux que je rentre.

J'ouvre la bouche mais aucun son n'en sort. Je le regarde rattacher mon maillot. Il finit par déposer un léger baiser sur mon ventre avant de nager en direction de l'escalier de la piscine. Les émotions s'embrouillent et je suis choquée de l'avoir laissé faire. Je n'ai jamais ressenti cela. Ce besoin qu'un garçon me touche à cet endroit et l'envie d'aller toujours plus loin. Il m'a appris le plaisir en une leçon et j'en veux davantage car tout palpite encore en moi.

C'est bête, mais je me sens différente. Comme si j'avais compris quelque chose d'important sur moi-même et qui me réconforte. Moi aussi, je peux aimer le sexe. Je me sens devenir femme. L'expression « désirer quelqu'un » prend tout son sens avec lui.

Je le regarde sécher ses cheveux puis son torse avec une des serviettes restées sur un transat. Il tourne la tête vers moi et me sourit. Pour la première fois, je le vois tel qu'il est, ce garçon qui m'a pris corps et âme.

Il faut que je me calme et réfléchisse, tout va beaucoup trop vite, mais que puis-je faire ? Il est incroyable, tellement incroyable que je ne veux pas qu'il parte même si je ne sais pas si je saurai assumer la suite. Tant pis.

— Tu peux rester si tu veux. En plus, ton pantalon est…

J'avale ma salive avec difficulté, je voulais dire « mouillé » mais le mot « déformé » serait plus adapté vu la bosse imposante au sommet de ses cuisses. Il ne s'en cache pas. Comment peut-il être à l'aise avec cela devant moi ? *L'expérience, Elena, l'expérience…*

— Je ne crois pas que ce soit une bonne idée, s'amuse-t-il en suivant mon regard. Et je dois rentrer.

— Je te ramène, lui dis-je d'une voix cassée en me levant.

— Non, merci. Je vais appeler un taxi.

— J'en ai pour quelques minutes. Je sors la Mini. Attends-moi devant le garage.

Je ne lui laisse pas le temps de parler, je suis déjà dans le salon pour attraper mes clés et enfiler un long gilet.

Quand j'allume le plafonnier du garage, je tombe à genoux en poussant un cri strident.

Fares arrive en courant. Il est derrière moi et ne bouge pas. Je pleure en me prenant la tête entre les mains et me balance d'avant en arrière.

— Qui… qui ? Pourquoi ?

Il me soulève doucement et me porte dans ses bras.

— Ne reste pas là, ça va aller, je suis là. Je ne laisserai personne te faire du mal.

Ma tête sur son épaule, je ne pleure plus, mais des larmes continuent de couler. Je sens qu'il me dépose sur mon lit, m'adossant au mur. Il s'assoit à mes côtés et colle ma tête sur son buste.

Je repense à ma voiture, aux pneus éclatés, aux marques de clé et au mot « TRAÎNÉE » inscrit sur tout le flanc. De rage, je mords mon poing. Il me caresse les cheveux pour m'apaiser. Sa présence me calme mais je m'endors d'un sommeil tourmenté.

# 11 - DIMANCHE J-5

— Elena ? C'est Julia. Réveille-toi. Il faut que tu te rendes au poste de police pour porter plainte.

Je me retourne. Je sens que mes yeux sont gonflés et je n'ai pas envie de les ouvrir. Ma gorge est sèche.

— Non, non, je ne veux pas. S'il te plaît.

— OK, dors encore. Je suis là.

Fares est devant moi, il est furieux et brise tout autour de lui. Les vitres volent en éclats, je reçois des morceaux de verre dans la peau. Je suis soudain projetée en arrière puis sous l'eau. Je n'arrive plus à respirer. Je coule. On me tire vers le bas. Je regarde en dessous de moi, tout est noir et sans fond. J'essaie de remonter à la surface. Je n'arrive à bouger ni mes bras ni mes jambes et j'aperçois son visage d'abord trouble, puis je vois qu'il me déteste. Je tends la main vers lui. Il disparaît. Je me noie.

Je me réveille en larmes, ma tête comme comprimée dans un étau. Je regarde mon portable qui indique dix-huit heures. Je me lève avec lenteur et prends une douche pour laver le mal-être qui me gagne. Je descends dans la cuisine, Julia est encore là.

— Ça va, petite marmotte ? Fares a contacté un dépanneur, il a dit qu'il s'occupait de ta voiture. Ta mère a appelé, je ne lui ai rien dit. Tu es sûre de vouloir garder cela pour toi ? me demande-t-elle avec compassion.

— Oui, absolument certaine.

— C'est vraiment dingue ce qui t'arrive !

Il est clair que quelqu'un m'en veut. J'ai vite fait le tour, ça ne peut être que Laura ou Fred. Mais je penche plus pour Laura,

Fred n'est pas venu hier soir. Je comprends qu'elle m'en veuille. Si quelqu'un me prenait le garçon que j'aime, je serais mal. Même si ça a été trop loin, je ne veux pas en faire une histoire. Je veux arrêter d'y penser. Oublier.

— Fares a dit qu'il passerait tout à l'heure pour voir si tu vas mieux. Katy devait rentrer chez elle. Je peux rester si tu veux.

— Non, ça va, tu peux rentrer. Merci, Julia.

Je me sens en sécurité chez moi. Je n'ai qu'à fermer tous les volets ainsi que toutes les portes à clé.

— OK.

Elle me prend dans ses bras et quitte la maison.

Deux heures après le départ de Julia, on sonne au portail. Je tremble en attrapant le combiné de l'interphone. J'ai peur de le voir. Il a dû être déçu par ma réaction hier soir, en découvrant ma voiture dans cet état. Pourtant à ce moment-là, alors que j'avais les joues trempées de larmes, c'était le seul que je désirais à mes côtés. Sa présence simple et silencieuse était ce dont j'avais besoin. Et j'ai su à l'instant même où il a quitté mon lit pour rentrer chez lui que son absence me serait toujours désagréable.

— Oui ?

— C'est moi.

Deux mots prononcés par Fares et le monde ne tourne plus rond. Mon cœur bondit dans ma poitrine. J'ouvre la porte d'entrée. Je m'accroche à la poignée quand je le vois arriver. Il est en jean, T-shirt de marque et porte des Adidas blanches. Il est à tomber. Je me regarde. J'aurais pu faire un effort. J'ai toujours mon pyjama – un short à rayures et un haut bleu.

Quand il arrive à ma hauteur, il me soulève dans ses bras, me serre contre lui, il hume bruyamment mes cheveux et me repose.

— Ça va mieux ? me demande-t-il, l'air inquiet.

— On peut dire ça, murmuré-je.

Il remet une mèche derrière mes oreilles d'un geste affectueux. J'ai envie de me blottir contre lui mais je me retiens.

— Je ne vais pas rester longtemps. Je voulais juste m'assurer que tu allais bien. Ta voiture sera prête demain.

— C'est gentil. Comment as-tu pu trouver un garage ? Tout est fermé le dimanche.

Un sourire malin se présente sur ses lèvres.

— Ne t'inquiète pas pour ça. Je ne voulais pas que tu la voies encore dans cet état.

Je lui en suis reconnaissante. Effectivement, une fois m'a suffi et, si je veux oublier, il vaut mieux que cela soit ainsi.

— Tu ne restes pas alors ?

— Non, je dois y aller, le taxi m'attend.

Je regarde derrière lui et, effectivement, il est attendu.

— OK, dis-je, déçue.

Je baisse le menton mais il me le relève, sa main couvrant ma joue.

— Je t'appelle, OK ?

J'acquiesce et il m'embrasse rapidement la pommette avant de tourner les talons. Où va-t-il comme ça ? Il sent ce parfum attrape-nanas et je me demande s'il n'a pas rendez-vous. En plus, il n'a pas mon numéro de téléphone ! Je serre les poings. *Elena, arrête ! Tu vires parano.*

Je ferme tout derrière moi et m'installe sur mon canapé devant la télé. Je m'endors presque aussitôt.

Le téléphone me réveille, j'ouvre un œil. C'est Chris. Je ne lui réponds pas, mais décide de lui envoyer un message.

› J'essaie de dormir. Je suis fatiguée.

Excuse-moi.

› OK, t'as reçu mes fleurs ?

› Oui, merci, ça m'a bcp touchée.

Ce n'est pas un mensonge, mais je ne vais tout de même pas lui dire que j'ai vomi tout ce que j'avais dans le ventre.

› OK jtlaisse tranquille,
pense à nous stp. Je tm.

J'ai les mains qui tremblent. Je me sens tellement mal. J'ai hâte que cette semaine finisse. Il faut que je lui parle dès son retour. Je devrais même l'appeler dès maintenant et le lui dire. Mais je ne peux pas lui faire ça, pas comme ça.

Où est Fares en ce moment ? Est-il avec ses amis ? Pense-t-il à moi comme je pense à lui ?

Ce soir-là, je m'endors en l'imaginant malgré moi dans les bras d'une autre.

# 12 – LUNDI J-4

Après cette nuit exécrable, je suis décidée à profiter de mes vacances. Il faut que je prenne du recul. Mes émotions sont multipliées par dix ces temps-ci. Fares est trop ancré dans ma tête et ça commence à me rendre folle. Ma voiture vient d'arriver en dépanneuse. La peinture est magnifique.

— Elle est superbe, merci beaucoup. Combien je vous dois ?

— C'est déjà réglé, mademoiselle.

— Comment ?!

Je reste bouche bée. Le garagiste hausse les épaules. Ça y est, Fares recommence ! Mon téléphone sonne au même moment.

— Allô !

— C'est Fares, ça va ?

Sa voix fait vibrer tout mon corps, mais je suis toujours très en colère.

— Non, ça ne va pas ! Combien ça t'a coûté ? Arrête de faire ça, OK !

Je l'entends rire dans le combiné. Un vrai gamin. Attends que je le voie, je vais lui tordre le cou.

— C'est sans importance, c'est une connaissance. On s'est arrangés. Ça te dit de manger chez moi à midi ?

La colère tombe aux oubliettes. Je reste abasourdie par cette proposition. Il m'invite chez lui ?

— Elena ?

— Rrrmm, oui ?

Ma gorge est un peu sèche.

— Enfin, chez ma tante et mon oncle, ajoute-t-il.

— Je ne sais pas…

— Allez, viens, ça va être sympa. Au menu : barbecue.

Son enthousiasme est aussi un très bon argument.

— Bon, OK.

Je n'en reviens pas d'accepter, mais il faut que je me rende à l'évidence, même s'il me rend dingue, il me manque.

Quand j'arrive devant la maison, je me demande si je n'en ai pas trop fait – je porte un pantalon taille haute sur une chemise blanche. C'est Fares qui ouvre la porte. Il regarde à droite puis à gauche.

— Euh… Vous cherchez un travail, mademoiselle ? me demande-t-il en essayant de paraître sérieux.

Il se moque de moi ! Je le fusille du regard.

— Ça va, t'es lourd !

Il rigole et, si j'ai été de mauvaise humeur, je ne me souviens même plus pourquoi. Il m'embrasse sur la joue. Je frissonne.

— Tu es parfaite.

Il m'entraîne dans la maison. L'ambiance n'a rien à voir avec celle de la fête pour la fin des examens : tout est propre et éclatant. Je fixe le fameux mur à peinture qui, sous la lumière noire, apparaîtrait moins immaculé. Devant, trône fièrement un piano à queue blanc laqué. La demeure paraît immense. Tandis que nous traversons le grand couloir, son torse se colle à mon dos. Il m'enlace et sa bouche butine ma nuque qui se couvre de frissons. Tout d'un coup, j'ai la tête qui tourne. C'est bizarre d'être si proche de lui. Si quelqu'un m'avait dit, un mois plus tôt, que j'aurais une relation avec Fares, je l'aurais traité de fou.

— Tu sens tellement bon, Elena.

Je suis aux anges, il me fait un tel effet. Il doit sentir mon gel douche à la douce fragrance de mûre car je ne me parfume plus depuis longtemps. Il relâche son étreinte quand on passe la porte du jardin. Nous foulons un grand parc fleuri et arboré. Je panique et ralentis le pas en apercevant la table familiale sous un grand chêne. Il y a Luc, ses parents et une fille que je ne connais pas. Elle doit avoir entre treize et quatorze ans. Elle est blonde et a les yeux marron clair. Elle est vraiment jolie.

— Il reste de la place pour un couvert de plus ? lance Fares à l'intention de sa tante.

Quoi ? Ils n'étaient pas au courant ? La mère de Luc me regarde et fronce les sourcils.

— J'ai invité une amie, précise-t-il.

Elle se détend aussitôt. Une amie ?! OK, une amie ! Ça ne fait que quelques heures que nous sommes ensemble. Il ne faut pas que je m'emballe.

Sa tante me tend la main que je serre aussitôt.

— Bien sûr. Samantha. Voici Pascal, mon mari, et Claire, notre fille. Luc…

— On se connaît, marmonne Luc.

Claire me sourit, ce qui me détend un peu. Luc me fait un signe rapide. Je le trouve un peu plus froid que d'habitude, mais je ne souhaite pas y prêter attention.

— Elena. Je suis enchantée, dis-je en souriant.

Le repas se passe bien. Les parents de Luc me posent des questions sur ce que je veux faire plus tard.

— J'entreprends des études de commerce. Je pense me spécialiser dans le marketing.

— C'est bien vous qui donnez des cours de maths à Luc ? me demande Pascal.

— Oui, je pense avoir la logique des chiffres. Être confrontée à un problème et l'analyser, c'est ce que j'aime – je regarde Fares –, mais ce que je préfère, c'est le résoudre. Chercher la faille, trouver des solutions et les mettre en œuvre.

La conversation s'oriente maintenant sur le foot et Luc énumère les joueurs qui feront sans doute partie de l'équipe de France cette année. Je regarde Fares, il est dans son élément, complètement détendu. Quand il est aussi attentif, son profil est sublime.

— Il est mignon, mon cousin. Mais attention, ne craque pas pour lui, car tu vas te brûler les ailes.

— Pardon ?

Claire m'a sortie de mes songes. Elle fige son sourire, car Fares la fusille du regard. Il se dresse d'un bond.

— Bon, on doit y aller, annonce-t-il soudain.

— Déjà ? Et le dessert ? s'exclame Samantha.

— On a des trucs à faire.

Il me prend la main et m'oblige à me lever. Je le suis en direction de la maison après avoir baragouiné un « au revoir ».

— Ravie de t'avoir rencontrée, Elena, me crie Samantha.

Quand on se retrouve à l'intérieur, je lui lâche la main et m'arrête net.

— Je peux savoir ce qu'il te prend ? lui demandé-je, les poings sur les hanches.

Il tourne en rond comme un lion en cage et se tourne face à moi.

— Qu'est-ce qu'elle t'a dit ?

— Qui ?

— Claire.

— Rien de spécial, calme-toi !

Je ne vais tout de même pas lui avouer que sa cousine m'a surprise en train de le dévorer des yeux. Il me prend le menton.

— Je ferais tout pour toi, tu le sais ?

Non, je ne le savais pas, mais maintenant c'est clair. Ses yeux paraissent tourmentés. De quoi a-t-il peur ? Je hoche finalement la tête même si je ne comprends pas ce curieux changement d'attitude.

Mais il a déjà retrouvé son calme et me propose naturellement :

— Tu viens, on va se promener.

Je le dévisage, un peu perdue, pendant que nous marchons jusqu'à l'arrêt de bus.

— Quoi ! Tu veux prendre le bus ? J'ai une voiture, je te signale ! déclaré-je.

— Tu ne crois pas que je vais te laisser me conduire ?

Il rigole. Je le fixe, incrédule, je vois bien qu'il est sérieux.

— Et en plus, on est macho !

— Je suis tellement plus que ça… murmure-t-il.

Son sourire me fait fondre. Le bus s'arrête devant nous.

— Après vous, mademoiselle, dit-il en inclinant légèrement son buste tout en m'indiquant, par un geste, de monter avant lui.

Nous nous laissons conduire jusqu'au parc. Le printemps a porté ses fruits. Les bourgeons ont éclaté en de belles fleurs au parfum délicat. Il me prend la main et nous commençons à marcher. Son contact me fait chavirer. J'ai envie de plus, tellement plus…

Les gens nous regardent bizarrement, passant de lui à moi, en fronçant les sourcils. Qu'est-ce qu'il y a ? Sommes-nous si différents l'un de l'autre ?

Effectivement, notre différence ne m'avait pas frappée jusqu'à ce qu'on se trouve dans un espace public. Il est grand, a le teint beaucoup plus mat que moi, les yeux noirs en amande. Il est métis, mais je n'arrive pas vraiment à définir ses origines. Je resserre la pression de ma main dans la sienne. Il baisse le regard sur moi.

— Je cherchais un endroit tranquille pour discuter. Il faut que tu m'écoutes, commence-t-il.

J'ai la gorge qui se serre. Qu'est-ce qu'il va me dire ? Il me demande de m'asseoir sur un banc. Il effectue plusieurs allers et retours devant moi. Fares serait-il nerveux ? J'ai du mal à le croire. Tout à coup, il stoppe devant moi et m'observe avec un sérieux déconcertant.

— Avant que je me lance, sois sûre que je ne souhaite pas te faire peur, mais je veux que tu saches qui je suis avant que tu n'éprouves quoi que ce soit pour moi.

Je déglutis. Euh… je crois que c'est trop tard, là. Il continue :

— C'est pour cela que je veux que, demain, tu passes la journée avec moi et, le soir, je t'invite à dîner, OK ? Je te laisserai du temps pour réfléchir ensuite, pour savoir si tu veux toujours de moi, car ce n'est pas sans conséquence.

Mais qu'est-ce qu'il me raconte ? Bien sûr que je veux être avec lui.

— Alors en parfait gentleman que je suis, je ne t'embrasserai plus. On dit que notre histoire commence quand tu seras OK.

C'est quoi, ce plan ! Ah non, non, non, je veux l'embrasser ! Allons, soyons conciliante. Après tout, qu'est-ce que quelques jours ? Il vaut la peine d'attendre. Je suis perdue. Qu'est-ce qu'il y a en lui qui pourrait me faire peur ?

— J'ai une question, lui dis-je, un peu gênée.

— Je t'écoute.

Allez, je me lance.

— Avec combien de filles as-tu couché ?

Il se met à tousser comme si quelque chose était venu se coincer dans sa gorge. Moi, c'est tout ce qui me fait peur. Mon inexpérience n'est pas vraiment à mon avantage. Il doit me trouver nulle pour une fille de mon âge. Il me regarde, interdit, puis éclate de rire.

— Ne te moque pas de moi, dis-je en détournant le visage, les joues soudain empourprées.

— Franchement, je ne sais pas ce qui me plaît le plus chez toi. Ta spontanéité, ta fraîcheur ou tes magnifiques yeux, élude-t-il savamment.

Ma spontanéité ? Je n'en ai jamais eu ! À croire que la présence de Fares bouleverse mon comportement et ma nature. Suis-je en train d'opérer une métamorphose ? Sûrement… mais c'est un changement libérateur, et qui m'oxygène. Il me prend le menton, il m'étudie quelques secondes, comme fasciné, avant de se pencher plus près de mes lèvres. Nous sommes à deux doigts de nous embrasser. Je retiens mon souffle.

— Non, mais tu ne m'as pas écouté ! dit-il en faisant semblant d'être offusqué – il effectue de grands gestes comme s'il se trouvait sur la scène d'un théâtre. Pas de bisou, pas de câlin, rien.

— Même pas un ? demandé-je en me triturant les doigts comme une gamine.

Son seul regard provoque en moi des sensations troublantes. Quand je regarde ses lèvres, je n'ai qu'une envie, c'est de les mordre. Je crois perdre la tête. Il se frotte le front.

— Il faut que je garde les idées claires et là, tout de suite, je rêve de déboutonner ce fichu chemisier, te toucher, t'embrasser et ne plus m'arrêter, dit-il d'une voix grave.

Je deviens rouge pivoine. Mon imagination repart dans tous les sens.

— Allez viens.

Il me reprend la main et nous continuons notre promenade. Au bout d'un moment, je l'interroge :

— Au fait, comment as-tu réussi à trouver mon numéro de téléphone ?

— C'est Luc qui me l'a passé. Enfin, son portable a été conciliant.

— Tu ne pouvais pas le lui demander simplement ?

— Non.

Il paraît gêné.

— Nous nous sommes disputés à cause de toi, poursuit-il.

Je stoppe les machines, nos deux bras se tendent entre nous jusqu'à ce qu'il n'y ait plus de mou pour lui permettre d'avancer. Il s'arrête et se retourne lentement, prévoyant la discussion que, de toute évidence, il n'a pas envie d'affronter.

— Pourquoi ?

Il se frotte la nuque, mal à l'aise.

— Disons qu'il est un peu trop… protecteur en ce qui te concerne.

Je plisse les yeux, pas sûre de comprendre ce que ce mot signifie vraiment. J'aime beaucoup Luc mais nous n'avons jamais eu de conversation sérieuse. Rien ne peut justifier ce sentiment qu'il me porte. Je me promets de lui en toucher deux mots.

Fares me parle de ce qu'il veut faire plus tard, médecin ou chirurgien. Il souhaite entreprendre de longues études. Je me garde bien de lui demander pourquoi il a fichu une année en l'air. Nous sommes tellement bien, je n'ai pas envie de plomber l'ambiance. Il me fait rire quand il me parle des manies de Luc, le matin, qui reste plus d'une heure dans la salle de bains et qui en ressort inchangé mais content de lui. Il le considère comme un frère et me confie qu'il serait prêt à se battre contre n'importe qui s'il fallait le défendre. Je bois ses paroles sans poser de questions. Je pourrais l'écouter pendant des heures.

# 13 – MARDI J-3

J'arrive devant la maison de Fares le lendemain. Il ouvre la massive porte en bois avant même que je sonne. Plus décontracté mais pas moins sexy, il porte un jean déchiré aux genoux et un T-shirt blanc, où il y est inscrit « No war », qui met en valeur sa peau bronzée. Je crois que je rougis un peu. Il me chuchote d'un air de conspirateur :

— Entre, il n'y a personne. Quitte tes chaussures.

Je monte l'escalier en marbre pieds nus, chaussures à la main. Il ouvre la porte de sa chambre et me laisse pénétrer à l'intérieur. Il referme le vantail et garde un instant la main sur la poignée, l'autre couvrant sa nuque comme si me permettre d'entrer dans son espace le rendait nerveux.

Le sol est couvert d'un parquet huilé. La pièce est immense et très bien rangée. Je note que les livres d'études sont prédominants dans sa bibliothèque. Pas de posters, pas de photos, pas de bibelots, rien ne vient troubler cette décoration sobre à l'exception d'un panier en mailles d'acier qui sert de rangement à divers ballons.

— J'adore faire du sport, basket-ball, foot, tennis… les sports de combat aussi, énumère-t-il.

Je hoche la tête et je continue mon examen. Aucun habit ne traîne. Seuls son MP3 gisant sur ses draps et un classeur ouvert sur un exercice de physique posé sur son bureau indiquent qu'il passe du temps ici. Sa chambre sent bon, elle dégage son odeur si particulière. Le lit est gigantesque et me retrouver seule et entre quatre murs avec lui me fait tourner la tête.

— Personne n'est jamais venu ici, confesse-t-il tout bas.

— Je… C'est vrai ?

Il acquiesce, soudain très sérieux. J'ai un peu de mal à le croire mais je suis émue, comme si j'avais pénétré un sanctuaire, un lieu intime et secret.

Je frissonne alors qu'il m'observe, la main dans une de ses poches, et j'ai l'impression que tout son corps irradie d'un feu intérieur. Je suis dans sa chambre et je n'arrive pas à déceler ce qu'il attend de moi. À vrai dire, j'ai un peu peur de la suite même s'il m'attire plus que de raison.

— Détends-toi, Elena, dit-il en souriant.

J'arrive tant bien que mal à lui obéir. Il pousse son MP3 et me demande de m'asseoir au bord du matelas. Il se place à mes côtés, prend une grande inspiration et se lance :

— Voilà ce que tu dois savoir sur moi. Ma mère est française, mon père non. Mon père est émirien. C'est quelqu'un d'important et d'influent. Enfin, j'aurais aimé qu'il le soit plus… J'ai perdu ma mère, il y a deux ans. Je ne suis pas comme toi, du moins je ne pense pas comme toi. J'ai une ligne de conduite : je ne bois pas, je ne fume pas…

Je l'arrête d'un geste de la main.

— Attends une minute ! Tu ne fumes pas ?

— Non ! Pourquoi ? demande-t-il, étonné.

— Tu traînes dans le coin fumeurs du lycée, tu m'as demandé une cigarette, je te signale !

Il sourit jusqu'aux oreilles.

— Comment voulais-tu que je t'accoste ? « Salut, t'as pas un choco ou un bouquin de maths ? » Qu'est-ce qui est plus crédible ?

J'éclate de rire, c'est trop !

— J'hallucine, ce n'est pas possible ! Tu cherchais à m'accoster ?

— Oui, je voulais te voir de plus près, te parler et me rendre compte que ce que j'avais ressenti était bien réel. Ce jour-là, tu étais entrée dans ma classe sans le faire exprès. Tu ne t'en souviens pas ?

— Si, enfin non, je fais ça tout le temps ! m'exclamé-je, en riant encore.

— J'ai eu comme un coup de foudre, cela ne m'était jamais arrivé ! se confie-t-il avant de planter sa canine dans sa lèvre inférieure.

Je bloque sur sa bouche. J'ai envie de mordre moi aussi cette lèvre qu'il a coincée entre ses dents. Je deviens une véritable dévergondée. Tout ça, c'est entièrement sa faute. La faute de son insolente beauté qu'il garde en toute circonstance. Mais soudain, je percute enfin et écarquille les yeux.

— Un coup de foudre ?!

Son air penaud me fait encore plus rire ! J'en pleure. Je bascule sur le lit en me tenant le ventre.

— Je te conseille d'arrêter tout de suite de te moquer de moi, me prévient-il.

Il monte sur le lit, se met au-dessus de moi et me bloque les deux mains de part et d'autre de mon visage. Après des efforts vains pour me dégager, je capitule. Nous sommes presque bouche contre bouche. Mon pouls s'accélère. Son regard sombre est tellement intense que je m'arrête de rire instantanément. Il inspire et expire plus bruyamment.

— Tu me fais un effet de dingue, tu sais ça ? souffle-t-il.

Il plonge son visage dans mon cou. Je sens sa langue courir sous mon oreille et toute notion de réalité m'échappe. Sa bouche charnue longe ma mâchoire, c'est une arme contre laquelle je ne peux rien. Il m'achève par de petits baisers sur le haut de ma poitrine. Cette position – lui au-dessus de moi – me fait perdre la tête. Je m'imagine osant des gestes, des caresses avec lui, ici et maintenant, même si je suis certaine d'être un peu gauche. J'ai même l'impression que, pour le toucher, j'ai besoin d'une autorisation, alors je laisse mes mains près de mon visage. Mon cœur entre en scène, ses battements deviennent plus forts quand ses lèvres remontent et s'arrêtent à quelques centimètres de ma bouche. Il semble pensif tout en ne me quittant pas du regard. J'avale la boule coincée dans ma gorge. Fares, de près, est une œuvre d'art.

— Tu es tellement belle… Je ne sais plus où j'en étais.

J'essaie de calmer les palpitations effrénées de mon cœur. Je souffle un bon coup et lui dis, l'air espiègle :

— Laisse-moi t'aider. Je crois que tu me disais que ta vie était chiante à mourir.

Il me lâche, récupère un coussin et me le jette. Je me mets sur les genoux, m'empare d'un autre et le lui balance en pleine figure.

— Attends que je te fasse mordre la poussière !

Catastrophe ! Ça part dans tous les sens. Il tape fort et je suis projetée à la tête du lit. Je rigole à m'exploser le ventre pendant qu'il m'assaille de coups de coussin. Il s'étouffe de rire lui aussi. Je l'aime.

— Fares ? Tu es là ?

Une voix nous coupe dans notre élan. C'est Samantha. Il me prend par la main et m'entraîne dans la salle de bains. Je bloque un instant devant le lavabo, il me fait un clin d'œil coquin et me tire par le bras pour sortir. Nous la quittons par l'autre porte et nous nous retrouvons dans le couloir. Il court vite, j'ai du mal à le suivre dans l'escalier. Je glousse toujours.

— Attends, attends, et mes chaussures ? arrivé-je à dire entre deux respirations.

— Je te les récupérerai tout à l'heure. Tu en as besoin, là ?

Je fais non de la tête en rigolant de plus belle. C'est du grand n'importe quoi.

— On dîne toujours ensemble ce soir ? me demande-t-il en même temps qu'il ouvre la porte d'entrée.

— Oui.

Il me laisse passer devant lui.

— OK, je passe te prendre en taxi.

Il m'embrasse sur la joue.

— J'ai une voiture ! murmuré-je en articulant avec exagération.

Il claque sa langue entre ses dents, du genre « c'est bien et alors ? », et me ferme la porte au nez. Il est fou, je suis amoureuse d'un fou.

Il est dix-neuf heures et je suis prête. Je ne sais pas trop où nous allons, aussi, j'ai opté pour une robe en mousseline vert menthe et un blaser noir.

Le taxi arrive et s'arrête devant le portail. Il sort et m'ouvre la portière galamment.

— Tu es magnifique, murmure-t-il quand j'arrive près de lui.

— Un point pour la galanterie, mais moins un pour le machisme. Ça s'annule, je crois, dis-je pour le taquiner.

Il me sourit et je fonds. Comment fait-il pour être à chaque fois aussi irrésistible ? Il est vêtu d'un chino noir bien coupé qui flatte son joli fessier, d'une chemise en chambray sous un teddy signé Hugo Boss, s'il vous plaît, et pour finir d'une paire de sneakers. Avec ses cheveux en bataille, un sourire exquis comblant ses lèvres, il est à tomber.

Je m'assois dans le taxi. Il se place à côté de moi, me prend la main et l'embrasse en me regardant droit dans les yeux. Il souffle :

— J'ai de la chance.

Je rougis et mon cœur en profite pour battre la chamade.

Nous arrivons bientôt en ville et nous arrêtons devant un restaurant assez chic. Cela augure d'une belle soirée romantique. Mais c'était sans compter sur le désagréable accueil de l'homme habillé en pingouin derrière son comptoir.

— Comment ça, vous n'avez pas de réservation ? Regardez mieux au nom de Fardem !

Le réceptionniste nous regarde à peine. J'ai compris la leçon et le tire par le bras.

— Viens, on s'en va. Ce n'est pas grave, dis-je en l'incitant à laisser tomber.

— On ne va pas partir comme ça. J'ai réservé il y a deux jours !

— Nous n'avons rien à ce nom, monsieur, désolé. Et vous voyez comme moi qu'il n'y a plus de place.

Je scanne la salle et c'est faux, il se fout de nous. Il reste encore des tables vides. L'homme en costume regarde Fares d'un air hautain et ça me bouleverse. Je hais qu'il lui fasse du mal. Je vois dans ses yeux que cela le blesse. Ses deux poings se serrent nerveusement. Je m'interpose :

— On dirait que vous avez besoin de lunettes, monsieur. Vous êtes sans doute trop vieux pour y voir clair ou c'est à cause de la canicule peut-être… Avez-vous soif ? Vous faut-il un peu d'eau ?

J'attrape le pot de fleurs sur le comptoir et le renverse sur le registre des réservations. Les gens autour de nous se sont reculés.

— Cours !

Je récupère la main de Fares et nous sortons comme des flèches du restaurant.

— Tu es dingue ! me crie-t-il.

Nous ne nous arrêtons que lorsque nous n'entendons plus les hurlements.

— Au moins, il se souviendra de ton nom ! affirmé-je, essoufflée.

Nous rions à gorge déployée. Il me prend dans ses bras et me serre à m'écraser la cage thoracique.

— Tu es mon ange…

Il écrase sa bouche contre mon front. Il souffle :

— La soirée n'est pas perdue. Je connais un resto pas mal dans le coin.

Nous parlons toujours de la tête du pingouin quand nous arrivons devant un restaurant indien.

— Bonjour, monsieur Fardem.

— Bonjour, Âdhavan.

— Une table pour deux ? La même que d'habitude ? demande le serveur.

— Euh, oui… (Il me regarde d'un air gêné.) Désolé… Je viens souvent avec Samantha…

— Tais-toi, tu ne sais pas mentir.

Je souris, je ne veux pas me disputer avec lui. Je suis tellement bien. Il paraît soulagé.

Le repas est bon, un peu épicé, mais copieux.

— Je dois m'acquitter de l'aumône en fin d'année. J'ai un régime strict, c'est-à-dire que je ne mange l'animal que s'il est tué de mes mains ou par un autre homme, non pas par une machine. C'est comme cela qu'on se rend compte de la valeur de chaque être. Un professeur m'a appris comment parler aux hommes et comment regarder les femmes. Je ne dois pas me montrer torse nu en public et couvrir mes jambes jusqu'aux genoux. La violence ainsi que l'acte sexuel, hors mariage, sont interdits.

— Euh, Fares… Je crois que tu t'es permis quelques libertés avec le dernier chapitre, dis-je, agitant ma fourchette devant son nez.

Il sourit.

— Hotboy…

J'ai parlé tout bas. Il suspend la fourchette devant ses lèvres tout en relevant un sourcil.

— Quoi ?!

— Hotboy, je répète d'une voix plus forte.

Il arque un sourcil.

— Pourquoi tu dis ça ?

— C'est le surnom que je t'ai donné.

— Il est moche ! s'exclame-t-il en riant.

— Avoue qu'il te va bien.

Il se rembrunit et baisse les yeux. Il a reposé le couvert sur le côté et ses deux mains se sont rejointes sous la table.

— Je ne les cherche pas tu sais…

J'imagine qu'il parle des filles qui lui mangent dans la main. Quelque part, j'ai l'impression qu'il a conscience que c'est mal, même si tous les garçons de son âge feraient de même. Qui ne profiterait pas d'une telle popularité ?

— Tu n'es qu'une victime, me moqué-je doucement pour détendre l'atmosphère.

— Non, je ne suis qu'un homme avec ses faiblesses, mais j'essaie de m'améliorer.

— Ah bon ?

— Oui. Avec toi, là, maintenant.

Son regard sincère en dit long.

— C'est pour tout cela que tu m'as rejetée au début ?

Son visage s'assombrit soudain.

— J'ai dit que je te parlerais de moi, pas de mes démons.

Il reste un moment silencieux, puis reprend comme s'il avait recouvré le fil de ses pensées.

— Je veux que tu saches qui je suis, mais en aucun cas je ne te demande d'être comme moi. Tu me plais telle que tu es. Je veux que tu saches aussi que les gens continueront à nous regarder. Ils me jugeront comme si j'avais volé ce que je ne mérite pas et toi comme si tu avais pris un homme à une femme qui me ressemble. Les gens continueront à nous dévisager comme deux pièces qui ne peuvent pas s'assembler. Souvent, ils me regarderont de haut et prendront pitié de toi. Ils me jugeront et toi, ils te croiront faible.

— Pourquoi penses-tu que je pourrais ne pas vouloir être avec toi à cause de ça ? Je me fiche du regard des autres.

— Nous sommes très différents, toi et moi. Tu ne t'en rends pas compte encore et je ne veux pas que ça te fasse peur. Et puis, je veux juste me livrer comme jamais je ne l'ai fait, car je ne joue pas cette fois. Je ne veux pas te perdre. L'enjeu est trop important. Tu m'as donné envie d'essayer. Et j'ose croire que, si tu te lances avec moi, c'est que tu nous as pris au sérieux.

Je tilte sur le mot « enjeu », mais la soirée est trop belle et le cadre idéal. Ses professeurs ont dû être sévères, car il a une excellente diction. Sa rhétorique est si parfaite qu'elle me laisse presque penser que je ne risque rien.

Il est vingt-trois heures quand il me raccompagne chez moi. Il me dit qu'il préfère ne pas rester. Trop dangereux selon lui. Je souris en m'empourprant comme une ado. Après l'avoir regardé repartir en taxi, je rejoins ma chambre avec l'impression que c'est trop beau pour être vrai. Fares me plaît vraiment beaucoup et j'ai peine à croire qu'il s'attache à moi. Je suis carrément aux antipodes des filles qu'il fréquente en général. Je prie seulement pour ne pas être l'objet d'un pari ou de ce genre de jeu auquel les garçons de son âge s'amusent.

Dans la nuit, je me réveille avec une peur inattendue. Une angoisse soudaine m'oppresse la poitrine. Je tâtonne pour trouver mon portable sur la table de nuit. L'écran affiche une heure du matin.

Je fais défiler ma liste de contacts. Je m'arrête sur Fares.

J'allume la petite lampe de chevet et je fixe son prénom en me relevant sur un coude.

— Fares…

Même son prénom est sensuel.

Après de longues secondes, j'appuie sur l'icône des textos. Je regarde la bulle blanche et le clavier azerty lumineux. *Elena, un peu plus de spontanéité, bon sang !* Sans réfléchir, je tape un message :

› Tu dors ?

J'attends plusieurs minutes, quatre au total, sans que rien n'arrive. Il est sans doute occupé. Non, il dort. N'importe quoi ! J'en sais rien et ça m'énerve. Je n'aurais jamais cru être douée pour me faire des films – même Woody Allen serait jaloux de mes scénarios.

Je regrette affreusement mon geste. Une boule se forme au creux de mon ventre mais elle disparaît aussitôt quand enfin son prénom apparaît sur l'écran.

› Salut. Non, je viens de rentrer.

Je relis son texto, les pupilles en cœur avant de redescendre sur terre. Une minute. Comment ça, il vient de rentrer ? Je saute sur mes genoux. Que faisait-il ? Avec qui ? Je ressens un sentiment similaire à de la jalousie. Et s'il était avec une fille ? Pourrait-il me mentir ? Me tromper ? Officiellement, nous ne sommes pas vraiment ensemble. Il est libre de faire ce qu'il veut… D'ailleurs, c'est le genre de garçon que l'on ne maîtrise pas et qui, de plus, fait perdre la tête. Je décide de ne pas répondre. Ça m'apprendra à m'emballer. J'éteins la lampe de chevet quand mon portable se remet à vibrer.

› Je te manque ?

Je me laisse tomber sur le flanc. Des papillons s'envolent dans mon ventre à la lecture de ces trois mots. J'hésite puis finalement j'envoie :

› Non.

Un mot simple pour lui signifier que je ne suis pas acquise. OK, je me voile la face. Il répond presque aussitôt :

› Moi, je crois que si.
Tu me manques également.

Mon cœur fait un looping et je me repositionne sur le dos. Je souris comme la dernière des niaises. Je laisse les secondes passer. Je les compte pour qu'il ne croie pas que je suis pressée. Arrivée à soixante et une, l'excitation et la curiosité l'emportent, j'envoie :

› Qu'est-ce que tu fais ?

Lui n'a pas peur de mon jugement et répond presque aussitôt :

› Je suis dans mon lit, je regarde un film.
Tu n'arrives pas à dormir ?

Je lève mes jambes et repose mes pieds sur la tête de lit.

› Pas vraiment, j'angoisse un peu

› Tu as entendu quelqu'un ?

› Non.

› Tu as bien tout verrouillé derrière toi ?

› Oui.

› Tout va bien ?

› Oui.

› Alors de quoi as-tu peur ?

J'ai peur simplement que tu voies toujours d'autres filles. Que je me trompe sur toi. Que tu te joues de moi. De ne pas être celle que tu attendais que je sois. Une fille avec de l'expérience. Je ne serai jamais à la hauteur de celles avec qui il a couché. Je grimace.

Aussi, c'est tellement bizarre lui et moi. Un couple pas vraiment assorti. Je le connais à peine pourtant je n'ai jamais éprouvé autant de plaisir à être avec une personne. Je ne me suis jamais sentie aussi bien en présence d'un garçon. J'ai terriblement envie qu'il soit là, ce manque m'effraie un peu. Fares est troublant à bien des égards et j'ai affreusement peur de me tromper sur ses intentions.

› De faire erreur.

Voilà, c'est dit.

› Quand tu parles d'erreur, tu penses à nous ?

Même ses textos sont parfaits, sans faute, sans abréviation. Je me liquéfie d'amour, je suis fichue. Je me remets à plat ventre, l'oreiller sous ma poitrine.

› Principalement à cause de nous.

Autant être honnête et c'est toujours plus facile quand je n'ai pas sur moi son regard perspicace. J'ai remarqué que Fares était doué d'une intelligence pénétrante et subtile. Déjà, lors du repas chez les parents de Luc, j'avais pu me rendre compte à quel point ses sujets de conversation étaient posés et matures et ses remarques toujours pertinentes. Fares ne fait vraiment pas son âge… Raison de plus pour me méfier. Je soupire et j'attends des secondes qui me paraissent des heures.

› Je comprends mais j'ai besoin
que tu me fasses confiance.
Sans cela, ça ne fonctionnera
pas toi et moi.

Je me recroqueville. Mon ventre s'est rempli d'acide et sous cet effet je me crispe un peu. Je désire plus que tout m'abandonner à lui mais là j'ai l'impression d'avoir perdu dix points à un jeu.

Mince, j'ai toutes les raisons de m'en faire. J'ai peur de ne pas lui plaire assez pour qu'il reste avec moi plus longtemps qu'avec les autres. J'ai peur d'aller plus loin s'il n'éprouve pas des sentiments aussi forts que les miens. Cette relation est en train de me grignoter le cerveau. La boule au ventre, j'écris rapidement :

› Je te laisse dormir.

Puis je fourre mon portable sous l'oreiller et j'enfonce ma tête dans les plumes. Le vibreur retentit presque aussitôt.

› Ne te mure pas, Elena.

Je ne réponds plus. J'ai l'impression d'avoir gâché le moment et je regrette tout d'un coup d'avoir coupé court à notre échange. Je me sens blessée car je comprends que notre relation ne tient qu'à un fil. Je regarde mon Smartphone qui reste obstinément muet. Je me mets à ouvrir toutes les applications pour passer le temps en espérant qu'il me recontacte mais rien. Je n'ai pas du tout sommeil et je suis maintenant persuadée que la nuit sera un enfer. J'écris trop vite :

› Désolé.

J'ajoute rapidement un « e ».

Mon Dieu, que je suis nulle ! Prenez ma vie, qu'on en finisse !

› Ne le sois pas. Je comprends.
Bonne nuit.

Je me lève d'un bond. Une sensation de vide me saisit sous l'abdomen. Le même creux dans le ventre comme quand on a très faim. Je ne voulais pas que notre conversation se termine de cette façon. Je suis vraiment déçue et j'aurais aimé que nos premiers textos prennent une autre tournure. Au bout de quelques minutes, je me fais violence et envoie :

› Fares ?

Je me rassois.

› Oui, Elena ?

Cette simple réponse m'a comme caressé la peau. J'adore quand il prononce ou écrit mon prénom. Celui-ci paraît beaucoup plus beau. Je réponds, plus audacieuse :

› Tu me manques.

Mon cœur bat trop fort, trop vite.

› Tu me fais sourire, mon cœur.
J'aime ça.

Ça y est je meurs, je me laisse aller contre le matelas. D'autres enverraient un smiley, lui, il écrit : « Tu me fais sourire. » Et « mon cœur », c'est trop ! Me voilà plus téméraire pour emprunter le chemin de la séduction :

› Tu es beau quand tu souris.

Je relis mon message dix fois. Qu'est-ce que c'est niais ! Je répète à voix haute mon SMS en grimaçant, d'une voix criarde et dégoûtée.

J'ai envie de me taper la tête contre le bord de la tête de lit. Je suis de nature plus réfléchie d'habitude. L'effet Fares j'imagine, tant pis.

› Peut-être mais tu seras toujours
trop belle pour moi.

Je l'imagine froncer les sourcils en disant cela. Je soupire longuement de bien-être. Qu'il me trouve belle est rassurant. Je suis bête de m'arrêter à cela… mais venant de Fares c'est vraiment très rassurant quand même. C'est fou mais il me manque terriblement.

› J'aimerais que tu sois là.

› J'aimerais que tu dormes.

› Si tu viens, je dormirai mieux.

› Pas moi.

Mon Dieu, mon Dieu, mon Dieu. Respire, Elena. J'écris un début de texto que j'efface. Ça ne sert strictement à rien d'écrire des choses que je serais incapable de faire. Lui dire que j'espérais justement qu'on ne dorme pas sonne faux. Fares me fait tourner la tête mais rester naturelle est important. Je reçois un autre texto :

› Dors, bébé.

› Trop tard. Je n'y arrive plus. Je vais passer
la pire nuit de toute ma vie.

› Et si tu te trompais ?

› C'est-à-dire ?

› Peut-être que cette nuit sera
plus belle que tu ne le crois.

Je vais mourir. Combien de fois je suis morte déjà ? J'espère lui procurer autant d'effet que ses SMS en ont sur moi.

› Pas sans toi.

Il ne répond pas. Je fais la moue.

› J'aurais aimé te voir. Je déteste ne pas savoir ce que tu fais.

Au bout de quelques secondes, toujours pas de réponse, et je me demande si ce n'était pas le message de trop. Une boule se forme dans mon ventre.

› Je suis devant chez toi.

Quoi !? Je… Mon cœur s'est arrêté mais l'option *check in stress* s'est enclenchée : short, T-shirt OK, visage peut aller, coiffure passable. Bon sang, mais que fait-il devant chez moi ?!

Je descends rapidement l'escalier et ouvre la porte d'entrée. Il est en jogging gris foncé, capuche sur la tête, écouteurs dans les oreilles. Coup de foudre visuel ! Lui m'examine de la tête aux pieds. Mon rythme cardiaque trace une ligne blanche ininterrompue.

— Quand tu m'as dit que tu avais peur, j'ai eu le besoin de m'assurer que tout allait bien et que personne ne rôdait autour de chez toi. Ça m'a permis de courir un peu. En fait, nous n'habitons pas si loin l'un de l'autre.

Nooooonnn, six kilomètres à pied ce n'est pas si loin…

— Viens entre.

Mon cœur tambourine avec force.

— Non, je ne reste pas.

— Juste dans le salon pour un verre d'eau, d'accord ?

Il hésite longuement, je lui prends la main et il consent à me suivre sans un mot. Je le laisse dans le salon et me précipite dans la cuisine pour remplir un verre d'eau. Je regagne le salon et, une fois devant moi, Fares paraît plus intimidant dans cette pièce silencieuse et à peine éclairée par l'halogène – et la situation l'est tout autant. Il scanne les lieux et son regard s'arrête sur le canapé trois places. Je retiens mon souffle.

— Allonge-toi, je vais m'asseoir par terre.

J'expire l'air retenu. Je lui tends le verre et me couche sur le canapé. Je tape légèrement sur un coussin pour le remettre en forme et y pose mon crâne. Je ravale ma salive et attends. Il s'assoit sur le tapis, son dos contre l'assise du canapé, son visage à la hauteur du mien.

Il a ramené ses genoux et a posé ses avant-bras dessus. Il rejette sa capuche en arrière et son odeur délicieuse me caresse les narines. J'ai l'irrésistible envie de passer mes doigts dans ses cheveux sombres.

— C'est quoi, ton parfum ?

— Je ne sais pas.

J'ouvre de grands yeux.

— Comment cela tu ne sais pas ?

— Mon père fait faire nos parfums spécialement chez un parfumeur.

— Carrément !

Il hoche la tête sans la moindre arrogance. Qui aurait les moyens de se faire créer ses propres parfums ?

— J'ai choisi celui-là car il était plus subtil que les autres.

Oui, effectivement. Tellement subtil qu'on en redemande encore et encore. Je suis déçue. La folle que je suis se promet de faire le tour de toutes les parfumeries de Paris et de sentir toutes les marques pour trouver une fragrance proche de la sienne.

Il retire sa veste. J'en profite pour admirer ses biceps bronzés et imberbes. La peau de ses bras a l'air extrêmement douce.

— Tu n'as pas un seul poil ! C'est fou.

Il saisit mon avant-bras et tire sur le duvet de mon poignet.

— Aïe !

— Ce n'est pas ton cas, petit singe, se moque-t-il gentiment.

Je m'offusque et secoue mon doigt devant son nez.

— Ce que tu ne sais pas, c'est que dans une tribu papoue, au fin fond de la Nouvelle-Guinée, les filles comme moi sont traitées comme des reines, m'exclamé-je avec ferveur.

Il se met à rire. Un rire si sexy que je ne peux pas empêcher mes yeux de se bloquer sur ses lèvres et ses belles dents.

— J'ai l'impression que tu crois vraiment ce que tu dis.

Je boude un peu et je me déride complètement quand il fait glisser ses longs doigts sur mon bras jusqu'à saisir mon auriculaire qu'il presse doucement entre son index et son pouce.

— Quand j'étais gamin, ma mère faisait cela pour m'aider à m'endormir, dit-il tout bas.

Quand il prend cette expression sérieuse, il est magnifique. Le physique n'a jamais été mon critère numéro un chez un garçon car j'ai souvent pensé qu'il était synonyme de paresse. Quelqu'un de très beau aura toujours moins d'efforts à faire que les autres. Pourtant, Fares n'a pas l'air de rentrer dans cette catégorie, ce qui me fait l'aimer plus encore.

— Je suis désolée que tu te sois cru obligé de venir.

Il relève le regard vers moi et s'humidifie les lèvres. Un geste qui ne m'échappe pas. Mon cerveau a un sérieux bug.

— Courir m'a fait du bien et je t'avoue qu'en ce moment je déborde d'énergie.

Il laisse traîner son regard sur ma bouche et j'ai un coup de chaud. C'est très frustrant de l'avoir juste à côté de moi et m'empêcher tout contact. Cela devient, à cet instant, une véritable torture et, vu l'étincelle qui s'anime dans ses yeux, j'ai la sensation qu'il va tout envoyer balader, promesses et résolutions, pour me sauter dessus. Il plisse les yeux pour finalement les rediriger sur mon auriculaire, qu'il presse toujours. N'importe quel garçon aurait profité de la situation, j'en suis sûre.

— Tu n'es pas comme les autres, Fares.

Un demi-sourire étire ses lèvres.

— J'essaie de te plaire mais ça me demande plus d'efforts que prévu. Tu m'attires beaucoup et je n'avais pas anticipé ce minuscule short dans mon programme. Tu es très excitante, Elena.

Chaque millimètre de ma peau s'est couvert de frissons. Je sens un muscle se contracter au fond de moi. Je me rends compte que mon cœur cogne trop fort.

Le temps passe et il ne dit plus rien, concentré sur le massage de mon petit doigt – et la technique marche. Je sens le sommeil m'envahir.

— Merci d'être venu, dis-je en fermant les yeux, confiante et me sentant en sécurité près de lui. Fares ?

— Oui ?

— Tu seras là à mon réveil ?

Je n'ai pas entendu sa réponse car je me suis endormie. À l'aube j'ai ouvert les paupières. J'ai senti ses lèvres se poser avec douceur sur mon front, ensuite j'ai seulement vu sa silhouette quitter la pièce avant de refermer les yeux.

Il y a des garçons qui nous marquent. Ceux-là sont capables de nous laisser des traces à vie, et je sens que Fares fait partie de ceux que l'on n'oublie jamais.

# 14 – MERCREDI J-2

Aujourd'hui, nous avons enfin les résultats des examens. Quand j'arrive au lycée, Katy est tout excitée.

— El ! Je t'attends depuis au moins cinq minutes ! Tu foutais quoi ?!

— Cinq minutes ? Trop pour toi ! dis-je en rigolant.

Elle me tire littéralement vers les panneaux d'affichage. Quand on arrive devant, elle bouscule tout le monde. J'entends des « ohh ! » de mécontentement. Mais Katy, rien ne l'arrête.

— Poussez-vous d'devant ! Non, mais c'est pas vrai ! Vous ne savez pas lire votre nom ou quoi ? Oui, c'est ça, bravo ! Le M arrive après le L !

Elle est déchaînée et scanne le tableau des résultats.

— Je suis là ! Ouiii… Toi aussi, El ! Mention « très bien ».

Katy saute de joie et m'entraîne dans sa danse. Mais je ne peux pas m'empêcher de le chercher des yeux. Il est là, j'en suis certaine. Je le vois enfin devant la piste de course du lycée. Il me regarde. Il est avec Luc et des amis. Il m'adresse le plus beau des sourires et fait mine d'applaudir. Je lui souris aussitôt.

— Il faut que l'on fête ça, El ! Youhouuu ! L'année prochaine, à nous la liberté ! À nous la folie parisienne !

D'un coup, je ne bouge plus. Je ne peux pas m'empêcher d'être triste. Fares restera là, lui. Je continue de le regarder et le vois changer d'expression. J'imagine qu'il a remarqué ma peine. Je crois lire sur ses lèvres : « Ne t'inquiète pas, bébé. » Katy coupe notre lien visuel.

— Allez viens, El. Il ne nous reste plus qu'à nous éclater !

Ce soir, il est prévu de sortir dans un club. Julia et Katy sont chez moi pour se préparer. Mon portable sonne, c'est Fares.

— Salut.

— Félicitations, Elena.

Ai-je déjà dit que j'adore quand il prononce mon prénom ?

— Merci ! On sort ce soir au 88 pour fêter ça.

— Oui, je sais, Luc m'en a parlé.

— Tu viens avec nous ?

Je l'entends soupirer.

— Je ne sais pas, je n'ai pas vraiment l'habitude d'aller là-bas.

La plupart des étudiants sortent au 88. C'est clair, il y aura beaucoup de monde ce soir.

— S'il te plaît, j'ai envie d'être avec toi.

Je me sens rougir. Ça me fait bizarre de lui demander cela en le priant presque mais j'y vais principalement pour passer du temps avec lui.

— OK, je viens, capitule-t-il finalement.

Je suis aux anges. Avec lui à mes côtés, la soirée ne peut être que géniale.

Quand nous arrivons devant le club, la file d'attente est démesurée. Devant nous, il y a Katy, Luc, des amis à lui et Julia pressée dans les bras de Paul. Avec plus de discrétion, Fares cherche ma main et il entrelace nos doigts. Je lève mon regard et me perds dans ses yeux. Il me sourit et ça vaut toutes les démonstrations du monde.

— El, ce n'est pas Laura et Fred, là-bas ? me chuchote Julia en se retournant.

Je scrute la foule, et oui, ce sont eux. Je tressaille d'effroi.

— Ils ne s'approcheront plus de toi, m'assure Fares aussitôt.

Il me regarde avec assurance. Je sens qu'il s'est déjà arrangé pour cela.

Nous avançons peu à peu. Les filles entrent, mais l'énorme videur demande à Fares et moi de nous mettre sur le côté. Je regarde Fares, qui hausse les épaules. Quand toute la file est écoulée, l'armoire à glace s'adresse à nous :

— Désolé, mais vous ne pouvez pas entrer.

Je suis choquée, c'est quoi ce délire !

— Ne soyez pas stupide. Ma copine fête la réussite de son examen. Tous nos amis sont à l'intérieur, dit calmement Fares.

— Je suis désolé, j'ai des ordres.

Je sens un sentiment de colère, je suis prête à exploser. Au moment où j'allais ouvrir la bouche, un homme bien moins baraqué, chauve, sort du club.

— Alors tu viens, Ours ? On a besoin de toi à l'intérieur.

Ça doit être le patron.

— OK, j'arrive.

— Attendez, vous ne pouvez pas nous laisser ici, dit Fares à l'intention du videur.

Le chauve l'examine de bas en haut, puis s'adresse à lui avec dédain :

— Bien sûr que si. Ici, il n'y a personne comme toi.

J'écarquille les yeux comme devant la pire des injustices.

— C'est de la discrimination, m'écrié-je.

— Ce n'est pas grave, rentrons, essaie de me calmer Fares en me tirant par la main.

— Mais bien sûr que c'est grave !

— C'est surtout chez moi. (Il toise Fares puis me lance un regard lubrique.) Mais ta poule qui piaffe peut entrer, elle.

— Ma quoi ? Putain, fais gaffe ! dit aussitôt Fares d'une voix vibrante.

Je sens qu'il resserre sa main sur la mienne.

— Des menaces ? Allez, dégagez tous les deux. On ne veut pas de toi et, finalement, je crois qu'on a déjà notre lot de putes à l'intérieur.

Sans crier gare, Fares me lâche. Il donne d'abord un coup de pied dans le genou du videur qui tombe en avant. Il avance ensuite rapidement sur le patron qui met ses deux mains devant le visage pour se protéger.

— Mais…

Fares commence à le frapper avec ses poings. Il tape fort. L'homme essaie d'éviter les coups, mais tombe par terre. Je hurle :

— Fares ! Arrête !

— Aiiidez-moi !

Il pleure presque, ce qui me choque pour un homme de son âge. Tout se passe en un éclair, Ours se redresse et, par-derrière, attrape Fares par les bras qu'il lui maintient dans le dos. Le patron en profite pour se relever et lui asséner un coup de poing au visage. Je me mets entre eux, faisant barrière de mon corps.

— Laissez-le !

— Dégage, toi ! Appelez la police, bordel !

Le patron hurle, hystérique.

— Non, vous ne pouvez pas faire ça ! je m'égosille en tremblant.

Je tourne le regard vers Fares qui ne cesse de fixer sa cible avec des yeux enragés, la mâchoire crispée, prêt à se battre à nouveau s'il le faut.

— Tu fais moins le malin maintenant !

Le chauve a l'air bien sûr de lui pour quelqu'un qui vient presque de se vider de larmes et qui se tient les côtes. Il s'avance vers Fares qui a toujours les mains dans le dos. Je me tiens entre eux. Je siffle, dents serrées :

— Je vous préviens : vous le touchez encore, je porte plainte.

Il me regarde avec mépris tout en essuyant son nez plein de sang.

— Attendez la police ! ordonne-t-il finalement avant de rentrer dans le club.

Julia sort au même moment.

— Mais vous faites qu…

Elle nous regarde tour à tour, interdite.

— C'est quoi le délire ici ?

La police arrive cinq minutes après. Les agents discutent avec Ours. Fares garde obstinément les yeux dans le vide, l'arcade en sang. Luc est maintenant près de lui. Il ne m'a pas adressé un seul regard. Il paraît tellement affecté que mon cœur se serre un peu plus à chaque seconde qui passe. Je reste à côté de Julia qui me tient par les épaules. Je tremble de tous mes membres en refoulant l'envie de pleurer. Je le sens si abattu. Les policiers le saisissent et, en passant devant moi, il relève le visage et me souffle :

— Mon ange, je suis vraiment désolé d'avoir gâché ta soirée. Tiens-toi prête demain pour notre rendez-vous spécial, si tu le souhaites encore.

## ***FARES***

Le flic me rend mes clés et ma liasse de billets avec un œil mauvais. Je les fourre dans ma poche et m'impatiente quand il traîne à me rendre mon portable en le faisant tourner entre son pouce et son index.

— On surveille de près les garçons comme toi. Ne l'oublie pas, lance-t-il, la mâchoire contractée.

Je ne réponds pas. Ce qui doit froisser ses nerfs un peu plus. Je sais exactement quand il faut dérailler et quand les gens n'attendent que ça.

Il grogne et balance mon téléphone sur son bureau.

Je le récupère hâtivement. J'ignore les quinze appels manqués et les huit textos de Luc pour taper un message.

› Tu es toujours ok pour ce soir ?

En appuyant sur envoyer, mon cœur s'est mis à frapper comme chargé d'adrénaline. J'ai besoin de savoir. Je me suis posé cette question un millier de fois dans ma cellule. Je pousse la porte du commissariat et j'ai la sensation que l'air me brûle les poumons.

Je fixe l'écran attendant un retour qui ne viendra sans doute pas. Il est trop tôt et elle doit encore dormir ou, plus probable, elle a détesté ce qu'elle a vu cette nuit... Comment pourrais-je lui en vouloir ?

Je sens un nœud se former dans mon estomac à l'idée d'avoir tout gâché avec elle.

Mon portable vibre et je redoute déjà ce que je vais lire sur l'écran.

› Évidemment ! Quelle question ?!

Je soupire, soulagé comme jamais mais je garde cette sensation ultra désagréable de poids sur les épaules. Le prénom d'Elena s'affiche à nouveau sur l'écran.

› Tout va bien ?

*Non, ça ne va pas bien. Pas bien du tout. J'ai besoin d'être avec toi, maintenant.*

J'écris vite avant de lui proposer un truc fou. J'appuie directement sur envoyer :

› Je pense à toi.

Trop, tout le temps... à elle et aussi à nous. L'interdit, l'illicite c'est ce qu'elle représente, j'en suis conscient. J'aimerais lui dire qu'elle est trop bien. Que je suis peut-être ce qui peut lui arriver de pire...

… et parce que j'ai peur aussi, jamais je ne pourrai lui avouer tout cela.

Je place le portable dans ma poche. Pascal a insisté pour que je rentre avec lui mais il a compris que j'avais besoin de me défouler avant qu'il n'abatte sa sentence éducative. Il a consenti à me laisser devant le commissariat, il me connaît mieux que je ne le crois.

Je suis une boule de nerfs et la dernière fois que j'ai eu l'esprit tranquille remonte à très loin. Mais cela fait partie des choses qu'on accepte, c'est mon destin, c'est comme ça.

Mon oncle est compréhensif et patient mais sa patience à des limites, je ne dois pas traîner. Je commence à marcher. Il est six heures trente du matin. Le poste de police est à cinq kilomètres de la maison.

Je démarre par de petites foulées puis je cours à mon rythme. Rien de mieux pour se vider la tête mais ce matin, ça me semble impossible. Je pense à elle.

Je produis un effort surhumain à résister à la prendre dans mes bras, à l'embrasser. Je voulais nous laisser quelques jours pour réfléchir. Au lieu de cela, je nous ai constitué un planning. Des rendez-vous chaque jour pour mieux la connaître. D'habitude, je ne suis pas à la minute mais chaque seconde devient précieuse aujourd'hui. Je crois que je vais devenir dingue. Plus je passe de temps avec elle, plus elle me touche et rend les choses compliquées.

J'ai une excellente mémoire pourtant je l'aimerais plus sélective rien que pour zapper tous les cadeaux qu'elle m'offre sans s'en rendre compte. Cette nuit, Elena m'a encore prouvé qu'elle n'était pas comme les autres. Pas facile de se faire refouler d'une boîte devant la fille qu'on espère séduire. Ma fierté en a pris un sacré coup. Mais quand elle a pris ma défense comme si elle menait son propre combat, j'ai à nouveau ressenti une nouvelle dose de je-ne-sais-trop-quoi. Un truc qui m'a rempli d'un bien-être troublant. J'avais envie de lui déclarer ma flamme alors que la situation ne s'y prêtait absolument pas. La minute qui a suivi, j'aurais déclaré la guerre à la terre entière si on avait osé lui faire du mal.

L'insouciance n'a jamais fait partie de mes défauts. Depuis tout gosse, mon éducation m'interdit de craquer mais, là, je craque littéralement pour elle. À croire qu'elle me change un peu. D'ailleurs, d'habitude je reste distant, je ne ressens pas l'absolu besoin de tenir la main d'une fille. Avec elle, c'est différent, tout est diffèrent…

Nous sommes à l'opposé à tout point de vue mais elle ne le voit pas. Ça me déroute qu'elle croie que nous deux ça pourrait être facile même si j'ai très envie que cela le soit. Surtout quand elle me regarde avec les mêmes yeux que si elle découvrait en direct ses numéros tomber à la loterie. J'avoue, ça me plaît et c'est pourquoi je lui souris toujours comme un imbécile heureux. La vérité est que je ne me suis jamais senti aussi bien avec une fille, aussi nerveux de faire l'amour. Car je veux le faire bien. Plus que bien. Ça me hante.

Est-elle vierge ? Elle m'a laissé entendre que non. Ce genre de détail ne me gêne pas même si je ne vais pas cacher que j'aurais aimé être son tout premier. Pas par arrogance mais parce que ça me fait haïr chaque mec qui l'a touchée.

J'aime qu'elle prenne soin de moi, de mes sentiments. Les filles en général apprécient ce qu'elles voient : ma belle gueule. Elles m'offrent du sexe pour du sexe car elles pensent que c'est le critère numéro un de quelqu'un comme moi et que cela répond au besoin d'un garçon mais depuis mes quatorze ans j'ai compris que non. Il en faut plus, bien plus. Quand Elena m'a laissé la contempler près de la piscine, j'ai cru perdre mon sang-froid. J'ai eu envie de la toucher, oui, follement. Lui faire l'amour. Passionnément. Mais pas que ça. Ce qui m'importait plus que tout était qu'elle sache que je la respectais. Que je ne jouais pas. Que j'étais un gars sérieux et bien.

Un mec bien… Une blague…

Ce que j'ai à lui offrir n'est pas à la hauteur de ce qu'elle mérite. Mais une petite voix me souffle que louper le coche avec elle serait la plus grosse erreur de ma vie. Rien que de penser que je peux passer à côté d'elle me rend malade. Alors c'est dur, dur de prendre ce genre de décision égoïste. D'être ce genre de gars qui peut faire basculer des vies au profit de la sienne…

Je raccourcis mes foulées et reprends le contrôle de mon souffle qui s'est emballé. Il y a ce truc à l'intérieur qui me grignote et me rappelle que ma vie d'aujourd'hui n'est qu'un mensonge et que je joue un rôle. Ça ne devait pas prendre autant d'importance. Cette fille-là n'était pas censée exister. Ce genre de sentiments non plus.

Je devrais me raisonner mais je ne peux pas. Je devrais arrêter ce manège mais je sais à présent que j'en serais incapable. Peut-être que, pour une fois, je peux arrêter de cogiter. Ce soir, je vais tout lui avouer, être honnête. J'ai besoin qu'elle sache. J'espère qu'elle me laissera au moins le temps de m'expliquer.

J'angoisse et c'est bien la première fois de ma vie.

Je cours à présent vite à m'exploser les poumons. Essoufflé, je gravis le perron de la maison. Il est sept heures et Pascal s'est déjà rendu à son cabinet. Il m'a laissé un mot à côté d'une enveloppe sur le meuble à l'entrée.

*Fares,*

*Je veux bien être ton avocat mais je suis avant tout ton oncle et je tiens à toi comme à mon propre fils. J'estime que si tu vis sous mon toit, tu dois respecter les règles de la famille dont tu fais partie. Et cela ne serait pas te rendre service que de te couvrir. J'ai donc prévenu ton père de ta garde à vue.*

*Sache que je serai toujours là pour toi. Je sais ta situation difficile mais ne gâche pas ta vie à corriger les imbéciles, tu vaux mieux que ça.*

J'examine la petite enveloppe un peu cornée sur laquelle est inscrit mon prénom avant de finir de lire le message de mon oncle.

*J'ai trouvé cette enveloppe pour toi dans la boîte aux lettres ce matin.*

*J'allais oublier. Que tu sois un garçon ne te donne aucun traitement de faveur. Tu as encore découché cette semaine alors tu es une nouvelle fois puni. (La détention au poste de police n'est pas une excuse.) Je double et rallonge donc la sentence à quatre semaines. Tu tondras la pelouse et ta tante t'a assigné quelques tâches ménagères ingrates. Elle est très mécontente.*

*Pascal*

Je souris même si ça me fait de la peine d'avoir déçu Samantha. Pascal est un type génial mais assez strict en matière d'éducation. Mais on sent qu'il agit pour notre bien. Son métier le confronte trop souvent aux dangers et vices de la rue.

Je vais encore en devoir une à mon cousin, il va me couvrir encore car il est impensable que je reste cloîtré dans ma chambre. Mes mots et mes actes de ce soir seront cruciaux et rendront peut-être moins triste mon destin...

# 15 – JEUDI J-1

C'est le soir de notre rendez-vous spécial. Je suis excitée, mais aussi très nerveusse. Fares m'a envoyé un message dans la nuit pour me dire qu'il était rentré sans problème. J'espère qu'il n'aura pas d'ennuis. Je me sens un peu coupable, si je n'avais pas insisté pour qu'il vienne, rien ne se serait passé. Je décide de ne pas laisser mes idées sombres gâcher notre soirée.

Je porte une robe de couleur prune qui m'arrive juste au-dessus des genoux. Le dos est légèrement ouvert, et mon trench couvre la robe. Je me maquille un peu les yeux.

Quand Fares me demande de sortir, je vois devant le portail une superbe limousine noire.

Il n'a pas osé !

Il en sort vêtu d'un costume sombre sur une chemise blanche et une cravate fine. Il est splendide même avec les petites sutures adhésives sur son arcade. Ses cheveux sont tirés en arrière. Il ressemble à un mannequin. Ce n'est pas le garçon en jogging turquoise du lycée. Je suis, tout d'un coup, intimidée. Il me contemple et lui aussi en perd ses mots.

— Je… Tu… Si j'avais su, j'aurais apporté mon Taser. C'est sûr, on va se faire agresser ! Tu es magnifique.

Il prend le bout de mes doigts et simule un baisemain en ne me quittant pas des yeux. Il me fait rire et je lui réponds simplement :

— Merci.

Je suis impressionnée par le luxe de l'habitacle très spacieux, le minibar à droite et les fauteuils en cuir beige.

— Tu es fou, murmuré-je.

— Je ne t'ai pas vraiment fait de cadeau pour ton anniversaire et je tiens à me rattraper.

Mon précédent cadeau valait mille limousines ! Je ne cesse de penser à ça d'ailleurs. Le bien qu'il m'avait procuré. J'en veux plus. J'essaie d'imaginer ce que ce serait de faire l'amour avec Fares. Un frisson me parcourt la colonne vertébrale partant du bas de mes reins jusqu'en haut de ma nuque.

— Laisse-moi prendre soin de toi. (Il me regarde puis s'adresse au chauffeur.) Allons-y, s'il vous plaît.

— Où allons-nous ? lui demandé-je.

— C'est une surprise et je peux t'assurer que, là où on va, on entrera sans problème.

Dans la limousine, il y a des rafraîchissements et je n'hésite pas à prendre le verre qu'il me tend.

— C'est du jus de litchi, me dit-il.

— Tu n'as jamais bu d'alcool ?

— Non, jamais, et jamais fumé non plus.

— Tout ça te convient ?

— Oui, je suis heureux comme ça. Je n'en ai pas besoin. Je prends soin de mon corps en général, c'est un de mes principes.

— Tu n'as pas envie de t'amuser, de lâcher prise ?

— Quand je pense à m'amuser avec toi, il n'y est pas vraiment question de boire de l'alcool.

Sa voix est plus rauque que d'habitude et ça me donne instantanément chaud. Son regard sombre et profond se soude au mien et ne fait qu'attiser le désir que je ressens pour lui.

Après trente minutes de route, on est dans Paris. On s'arrête devant un bâtiment qui, j'ai l'impression, monte jusqu'au ciel. Il ne ressemble pas à un restaurant. Des lumières bleues clignotent jusqu'au sommet.

Un homme vient ouvrir la porte du côté de Fares. Quand je sors, celui-ci me prend par la main.

L'entrée est somptueuse et très moderne. Un gigantesque lustre en cristal surplombe le centre de la grande salle. Fares n'a pas du tout l'air impressionné par tant de fastes et d'apparat. Un homme en costume vient nous accueillir.

— Bonjour, monsieur Fardem. Votre père se porte bien ? demande-t-il respectueusement.

— Très bien, merci.

— Je vous conduis à votre table.

Il nous fait entrer dans un ascenseur. Fares m'attire à lui, sa main couvrant ma nuque. Quand nous sortons, nous montons quelques marches avant d'arriver à l'étage. Le panorama est à couper le souffle. Au-delà des grandes baies vitrées, Paris s'étend dans toute sa splendeur, et la tour Eiffel se dresse fièrement.

— C'est magnifique, dis-je dans un souffle.

— Nous sommes à plus de deux cents mètres du sol.

— C'est trop ! m'exclamé-je, émerveillée.

— Votre table est sur le balcon.

Nous traversons la salle. Le bar central a la forme d'un galet et, devant, des clients très élégants sirotent du champagne. La lumière feutrée rend l'atmosphère très agréable, presque magique.

J'observe Fares marcher devant moi, très à l'aise, une main dans la poche. Il semble être à sa place dans ce genre d'endroit.

Nous arrivons sur le seuil du balcon et Fares me laisse passer. Il n'y a qu'une seule table.

— Tu es dingue, ça doit coûter une fortune !

— Je veux que tu gardes un souvenir inoubliable de ce moment. Quand tu seras là et moi pas. Je ne pourrais pas tout le temps être à tes côtés. Je veux que n'importe quel endroit de Paris où tu puisses aller te rappelle ce soir.

Il me présente ma chaise et je m'y assois. C'est tellement romantique que je soupire d'aise. Nous dînons tranquillement et je lui parle de ma famille, de ma vie.

— Je suis fille unique, mes parents n'ont que moi. Ils peuvent se montrer un peu trop protecteurs, mais je les aime. Je les envie.

— Pourquoi ?

— Pourquoi je les envie ? Parce qu'ils s'aiment depuis vingt-cinq ans. Tu te rends compte ?

Il hoche la tête.

— Tu crois que tu n'auras pas cette chance ?

— Je pense que rencontrer la bonne personne, celle qui est faite pour soi, l'unique, est un miracle. Je crois que ça n'arrive qu'une fois, que Dieu ne nous donne qu'une seule chance.

Son regard sombre qui m'analyse est d'une telle intensité qu'il devient hypnotique.

— Selon toi, je peux être cette chance ?

— J'ai l'impression que c'est évident, non ? dis-je pendant que le rouge me monte aux joues.

— J'ai aussi cette impression.

Notre repas s'achève et la nuit est tombée sur Paris, sur cette vue merveilleuse. Il se lève et m'attire contre lui. Je suis sur un petit nuage, blottie ainsi dans ses bras. Cela me fait un bien fou. Il regarde l'horizon puis baisse les yeux vers moi.

— Tu es belle, si belle. Comment vais-je réussir à te garder ?

Je pense qu'il va m'embrasser, mais il reste à quelques centimètres de ma bouche. Tous mes sens le réclament, des plumes d'ange me chatouillent le ventre.

— Je veux que tu sois sûre, murmure-t-il au creux de mon oreille.

*Je suis sûre ! Certaine ! Volontaire ! Disponible ! Ouverte à une relation avec toi ici et maintenant.* J'ai envie de m'accrocher aux pans de sa veste de son costume ajustée, de l'attirer à ma hauteur et de plaquer violemment ma bouche contre la sienne.

Quand il se détache de moi, je suis à la fois déçue et frustrée. J'ai besoin de les sentir à nouveau ainsi que toutes les incroyables sensations qui vont avec.

— Viens, on part.

Il me prend la main et nous descendons de cette tour formidable.

Nous marchons maintenant dans les rues de Paris. Il détache sa cravate et la laisse pendre autour de son cou. Il est irrésistible. On s'arrête pour prendre une commande à emporter au Paradis du fruit. À l'intérieur du gobelet se trouvent des morceaux de mangue, ananas, poire et pomme. C'est délicieux, je me régale. Il me demande de lui en lancer directement dans la bouche pendant qu'il marche à reculons. Il me fait rire quand il essaie d'en attraper un avec ses mains après avoir échoué à le gober. Il fait tellement bon dehors, c'est agréable.

— Attends, je reviens.

Il entre dans une petite échoppe de souvenirs et en sort avec un petit paquet.

— Ouvre-le, me demande-t-il en me le tendant.

Je ne me fais pas prier. Et je découvre un porte-clés en métal représentant la tour Eiffel, auquel est accroché un trèfle à quatre feuilles.

— Fares !

J'en ai les larmes aux yeux. Il sait ce que cela représente pour moi. Je lui saute au cou.

— Si j'avais envisagé que cela te ferait autant plaisir, j'aurais annulé la limousine et le resto ! dit-il en plaisantant.

Je le lâche en faisant mine d'être scandalisée. Il me sourit en réponse. On déambule dans la Ville lumière main dans la main. Il me parle de sa jeunesse faite de voyages et de rencontres. Je me montre un peu indiscrète.

— Bon, OK. Ma première fois alors ? Après je ne veux plus jamais en parler.

— OK ! je glousse.

— C'était lors d'un voyage en Inde. Mon père travaillait sur une affaire avec un homme qui nous hébergeait le temps qu'elle soit conclue. C'était sa fille, elle s'appelait Pabla.

— Tu avais quel âge ?

— Douze, treize ans, je crois.

— Et elle ?

— Dix-sept. Son père était très dur avec elle et je crois qu'il la battait. Un jour, il la cherchait partout et criait dans toute la maison. Elle est entrée dans ma chambre, elle avait peur et une chose en entraînant une autre…

— Tu mens !

— Quoi ? Non !

— Tu mens, je le vois dans tes yeux.

Il se met à rire et, soudain, il a l'air extrêmement sérieux. Je regrette de lui avoir posé la question même si au début je trouvais cela amusant. La réponse va au-delà de ce que je peux supporter. En fait, je jalouse toutes les filles avec qui il a été et qui l'ont touché. De la première à la dernière sans exception.

Il se place devant moi.

— Ne fais pas la tête, s'il te plaît. J'ai eu quelques relations, ce n'est pas un secret, mais pourquoi ne pas se dire qu'il n'y a jamais eu personne avant toi et moi ? (Il relève mon visage en englobant ma joue de sa main.) C'est vraiment ce que je souhaite imaginer, souffle-t-il en posant son pouce sur mes lèvres tout en caressant doucement leur ourlet.

Ses derniers mots me font du bien et je me rends compte que finalement cette histoire n'a pas d'importance. Aujourd'hui, il a raison, ce n'est plus que lui et moi.

Nous arrivons au pied de la tour Eiffel. Elle a revêtu ses habits de lumière. C'est très romantique. Nous continuons de marcher et nous nous retrouvons devant les fontaines du parc.

Il me regarde d'un air qui ne me plaît pas du tout. Il prépare quelque chose.

— Tu n'as pas chaud ?

Il retire sa veste et la jette dans l'herbe.

— N'y pense même pas ! dis-je en reculant d'instinct.

Mais à peine ai-je dit cela qu'il m'attrape sous les cuisses et me projette sur son épaule.

— Arrêteee ! Je vais mouriir ! crié-je.

Il saute dans l'eau, m'entraînant avec lui. L'eau me remonte jusqu'aux cuisses.

— C'est affreusement froid ! s'exclame-t-il en regagnant rapidement le bord.

— Ah ah ! Qui croyait prendre est pris !

— Quoi ?

— Qui croyait prendre est pris ! Bah quoi ? Tu ne connais pas l'expression !

— Tu délires, c'est « Tel est pris qui croyait prendre » !

— N'importe quoi !

J'éclate de rire et il me suit. Je suis tellement heureuse que je crois que mon cœur va éclater. J'ai aussi vraiment froid. Une sirène de police retentit, nous prévenant qu'il faut sortir de l'eau.

— Putain !

Il récupère sa veste, m'attrape la main et on s'éloigne.

Nous sommes trempés. Il embrasse mes cheveux avant de placer sa veste sur mes épaules.

Je me sens bien et en sécurité avec lui, même quand nous passons par des rues un peu moins éclairées. Je me dis que je l'ai trouvée, ma chance. Elle est devant moi.

Quand nous commandons une glace à un petit marchand ambulant, il est presque une heure du matin.

— Bonsoir, contrôle d'identité. Vos papiers, s'il vous plaît.

Un agent de police se poste devant nous et attend.

— Oui, un instant, je dois avoir ça dans mon sac, dis-je en fouillant dedans.

— C'est à lui que je parle, dit-il en désignant Fares du menton.

Abasourdie, j'ouvre la bouche quand Fares m'arrête.

— C'est bon, Elena.

Il sort sa carte d'identité. Le policier le toise froidement.

— Bien, vous pouvez y aller.

— Non, mais j'hallucine ! m'écrié-je dès que nous sommes suffisamment loin. Il aurait pu au moins regarder les miens.

Fares soupire.

— C'est pour cela que je te demande de réfléchir à ce que tu veux. Ma vie ressemble à ça, entre autres désagréments… Allez viens, je t'emmène quelque part.

Nous arrivons devant un petit cinéma un peu vieillot, mais très accueillant.

— On entre ? me demande-t-il.

— OK, je réponds, étonnée qu'une salle soit ouverte à cette heure.

L'intérieur, à l'image de la devanture, est très rétro. Les murs sont ornés de bas-reliefs, rehaussés de dorures, et les fauteuils sont d'un rouge très foncé. J'adore. La salle est propre et le must du must, nous ne sommes que tous les deux !

— Choisis une place.

— Je veux ! Je suis trop excitée ! Il y a quoi à l'affiche ?

Il regarde derrière lui et il crie :

— Ce que l'on veut, n'est-ce pas, monsieur Orange ?

— Oui, fiston !

— OK alors… *King Kong.*

— *King Kong ?*

— Oui, je ne sais pas pourquoi. C'est ce que cette salle m'a inspiré.

Je choisis ce film, en réalité, parce qu'il dure presque trois heures.

— Ce sera *King Kong* pour nous, s'il vous plaît.

Nous nous asseyons et il pose son bras sur mes épaules. Rien ne peut être plus exaltant que d'être ainsi blottie contre lui, la tête posée au creux de son épaule à écouter le rythme régulier de son cœur. Je me sens chez moi, douillettement détendue, si bien que je m'endors aux trois quarts du film.

— Elena ? Ma beauté… On y va ?

J'ouvre les yeux. Il me regarde avec douceur. Je reprends mes esprits et me lève. À la sortie, M. Orange nous salue. Il me plaît tout de suite.

— Tu sembles bien le connaître.

— Il a côtoyé ma mère quand elle était plus jeune. Elle l'a adoré. Mon père a acheté ce cinéma pour elle avant qu'il ne ferme.

Je vois à l'expression de son visage plus grave que ce n'est pas un terrain sur lequel il souhaite s'épancher.

— On rentre ? me propose-t-il finalement.

— D'accord.

J'aurais aimé que cette soirée dure encore et encore. Mais mon corps est trop fatigué.

Une fois devant ma maison, il m'accompagne jusqu'à la porte, les mains dans les poches.

— Tu veux entrer ? lui demandé-je, troublée à l'idée que l'on passe la nuit ensemble.

Je ne peux pas m'empêcher de trembler. Il me caresse la joue.

— Non, merci. Il faut que tu dormes.

Son regard se fait plus intense, plus profond et, soudain, préoccupé. Il hésite à me dire quelque chose – il ouvre la bouche puis la referme en soupirant.

— Bon, je dois y aller, finit-il par annoncer sur un ton bourru que je ne lui reconnais pas.

Il tourne les talons et je le regarde, bêtement, marcher en direction de la voiture. La main sur la poignée, il se fige, la tête baissée.

— Elena ?

— Oui ? je réponds aussitôt.

Il se retourne et le voile sombre et énigmatique qui couvre son regard attise tous mes sens. Il me demande d'une voix inquiète :

— Tu me veux ?

Je sens mon pouls battre furieusement dans ma poitrine, une explosion retentit dans tout mon corps et je n'arrive à bredouiller que :

— Oui… je…

En quelques rapides enjambées, il est contre moi. Il me prend par le cou et m'embrasse. C'est une véritable délivrance. Son baiser est doux, mais passionné. Comme une promesse, il m'emporte, il me dévore. J'oublie tout, je crois, jusqu'à mon propre prénom. Mes doigts glissent sur son visage et je le caresse enfin. C'est si bon de le sentir si proche. De le toucher. Notre étreinte est si forte et fusionnelle que j'ai peine à croire qu'elle est bien réelle.

Je suis essoufflée quand il me lâche. Un léger sourire se dessine sur ses lèvres.

— À demain, bébé…

Il me salue en m'adressant un de ses sourires ravageurs avant de s'engouffrer à l'arrière de la limousine. La voiture disparaît dans la nuit. Est-ce possible d'aimer quelqu'un à ce point ? Je suis tombée amoureuse de lui si vite… Et ce soir-là, je ne peux pas retenir une certaine angoisse que j'avais jusqu'alors ignorée. La peur de le perdre un jour.

# 16 – VENDREDI JOUR J

Le lendemain, il sonne et je le fais entrer chez moi. Je suis si heureuse de le voir que je lui saute au cou mais son air est préoccupé. Je m'écarte.

— Ça ne va pas ? lui demandé-je doucement.

— Ce n'est rien, mon ange, je réfléchis.

Il me rassure avec son sourire que j'aime tant. Je l'entraîne dans la cuisine.

— Tu veux manger quelque chose ?

Je lui tends un pain au chocolat et il s'assoit sur un des tabourets devant l'îlot.

— Ça sent super bon.

Il me prend la viennoiserie des mains et la fourre entièrement dans sa bouche. Je rigole en voyant ses énormes joues ressemblant à celles d'un hamster.

— Tu es fou ! Katy et Julia sont là, dans la piscine. Tu as ton short de bain ?

Il me regarde avec un sourcil relevé.

— Tu m'as bien regardé ?

Je lève les yeux au ciel.

— Ah oui… Tu ne dois pas montrer ton sublime corps… Tant mieux, je le garde pour moi sans problème.

Mon sourire s'efface. J'arrive à me perdre dans ses yeux d'une profondeur sans égale. Son air devient plus sérieux. Il est beau. Il me corrompt. Oui, je me perds surtout quand il me regarde comme cela.

Le temps est comme suspendu. Je ne le veux que pour moi, pour toujours. Je veux être à lui. Il me fixe encore pendant que je lui prends la main. Il se lève et je le conduis doucement à l'étage.

Je n'arrive pas à détacher mon regard du sien. Je n'identifie pas la nature des frissons qui me traversent. Ai-je peur ? Suis-je angoissée ? Serai-je à la hauteur ? Je ne veux plus penser. Je veux qu'il me guide. Il sait comment faire et pour le reste je me laisserai diriger par mes envies. J'ai tellement besoin de lui. J'ai surtout besoin qu'il éteigne ce feu en moi. Cette chaleur que je ne ressens qu'avec lui.

J'y ai souvent pensé. Je veux qu'il soit le premier, qu'il soit ma chance. Tant pis, pour mes principes, Fares peut créer l'étincelle qui me brûlera les ailes. Je veux bien le suivre dans son enfer tant qu'il arrive à me faire oublier, juste un instant, à quel point j'ai terriblement envie de lui.

Il me suit en silence. Je le laisse pénétrer dans ma chambre et, d'une main tremblante, je ferme le verrou de la porte derrière moi.

Il me regarde avec intensité et je vois des flammes danser dans ses prunelles. Je le fais asseoir au bord de mon lit. Je déboutonne lentement ma chemise et m'installe sur ses genoux. Ses mains se posent sur ma taille puis remontent doucement le long de mon corps.

Je frissonne. Il me caresse le visage. Il me dévore des yeux en se mordant la lèvre et plonge ses deux mains dans mes cheveux. Je renverse la tête en arrière pendant qu'il m'embrasse le cou. Il est doux, il prend son temps.

— Tu es trop belle. Tu me rends dingue.

Ses mots me font redoubler d'audace et je retire complètement ma chemise. Je sens mon cœur battre la chamade pendant que je la fais glisser sur le côté.

On entend un objet tomber de ma table de nuit.

L'écrin bleu.

Il se penche et le regarde avec suspicion. Je le récupère et le cache rapidement dans mon dos.

— C'est quoi ? me demande-t-il aussitôt.

Il me fixe avec un air que je ne reconnais que trop bien. Le calme avant la tempête.

— Rien, dis-je en commençant à trembler nerveusement.

— Rien ?

Il se lève me soulevant par la taille pour me mettre sur mes pieds et m'arrache l'écrin de mes mains. Sa mâchoire se serre. Fares, mon doux, mon beau Fares n'est plus là. Il me dévisage puis, soudain, ses yeux ne sont plus ceux que j'aime. Ils sont durs. Terribles.

— Tu es fiancée ! C'est ça ? Tu baises avec un autre ! C'est ça ?!

Il secoue la tête, je sens la fureur venir.

— Quoi ? Mais non !

Il ramasse ma chemise et me la jette au visage.

— Rhabille-toi ! crie-t-il en détournant le regard comme si la vue de ma poitrine lui était insupportable.

Des larmes me montent aux yeux pendant que je reboutonne maladroitement mon vêtement en tremblant plus fort encore. Comment un moment si doux et espéré peut-il virer au cauchemar ?

J'essaie de raccrocher mon regard au sien mais Fares l'évite. Je comprends qu'à cet instant je ne peux maîtrises ses émotions et que la chute va faire mal.

Il se met à arpenter la pièce de long en large

— C'est quoi alors ?

Sa voix est redevenue presque calme, mais garde un timbre douloureux.

— Ça ne devait pas se passer comme ça…

Son regard furieux, tel un missile, me transperce le cœur.

— Ah ouais ?! Et ça devait se passer comment ? Dis-moi !

Sa respiration est saccadée. Il se rapproche.

— Fares, tu me fais peur… soufflé-je en reculant instinctivement.

— Je pensais que c'étaient des conneries !

Il sort un papier chiffonné de sa poche et le jette sur mon lit. Je suis stupéfaite.

— Qu'est-ce que c'est ? demandé-je d'une voix faible.

— J'ai reçu ça chez moi ce matin et, putain… Je ne voulais pas y croire.

Je fixe le morceau de papier roulé en boule devant moi.

— Dis-moi son nom !

— Arrête… je gémis.

— Dis-le-moi ! hurle-t-il.

— Chris ! Il s'appelle Chris, dis-je en fondant en larmes.

— Tu l'aimes ? souffle-t-il difficilement comme si ces trois mots lui comprimaient les poumons.

Sa poitrine se soulève frénétiquement. Je ne l'avais jamais vu dans une telle fureur.

— Non ! hurlé-je.

Sans que je puisse les contrôler, des larmes coulent sur mon visage. Son regard en dit long sur le dégoût que je lui inspire en cet instant.

— Tu nous as foutus en l'air pour un mec que tu n'aimes pas ! Comment ai-je pu autant me tromper sur toi ? lance-t-il, glacial.

Mon cœur se brise. Il se remet à marcher tête baissée, comme possédé.

— Laisse-moi t'expliquer…

— Tu veux m'expliquer quoi au juste ?

Je ne sais plus quoi faire. J'ai comme l'impression de marcher sur des planches qui se cassent sous chacun de mes pas. Je suis en train de le perdre. Je m'entends lui crier :

— Je t'aime, Fares !

C'est vrai, c'est parce que je l'aime que j'ai oublié Chris. Parce que je l'aime que j'ai rompu une promesse. Celle que j'ai faite à un autre avant lui. C'est parce que je l'aime que, s'il me quitte, je ne m'en remettrai jamais. En deux enjambées il est devant moi et me prend le menton dans sa main. Ce n'est pas une caresse, c'est brutal.

— Ne dis pas ça ! (Il me relâche rapidement.) Pas devant moi ! Jamais ! Je t'ai fait confiance. J'étais prêt à… Putain !

Il donne un coup de poing dans le mur. Je recule. Je hurle.

— Arrête ! Écoute-moi, je t'en prie… S'il te plaît…

— Tu es fiancée ! Tu t'es foutue de ma gueule ! Tout ce temps, tu m'as fait croire que je te plaisais ! Tout ce temps… Tu es avec un autre et tu t'amuses avec moi.

— Non, c'est faux !

Je me sens terriblement impuissante et vulnérable. Il tourne encore dans la pièce. J'essaie d'avancer vers lui, mais il s'écarte comme si l'idée que je puisse le toucher le répugnait. Il me fait signe de ne pas l'approcher. Il murmure entre ses dents.

— Tu crois, peut-être, que je suis né avec une cuillère en argent dans la bouche, mais là où je vis, là d'où je viens, ce monde n'est pas drôle. Il ne permet aucune erreur. Il n'admet aucune faille, aucun retour en arrière et tu m'as laissé penser que… Tu m'as menti ! J'étais prêt à tout abandonner pour toi, à prendre tous les risques, car tu comptais pour moi ! Et là maintenant, je n'arrive même pas à te regarder en face !…

— Tu te trompes. Je…

Je m'arrête, car il ne m'écoute pas. Il continue de parler comme s'il ne s'adressait qu'à lui-même. Comme si je n'existais déjà plus. Cruellement.

— … j'aurais dû te prendre comme une putain et te jeter sans même te regarder. Mais non, tu couchais avec un autre, pendant que moi, je te baisais la main.

Il siffle ces derniers mots et je perds tout contrôle. Je ne sais plus où je suis. Je regarde autour de moi. Je suis dans un cauchemar, oui, c'est ça, car tout en moi crève comme un cancer qui veut ma peau.

Je veux mourir maintenant, je ne veux plus vivre s'il me quitte. Je me tiens le ventre et la tête. Je ne sais plus quoi dire, à part :

— Je suis désolée…

Ces mots agissent sur lui comme un signal. Il me plaque soudain contre le mur et m'embrasse de force. Il est brusque. Il me fait mal. Je gémis contre sa bouche. Mes larmes me brouillent la vue. Ce n'est pas Fares. Celui qui me fait souffrir n'est pas le garçon que j'aime. Je ne résiste pas, je ne peux pas bouger. Ses mains me touchent comme s'il devait graver mon corps dans sa tête. Il n'y a aucun plaisir. Il me mord la lèvre jusqu'au sang. Je pleure sous la douleur et le désespoir.

— Fares, s'il te plaît, arrête… Arrête, je t'en supplie…

Il se rend soudain compte de ce qu'il fait et s'écarte, comme s'il s'était brûlé. Il regarde ses mains tremblantes avec un profond dégoût. Sa respiration est forte. Il recule et, sans même m'adresser un seul regard, il déverrouille la porte et s'en va.

Le silence s'abat sur la pièce.

Je reprends difficilement mon souffle. Je n'ai pas la force de bouger, tétanisée par la peur. Tout mon corps est à vif. Je me sens vide. J'aperçois entre mes larmes la petite boule de papier sur mon lit. J'arrive tant bien que mal à me déplacer jusqu'à elle.

Je défroisse la feuille, tremblant encore, et je peux y lire :

« Tu crois vraiment qu'elle t'aime ? Tu es ridicule. Elle est déjà fiancée et se fait baiser par un autre. »

Tout mon corps se crispe. J'ai envie de vomir. J'ai déjà vu cette écriture. Mais où ? Mon cerveau marche à une vitesse folle.

Il faut que je fouille dans cette partie de ma mémoire. Il me faut encore une minute de raison avant de plonger dans la folie. Tout se met en ordre dans ma tête. Enfin, les pièces du puzzle reprennent leur place. J'ai vu cette écriture plusieurs fois au tableau ! Dans ma classe. C'est une fille. C'est Sarah. Celle qui a perdu son petit ami dans un accident de voiture…

# 17 – DESCENTE EN ENFER

Ce jour-là, Julia et Katy ne nous avaient pas entendus. Elles sont montées dans ma chambre et m'ont trouvée par terre à côté du lit, ma chemise à moitié boutonnée. J'avais séché mes larmes depuis longtemps. Je n'avais plus la force de pleurer. J'avais l'impression d'être à bout de force, d'avoir subi une terrible défaite.

Il est parti sans me dire qu'il me quittait. Il m'a juste laissé la bouche en feu et une plaie profonde, là où il a planté ses dents dans la chair de ma lèvre inférieure.

Il m'a marquée comme on marque une bête, à jamais.

Je répétais son nom sans m'arrêter, les sourcils froncés, la bouche tordue par la douleur.

— Il t'a fait du mal ?

— Fares est parti. Il est parti. Parti…

Je fixais le sol comme une perdue. Car il était parti et je savais, au fond de moi, qu'il ne reviendrait jamais. Des filles comme moi il y en a plein. Alors quand une fille comme moi a un petit ami comme lui, elle ne fait pas d'erreur.

Katy m'a mise au lit. J'ai entendu Julia crier au téléphone derrière la porte de ma chambre.

— Passe-le-moi Luc ! Je te jure, je vais le tuer. Et toi, je t'étrangle si tu ne te dépêches pas !… Allô, Fares, je vais te dire un truc et tu vas bien m'écouter, OK ? Plus jamais tu ne l'approches, t'es un malade ! Un psychopathe ! Allô ? Allô ? Connard !!!

Plus tard, je leur ai tout raconté, du premier regard jusqu'au dernier mot. Julia a eu les larmes aux yeux et Katy fut scandalisée du mauvais coup de Sarah.

— Elle va voir, cette pétasse, si je lui tombe dessus ! Elle est dingue, celle-là ! C'est quoi, son problème ?

Je ne sais pas pourquoi elle a des griefs contre moi. Ai-je fait quelque chose contre elle sans m'en rendre compte ? Le mystère reste entier. Elle voulait me nuire et, indéniablement, elle a atteint son but.

Le lendemain, je n'ai pas non plus la force de pleurer quand j'annonce à Chris que je le quitte. La sonnette de l'entrée me sort du lit. Je tremble en ouvrant la porte. Pas par peur, je sais que ce n'est pas Fares, mais il est dix-sept heures et je n'ai rien mangé depuis plus de vingt-quatre heures.

Je ne ressens rien même quand il tombe à mes genoux en m'enserrant la taille. Je me libère de ses bras. À l'intérieur de moi, je sais que je me dois de souffrir pour lui, pour nous, pour tout ce temps perdu et gâché, mais je n'éprouve rien, le vide complet.

— Mais pourquoi ?

— Je ne peux plus, c'est tout, dis-je d'une voix atone, d'une voix morte.

— Il y a sûrement une raison !

— Je t'aime beaucoup, mais pas comme je le devrais. C'est fini.

Je sais que ça lui fait du mal, que je devrais le prendre dans mes bras, lui dire que sa peine s'apaisera avec un peu de temps, mais je ne peux pas. Un truc a changé en moi. Rien ne sera plus jamais comme avant. Une fille différente se trouve devant lui.

Je le fais souffrir et je ne trouve rien à dire. Notre amour n'était pas passionné. C'était une habitude. Notre train-train quotidien nous rassurait simplement. J'ai bêtement confondu amitié et amour. En fait, je ne connaissais pas l'amour. L'amour ne quitte jamais celui qu'il a touché, il est puissant, grisant, renversant. Chris pensera avoir mal quelque temps et m'oubliera dans les bras d'une autre. J'en suis maintenant persuadée.

Ses yeux sont baignés de larmes. Ils sont plus bleus que jamais. Je me demande si j'ai fait le même effet à Fares quand je lui ai crié de m'écouter, quand j'étais comme Chris à l'implorer. Je me demande si je lui ai inspiré de la pitié.

Chris part une heure après être arrivé, quand il n'a plus rien à dire, quand il finit par me regarder comme une étrangère.

Le lendemain, dimanche, je sonne chez Fares, m'accrochant à l'espoir qu'il m'écoute enfin. J'ai réfléchi toute la nuit aux mots que je devais prononcer. J'ai besoin de tout lui avouer, d'être honnête. De lui dire comment je suis tombée amoureuse de lui, combien je suis bête et à quel point j'ai mal.

Luc m'ouvre.

— Salut, El.

En voyant ma tête, il comprend.

— Je suis désolé, il est parti.

— Quoi ?

— Il a pris un avion hier. Il est rentré chez lui.

Je me tiens à la rambarde de l'escalier extérieur pour ne pas vaciller.

— El, il faut que tu l'oublies.

Ces simples mots me choquent et je vomis. Luc m'apporte une serviette et souffle un :

— Dis, t'es pas enceinte ?

Je l'aurais voulu… Très bêtement, je l'aurais voulu. Je prends conscience que je suis comme ces filles capables de chambouler leur vie pour un garçon.

Je suis bouleversée qu'il n'ait pas pris la peine de m'écouter. Il a pris pour argent comptant ce qu'il avait lu sur un petit bout de papier. J'aurais dû lui dire pour Chris, mais dans ma tête et mon cœur il n'y avait que lui. Depuis des semaines, je n'appartenais qu'à lui, pas à Chris ni à aucun autre. J'étais restée dans ma bulle, vivant au maximum les instants, oubliant le reste. Il avait rempli ma vie, poussant chaque barrière, et je pensais qu'il l'avait compris.

Après mon départ de chez Luc, en voiture, je suis attirée par chaque arbre qui borde la route. Je me demande même si en percuter un peut venir à bout de cette douleur insupportable.

Je ne sais pas comment je réussis à retrouver le chemin jusqu'à chez moi. J'ai conduit en ayant l'impression de ne pas avoir regardé la route.

Mes parents sont revenus de vacances le soir et ma mère explique mon mal-être par ma rupture avec Chris. Elle me prépare des chocolats chauds, vient dans ma chambre pour me masser les pieds afin de m'aider à m'endormir. J'arrive à cet instant à oublier Fares, presque à m'assoupir sans voir son visage, mais dès que ma mère me laisse, mes yeux s'ouvrent et ne se referment que lorsque le soleil se lève.

***

Je ne supporte rien, même pas de me regarder dans un miroir. J'ai peur d'y trouver quelqu'un que je ne reconnais pas, une fille pitoyable. Apercevoir le portail du lycée, travailler au supermarché ou encore passer la nuit dans ma chambre, tout cela m'est une torture.

J'ai caché le trou de son coup de poing dans le mur avec un poster trouvé dans de vieux cartons. C'est la photo d'un pur-sang arabe à la robe noire. L'image a figé le cheval en plein galop, ses narines gonflées par l'effort. Je fixe l'animal pendant des heures. Il est libre et puissant. Et moi, prisonnière et anéantie, parce que je suis tombée amoureuse trop vite d'un garçon que je ne reverrai jamais.

Katy et Julia me forcent à sortir de ma chambre, à préparer mes bagages. On prend la Twingo, direction Barcelone.

Au fur et à mesure que l'on s'éloigne de la ville, je me sens plus légère. Je me détache de lui. Ça fait presque un mois que Fares est parti et je n'ai pas eu de ses nouvelles. J'ai fini par effacer son numéro. Je deviens dingue à regarder mon téléphone chaque minute, à espérer à chaque sonnerie que ce soit lui. Les cours vont débuter dans trois semaines, il faut que je me recentre sur moi.

J'appréhende de commencer ma vie étudiante à Paris.

Oui, tout va me rappeler notre soirée qui m'a paru bien plus que spéciale. Il me l'a promis, je n'allais pas l'oublier. J'ai l'impression que mon cœur se brise, se recolle et se casse encore et encore en une longue et douloureuse agonie. Jamais je ne me serais autorisée à tomber amoureuse si j'avais su combien la chute serait terrible. Je m'en veux d'être faible et je ne m'autorise plus à pleurer.

Son image est de plus en plus floue, ses traits moins nets dans mes souvenirs. Ce qu'il m'a laissé de lui est bien plus dur à oublier. Le souvenir de ses caresses, ses baisers, sa tendresse, son odeur et la cicatrice au coin de ma lèvre me le rappelle sans cesse.

Je suis telle une condamnée, il est ma prison, et ma cellule est inconfortable, trop petite, elle m'oblige à rester debout. Je n'ai aucun répit et ne trouve pas le sommeil.

— Que tout ce qui arrive à Barcelone reste à Barcelone, youhouuu ! crie Katy en voyant enfin le panneau.

*BARCELONA*

Nous avons réservé un hôtel. Pas le luxe, mais cosy. Il y a trois lits simples les uns à côté des autres. Nous les avons tous rapprochés pour n'en faire plus qu'un. La salle de bains est petite. Katy et Julia se la disputent souvent – elles y restent des heures pour se préparer avant de sortir.

Nous passons notre temps à faire les magasins ou à bronzer sur la plage. Mais surtout, Julia et moi pestons contre Katy qui n'arrête pas de se plaindre. « J'ai soif ! », « J'ai faim ! », « Je veux me baigner ! », « J'ai besoin d'une clope ! », « Il fait trop chaud ! »…

— Je plains ton mari, Katy, sincèrement, dit un jour Julia, toujours aussi franche.

— Quoi ?! N'importe quoi ! Je suis un ange tombé du ciel.

— Oui, un ange tombé directement sur la tête !

On dirait que les Barcelonais viennent tous de sortir de la salle de sport. Ils sont fiers de montrer leurs corps musclés. Les filles sont toutes dorées par le soleil. Certaines ressemblent à des sirènes. Leurs tatouages sortent de l'ordinaire, ils parcourent quelquefois la moitié de leurs corps. J'ai envie d'en faire un, mais plus discret. Un mot ou une phrase, je suis encore indécise.

Avec nos origines latines, nous passons facilement pour des Catalanes. Nous nous faisons draguer et Katy, parlant couramment espagnol comme moi, se fait passer pour une fille d'ici et en profite pour se faire offrir des verres par des touristes anglais ou même français.

Un jour en rentrant de la plage, notre voiture a disparu. À l'endroit même où nous l'avions laissée, nous trouvons un papier collé sur le trottoir où sont inscrites notre plaque et une adresse. C'est juste à ce moment-là que le camion de la fourrière passe devant nous et Julia ne peut s'empêcher de leur faire un fuck magistral.

À notre droite, un groupe de mecs a le même bordereau à la main. La situation est plus que cocasse, nous nous sommes tous mis à rire en même temps et nous avons décidé de faire le trajet jusqu'à la fourrière ensemble.

Ils s'appellent Carlos, Jérémie, Éric et Romain. Ils viennent de Marseille. Éric n'est pas le plus beau de tous, mais son charme m'attire. Il a des yeux bleus presque verts. Il est grand, intelligent, s'habille très bien. Sa gentillesse me surprend et son accent du Sud est délicieux. On passe nos soirées barcelonaises tous ensemble et j'oublie presque que Fares est parti. Presque…

Un soir, Katy craque complètement et je la vois embrasser Carlos. C'est son style, aussi ça ne me surprend pas. C'est le « Latino » du groupe, yeux et cheveux noirs et le « pompon », comme elle dit, c'est qu'il danse très bien la salsa. Je les regarde faire et je ressens un pincement au cœur. Je ne suis pas jalouse, mais des flashs de Fares et moi me reviennent sans cesse. Il faut que je sorte pour prendre l'air.

Arrivée à l'extérieur, je me colle contre le mur de la discothèque. Les yeux rougis, les lèvres tremblantes, l'émotion me submerge totalement.

— Elena ?

Je lève lentement la tête.

— Éric.

— Ça va ?

— Oui, je réponds faiblement.

— Tu as l'air un peu triste.

Je souris, mais je crois qu'il ne voit qu'une piètre grimace sur mon visage.

— C'est dommage pour une fille comme toi.

— Pourquoi ?

— Tu es si belle quand tu souris.

Cette remarque est un peu bateau, mais il me paraît si sincère qu'elle me touche.

Étonnamment, il se rapproche et je le laisse m'embrasser. Il le fait bien. Ce ne sont pas les baisers de Fares, il y a moins de passion. C'est moins gourmand, moins étourdissant, mais plaisant. Ses mains entourent mon visage. Elles me paraissent trop douces, trop délicates. Je me dégage avec un sentiment de culpabilité.

— Je suis désolée, je suis avec quelqu'un.

Je sors cela d'un coup et le constat m'étourdit. C'est comme si je lui appartenais toujours et ça me fait l'effet d'une gifle. Il m'a enfermée à double tour dans sa cage et a jeté la clé.

— Excuse-moi, dis-je d'un air dépité.

— Non, ça va… Ça te dit qu'on marche un peu ?

Je me laisse diriger vers la plage sans parler. Même à une heure du matin, elle est animée.

Quelques feux sont allumés sur le sable, les musiques se mêlent entre elles et les baraques à boissons sont toujours ouvertes. Il y fait bon et le son doux des vagues m'apaise.

— Ça te dit un mojito ? lancé-je à Éric.

— Pourquoi pas !

Au bout du deuxième, je suis déjà complètement pétée et j'avoue que mon « petit copain », si je peux l'appeler ainsi, est parti en me laissant comme une grosse merde. Que je ne sais même pas si c'est fini, mais surtout que je suis trop conne d'en espérer quoi que ce soit.

— Tu veux que je te donne mon avis ? C'est un con. Moi, je ne t'aurais jamais laissée.

*Oh si, je pense que si...*

Nous nous asseyons sur les transats d'une des baraques. Il n'y a personne autour de nous.

Il a un très beau sourire. Il n'est pas torturé. Il n'a pas ce besoin de contrôler sa vie, ses envies, son corps. Il est libre et peut me donner ce que j'attends. Je me glisse alors au-dessus de lui et je l'embrasse, doucement puis à en perdre haleine, l'alcool aidant sûrement.

Je soulève ma jupe, m'assois sur ses hanches et je ferme les yeux. Je sais que je fais une erreur. Mais mon Dieu, quand ses mains s'introduisent sous mon T-shirt, je prie pour que ce soit celles de Fares. Je le veux tellement que je m'en suis presque convaincue.

Nous sommes seuls et la lumière provient juste d'un feu de plage allumé à quelques mètres de nous. Je peux le faire. Il faut que je me déleste de ce poids. Et ce poids s'appelle ma virginité.

Je dois m'en débarrasser, car Fares n'est plus là. C'est lui que j'avais choisi, mais il ne reviendra jamais. Tout cela n'a plus d'importance. Éric a envie de moi, je le sens entre mes jambes.

Mais il me repousse un peu, il est aussi haletant que moi.

— Si je dois faire quelque chose avec toi, j'aimerais autant que ce soit à moi que tu penses. S'il te plaît, ouvre les yeux, Elena.

J'ai soudain conscience de mes actes. Je me sens ridicule et coupable. Coupable de l'utiliser. Et furieuse ! Contre moi, contre Fares. Contre ce fantôme qui m'empêche de vivre. Je pense qu'Éric a remarqué mon air pathétique.

— Tu ne penseras plus à lui un jour. C'est comme quand tu arrêtes la cigarette. C'est long, très long. Tu vas y penser tous les jours pendant six mois, ensuite une fois tous les deux jours, puis une fois par semaine et enfin une fois par an… Tu ne l'oublieras pas, mais tu cesseras d'y penser. Je te le promets. C'est la théorie des six mois. Crois-moi, je sais de quoi je parle.

Une théorie, carrément ! Cela me plaît et je ne peux m'empêcher de rire. Il y a donc une lumière au bout du tunnel. Je vais cesser de penser à lui ! Un jour.

— J'adore t'entendre rire.

Je fixe Éric. Il ne lui ressemble pas du tout. Chez Fares, il y a une sorte de fierté, un truc mystérieux et indécent. Quelque chose de dangereux se dégage de lui. Éric est doux et plus sensible. Il est ce genre de mec que tout parent rêve d'avoir pour gendre. Un petit ami idéal. Mais il n'a rien à voir avec Chris non plus. Éric me fascine.

Les vacances se terminent demain et je suis un peu triste de le quitter. Des liens forts se sont créés entre nous. Nous n'allons plus nous revoir. Lui fait des études à Marseille pour devenir architecte, huit cents kilomètres nous séparent.

— On se reverra, Elena.

Ces mots sont spontanés et assurés. J'ai un sentiment de bien-être. J'ai l'impression de compter pour lui. Je me couche à ses côtés, ma tête repose sur son torse, son bras m'entoure tout entière et je m'endors apaisée.

Le lendemain, je me fais tatouer sur la hanche :

*I'll never forget*

# 18 – RUPTURE

## ***TROIS ANS PLUS TARD***

Ces trois dernières années sont passées comme un éclair. Les semestres se sont enchaînés à une vitesse folle. Mes notes sont excellentes et je vais entrer en master. J'ai fait de nombreuses rencontres et embrassé quelques garçons. Mais je n'ai jamais pris la peine de les connaître.

Chaque été, j'ai pris l'habitude de trouver un travail pour pouvoir me payer des vacances en septembre avant la rentrée d'octobre. La première année, j'ai trouvé un job d'été dans un Starbucks et, avec Katy et Julia, nous sommes parties au Portugal.

À ce moment-là, j'étais toujours dans le déni de ma rupture avec Fares. Je n'avais toujours pas digéré notre séparation même un an après. Mes blessures semblaient ne pas cicatriser. La douleur était encore trop réelle et le temps semblait ne pas vouloir l'effacer.

Cette année-là, je m'étais totalement plongée dans mes cours et ne sortais pratiquement pas. Les filles me laissaient agir à ma guise, jusqu'à cette fameuse nuit à Porto. Je crois que j'avais abusé de la bière locale. Nous étions un peu éméchées et nous déambulions le long du canal du Douro. Il y avait une ambiance festive, des groupes de jeunes Portugais ou de touristes discutaient joyeusement au bord de l'eau. C'était vraiment sympa.

Arrivées au bout du quai, nous nous mîmes en tête de monter tout en haut du pont Dom-Luis fait de traverses et de poutres métalliques comme la tour Eiffel. Le niveau supérieur était réservé aux tramways et aux piétons. Nous montions ces interminables marches en pierre irrégulières. Nos talons s'accrochaient dans les joints profonds et Julia était tombée de tout son long, provoquant un fou rire général.

Nous rigolions toujours quand nous étions arrivées tout en haut. Il n'y avait personne à cette heure. Les tramways ne passaient plus. Julia avait tout à coup eu le vertige et n'osait plus avancer. C'est vrai que c'était impressionnant.

Katy et moi avions ce sentiment extraordinaire d'être libres. Le garde-fou nous arrivait juste au-dessus de la taille. La vue était magnifique, mais le vide m'attirait comme un aimant. Je m'étais penchée et je continuais à fixer le bas comme obsédée. C'était fascinant et hypnotisant.

J'avais soudain passé mes jambes par-dessus la rambarde et je m'étais assise dessus, les pieds dans le vide. Les mains agrippées au garde-corps, je m'étais penchée un peu plus. Mes cheveux se soulevaient avec le vent. C'était excitant, je me sentais tellement bien. Mais les cris de Julia m'avaient ramenée à la réalité.

— Putain, El ! Tu es complètement dingue ! Redescends !

Je ne voulais pas sauter, mais cette sensation m'a rappelé ce que j'avais ressenti pour Fares. Mon cœur battait à nouveau.

Une impression unique et exaltante de m'accrocher à quelque chose de solide et indestructible tout en ayant cette peur exquise de tomber. Fares était encore là, figé dans mon esprit. Un an était passé et je me sentais toujours aussi vide, vide de lui.

— Mais arrêtez ! Je n'aurais jamais sauté.

Je crois qu'elles ne m'ont pas crue, car elles se sont mises en tête de me surveiller comme si j'étais dépressive. C'était assez simple pour elles, vu que nous vivions toutes les trois en colocation.

Elles m'ont forcée à sortir, à participer aux soirées étudiantes. Je m'y suis pliée pour leur faire plaisir. Katy était toujours avec Carlos qui avait décidé de la rejoindre à Paris pour sa deuxième année. Et Julia avec Paul. Ils sortaient souvent tous les quatre ensemble et aussi à six quand elles me trouvaient un cavalier.

Je crois qu'elles ont fini par renoncer à me présenter un garçon quand leur stock de collègues, camarades ou encore connaissances fut passé en revue et recalé.

Je trouvais toujours quelque chose qui n'allait pas. Trop petit, trop bavard, pas assez drôle, pas assez Fares. Julia a touché en plein dans le mille quand elle a fini par me dire :

— Tu l'idéalises trop, non ?

J'étais alors certaine de ne pas l'idéaliser, pas plus que l'histoire d'amour que j'aurais pu vivre avec lui. Voilà tout le problème.

— Elena, je ne veux pas être méchante, mais le seul à être comme Fares, c'est Fares. Et il est parti. Tu es devenue une fille magnifique – tu ne vois pas comment les garçons te regardent ? Il faut que tu tournes la page, ma belle.

Effectivement, personne ne me faisait vibrer comme lui. Personne ne m'attirait comme lui. J'allais finir amère et aigrie.

L'année suivante, je suis partie à Londres. Je voulais perfectionner mon anglais. Je crois que j'ai aussi perfectionné mon look. Mes cheveux sont maintenant très longs. J'adore les coiffer. Je me maquille les yeux et mon style a évolué. J'adore la mode, le hippie chic. À défaut de passer mon temps avec mon « boyfriend », je le passe dans les boutiques.

C'est en rentrant de ce voyage que je l'ai revu. Cela faisait deux ans. J'avais pris l'habitude de boire mon thé dans une petite pâtisserie à côté de la fac. Je prenais toujours la même place, à la fenêtre. J'aurais bien pu ne pas le voir, mais Odette, la patronne, m'a resservi une tasse de thé et c'est en relevant les yeux que je l'ai aperçu, venant de la rue en face.

Mon cœur s'est mis à battre à des milliers de pulsations minute, je pouvais entendre mon pouls dans mes oreilles. Il marchait en direction de la pâtisserie.

Il était d'une beauté à couper le souffle. Il avait les épaules plus larges et avait bien grandi de dix centimètres. Une barbe naissante ombrait maintenant le bas de son visage et son regard n'avait pas changé. Il avait encore gagné en assurance et en élégance.

Il était surtout accompagné d'une blonde superbe, aux jambes interminables, qui lui tenait la main. Un top model, c'était certain.

Quand ils sont arrivés à ma hauteur, j'ai plongé sous mon siège, aux pieds d'Odette qui avait suivi mon manège.

— Odette ?

— Ça va, mon enfant ?

— Oui… Ils sont passés ?

— Qui ? Les deux tourtereaux ?

— Oui.

— Si tu voulais leur échapper, tu as eu chaud. Le beau jeune homme a tourné la tête juste après que tu as sauté de ton siège comme une perdue !

Elle riait de son rire fort et chaleureux.

Mais je me sentais si mal. J'avais du mal à respirer. Voilà la preuve que j'attendais. Pendant que moi, je ne passais pas à autre chose, lui le faisait sans problème, sans complexe. Mes yeux me brûlaient et j'ai dû faire appel à tout mon self-control pour ne pas pleurer.

Je n'avais pas eu le temps de remarquer son expression, tout est passé bien trop vite. Avait-il l'air heureux ou aussi détruit que moi ? Non, je pense que la seule personne qui a été brisée dans cette histoire, c'est moi. Il était revenu, il était à Paris et j'avais envie de descendre sous terre.

J'ai donc arrêté de fréquenter le cinéma de M. Orange – je crois que je cultivais l'espoir de le revoir là-bas. J'ai arrêté de marcher seule sous la tour Eiffel ou de lire des livres dans le parc en face des fontaines. Et je n'ai plus pensé à lui.

À présent, nous sommes à la fin de ma dernière année de licence et j'ai trouvé un poste de barmaid dans un club proche de ma fac.

Cet emploi est très bien payé et j'ai décidé de partir en Grèce en septembre.

Je commence mon service à dix-huit heures. Je dois nettoyer le bar, préparer les verres et installer les chaises.

Je ne suis pas surprise de voir Rachel arriver en retard, sa perruque bleue déjà sur la tête.

— Dépêche-toi avant que le lourd ne te voie, Vic.

Vic est son nom de scène.

— T'inquiète, ma biche, je le gère.

Elle me fait un clin d'œil exagéré en mâchant son chewing-gum avec énergie.

Je souris. J'ai appris à la connaître. Je l'avais vue une fois en pleurs dans le vestiaire à cause de Léon, son mec, un beau black, super baraqué et accessoirement le videur du club. Ils s'étaient à nouveau quittés à cause d'une histoire de fille, qu'il avait fait entrer gratuitement. Elle était du genre méga jalouse et lui un peu trop ouvert à la drague.

J'avais peur de déranger et, au moment de sortir, elle m'avait dit :

— C'est bon, tu peux rester Elena.

Je m'étais alors dirigée vers mon casier et elle avait ajouté :

— Tu crois qu'aimer, c'est avoir mal sans arrêt ?

— Hum, je pense que ça dépend des circonstances.

Je ne savais pas trop quoi lui dire.

— On se fait du mal, Léon et moi, mais qu'est-ce que je l'aime.

J'avais envie de lui dire que son amour était destructeur, mais je me suis retenue. Est-ce que je préférerais me détruire plutôt que de vivre sans l'homme que j'aime ? Jamais je ne pourrais répondre à cette question. Je ne sais plus aimer depuis longtemps.

La voilà qui monte sur scène et commence ses enchaînements. Elle est très souple et ses acrobaties autour de la barre de fer verticale m'impressionnent. Vic est plus allumeuse que Rachel. Vic est un canon. S'il y a un jour où le lourd a été bien inspiré, c'est quand il l'a embauchée.

Le lourd, c'est le patron et, comme son surnom l'indique, il est super lourdingue. Je ne crois pas qu'il m'ait retenue pour mes compétences de barmaid. Il m'incite souvent à mettre des tenues un peu plus « décontractées ». Je crois qu'il espère chaque jour que ma jupe sera un peu plus courte et mon décolleté plus plongeant.

Ça fait déjà trois semaines que je travaille ici et je me sens bien. Les clients me respectent généralement, sinon je sais les remettre à leur place. Je m'occupe du bar dans la salle principale, il y en a une autre VIP. C'est Camille et Patrick qui servent dans celle-ci. C'est un grade supérieur auquel seuls les CDI ont accès. Il paraît qu'il y a du beau monde là-bas, mais ma place me convient.

— Elena ! J'ai besoin de toi ! (Le gros lourd a l'habitude de crier, c'est son truc.) Camille est malade ce soir, tu la remplaces.

— OK.

Il me regarde de la tête aux pieds, un peu contrarié. Bah quoi, je ne suis pas danseuse et je suis habillée en noir et blanc comme le prévoit le règlement.

Le carré VIP est bondé et, effectivement, ce n'est pas la même clientèle. Le champagne y coule à flots. Il y a beaucoup de belles nanas et les mecs puent le fric. Certains me prennent de haut, d'autres pensent que je suis de la viande qu'ils peuvent acheter. C'est surfait et ce climat m'écœure.

Quand, enfin, j'ai un moment de répit, j'essuie les verres en parcourant la salle des yeux.

— Putain !

Mon verre me tombe des mains et se brise par terre. Je me baisse derrière le bar pour nettoyer et en même temps pour reprendre mon souffle. Il est là ! Fares… Non, ce n'est pas possible ! J'ai la poisse ! Et bien sûr, il est avec elle ! Je me demande, ce que je suis censée faire. L'ignorer ? Oui, c'est ce que je vais tenter. Mon cœur bat trop vite. Je prends au moins cinq bonnes minutes avant de me décider, enfin, à sortir de sous le bar.

Quand je me relève, il est juste devant moi, la main sur le comptoir, Barbie à côté de lui. Je retiens mon souffle, mes battements s'arrêtent.

— Elena ?

Il a l'air surpris. Et rien que d'entendre mon prénom sortir de sa bouche me rend toute tremblante.

Je me retourne pour retrouver mon calme. Sa voix est encore plus grave qu'avant. J'ai des fourmis dans tout le corps. L'effet Fares, quoi.

— Tu la connais, my love ?

Ça, c'est elle. Je la déteste aussitôt. Il ne lui répond pas.

— Elena, répète-t-il d'une voix plus rauque.

Je me retourne enfin et je me noie directement dans ses yeux. Ils sont toujours aussi intenses.

— Tu travailles ici ?

— Non. Je suis de ce côté du bar pour me servir moi-même un verre, dis-je, ironique.

Mon regard est maintenant fixé sur la grande blonde à côté de lui. Je sens la fureur monter en moi.

— Chérie, va t'asseoir, je t'apporte ta boisson.

— Mais…

— Va t'asseoir, s'il te plaît. J'arrive.

Barbie fait une moue et obtempère tout en me regardant du coin de l'œil.

— « Chérie » ? dis-je d'un air écœuré.

— « Chérie », oui. Ou « bébé », si tu préfères.

Un demi-sourire se dessine sur ses lèvres. Ça me blesse immédiatement.

— Qu'est-ce que tu fous là ?

— Son père tient ce club, me répond-il calmement.

— Ah, c'est pour cela que tu as réussi à passer le cap du videur, rétorqué-je, acide.

Je veux le blesser comme il me saigne.

— Arrête, Elena.

— Qu'est-ce que tu me veux ?

— Une flûte de champagne pour Stéphanie et un jus de mangue pour moi.

Bien évidemment ! Je tremble des pieds jusqu'aux racines des cheveux. Je prends une flûte et un verre et commence à les remplir.

— Stéphanie ? J'aurais plutôt misé sur Kimberly. Dis-moi, elle a amené son chihuahua aussi ?

Il me regarde, amusé. Comment ose-t-il encore sourire ?

— Trente euros.

— Je ne paie pas.

Ma tête va exploser. J'ai envie de lui dire d'aller se faire foutre, mais mon job est important et je ne pense pas que provoquer une dispute m'aide à le garder. Pourtant le voir me brise et, à son air, je vois bien que ça le divertit.

— Tu sais quoi ? Fais-toi servir par quelqu'un d'autre.

Je ne sais pas ce qui me prend. Je vide la flûte et le verre dans l'évier en le regardant droit dans les yeux, avec défi. Son regard devient plus sombre, il ne sourit plus.

Je longe le comptoir comme une flèche et gagne le vestiaire pour me calmer. Je le hais et je me déteste d'être aussi fragile. Je savais qu'il avait quelqu'un. Je pensais être passée à autre chose. Qu'est-ce qui ne va pas chez moi, bon sang ?

Je ferme les yeux. Sa voix, plus vibrante aujourd'hui, a réchauffé mon cœur glacé depuis toutes ces années. Suis-je encore amoureuse de lui ? Non, je ne connais pas l'homme qu'il est devenu. Et vu son expression, il n'a pas envie de connaître la personne que je suis aujourd'hui. Je suis vraiment la dernière des connes.

Mais vais-je réussir à supporter sa présence ?

L'alchimie est encore là, électrique. Mon rythme cardiaque n'arrive pas à se calmer. Je dois me reprendre. Après dix minutes, je regagne mon poste et ne le vois plus de la soirée.

À la fin de mon service, je décide de rentrer à pied malgré l'heure tardive. J'ai besoin de respirer. La tristesse m'envahit et je laisse le vent frais apaiser mon corps en feu. Je prie intérieurement pour qu'il ait, au moins, la délicatesse de ne plus venir à l'endroit où je travaille.

Le lendemain, il est encore là. Et si, un jour, j'ai pensé avoir souffert, je m'étais trompée. Le voir avec elle me tord les boyaux et me lacère le cœur. Chacun des sourires qu'il lui adresse me donne la nausée et, quand ils dansent ensemble devant moi, mon corps ne me répond plus.

Il me torture. Il l'embrasse longuement et m'ignore. Il me réduit à néant.

Je n'ai pas ressenti un tel mal, une telle souffrance, même le jour où il m'a quittée. Après la prison, la punition. La sentence est terrible et intolérable. Lui mon bourreau, moi la condamnée. Il n'a pas de pitié. Il accomplit son travail de destruction comme une machine. Je ne devrais pas réagir, il m'a quittée il y a longtemps, pourtant tout mon être palpite et hurle mon besoin de le toucher. C'est plus fort que moi, plus fort que tout.

Il sait que j'ai mal, il ne peut l'ignorer. Mes yeux me trahissent.

— Elena ?

C'est Patrick.

— Tu es toute blanche, rentre chez toi. Il n'y a pas grand monde, je peux m'en sortir. Ne t'inquiète pas. Je ne dirai rien au boss.

Il a l'air compatissant et il suit mon regard vers Fares.

— Il te blesse, ça se voit.

Patrick est gentil et surtout très observateur.

— Merci, je te revaudrai ça.

— Pas de problème, ma jolie.

Il me fait un smack bruyant. Il ne me drague pas, il est cent pour cent gay. Il n'est pas super extraverti, aussi, ça ne se voit pas au premier coup d'œil, mais j'ai souvent vu son mec l'attendre après le boulot. Je le remercie mille fois avant de quitter cet enfer.

Je décide de ne pas prendre un taxi et de rentrer à pied encore une fois. Marcher m'aidera à analyser la situation avant de devenir folle.

Pourquoi réagit-il comme ça ? Je sais qu'il a conscience de ses actes. Il veut me faire du mal. Quand il regarde dans ma direction, il agit dans le but de me blesser.

Est-il amoureux d'elle ?

L'aime-t-il comme il m'a aimée ?

M'a-t-il seulement aimée ?

Peut-être que tout était faux. Lui et moi. Peut-être que finalement mon souvenir a embelli les moments passés ensemble. Cependant, sa beauté à ce jour est encore plus dévastatrice que dans mon souvenir. Il a changé, il s'habille comme un homme sûr de lui, son visage est moins doux. Il a perdu sa gueule d'ange, mais ses yeux sont davantage mis en valeur, sa bouche est mieux dessinée. Il est beau à en crever.

Et c'est évident, il veut me faire payer mes erreurs et ne s'arrêtera pas avant ma chute.

# 19 - APRÈS LUI

Le lendemain, c'est mon jour de repos. Il est presque seize heures, mais je reste dans mon lit à fixer le plafond.

— Lève-toi, Elena.

Katy me tire par le bras.

— Arrête, Kat, je ne suis pas d'humeur.

— Tu vas tout louper.

— Louper quoi ?

— Bah ta fête !

— Je vous ai déjà dit que je détestais fêter mon anniversaire.

— On dira qu'on fête autre chose. Viens, on a une surprise.

— Je déteste aussi les surprises.

— Pas celle-là, je te promets, mère-grand !

Je déteste quand elle m'appelle comme ça, mais cela suffit pour que je me lève. Je me force à me doucher, à m'habiller et à me maquiller. Je me fais une tresse et l'enroule autour de mon crâne. Comme il fait assez chaud, je choisis une robe courte blanche et une veste en daim camel.

Katy et Julia m'emmènent dans un bar que l'on connaît bien. J'y fais des extras quelquefois et je suis devenue amie avec le patron, Cédric. Je crois qu'il en pince pour Julia et il nous offre souvent nos consommations. C'est un bar très moderne, la décoration est dans les tons taupe et beiges, j'adore.

Il y a pas mal de copains, dont Charles, qui est devenu un de mes meilleurs amis, Paul, Carlos, mais aussi Luc, qui me prend dans ses bras.

— Ça fait un bail, El, et tu es toujours aussi jolie.

— Merci, Luc, dis-je en rougissant.

Ça me fait toujours un pincement au cœur de le voir. On s'était un peu perdus de vue. Il a trouvé une copine dans sa fac. Elle est plus grande que lui, elle fait du basket. Leur couple est atypique, mais ils ont l'air heureux.

Julia me prend par la main et me demande de fermer les yeux. Je ne peux pas m'empêcher de ronchonner. Elle me dirige vers un coin du bar et me fait pivoter sur moi-même. Je l'entends crier :

— Trois, deux, un, ouvre les yeux.

« Joyeux anniversaire, joyeux anniversaire ! »

Ils chantent tous et ça me gonfle le cœur de voir tant de monde près de moi. Mes yeux s'humidifient et un grand sourire se dessine sur mes lèvres.

Mes amis s'écartent et laissent passer le gâteau apporté par…

— Éric ! dis-je dans un souffle.

Il est plus mignon que dans mes souvenirs. On s'était souvent parlé au téléphone après notre départ de Barcelone, mais le temps et la distance avaient eu raison de notre fragile relation. Le voir m'émeut plus que cela n'aurait dû. À la fin de la chanson, je souffle une bougie unique et il m'embrasse sur la joue délicatement.

Après les nombreux applaudissements, les remerciements et l'ouverture des cadeaux, je rejoins Éric au bar.

— Qu'est-ce que tu fais là ? lui demandé-je avec curiosité.

— C'est ton anniversaire, non ?

— Arrête de me faire marcher. Tu n'as pas traversé toute la France rien que pour venir boire un coup ici.

Il sourit.

— En fait, je me spécialise dans l'architecture moderne et l'école qui m'intéresse se trouve à Paris. Techniquement, j'aurais dû arriver dans trois semaines, mais Carlos m'a parlé de ton anniversaire et je n'ai pas pu résister à l'envie de venir plus tôt.

Ça me touche vraiment. Je le regarde comme il y a trois ans, comme le mec dont j'aurais pu tomber amoureuse.

— Tu m'as manqué, Elena.

Il me caresse la joue et je frissonne. Il est toujours aussi fascinant. Il me raconte ses trois dernières années. La fac, les succès, les échecs, ses rencontres, ses deux dernières histoires d'amour. Il n'a rien à cacher.

Je rigole, je compatis et rigole encore. Avec lui, il y a toujours une leçon à tirer de chaque chose, qu'elle soit bonne ou mauvaise. Le tout est de ne pas s'attarder sur le moins bon. Je l'écoute parler sans me lasser, et cela durant deux heures sans que je voie le temps passer.

— Bon, Elena, assez parlé de moi. Je sais que tu fais exprès d'écouter attentivement les autres pour ne pas avoir à parler de toi, me dit-il d'un air malicieux.

— Tu es très perspicace ! Écoute, tout roule pour moi…

— Réponse bateau. *Try again.*

— Quoi ? m'exclamé-je, tout sourire. Eh bien, je vais plutôt pas mal, j'ai de bons résultats et j'entre en master management commercial et marketing.

— C'est mieux, mais encore ?

— Encore quoi ?

— Un amoureux ?

Je sens le rouge me monter aux joues, je n'ai pas vraiment l'habitude de parler de ça. Le plus souvent parce qu'il n'y a rien à raconter.

— Je n'en ai pas.

— *Nada, niet, walou ?* me demande-t-il, visiblement très étonné.

Je rigole.

— RAS, mon colonel.

Il se gratte le menton d'un air songeur.

— Il va falloir remédier à cela, mademoiselle Lopez. Et très vite (son regard s'attarde sur ma bouche et je rougis de plus belle), mais je dois y aller. Ce sera pour une prochaine fois, dit-il en regardant derrière moi.

Je me retourne et vois Carlos qui l'attend devant la sortie. Je suis un peu déçue qu'il parte si tôt mais je m'écarte pour le laisser passer.

— Ravie de t'avoir revu, Éric.

— Tout le plaisir a été pour moi.

Cette fois, il ne m'embrasse pas. Il marche en direction de Carlos, se retourne et me sourit avant de quitter le bar.

Juste après son départ, Julia arrive à mes côtés.

— Je vois qu'il te fait de l'effet, notre cher Éric.

— Je ne sais pas, je l'aime bien, dis-je simplement.

— El, il est temps que tu déverrouilles ton cœur et que tu y laisses entrer quelqu'un à nouveau. Ils ne sont pas tous comme « lui », mais je suis sûre que certains peuvent te faire autant de bien et surtout moins de mal.

Elle passe un bras sur mon épaule et nous regardons, à travers la baie vitrée du bar, Éric et Carlos monter dans un taxi.

Peut-être qu'il est temps, oui. Il est temps de penser à moi. Et de l'oublier, lui.

# 20 - CONFRONTATION

Le réveil est assez dur le lendemain matin. J'ai rêvé de Fares et Éric. Un rêve compliqué où je devais choisir. Je me retrouvais mêlée à un curieux dilemme entre la raison et la passion. Curieusement, j'avais tendu la main vers la raison. Ce choix m'a réveillée en sursaut.

Les filles m'ont acheté des croissants ce matin.

— Fous chavez que che n'est plus mon anniferchaire auchourd'hui ? dis-je la bouche pleine.

— Oui, on sait, dit Katy, l'air triste.

— Qu'esch qui che pach' ?

— On ne voulait pas te l'annoncer à ta fête. Mais Julia et moi quittons le campus. Julia arrête les cours et moi, j'emménage dans un appartement avec Carlos.

— C'est vrai ? C'est super, ça !

— Tu ne nous en veux pas ?

Julia me jauge avec une mine désolée.

— Bien sûr que non !

— Je vais m'installer avec Paul à l'autre bout de Paris, vers sa fac, le temps de trouver un job, ajoute Julia, les larmes aux yeux.

— Je suis si heureuse pour vous !

Je les prends dans mes bras. C'est sûr, ça me fera bizarre de ne plus les voir aussi souvent, mais je savais que ça allait arriver, et les trois dernières années ont été merveilleuses et surtout plus tolérables grâce à elles. Nous avons passé de super moments.

— On ne veut pas que tu te sentes seule, aussi ma maison est la tienne, tu le sais, dit Julia, en pleurant.

— *Si, mi amor. Mi casa es tu casa !* ajoute Katy avec un large sourire.

Je les aime tellement, comme des sœurs, elles sont géniales et vont vraiment me manquer. Mais bon, nous nous verrons toujours et il est temps que nous suivions chacune notre propre chemin.

Katy saute tout d'un coup sur le lit en hurlant :

— Elle est encore là !

— Quoi !?

On la rejoint, affolées.

— Alors, tu l'as vue ?

— Oui, c'est horrible !

Depuis plusieurs semaines, on entend une souris gratter le parquet de ses petites pattes. À chaque fois, on allume la lumière et la petite bête arrive toujours à se réfugier sous un meuble.

— Elle est comment ?

— Je n'en sais rien, les mêmes que l'on voit à Botanic, mais franchement, je ne pourrais pas vous dire la marque !

La marque ?! Nous explosons de rire. Il est clair que, pour moi aussi, la résidence étudiante, c'est fini. Il est temps d'être un peu plus indépendante et, à vingt-deux ans, j'ai envie d'avoir mon chez-moi. J'ai une bonne bourse d'études et je peux bien faire plus d'extras.

En quittant notre chambre, je descends l'avenue de la République et, dans la petite rue perpendiculaire, je trouve l'agence immobilière Solvimmo.

Je scrute les annonces sur la vitrine. L'une d'elles attire spécialement mon attention. Il s'agit d'un petit F1, à cinq minutes à pied de ma faculté. Il se libère dans deux semaines. Le prix est assez raisonnable. Raisonnable dans Paris, c'est six cent cinquante euros, pour vingt-cinq mètres carrés, mais ce qui me décide, c'est le dressing à la Carrie dans *Sex and the City* ! Je suis in love, il me le faut ! Il y a bien sûr quelques touches personnelles à apporter, mais au regard des photos il me correspond vraiment. J'entre dans l'agence immédiatement.

À dix-huit heures, je vais travailler au club, et j'ai la ferme intention de ne pas laisser Fares me faire du mal. Heureusement, c'est mon dernier soir dans la salle VIP. Camille se sent mieux et doit reprendre le service dès demain.

La soirée passe assez vite et j'évite de regarder dans la direction de Fares. C'est le même manège. Ils dansent ensemble, s'embrassent, et il m'ignore. Leur image est dans ma tête et ne me quitte pas, de toute façon, mais je me suis promis d'être forte. Et j'arrive tant bien que mal à tenir le coup.

— Elena, il y a la 12 qui te demande. Un problème avec le cocktail ou je ne sais pas quoi, me dit Patrick.

Je me dirige vers la table qui se trouve dans une des rooms du carré VIP. Je tire les rideaux. Et il est là, couché sur le dos dans l'immense canapé bleu nuit, elle est à califourchon sur ses hanches pratiquement nue. Il a une main sur sa nuque, l'autre sur une de ses cuisses. Je détourne le regard, je crois un instant que je vais vomir, je tremble de tous mes membres, ma vision se trouble. J'arrive seulement à bafouiller :

— Il y a un problème avec le cocktail ?

— Tu ne vois pas que tu nous déranges ! siffle la superbe blonde.

— Je… je…

— « Je » quoi ? Dégage d'ici, crache-t-elle.

Je quitte l'endroit en courant. Mon cœur ne veut plus fonctionner, mes poumons ne m'envoient plus d'air. Je m'arrête au milieu de la salle et, mes mains sur les genoux, j'essaie à nouveau de respirer. Il ne m'a même pas regardée. C'est lui ! C'est lui qui m'a fait appeler pour que je voie cela, j'en suis certaine. Il continue, il veut que je souffre encore et encore. Il me torture et rien ne peut lui suffire. Tout ça n'est qu'un jeu pour lui. Il s'amuse avec moi.

Il ne s'arrêtera pas avant de me voir tomber. Je refoule mes larmes. Pas maintenant. Non, plus jamais pour lui. Il faut que je lui montre que ça ne m'atteint pas. Trois ans ont passé, bon sang ! Je peux être plus forte que ça ! Je verrouille tout, mon cœur, mon cerveau, mes nerfs mis à mal. Je relève la tête.

Il peut, à présent, faire ce qu'il veut, je ne lui montrerai plus aucune émotion.

Mais le reste de la nuit risque d'être difficile…

Il est maintenant quatre heures du matin, le club va bientôt fermer. J'essuie les derniers verres pendant que, en face de moi, ils dansent pratiquement seuls sur la piste. Il a les mains sur son visage et elle se perd dans ses yeux. Ils ne bougent presque pas. Je le regarde, comme anesthésiée, le corps vidé de tout sentiment – je le peux désormais.

Quand soudain, je la vois. Juste derrière eux. À une table avec des amis. Elle rigole, elle s'éclate. Sarah…

Mon sang ne fait qu'un tour. Les poils se dressent sur ma peau et, sans même réfléchir, je lâche tout, contourne le bar et me dirige vers elle, presque en courant.

Fares me voit arriver et se dégage de la blonde. Mais je le dépasse rapidement et il me suit du regard, surpris.

*Oh non, ne t'inquiète pas, je ne viens pas pour toi !*

J'arrive devant la table de Sarah.

— C'était toi !

Je hurle, la pointant du doigt. Elle lève les yeux, son sourire s'éteint. Elle me reconnaît immédiatement.

— El… Elena ?

— C'était toi, dis-le ! Avoue-le !

Elle se lève du confortable siège et me toise. Sa bouche se tord en une grimace acide, ses yeux sont ceux d'une vipère.

— Oui, c'était moi et alors ? Mon mec est mort à cause de toi. Il t'aimait et il est mort !

Je suis abasourdie, stupéfaite.

— Qu… Quoi ? Mais tu es complètement folle !!!

Mais, bordel de merde, qu'est-ce qu'elle raconte ?

— On s'engueulait souvent à cause de toi et, ce jour-là, c'était pareil. Il est parti furieux, mais il n'est pas revenu ! Il a eu cet accident et il est mort. Et toi, tu t'en tapais. Tu ne crois pas que j'allais te permettre de continuer à te taper le mec des autres ! À être heureuse alors que j'étais seule, alors qu'il est mort par ta faute !

— Je… Je…

Plus aucun mot n'arrive à sortir de ma bouche.

Et la rage m'aveugle. Toute ma haine sort dans un cri, puis dans un geste quand je renverse tout ce qu'il y a sur la table. Les verres encore pleins et les bouteilles éclaboussent les gens autour, mais je m'en fous.

Je suis telle une furie, j'ai envie de lui arracher les cheveux. Elle m'a volée, dépouillée, elle m'a enlevé mon bonheur ! Elle s'est menti à elle-même et j'en ai payé le prix. Je vais la tuer ! Je vais vraiment la buter ! Et comme si le démon s'emparait de moi, je grimpe sur la table pour lui crever les yeux, j'essaie de l'attraper, mais ses amis m'arrêtent. L'un d'eux me saisit le bras et me ramène en arrière.

J'essaie en vain de me dégager, toujours en fixant Sarah, des larmes de colère brouillant maintenant mes yeux.

— Lâche-la ou je t'éclate.

C'est Fares. Je le sais sans même tourner le visage. Sa voix forte et ferme a calmé tout le monde. Ma poitrine va exploser, ma mâchoire tremble. Je me retourne vers lui, il semble furieux et dévisage le mec qui me tient. Il suffit de cela pour que l'autre me lâche. J'imagine que je lui offre une piètre image, échevelée et la bouche tordue, mais je n'arrive pas à garder toutes les émotions qui m'assaillent. Les yeux noyés de larmes, je lui montre là toute ma fragilité mais plus rien n'a d'importance.

— C'est elle ! C'était elle, putain ! Ma voiture, le…

Ma voix tremblante se casse sur le dernier mot et les larmes dégringolent à présent sur mes joues.

Tour à tour, il nous regarde, Sarah et moi. Elle le toise en ricanant et crache :

— Tu baises encore avec cette traînée !

Fares tourne son regard sombre vers moi et me dépouille avec la même froideur, le même dureté. Mes poings se serrent. Je ne peux plus rien entendre, plus rien supporter. Je fais volte-face et quitte leur espace. Je ne veux pas m'offrir en spectacle, j'ai déjà assez donné.

Personne ne peut comprendre à quel point c'est dur. Dur d'avoir l'impression d'être passée à côté du bonheur. De ne penser qu'à cela quoi que je fasse, où que j'aille, qu'importe avec qui je suis.

Je claque la porte des toilettes derrière moi. J'ai besoin d'extérioriser et il n'y a personne, alors je crie, je hurle toute ma rage, ma fatigue, mon désespoir, ma souffrance pour tous ces longs mois, ces années.

Comme si tout était resté à l'intérieur de moi depuis tout ce temps, je me tiens le ventre tellement c'est douloureux. Tout doit sortir, toute cette haine qui me ronge.

J'aurais dû la tuer pour ce qu'elle m'a fait subir. Une torture longue où j'ai agonisé de vivre sans lui. Lui qui en aime une autre. Il est avec une autre alors que moi je suis seule. Prisonnière d'une vie où je ne m'autorise rien, où je me punis chaque jour. Je ne peux plus vivre ainsi, ça me bouffe !

Je m'adosse contre le mur et tombe sur le sol, mes deux mains plaquées sur mes côtes. Mes cris se sont transformés en une longue plainte, je gémis entre des larmes de dépit. C'est trop dur.

La porte s'ouvre et se referme. Fares est là, il m'a suivie. Il est debout devant moi. Il ne parle pas. Je sais qu'il me regarde.

Je parle doucement, les yeux rivés sur le sol :

— Tu viens pour me faire encore du mal ?

— Non, répond-il tout bas.

Les secondes passent et il reste là. Je n'arrive pas à lever les yeux. Je me mords la lèvre inférieure. Jamais je n'arriverai à bouger. Mes membres sont comme paralysés. Je le supplie.

— Sors-moi d'ici, Fares. Fais ça pour moi, s'il te plaît. Si tu as eu, un jour, des sentiments, emmène-moi, dépose-moi n'importe où, mais sors-moi d'ici.

M'a-t-il seulement entendue ? Ou s'amuse-t-il à me voir souffrir ?

Je l'entends bouger et je crois qu'il va partir. Je plonge mon visage entre mes genoux et je laisse la douleur m'envahir, l'impression de solitude étant plus forte que jamais.

Mais il se baisse devant moi et me prend dans ses bras. Il me soulève et je suis tout de suite bien, apaisée. Comme si je mourais de soif et que je buvais enfin. Je cache mon visage dans son cou, respire son parfum. J'avais oublié à quel point il me faisait du bien. Son torse solide me protège alors qu'on traverse la salle. J'occulte tout, les gens, la musique, et me concentre sur la douceur de sa peau contre ma joue. Je ne sais pas où il m'emmène mais je lui voue une confiance aveugle. Je suis tellement vidée que je m'endors contre lui.

Dans la nuit, je fais un cauchemar, mais je sens son bras recouvrir mon corps. Peut-être que je rêve mais tant pis. Je ne veux pas ouvrir les yeux. Fares est là. Juste à côté de moi.

# 21 – LE DÉCLIC

J'ouvre les paupières. La baie vitrée en face de moi laisse généreusement entrer la lumière, cela m'éblouit, je me cache les yeux. Où suis-je ?

— Tu es chez moi.

Je tourne la tête à gauche et regarde dans sa direction. Il est habillé d'un jean et d'un T-shirt blanc qui met en valeur son teint mat. Il a les deux mains posées à plat sur l'îlot central de la cuisine. Sa beauté me frappe encore une fois. À la lumière du jour, je me rends compte que c'est l'homme le plus attirant que j'aie vu de toute ma vie. J'avale difficilement ma salive pendant que ses yeux sombres semblent m'analyser. Je regarde autour de moi pour me soustraire à son examen intimidant.

Je suis dans un grand loft, très masculin, décoré avec goût, les murs sont anthracite, le sol est en parquet foncé. Entre nous, deux canapés blancs se font face, cernant une grande table basse carrée couverte de bouquins de médecine. L'espace où se trouve le lit – dans lequel je suis couchée – est un peu en hauteur par rapport au reste du loft. La baie vitrée en face de moi couvre tout le pan du mur. Comment peut-il se payer ça ?! On peut même voir la tour Eiffel.

Je suis chez lui, dans son lit, j'en ai le tournis.

Je me lève en essayant d'éviter son regard qui me trouble plus que de raison. Je suis tout habillée. Quand j'arrive devant l'îlot en face de lui, j'ai le sentiment d'être si petite, fragile.

— Tiens.

Il me tend un jus de poire, que je bois jusqu'à la dernière goutte. J'ai tellement soif. Le silence s'installe. Sous ses mèches foncées, il me scrute d'une façon des plus énigmatiques, me mettant quelque peu mal à l'aise.

J'ai l'impression qu'une distance incroyable nous sépare et le silence ne le comble pas. Ce gouffre profond me blesse. J'ai besoin qu'il me parle. Qu'il me dise ce qu'il ressent. Suis-je la seule à n'avoir pas pu oublier ?

Quand mon regard plonge dans le sien, à la recherche d'une réponse, il détourne les yeux. Je pose ma main sur la sienne, il la retire immédiatement. Je m'en fous si ma voix tremble un peu :

— Fares, tu ne ressens donc rien ?

— Arrête, s'il te plaît, dit-il en baissant son visage.

Je contourne l'îlot et me poste devant lui, cherchant son regard.

— Quand tu m'as prise dans tes bras, quand tu t'es couché contre moi, n'as-tu rien ressenti ?

Il secoue la tête. Il serre maintenant les poings.

— Je n'aurais pas dû t'amener ici. C'est une erreur, dit-il froidement. Je veux que tu partes.

Je ne peux pas le laisser me fuir une seconde fois, ce serait trop dur. J'ai besoin de cette chance pour m'expliquer enfin. Je veux savoir si nous avons encore ce lien, pourquoi il tient tellement à me blesser. S'il se donne tant de mal pour me faire souffrir, c'est qu'il doit rester quelque chose. Un sentiment, même de la colère.

Il m'a emmenée chez lui et m'a laissée dormir dans son lit. Il s'est couché contre moi. Cela ne peut pas être seulement une erreur.

Je reste plantée devant lui. J'ai besoin de le sentir, de le toucher. À ce moment-là, cela m'est vital.

Je lui prends le cou et l'oblige à me regarder. Sa peau est chaude et un courant électrique me traverse. Toutes les sensations oubliées resurgissent d'un coup. Mon pouls s'accélère et j'ai l'impression que mes jambes vont me lâcher. Sur la pointe des pieds, j'avance doucement mon visage, toujours en le fixant. Nous avons changé tous les deux, mais mes sentiments sont encore là. Toujours aussi puissants presque malgré moi. Il m'attire comme aucun autre. Peut-être parce que je n'ai jamais pu aimer après lui. Parce que je l'avais choisi. Parce que c'est Fares, tout simplement.

Ses yeux me fuient. Je peux voir qu'il se bat contre quelque chose tout au fond de lui. Je frotte doucement mon front contre sa joue.

— Et là, tu ne ressens toujours rien ? Je ne t'ai pas oublié, Fares. Je n'ai jamais cessé de penser à toi, murmuré-je avec audace.

C'est une évidence pour moi. J'ai besoin de lui. J'ai un sentiment d'inaccompli. Notre relation a commencé et ne s'est jamais vraiment terminée.

Et comme si j'attendais sa permission, ma bouche s'arrête à quelques centimètres de la sienne. Ma respiration se fait plus irrégulière. Il ne bouge pas, mais son torse se soulève plus rapidement, et c'est au moment où je me vois enfin exister dans ses yeux torturés que je l'embrasse.

Il ne répond pas vraiment à mon baiser. Je colle mon corps plus fort contre lui. Sa chaleur m'envahit de façon fulgurante.

— Putain ! souffle-t-il.

Ses mains me prennent avec empressement le visage et sa langue s'introduit entre mes dents. Quand je sens son goût, je me perds dans toutes mes émotions. Il me rend mon baiser avec ardeur. Il plonge ses doigts dans mes cheveux. Ses lèvres s'ouvrent et se referment sur moi. Il m'embrasse tellement bien, personne ne sait le faire comme lui. Voilà trois ans que j'attends cela, de ressentir sa peau, ses mains, sa bouche, sa langue. Tout m'a manqué. Voilà pourquoi je veux l'embrasser, pourquoi je serre plus fort mes bras autour de sa nuque, pourquoi je m'offre sans retenue, sans même réfléchir aux conséquences.

Le souffle saccadé, il caresse ma cicatrice du bout de son pouce, il passe sa langue sur cette parcelle de peau puis me prend la lèvre entre les dents, mais cette fois doucement. Un frisson me parcourt et me galvanise. C'est tellement bon que je veux le sentir partout, même au plus profond de mon être. Tant pis, je me fous de ce qu'il pensera de moi. J'ai envie de lui comme jamais. Il ne peut pas ignorer mon besoin de lui ni le besoin qu'il a de moi, car je le sens trembler sous mes doigts et gonfler contre mon bassin.

Il attrape mes fesses et me presse contre lui. Il grogne quand j'ondule un peu sur son érection fulgurante. Mes mains se fraient un chemin sous son T-shirt. Je le touche enfin, sa peau est toujours aussi douce et lisse. Il ne bouge plus, son front contre le mien, et me regarde intensément pendant que j'explore son corps. J'espère y laisser mon empreinte partout. C'est tellement bon de le sentir sous mes doigts. Son T-shirt remonte légèrement, me laissant entrevoir ses abdominaux. Je caresse le haut de son dos musclé. Mes yeux s'ancrent dans les siens, qui deviennent plus noirs que jamais. J'ai besoin de plus, maintenant, il le sait.

— Elena…

Entendre mon prénom rouler entre ses lèvres me donne des ailes. Je passe une jambe autour de sa taille. Il attrape mes cuisses et me soulève facilement. Il me reprend la bouche et son baiser se fait plus profond, plus violent.

Il traverse le salon et me pose sur son lit. Il est couché sur moi, son poids m'écrase, sa chaleur se répand dans tout mon corps. Il caresse ma poitrine par-dessus le tissu et l'ardeur qu'il met à la presser dans sa grande paume me fait gémir. Je sens son sexe tendu et dur entre mes cuisses. Je ne demande que lui. Je lui appartiens depuis toujours. Il remonte la main sur mon visage. Le pouce sous mon menton, il me force à le regarder. Ses yeux aux reflets brillants me déstabilisent. Il bouge son bassin lentement contre mon sexe palpitant. Mes respirations ne sont plus que des soupirs. Il allume en moi un brasier pouvant faire fondre tous les glaciers de cette planète. Je ne m'empêche plus d'admirer la beauté de son visage, ses sourcils qu'il fronce effrontément, son nez droit et ses lèvres pleines.

Je soulève mon T-shirt, lui prends la main et la place sur ma poitrine. Je veux qu'il me touche. Partout. Il me caresse doucement en me fixant.

Ses muscles ne débandent pas mais son visage se détend. La tension que je lis sur ses traits est d'une tout autre nature. Je crois retrouver le Fares de mes souvenirs. Je veux qu'il me fasse l'amour maintenant, qu'il retire le moindre tissu qui présente un obstacle. J'en ai besoin.

— Fares, j'ai tellement envie de toi.

Il ferme les yeux et je perds le contact. Il se mord la lèvre inférieure et fronce encore plus les sourcils.

— Je ne peux pas, bordel.

Il prend appui sur ses bras, s'écarte de moi et se lève. Quoi ? Non. J'essaie de reprendre mes esprits. Je baisse mon T-shirt. À quoi joue-t-il ?

— Qu'est-ce qui se passe ?

— Tu n'as pas compris, je ne veux pas !

*Oh si tu le veux, ton corps le veut. L'énorme bosse frustrée sous ton pantalon le veut !*

— Tu l'aimes, c'est ça ?

J'arrive avec peine à prononcer ces mots tant ils me sont douloureux.

— Arrête, tu te fais du mal.

Sa froideur me fait tressaillir. Je n'en peux plus. Ma blessure ancienne est restée béante.

— Je me fais du mal ? crié-je. Trois ans ! Cela fait trois ans que je vis avec des regrets qui me bouffent ! Tu m'as quittée sans même envisager d'écouter ce que j'avais à te dire. Tu as refait ta vie alors que moi, chaque jour, je me demande ce que nous serions devenus si tu avais bien voulu essayer de comprendre au lieu de n'entendre que ta colère.

Le regard mauvais, il secoue la tête comme si tout lui était égal.

— Il n'y a pas de « nous », Elena, et il n'y en aura jamais. Tu n'as pas encore compris ça ?

Non, je ne le crois pas. Pourquoi chercherait-il à me blesser de façon si froide et cruelle s'il n'en a rien à foutre ?

— Alors quoi ? Tu t'amuses simplement avec moi. Toi et cette fille, vous… Tu n'es pas aveugle. Tu sais très bien que ça me touche.

— Tout est une question d'équité, Elena. Œil pour œil, dent pour dent. J'en ai maintenant fini avec toi. Sors de chez moi, c'est la dernière fois que je te le demande gentiment.

Ses yeux noirs sont dénués de vie, de chaleur. Son indifférence fait mal, bien trop mal. Il m'achève :

— Pourquoi tu restes plantée là ? Tu veux que je sois plus clair ? Réveille-toi. Nous deux, c'est un passé révolu et il n'a jamais été question de sentiment.

Je le dévisage, interdite, et suis soudain secouée de spasmes terribles, dus à la douleur, à la terreur et à la colère. Il a remis un masque d'étranger. Ça me broie définitivement le cœur. Ma fureur prend le dessus.

— Tu m'as fait croire que tu étais ma chance et j'ai espéré te retrouver, chaque jour. J'ai prié Dieu pour qu'il me laisse un jour te parler, mais tu es sourd. J'ai cru que tu étais cette chance, mais tu m'as menti. Tu as promis de me protéger, mais tu es parti.

Des larmes de rage coulent sur mon visage. Je ne le regarde plus, je le hais.

— Tu m'as fait perdre mon temps et ma joie de vivre. Tu m'as piétinée et tu continues à le faire avec elle, devant moi. Je n'ai rien oublié, non, tu sais que je ne peux pas, tu as tout fait pour ça. J'ai pris le meilleur et encaissé le pire, mais je vais arrêter de penser à tous ces mensonges auxquels tu as voulu me faire croire.

Je suffoque. Lui reste immobile. Je n'arrive même pas à deviner ce qu'il pense. Face à ce silence implacable, je baisse les bras. Je murmure :

— Je te déteste et, je te préviens, ne reviens plus là où je travaille ou je te le ferai regretter.

Je traverse le salon et quitte ce loft, la rage à la place de la douleur. J'entends sa voix, des mots inaudibles, quand je ferme la porte derrière moi.

Je ne peux pas attendre l'ascenseur. Je prends l'escalier, je cours et perds l'équilibre à la dernière marche. Je suis à genoux. Il ne manque plus que ça ! Il m'a mise à genoux, merde ! Je m'étais promis de ne plus pleurer pour lui. J'essuie les larmes sur mes joues avec frénésie. J'ai été stupide, mais c'est fini tout ça.

Et à ce moment-là, j'ai ce déclic. Je me lève et récupère ma dignité bafouée.

Ce matin-là, je ne rentre pas directement chez moi. Je me retrouve devant chez Vic et, avant de frapper à sa porte, je *lui* promets :

— Je te déteste et, si tu m'approches encore, je vais te faire souffrir comme j'ai souffert. Tu vas me pleurer, me regretter, mais tu seras seul. Je vais te briser, qu'importe ce que cela me coûtera !

# 22 – LE FRUIT DÉFENDU

Elena : « Ne me touche pas ! Tu n'es qu'un menteur, putain !
Comment as-tu pu me cacher un truc pareil !
C'est pire que tout ce que j'ai pu imaginer !
Ne t'approche plus jamais de moi »

## ***FARES***

— C'est trop tard, Elena, dis-je tout bas.

Je la regarde refermer la porte derrière elle. Elle était furieuse. Ses yeux verts me transperçaient la peau. Elle a mal mais elle ne m'aura pas à ce jeu. C'est une menteuse, elle n'a que ce qu'elle mérite.

L'image d'elle en train de se faire toucher, embrasser et caresser par un autre m'a hanté trop longtemps. Je l'ai vue trop souvent dans mes cauchemars prendre du plaisir, gémir pour un homme sans visage.

Je n'ai plus de mots pour elle, il n'y a plus que ces images qui m'habitent. Ce qu'elle a pu voir n'est rien, je ne me sens aucunement coupable de lui avoir rendu la monnaie de sa pièce. Les rôles restent les mêmes… Elle, l'hypocrite, et moi, le manipulé.

Seulement quand sa main se pose sur moi, je suis à deux doigts de craquer. Quand elle me prend la bouche, je n'ai qu'une envie, c'est de lui faire l'amour ardemment sans penser ni aux conséquences ni aux marques qu'elle pourrait me laisser. Alors quand elle était prête à me recevoir, m'écarter d'elle m'a demandé un effort considérable et m'a frustré comme jamais. Depuis quand suis-je aussi faible face à une femme ?

J'aurais voulu l'ignorer et ne plus ressentir de mépris envers elle mais ça a été plus fort que ma raison. Quand je l'ai reconnue derrière ce comptoir, j'ai d'abord cru que mon cerveau me jouait des tours. L'expression troublée sur son beau visage m'a pris de court, elle souhaitait sans doute jouer la carte de l'indifférence, mais ses grands yeux brillants l'ont immédiatement trahie. J'ai su à ce moment-là que je voulais jouer. Jouer avec elle. Son insolence m'a tout d'abord irrité mais alors que ses traits fins côtoyaient la rage, je l'ai trouvée si désirable que mon corps a réagi comme le dernier des traîtres. Et quand ce mec a osé poser les mains sur elle… Je me suis imaginé lui briser chacun de ses os. Je ne supporte pas qu'on la touche ou la blesse, il n'y a que moi qui ai ce droit. Même quand elle pleure, cela ne m'affecte pas, tant que j'en suis la cause.

Je n'ai pas pu m'empêcher de la garder dans mes bras, de la bercer dans le taxi et de caresser ses beaux cheveux foncés. Mes yeux sont restés fixés sur sa bouche pulpeuse entrouverte et la cicatrice brune que j'ai imprimée sur sa lèvre trois ans plus tôt. Une entaille dans sa chair comme celle qu'elle a faite à mon âme. Cette fille est une douloureuse déception. Une histoire empoisonnée.

Qu'est-ce qui m'a pris de l'amener dans mon appartement ? Personne n'est jamais venu ici. Je l'ai regardée pendant plus d'une heure dans mon lit, irrémédiablement troublé par la pureté de ses traits détendus et sa peau dorée. Elle n'a presque pas changé, son visage plus délicat est celui d'un ange trompeur. Je suis resté au-dessus des draps, car mon envie d'elle était tellement puissante qu'elle m'a tenu éveillé toute la nuit.

Je ne dois plus jouer avec le feu. Il faut que j'arrête ces conneries. Ce n'est plus pour moi tout ça. Restons dans la désaffection. Je ne vais pas recommencer à me torturer. Il faut vraiment que je prenne une douche au moins pour m'ôter toute trace d'elle.

Une fois sous l'eau, son odeur ne part pas. Je frotte chaque parcelle de ma peau, mais je sens encore ses doigts fins caresser mon dos nu. Je me demande un instant quelles sensations je pourrais ressentir en elle. Au plus profond de son corps. J'imagine le plaisir de la baiser et de jouir en elle. Ça fait bientôt trois ans que je ne pense qu'à cela. Mon érection s'affiche, douloureuse. Je coupe l'eau chaude, il faut que je me reprenne mais, putain, j'ai encore cette rage sauvage contre elle.

Je commence mes ablutions, la main droite puis la main gauche… je me concentre. C'est ce que je sais faire de mieux. Mais aujourd'hui, cette partie de mon cerveau me lâche. Même quand je commence ma prière, je ne vois qu'elle et son soutien-gorge en dentelle moulant ses seins magnifiques. Je recommence encore et encore avant d'abandonner rageusement ma tâche, pourtant quotidienne. Il faut que je sorte de cet appartement où son odeur est bien trop présente. Il me désaxe complètement.

J'ouvre rageusement la baie vitrée, prends les clés de ma Ducati et sors en hâte avant de péter un câble.

# 23 – SASHA

— Non, elle n'est pas là, me répond le mec au bar.

Il me regarde bizarrement, comme s'il me défiait. Il n'est pas sérieux ! Il ne faudrait pas qu'il me chauffe. Ça fait un moment que je n'ai pas usé de mes poings sur de la chair.

Trois ans exactement, mais je suis dans un tel état de nerfs que je pourrais me défouler sur n'importe quoi et n'importe qui et je m'imagine lui casser les dents sur le comptoir. Ça fait deux semaines que je suis comme ça. Deux semaines que je n'arrive pas à garder mon calme.

Alors me voilà encore à traîner dans ce putain de bar. J'ai demandé au serveur si Elena travaillait ce soir. Lui faire un peu de mal pourrait franchement me décontracter. Cette tension vient d'elle, j'en suis certain. Depuis qu'elle a quitté mon appartement.

Même après avoir baisé Stéphanie, cet après-midi, ça ne me quitte pas.

— Ça ne va pas, my love ? m'a-t-elle demandé lascivement.

— Si, ça va, ai-je répondu en me rhabillant.

— Tu as encore envie ?

Elle a regardé mon membre, toujours dressé bien après avoir enlevé la capote.

— Je peux te gâter une nouvelle fois si tu veux.

Elle a passé sa langue sur ses lèvres et ça ne m'a rien fait du tout. J'aurais presque débandé.

— Non, ça va, je dois y aller.

Elle a fait sa moue habituelle et a essayé de m'embrasser, mais je n'étais pas vraiment d'humeur.

Stéphanie n'est pas du tout mon type de femme. Je n'aime pas ses cheveux blonds ni ses yeux bleus sans expression. Mais elle est bien roulée alors je ne m'intéresse pas au reste. Chez elle, son salon est blanc immaculé comme toutes les pièces de son appartement. C'est sans goût et froid. C'est exactement ce qu'il faut.

J'ai marché sur le carrelage et récupéré mon T-shirt que j'avais jeté directement en entrant chez elle. Elle ne m'avait alors pas posé de questions et s'était retrouvée à poil deux secondes après, sur la grande table du salon. Le temps de sortir la capote, je l'avais prise sans discuter. Elle aime ça.

J'ai donc les nerfs à vif ce soir et peut-être que voir Elena et lui faire du mal m'allégerait de ce truc qui m'oppresse la poitrine. Mais c'est mort, je dois trouver une autre option, je vais me barrer de là et me trouver un exutoire. Peut-être que taper dans le sac de la salle de sport en bas de mon immeuble me soulagerait.

Je m'apprête à quitter la salle quand soudain, les lumières s'éteignent toutes une à une, on entend une musique douce et mystérieuse. Une ombre noire s'avance sur la scène avec sensualité, sa démarche est chaloupée et colle au rythme. C'est une femme en talons hauts, elle est mince, mais ses hanches plus larges sont mises en valeur par le noir du legging qu'elle porte à la limite du haut de ses fesses. D'habitude je m'en tape des shows, mais cette silhouette enchanteresse m'attire.

Je me dirige vers le bar, en face de la scène, m'y accoude et commande un verre. Ses cheveux sont épais et ondulés. Cette femme est une vraie louve. Elle porte un masque et me donne immédiatement la trique. Elle enlève son haut et se met lentement à genoux. Son soutien-gorge sombre laisse deviner une poitrine ferme. Une main sur la cuisse, l'autre dans ses cheveux, sa tête se renverse en arrière, sa crinière noire cascadant jusqu'au bas du dos. Son corps est sublime. Sa bouche s'ouvre et, quand elle regarde à nouveau devant elle, elle se mord la lèvre. Ces gestes sont tellement érotiques qu'ils m'hypnotisent.

Toute la salle est figée et retient son souffle. Tous, hommes et femmes, la fixent et semblent envoûtés par le spectacle. Elle s'assoit et lève une jambe tendue jusqu'à son visage. Puis la baisse lentement. Elle fait un mouvement avec ses cheveux et se met de côté. Ses hanches bougent doucement, de manière provocante. Elle m'excite comme un dingue. Elle se place sur le ventre et fait glisser son buste par terre et ses fesses se lèvent délicieusement en arrière. Quand elle se remet à genoux, elle a son index dans la bouche qu'elle glisse lentement contre sa lèvre. Ça me rend fou.

Elle se redresse, avance telle une panthère, attrape la barre verticale en acier de la main droite et y applique tout le bas de son corps, inclinant son buste en arrière jusqu'à ce que ses longs cheveux touchent le sol. Elle remonte avec une lenteur calculée et son regard plonge dans le mien. Je ne respire plus, elle me possède. Elle se détourne sans me quitter des yeux, elle balance ses hanches comme un pendule qui m'hypnotise.

J'avance vers elle. Je n'ai qu'une envie, la prendre sur cette scène, devant les autres, je m'en fous. Une de ses jambes enroule la barre et l'autre reste plantée dans le sol. Elle s'accroche et glisse en tournant autour, ses yeux rivés sur les miens. Elle danse pour moi.

Elle tient fermement la barre de ses deux mains et, d'un élan, dresse ses jambes en l'air et bascule sa tête en bas. Tout en me fixant, elle exécute un grand écart. Ça me coupe le souffle, mon pantalon est bien trop étroit.

Elle pivote pour se redresser et glisser lentement jusqu'au sol. Elle avance ensuite dans ma direction en balançant ses hanches lascivement. Cette diablesse m'a ensorcelé. Je suis devant la scène, je l'attends. Arrivée devant moi, elle se baisse avec sensualité pour se mettre à ma hauteur. Je vois ses yeux verts, verts comme ceux de… non… Sa bouche frôle la mienne et va contre mon oreille. Je reconnais cette odeur de mûre. Elle me souffle nonchalamment :

— Cette putain te plaît ?

— Elena ?

— Non, Sasha.

Elle se relève et quitte la scène.

La musique s'arrête, les lumières se rallument, je suis sous le choc.

# 24 – LOIN DU PARADIS, TRÈS PROCHE DE L'ENFER

Elena sort enfin de la porte à côté de la scène. Elle est à peine plus habillée et a toujours ce pot de peinture sur le visage. Ses longs cheveux couvrent le haut de son corps, mais pas assez pour cacher sa poitrine bien trop dévoilée et généreuse. Je suis hors de moi.

Elle se dirige vers le bar et, déjà, des connards la suivent comme des chiens en rut. J'ai envie de tout péter quand j'en vois un qui la prend par la taille – elle se laisse faire.

Elle se commande une boisson et trois mecs proposent de la lui offrir. Mais elle se tourne vers moi et me regarde avec défi tout en levant son verre.

— T'étais où ?

Stéphanie m'emprisonne le bras et ce contact me donne des frissons.

— Nulle part. Viens, on s'en va.

Je raccompagne Stéphanie devant chez elle. Je lui dis que c'est le moment. Elle sait de quoi je parle. Elle s'accroche à ma chemise, y laisse du mascara. Elle n'ignore pas que notre relation doit avoir une fin. Et c'est maintenant. Je l'avais prévenue dès le début.

J'ai arrêté de sauter d'une fille à l'autre après mon retour à Paris. J'ai rencontré Stéphanie à la faculté. Notre relation a commencé avant les vacances de Noël.

Ce jour-là, j'avais un examen, et comme il neigeait, je ne pouvais pas prendre la moto pour m'y rendre. Ça me les cassait, mais je n'avais pas envie de finir en compote sous un bus.

Quand je suis arrivé dans l'amphi, Stéphanie m'avait gardé une place à côté d'elle comme d'habitude – elle essayait de me chauffer depuis des mois. Elle avait encore forcé sur le parfum Angel. Je le déteste, mais ça ne m'a pas empêché de lui en racheter un flacon pour son anniversaire.

— Ça va, beau gosse ?

Les flatteries ne me touchaient plus depuis un moment. Elles glissaient sur moi comme une goutte de mercure sur le sol. Mais j'ai souri et je l'ai sentie prête à tout. L'attraction que mon physique provoquait sur les femmes m'amusait autrefois, maintenant je m'en sers.

— Tu es OK pour l'examen ? a-t-elle susurré à mon intention.

Bien sûr que je l'étais. Les cours étaient une partie de plaisir pour moi. Je retiens tout.

— Oui, ai-je répondu, distant.

À la fin de l'épreuve, elle m'a suivi dans le couloir et interpellé :

— Fares ! Je te ramène ?

— Pourquoi pas.

Elle m'a raccompagné dans sa décapotable et, devant chez moi, je l'ai embrassée.

Ces filles-là ne m'intéressent plus, mais je suis restée avec elle. Je n'ai regardé personne d'autre et le seul plaisir que je m'autorisais est le sexe. Je l'ai pratiqué égoïstement. En contrepartie, j'acceptais d'être à son bras comme un bijou hors de prix. C'était donnant-donnant. Je lui ai dit d'emblée qu'il n'y aurait jamais aucun sentiment.

De retour chez moi, je repense au show d'Elena qui m'a excité au plus haut point. Peut-être que j'aurais moins de remords à me taper cette Elena-là. Et finalement, si c'est ce qu'elle veut, ce serait avec plaisir. Je suis son homme. Je touche ma douloureuse érection produite uniquement par son souvenir. Putain, c'est la première fois que j'ai envie de baiser une femme jusqu'à marquer sa peau, la mordre jusqu'à lui faire mal. C'est l'effet qu'elle a sur moi, je deviens fou.

Je m'affale sur mon canapé et pose mes pieds sur la table basse avec frustration.

Mon regard tombe sur une photo encadrée de moi et de mes parents. Je me lève et la jette contre le mur avec rage. Cet appartement, je l'ai eu à la mort de ma mère. Elle y a habité quand elle était étudiante en journalisme. Mon père m'a donné les clés le jour de mon départ, deux ans plus tôt. Il ne m'a pas demandé de choisir. Je le savais, les études et après… Je ne veux pas y penser. Il n'y peut rien. Ce qui est fait devait être fait. J'ai signé ces papiers devant lui et j'ai posé tranquillement le stylo.

***

Je réussis mes shoots dans le panier de basket les uns après les autres. J'ai trop d'énergie. Je suis une boule de nerfs. Il faut que toute cette tension me lâche. Mes muscles sont tendus et je sais qu'un truc pourrait me détendre… Il faut que j'arrête d'y penser. Ça fait plus d'une semaine que j'ai envie de tout casser.

L'Elena de mon passé me revient en mémoire, son sourire enjôleur, ses yeux d'un vert hors du commun, sa façon d'être, de me regarder. Rien à voir avec les filles du lycée. Je voulais tout lui donner. C'était nouveau pour moi et, quand elle m'a emmené dans sa chambre, j'ai eu envie d'elle, envie de son corps, de ses pensées, de son âme. Je voulais répondre à chacun de ses besoins quitte à m'oublier moi-même. Je voulais la combler. Nous étions différents sur pas mal de points, mais nous étions aussi liés par un truc qui me dépassait. Pour elle, j'aurais fait une erreur qui m'aurait coûté cher, mais pour celle que je croyais qu'elle était, j'aurais payé mille fois le prix.

J'avais encore le goût métallique du sang de ses lèvres dans ma bouche quand j'ai pris le billet d'avion pour rentrer chez moi, je n'arrivais plus à réfléchir. Je ne supportais pas de m'être trompé sur elle. Je suis doué d'habitude pour cerner les gens, mais cette fois, je n'ai rien vu venir. Je savais pertinemment qu'elle représentait une faiblesse et je suis parti, car je ne suis pas le genre de mec qui pardonne. Je craignais surtout que ma rage et ma vengeance ne la détruisent complètement.

Tous mes ballons atteignent leur cible au grand désespoir de mon adversaire en sueur. Il se penche et pose ses mains sur ses genoux.

— Temps mort, mec. Putain, tu es en forme, Fares. Ça fait longtemps que tu n'as pas tiré ton coup, on dirait.

Quel blagueur !

— La ferme, Isaac.

Isaac est un mec de la fac, on se fait souvent des matchs de basket et je ne me rappelle pas avoir perdu un jeu contre lui.

— Elle est où, Stéphanie ? demande-t-il en se redressant.

— Lâche-moi ! Je ne suis plus avec elle, dis-je pour couper court à ses questions.

Il a l'air suspicieux et je vois un sourire se dessiner sur ses lèvres. Je l'ai déjà vu jouer son don Juan devant elle. Elle m'a souvent dit qu'il la draguait dès que j'avais le dos tourné. S'il veut se la faire, qu'il n'hésite surtout pas !

— Holà ! Toi, tu as quelqu'un en tête que tu n'arrives pas à choper. Je connais trop cet air frustré.

*Tu m'étonnes que tu le connais, tu l'as en permanence figé sur la tronche.*

— Ferme-la !

— On pourrait peut-être se lancer un pari. Dis-moi qui c'est et on verra qui la saute en premier.

En deux enjambées, je suis face à lui, mon avant-bras sous son menton, l'obligeant à reculer de quelques mètres. Je le coince contre le grillage du terrain.

— Je t'ai dit de la fermer !

J'espère qu'il voit toute la rage dans mes yeux et qu'il va me lâcher. Taper sur le premier venu pourquoi pas, mais Isaac n'est pas celui qui me vient tout de suite à l'esprit pour me calmer.

— C'est bon lâche-moi, je plaisantais. Toi, tu as besoin d'un remontant. Ce soir, je te paie un verre. OK ?

Je le laisse se dégager et il marche sur le terrain pour récupérer le ballon, mais je n'ai plus envie de jouer. Qu'est-ce qui m'a pris de ne pas la prendre ? Ce n'est pas comme si c'était une sainte. J'en ai envie depuis longtemps et il n'y a peut-être que ça qui pourrait me soulager. Tout en elle m'obsède comme m'irrite et me replonge dans une névrose qui alimente ma frustration.

Bordel, il faut que j'y retourne, je vais faire ce que j'aurais dû faire il y a bien longtemps. La goûter et la jeter comme elle le mérite. La baiser jusqu'à m'enlever ces images de l'esprit.

OK, je vais aller prendre un verre avec lui, à condition que ce soit moi qui choisisse l'endroit.

# 25 – IVRE D'ELLE

♫ Beyoncé – « *Haunted* »

Les lumières se tamisent. Le show commence. Des fumigènes envahissent la scène au milieu de laquelle trône un long canapé. Deux danseuses entrent de part et d'autre.

Elles se ressemblent comme deux gouttes d'eau. Leurs cheveux sont lâchés. Elles portent un haut noir qui ne cache que leur poitrine et qui descend dans le short noir enfilé sur un collant en lambeaux.

On peut voir leurs jambes, longues et magnifiques comme celles des naïades ensorceleuses. C'est presque irréel.

Je sais que l'une d'elles est mon poison. Son venin court dans mes veines. Ça me brûle. Il n'y a qu'elle qui peut me soulager.

Elles s'approchent l'une de l'autre, se tournent autour, s'évaluent, se touchent et, comme des jumelles, répètent le même mouvement lascivement et parfaitement synchronisé. Elles se caressent comme si elles étaient face à un miroir. Je sens l'excitation monter. Leurs bassins bougent sensuellement pendant que je me sens devenir de plus en plus dur.

Le rythme s'accélère. Elles descendent au sol toujours en bougeant le bas du corps en une symétrie parfaite. Elles s'allongent sur le dos. Leurs bras sont tendus. Leurs mains se touchent. Elles ondulent en accentuant leurs délicieuses cambrures. Elles respectent le rythme sensuel de la musique et chaque coup de bassin me fait perdre la tête.

Elles se retournent à plat ventre et rampent l'une vers l'autre. Elles soulèvent leurs fesses puis se relèvent sur un coude. Elles se prennent la main et entrelacent leurs doigts. Elles se fixent longtemps. Elles approchent lentement leurs visages l'une de l'autre. Leurs poitrines se soulèvent. Leurs respirations sont saccadées. J'ai du mal à respirer. Leurs bouches sont trop proches, bien trop proches. Elles vont s'embrasser. Elles vont le faire, bordel ! Au moment où leurs lèvres se touchent, je pète le verre que j'ai dans la main et la lumière s'éteint.

Toute la salle est dans le noir. La mélodie m'ensorcelle. Je sens des mouvements à côté de moi. Je tourne la tête à droite et à gauche, des spectres se déplacent. Des ombres aux silhouettes parfaites. J'essaie d'en attraper une qui passe à côté de moi, mais elle m'échappe. Je dois rêver. La voix qui sort des haut-parleurs me fait perdre la tête. Le temps est suspendu. La salle est sous leur emprise.

Il fait chaud, j'étouffe. Je détache le bouton du col de ma chemise. Je transpire. Il faut que je sorte, mais la scène est à nouveau éclairée.

La musique devient plus saccadée et les projecteurs jouent sur le tempo. Je ne vois que des morceaux d'images. J'aperçois un homme debout devant le canapé. Je serre les poings. L'une des deux diablesses lui bande les yeux tandis que l'autre lui enlève lentement la chemise et la fait descendre de ses épaules en un mouvement lascif. Mais ce qui me rend barge, c'est que je reconnais immédiatement ces tatouages. C'est Isaac.

Elles le touchent, le mordent, le griffent. Elles prennent ses mains et les posent sur elles en de lentes caresses. L'une se poste debout devant lui, lève sa jambe avec une souplesse qui me bloque la respiration. Son talon touche l'épaule d'Isaac. Elle se colle contre lui, lui prend le visage et lui souffle quelque chose à l'oreille.

Mon excitation est remplacée par une rage sourde et terrible qui me paralyse.

La musique est plus douce quelques instants. Elles le font s'asseoir. Elles se mettent à califourchon sur ses jambes lentement, sensuellement, dos à dos.

L'une d'elles est face à lui, son visage est dans son cou et elle lui effleure le dos et la nuque. L'autre est face au public. Celle-là lui prend les mains et les descendent le long de son corps, se caresse avec, jusqu'à ce qu'il lui attrape les hanches.

Elles frottent lentement leurs fesses sur ses cuisses. Les flashs rapides de lumière rendent l'atmosphère torride.

Je pense que chaque mec dans la salle veut prendre la place de cet abruti et ça me rend fou.

Il faut que ça s'arrête, car je vais péter un plomb. Je ne peux pas supporter qu'il la touche. Qu'importe qui se cache sous chaque masque, chaque costume.

J'ai la rage. Elle est allée trop loin et je vais la punir pour ça. Elle va regretter de m'avoir provoqué. Elle m'a cherché, elle va me trouver.

C'est le bordel dans ma tête, trop d'images se bousculent. Je suis à bout. Mon cœur va exploser. Mes poings se serrent. Je sens ma vengeance devenir plus cruelle.

Elles se lèvent ensemble, attrapent le tissu qui cache les yeux d'Isaac et sortent de scène, la main sur la hanche.

Tout d'abord, je vais m'occuper de lui en commençant par le défoncer. Car à ce moment-là, je n'ai plus de principe. Il descend de la scène le sourire aux lèvres.

— Waouh mec, c'était mon anniversaire !

Je marche vers lui et lui envoie un direct dans les dents. Je fais demi-tour et vois des videurs avancer vers moi. Je sais que cette fois, c'est certain, je ne pourrai plus jamais entrer dans ce bordel.

J'ai les nerfs à vif. Ma tension gonfle chacune de mes veines. Elle me rend fou. Ça fait mal et je vais lui montrer ce dont je suis capable. Elle va crier mon nom dans ses ténèbres et ne pourra plus jamais sortir de mon enfer.

Je l'attends à l'extérieur, mon pouls tape furieusement quand je la vois sortir enfin de cet abîme sulfureux.

## ***ELENA***

Je sors du club et fais claquer la porte qui mène à la cour arrière.

Je lève les yeux. Il est appuyé contre sa moto noire, bras et jambes croisés. À son regard concentré sur moi, je sens qu'il est à bout. Il est splendide, indécent. Je murmure pour moi-même :

— Te dégonfle pas, Sasha, c'est maintenant ou jamais.

Il monte sur sa moto, la démarre et s'arrête juste devant moi. Ses yeux sont obscurcis par la colère, mais tout autant hantés par le désir.

Sans un mot, je monte derrière lui.

Je refoule la montagne de sentiments qui m'écrasent au moment où j'enlace sa taille. Il fait ronfler le moteur et accélère furieusement.

Les immeubles passent à une vitesse folle. Les lumières de la ville défilent et je ferme les yeux quand je m'appuie contre son dos. Je sais où il m'emmène. Je sais aussi ce qu'il me reste à faire.

# 26 – LES PENSÉES D'UN FOU

## ***FARES***

C'est mon péché. Elle est mon épreuve sur cette terre avant l'heure du Jugement.

Je vais céder à la tentation juste une fois. Je veux encore faire battre son cœur, puis le briser. Ensuite, je la ferai sortir de ma vie et je ne la laisserai plus jamais me hanter.

Une fois. Une seule. Juste pour éteindre ce bordel en moi.

Je la laisse descendre de ma moto et je coupe le contact. Je ne la quitte pas des yeux.

Elle me suit dans le parking plongé dans l'obscurité. Elle ne dit rien même quand je la laisse me précéder dans l'ascenseur. Elle a l'air sûre d'elle. Pourtant elle tremble. J'ai envie de la prendre dans mes bras, de la couvrir de tout mon corps, de lui dire qu'elle m'a manqué… mais cette Elena-là n'existe que dans ma tête.

Quand j'ouvre la porte, elle s'engouffre dans mon appartement.

Elle est si belle. J'ai envie de la déshabiller et de la prendre directement sur le plan de travail de la cuisine, mais il faut que je sois patient. J'ai tout mon temps. Le prix de ma vengeance doit se payer lentement.

Elle passe la cuisine et arrive devant le salon. Elle fixe le panorama que lui offre la baie vitrée.

Je sors de ma poche des billets et laisse cinq cents euros sur le meuble de l'entrée.

— Tu n'oublieras pas de les prendre avant de partir.

C'est ce que doit valoir une putain, aussi belle qu'elle, dans les quartiers chics de Paris. Elle regarde les billets avant de baisser le visage… Bordel, pas de ça avec moi. C'est comme ça qu'elle veut qu'on la traite, non ?

Je m'avance vers elle. Je crois voir de la peur dans ses yeux, mais elle redresse le menton et commence par enlever son haut. Je l'arrête.

— Reste là.

C'est un ordre et elle m'obéit.

J'entre dans la salle de bains et glisse une capote dans ma poche arrière puis retourne vers elle. Je m'approche et elle recule jusqu'à ce que le mur heurte son dos.

*Ne sois pas apeurée. Tu sais ce qui va se passer.*

Elle est bien plus petite que moi. Elle a l'air fragile, mais ce n'est pas un oiseau blessé.

Je dégage lentement ses cheveux des épaules. Elle suit ma main du regard. D'un doigt, je parcours sa clavicule. J'embrasse le sommet de ses seins, l'un après l'autre, puis ma bouche remonte le long de son cou. Je sens qu'elle se détend. J'entends sa respiration contre mon oreille. J'ai tellement envie d'elle. Je suce maintenant son lobe et le garde un instant entre mes dents.

Elle tourne le visage et cherche mes lèvres. Je ne la laisse pas les prendre. Le plaisir doit rester le mien. J'ai le contrôle sur elle, sur son corps. Je paie. Elle est mon jouet ce soir. J'ordonne :

— Ne bouge pas.

Je veux admirer son corps superbe. Sa poitrine monte et descend au rythme saccadé de sa respiration. Je la désire tellement que, si elle me touche, je suis mort.

J'embrasse son épaule et, du bout de mon doigt, je trace une ligne du haut de son cou, au milieu de ses seins, puis jusqu'à son nombril.

Sa peau est belle et satinée. L'avant-bras droit calé contre le mur à côté de son visage, je laisse ma main gauche descendre encore et passer sous la fine dentelle de son sous-vêtement. J'entre entre ses lèvres fines, elle est déjà trempée. Je prends sa sève que je remonte sur la montagne de son clitoris et elle frissonne. Ça m'excite encore plus et j'appuie doucement en faisant des cercles avec mon index.

J'ai chaud, je bous. Je sens qu'elle aime ça. Ma main droite quitte l'appui du mur pour plonger maintenant dans ses cheveux afin de la stabiliser. J'aspire la peau de son cou pendant que je continue de la torturer. Elle suffoque. Je n'entends qu'elle dans l'appartement silencieux et mon excitation monte encore d'un cran.

Je presse un peu plus fort et accélère le mouvement. Elle se mord la lèvre pour arrêter de gémir. Elle commence à partir dans un autre monde : le mien.

Mon majeur et mon index s'introduisent en elle. Elle est brûlante. Je la sens si étroite et trempée que je crois que je vais éjaculer. Je retire immédiatement ma main. Je la fixe pendant que je mets mes deux doigts dans ma bouche – son goût est délicieux.

Elle est en sueur. Elle me regarde comme si elle était perdue, comme si elle se trompait sur ses sentiments et ses émotions. Mais j'entends sa respiration. Pas besoin de préliminaires avec ce genre de fille.

Je tire sur le reste de ses vêtements. Elle n'a plus que sa culotte. Je n'en peux plus d'attendre. Mes mains emprisonnent sa taille. Je la soulève facilement. Elle est si légère. Je la sens frémir.

J'ai une telle envie d'elle que c'en est douloureux. Je suis trop dur, je vais exploser.

— Je vais te baiser et, crois-moi, je vais le faire si bien que tu oublieras tous les autres.

Je la tiens fermement d'un bras et de mon autre main je sors le petit sachet de ma poche et le déchire avec les dents, toujours en la regardant droit dans les yeux.

Elle me fixe, une lueur étrange dans ses prunelles, parcourant mon visage, n'en perdant pas une seule miette.

Ses jambes s'enroulent autour de mes hanches plus fermement quand je la plaque contre le mur pour pouvoir retirer mes fringues.

Elle s'accroche à mon dos. Je ne garde que mon T-shirt. Mon désir est trop puissant, je ne peux plus attendre.

J'enfile le latex, écarte le bout de tissu de son vagin et la dévisage avant de la pénétrer. Il faut que je me souvienne de ça, de ses magnifiques yeux émeraude, ses beaux yeux de menteuse. Ils semblent m'appartenir, mais elle ne sera jamais à moi.

Et je m'enfonce en elle. Je crois que mon cerveau va exploser. C'est tellement doux. C'est tellement bon. Mieux que ce que je m'étais imaginé. Elle se contracte, me serre. Je n'en peux plus. J'ai besoin d'aller en elle, plus profondément.

Mais un obstacle gêne ma progression, mon mouvement. Je me fige aussitôt.

— Non, putain !

Je me retire. J'en ai le souffle coupé, j'ai du mal à respirer. Mon rythme cardiaque s'emballe. Ses yeux sont fermés. Je perds d'un seul coup mes moyens. C'est quoi, ce bordel ? Tout le fil de notre histoire passe dans ma tête et je ne comprends plus rien. Je la sens trembler de plus en plus entre mes bras. Elena...

Je murmure d'une voix cassée :

— Regarde-moi.

Elle garde les paupières fermées.

— S'il te plaît.

Elle ouvre enfin les yeux, mais tourne son visage sur le côté.

Je la garde contre moi comme si je voulais la protéger de tout, mais surtout de moi-même. Je n'arrive pas à le croire. Je secoue la tête et reste un instant immobile. Oh non, je ne peux pas faire ça.

Je la porte jusqu'à mon lit et la dépose délicatement. Je m'écarte, mais elle me retient par les épaules. Ses grands yeux m'appellent, m'implorent. Elle caresse mes biceps encore et encore. Elle se mord la lèvre inférieure et je perds tout contrôle.

Ce que je suis en train de faire est immoral. Mais c'est trop tard, c'est trop puissant.

Je fais glisser sa culotte le long de ses jambes pendant que mon cœur frappe au point qu'il semble près de s'échapper. J'enlève mon T-shirt. Je veux nous sentir totalement nus l'un contre l'autre pour ce que nous allons faire. Parce que nous allons le faire. Maintenant. Je ne peux plus revenir en arrière.

Sa peau contre la mienne me fait ressentir un bien-être déconcertant et qui me submerge. Ses seins dressés frôlent mon torse. Je sens mon sexe se gorger de sang. Elle m'attire comme personne avant elle. Elle est mienne. J'ai un besoin absolu de la posséder. Je me place au-dessus d'elle en prenant appui sur mes bras.

Elle n'a jamais été aussi belle qu'en cet instant. Je la fixe toujours, je lui prends une main et lui embrasse le bout des doigts. Je ne veux pas lui faire de mal. Je l'interroge du regard. J'attends son consentement.

— Viens, me souffle-t-elle.

Je n'en peux plus et je l'embrasse comme un fou. Elle répond avec la même folie. Son corps ondule contre le mien. Nos peaux fusionnent et j'ai comme une révélation. Je suis mort. J'ai compris, elle m'a eu.

Elle écarte encore plus les cuisses pour m'accueillir. Au moment où mon sexe caresse l'entrée du sien, je sais quel salaud je suis, mais je ne peux plus m'arrêter.

Restant en appui sur un seul coude, j'entre doucement en elle. Elle ferme les yeux puis je la pénètre plus fort. Elle gémit et se fige. Je lui caresse le front.

— Je te promets de te faire du bien.

Elle se détend et je m'enfonce un peu plus encore. Une à une, les fibres de son corps cèdent sous mes assauts. Je la sens m'entourer de plus en plus profondément, une goutte de sueur perle sur sa tempe puis, enfin, je la possède complètement.

Comme sous l'impact d'une bombe, un truc cède aussi en moi. Quelque chose d'inespéré, les pensées d'un fou. Je l'aime. Je l'aime comme un malade. Je l'aime plus que moi-même. Depuis longtemps. Je la veux rien que pour moi.

Je ne bouge plus. Elle m'observe étrangement. J'espère qu'elle peut lire en moi la puissance des sentiments qui me traversent en cet instant.

Elle se met à se tortiller sous mes hanches, m'incitant à continuer. Je reprends mon mouvement lascif, je cherche ce point sensible au fond d'elle. Je me concentre sur son plaisir même si le mien ne demande qu'à éclater.

Elle s'arc-boute, me laissant aller plus loin. Je la sens m'enserrer de plus en plus pendant que sa douleur s'évanouit.

Je la pilonne encore et encore, sentant où son plaisir se niche. Mes va-et-vient deviennent une torture mais il faut que je tienne. Il faut qu'elle sache à quel point je peux la faire jouir. Que cet acte est plus grand et plus fort que tout ce que je l'ai contrainte à endurer.

Je l'embrasse. Sa bouche est exquise, délicieuse. Sa langue rencontre la mienne. Ses mains sont agrippées à mes épaules et je sens à peine ses ongles s'enfoncer dans ma peau. Notre étreinte est si intense que mon désir devient presque douloureux et insupportable.

Ses grands yeux verts me fixent comme si elle voulait que je ne les oublie jamais. Je bloque son visage entre mes mains pour qu'aucune de ses émotions ne m'échappe. Je veux lire sa jouissance qui arrive dans son regard brillant. Son corps commence à trembler sous le mien.

Elle se détache de ma bouche, pousse un long cri qui me libère et j'explose au plus profond de moi. Jamais je n'ai ressenti ça. Le plaisir est si puissant qu'il envahit et enflamme chacun de mes organes. Il est dans ma tête, dans ma poitrine, dans mes tripes.

Je suis encore au-dessus d'elle pendant que je reprends mon souffle. Nous nous fixons l'un et l'autre. Je n'arrive pas à me retirer, encore troublé par tout le bien qu'elle m'a procuré. Ça tape trop fort dans ma tête et j'ai encore envie d'elle. Elle est la plus belle des femmes que j'aie tenues dans mes bras.

Elle ferme lentement les yeux. Ma respiration soulève des cheveux sur son front.

Je me retire doucement et la prends dans mes bras. Sa tête repose sur mon torse. Je tire le drap et la couvre avec.

Je sens son souffle reprendre un rythme paisible.

Je la garde contre moi. Mes yeux fixent Paris au-delà de la baie vitrée. Les lumières scintillent de toute part et, pour la première fois, j'apprécie cette vue extraordinaire.

Je me dis que personne ne peut être aussi comblé que moi en cet instant et que si le paradis est plus beau que ça, je veux bien mourir maintenant.

***

Il est dix heures du matin quand je me réveille, surpris par la place vide à côté de moi.

Je me lève et cherche Elena. Facile quand, dans le loft, la seule pièce munie d'une porte est la salle de bains.

Elle est partie.

Je marche en direction de la cuisine. Et quelque chose attire mon attention.

À la place des cinq cents euros, un petit truc en métal. Le porte-clés, un peu terni, que je lui avais offert trois ans plus tôt.

# 27 - VENGEANCE

J'ai la tête en vrac. Je crois que je vais péter un plomb. Des deux mains, je renverse le meuble de l'entrée. J'ai envie de tout casser.

Je me laisse tomber sur le canapé et je me prends la tête entre les mains. Qu'est-ce que j'ai fait ? Des flashs de notre histoire me reviennent en tête. J'ai tout gâché, et ça, depuis le début.

Il faut que je la voie. Je ne sais pas où la trouver. Ce soir, après son travail. Oui, je vais l'attendre, il faut qu'elle m'écoute. Que vais-je lui dire ? En ai-je seulement le droit ? Je m'en tape, il faut que je lui parle. Je ne suis pas raisonnable, je ne l'ai jamais été avec elle.

Je regarde mes mains qui tremblent. Il faut que je me calme avant tout. Je me connais, je ne fais jamais rien de bon quand je suis dans cet état.

***

Je concentre toute la force de mes poings dans le sac de frappe suspendu au plafond de la salle de sport. Je ne porte même pas de gants. Chaque coup me débarrasse de cette énergie et de cette colère. J'y mets tout le poids de ma culpabilité. Pourquoi ne m'a-t-elle rien dit ?

— Hé, mon gars ! Tu vas te faire mal !

Je me retourne, furieux. Qu'est-ce qu'il me veut, celui-là ? Ce n'est pas le moment. Il a la quarantaine, assez baraqué, des yeux bleu clair cernés, et il n'a pas un cheveu sur le crâne. On dirait qu'il n'a pas peur de moi. Il devrait.

— Frappe le sac, ne le pousse pas, gamin.

— Qu'est-ce que vous me voulez ? demandé-je avec irritation.

— C'est dommage de gaspiller cette colère autrement que sur un ring. Ta technique n'est pas bonne, mais tu as de la puissance et un bon physique. J'ai besoin d'un mec comme toi.

— Vous croyez vraiment que ça me plaît d'écouter vos conneries !

— Toute cette rage, cette frustration, il faut t'en servir, car elles pourraient venir à bout de toi. Passe à mon club de boxe en face de la rue.

Il se détourne et part. Je l'observe quitter la salle et je donne un dernier coup de toutes mes forces. J'entends une dernière fois la chaîne du sac cliqueter, j'appuie mon front contre le cuir. Je suis en train de perdre la tête.

Je vais sous la douche en sueur, les poings en feu.

***

Je l'attends, appuyé contre ma moto, dans la rue derrière le club. Il est quatre heures du matin. Je ne sais pas encore ce que je vais lui dire. Je ne sais pas dans quel état elle est, si elle est blessée, triste ou même en colère.

Je fixe la porte métallique bleu foncé. Ça fait bientôt une heure que je suis là. Je commence à perdre mon calme. Être stressé n'est pas un état naturel pour moi. Rien que de penser qu'elle est peut-être en train de danser me tord les tripes. Je ne veux plus qu'elle continue ces exhibitions. Je ne veux pas qu'on la voie dans ce rôle. Ce n'est pas ce qu'elle est. Je le sais maintenant.

La porte s'ouvre, le grand blond, son collègue, sort en premier et me calcule direct. Il se retourne et je la vois – elle est tellement belle. Je me redresse. Il lui dit quelque chose. Elle me regarde et opine de la tête.

Je m'approche d'elle lentement. Elle a encore du khôl autour des yeux, je serre les poings.

— Elena.

— Qu'est-ce que tu veux ?

Elle fouille dans son sac et m'ignore presque.

— Il faut qu'on parle.

— Parce qu'il y a quelque chose à ajouter ? Ta nuit est passée, Fares.

Elle saisit ses clés et lève enfin le regard en fronçant les sourcils. J'ai l'impression de n'être que dalle. Elle me tourne le dos pour partir. Je l'attrape par le bras. Elle pivote avec contrariété et considère ma main avec dégoût. Je la lâche.

— Tu étais vierge.

Je sors ça comme un con.

— Et alors, qu'est-ce que ça peut te faire ?!

Ses yeux verts me foudroient.

— Qu'est-ce qui se passe, bordel ? Parle-moi !

— Tu veux qu'on parle, OK ! Tu as aimé ?

Elle relève le menton.

— Qu... Quoi ?

— As-tu aimé avec moi ?

— Oui, bien sûr, je... Ça a été exceptionnel et...

— Moi j'ai détesté, mais comme ça, c'est fait ! Me débarrasser de ce fardeau était la meilleure chose à faire. Si j'avais su que c'était juste ça, j'aurais sauté le pas depuis longtemps et surtout, avec un autre que toi.

Son regard est glacial. Ses mots me blessent, mais ce n'est pas le moment de flancher. Il faut que je lui dise à quel point c'était bon, que c'est la plus belle chose que l'on m'ait offerte. Bon sang, je ne veux plus qu'elle reste loin de moi.

— Arrête tes conneries maintenant ! C'est important pour moi.

— Important ? (Son visage se déforme sous la colère, je ne la reconnais pas.) Juste parce que tu m'as baisée ?! Ça change tout pour toi ! (Elle me détaille de haut en bas.) Va te faire foutre !

Elle s'apprête à partir, mais je l'en empêche en me plaçant devant elle.

— Elena…

— Ne m'appelle plus jamais comme ça, OK ? Il n'y a plus d'Elena, c'est Sasha ! Maintenant, lâche-moi.

Elle me contourne et je la laisse s'éloigner. Ma respiration est coupée. Je balance un coup de poing dans la poubelle avec ma main déjà douloureuse.

Je rentre chez moi, c'est toujours le bordel. Le lit est resté défait. Je ne peux pas dormir là. Rageusement, je reprends mes clés et quitte l'appartement.

Je roule, longtemps, et sans m'en rendre compte, je suis chez les parents de Luc. Quand je tape enfin à la porte, il fait presque jour.

— Fares, ça ne va pas ? me demande Samantha, soucieuse.

— Je peux rester quelques jours ici ?

Je me sens complètement vidé.

— Bien sûr, entre, mon chéri.

***

Les cours reprennent dans deux jours, je ne sais pas ce qu'elle fait ni où elle est et surtout avec qui. Je sais déjà qu'elle ne travaille plus au club. Le blond a craché le morceau, c'était ça ou ses dents.

Voilà plus d'un mois que je ne l'ai pas vue et, depuis plusieurs jours, je la cherche. Je roule durant des heures et ça me rend dingue. Notre nuit m'obsède et je ne peux pas la laisser partir. Pas comme ça. C'est plus fort que moi, plus fort que ma propre raison. J'ai besoin de lui dire que je suis désolé. Surtout j'ai besoin de la sentir près de moi.

Je roule encore cette nuit-là. J'ai déjà fait tous les bars et tous les clubs près des campus. Mais cette fois, j'aperçois une Mini Cooper vert foncé garée en face d'un pub. Je m'arrête devant et je la vois près du comptoir. Je gare ma moto juste derrière sa voiture. Elle est avec des gens que je ne connais pas. Je me poste devant la baie vitrée et l'observe. C'est quoi ces vêtements, elle n'est pas sérieuse ! Je peux photographier pratiquement toute la peau de son corps, ça me fout en rogne. Elle boit, elle rigole et des gars la déshabillent du regard, enfin ce qu'il reste de vêtements. Ils la prennent par la taille et la touchent bien plus qu'il ne le faut.

Je n'hésite plus et j'entre. Elle fait semblant de ne pas me voir et se colle contre un des mecs qui, ravi, remonte un peu plus ses mains sur elle. Il est clair que ça va dégénérer. Tant pis pour les conseils de mon entraîneur qui m'enseigne de n'utiliser mes poings que sur un ring. Personne ne m'a rendu aussi dingue et la voir se comporter ainsi me donne envie de faire couler du sang. Je m'avance, la prends par le bras et repousse les mains du gars. Il commence à faire le beau, mais se calme direct rien qu'en me regardant. Je dois faire une tête de plus que lui. Elena me considère en rigolant.

— Tiens, Fares !

— Qu'est-ce que tu fais ?

— Tu ne comprends rien, toi ! Je m'appelle Sasha. Saaa-shaaa !

Elle dit cela en détachant chaque syllabe. Elle a trop bu. Elle me rend fou.

— Qui est avec toi ?

— Il y a Vic, pas loin. Enfin, je crois.

Elle désigne vaguement une table où même un mec comme moi ne s'attarderait pas. Je vois rouge. Elle rigole toute seule.

— Et puis, tu vas me lâcher !

Elle dégage son bras.

— Ça va, Sasha ?

Le mec recommence à jouer les cow-boys. Sa main se place sur sa hanche et je perds mon calme.

— Toi, tu vas fermer ta gueule. Et je te conseille d'arrêter de la toucher.

— Laisse-moi tranquille, OK ? crie Elena.

Le gars serre les poings, puis deux autres viennent à ses côtés. Cette histoire va partir en couilles.

— Viens avec moi. Tu es complètement bourrée. Qu'est-ce qui te prend d'agir comme ça ?

— D'agir comment ? Comme ça ?

Elle se tourne et embrasse le mec qui l'enlace. Il y va fort quand il passe sa sale langue entres ses lèvres. Je reste prostré. Ça me coupe les jambes. Je vais le buter. Elena s'arrête, tourne le visage vers moi et plaque une main sur sa bouche :

— Oups ! balance-t-elle d'un air faussement innocent.

Le mec pose un bras sur ses épaules. Il prend vraiment trop ses aises. Le coup part tout seul et il tombe par terre direct. Un de ses potes avance vers moi.

— Fais pas le con ! soufflé-je entre mes dents.

S'il bouge encore, je ne réponds plus de moi et je casse tout.

— Putain, mais t'es malade !

Elena me tire par le bras.

— Ça va pas ou quoi ? Sortez d'ici tous les deux ! crie le patron derrière le bar.

Elle arrive à m'entraîner dehors alors que je ne suis plus qu'une boule de nerfs. J'allais les exploser, ces enfoirés ! Elle marche de long en large sur le trottoir. Je ne me contiens plus.

— Elena, tu nous fais quoi, là ?

— Ne m'appelle pas comme ça ! hurle-t-elle.

— Ton but, c'est de te faire baiser par tous les sales mecs que tu trouves ?

— Et alors, c'est ton problème ?

C'est une vraie question ou je rêve ? Je perds patience.

— Je te ramène chez toi.

— Il faudrait déjà savoir où j'habite ! Ah ah, ça t'en bouche un coin ! dit-elle en riant, les yeux alcoolisés.

— OK !

Je lui arrache de force son sac et cherche ses clés.

— Lâche ça ! Voleur !

— Tu es prête à te faire violer, mais être volée ça te gêne !

Je trouve enfin ce que je cherche, la prends par le bras, lui refous le sac dans les mains et la fais monter dans sa voiture de force. Si un flic me voit, je suis mort. Les procès d'intention, ça me connaît. Je referme la portière alors qu'elle crie toujours.

Pendant tout le trajet, elle regarde par la vitre sans dire un mot. Je risque quelques coups d'œil. Son air est las, il me serre le cœur.

# 28 – LA FIN DU JEU

Elle entre chez moi, regarde autour d'elle et marche jusqu'au milieu du salon. Ses gestes sont mécaniques

— On a besoin de parler, commencé-je calmement.

Elle me fait signe de venir m'asseoir et j'obéis. Elle enlève son haut minimaliste tout en se mettant à califourchon sur moi.

— Qu'est-ce que tu fais ?

— C'est ce que tu veux, non ?

Elle m'embrasse, mais il n'y a pas la moindre émotion dans ce baiser.

— Arrête. Il faut qu'on parle.

Une boule se forme dans ma gorge.

— Ne perds pas ton temps.

Quand elle met une main sous la ceinture de mon pantalon, je me lève et elle bascule sur le canapé. Je ne sais pas comment gérer ça.

— Pourquoi suis-je là ? me demande-t-elle en levant un sourcil interrogateur.

— Tu ne peux pas continuer à te comporter de cette façon, à traîner avec des gens que tu ne connais pas, à moitié nue.

Elle me regarde droit dans les yeux.

— Mais tu ne comprends pas.

— Je ne comprends pas quoi ?

— Que je m'en fous, je me fous de tout !

Elle est tellement froide et indifférente. Ça ne lui ressemble pas.

— C'est faux. Nous deux, tu ne t'en fous pas.

— Ah bon ? Parce qu'il y a un « nous deux » ?

Je perds mes moyens, là elle marque un point. Elle continue :

— Comme il y avait un « nous deux », il y a trois ans, quand tu m'as dit que tu ferais tout pour moi, et que tu es parti, hein ?

Ses yeux commencent à briller. Elle est furieuse. Je me passe nerveusement la main dans les cheveux.

— Je ne savais rien. Tu ne m'as rien dit et j'étais perdu. Elena, tout ça, je l'ai fait pour toi.

Je montre les livres de médecine qui jonchent la table basse du salon. Elle me regarde interdite.

— Quand tu auras fini de dire des conneries, on pourra faire ce que l'on a à faire.

Elle revient vers moi, plaque une main sur ma nuque et m'embrasse. Je perds le cours de mes pensées quand je sens sa langue humide entrer dans ma bouche et je lui rends son baiser avec désespoir. Elle ne m'écoutera pas. Je ne suis qu'un salaud égoïste et je prends ce qu'elle a à me donner. Elle sent l'alcool fort. Combien de verres a-t-elle bu pour être dans cet état ? Elle se libère, recule et se déshabille complètement devant moi, me faisant face, imperturbable. Je la regarde, je n'arrive pas à bouger. Son corps superbe fait immédiatement réagir le mien. Nue, elle va s'asseoir sur mon lit, telle une nymphe provocatrice.

— Tu viens ?

Je m'approche, comme aimanté. Elle me tire par le bras et je m'étends sur elle. Je l'embrasse, je la désire, mais j'ai l'impression qu'elle n'est pas avec moi.

— Elena ! Putain, reviens-moi !

Je m'arrête et me soulève sur mes deux bras.

— Qu'est-ce que tu fais ? Nous n'avons pas fini !

Elle essaie de me ramener contre elle.

— Non, pas comme ça, je ne peux pas.

— Ça te déplaît ? (Elle touche la bosse à travers mon pantalon et je frémis.) Pourtant, j'ai l'impression que c'est ce que tu aimes. Tu n'as pas envie de ça ?

Elle désigne son corps.

Un truc me frappe, ce n'est pas Elena, c'est Sasha.

Je n'ai rien compris, et ça, depuis le début. Elle a souffert et s'est forgé cette carapace. Sasha est son double destructeur et il a pris le dessus. Elle n'est que l'ombre d'elle-même. Je comprends à quel point je lui ai fait du mal. Je ne m'en étais pas rendu compte jusqu'à maintenant. Jusqu'à ce que se trouvent devant moi les dégâts que j'ai causés. Ça me bouleverse. J'ai envie de m'arracher le cœur. Je l'ai tellement abîmée.

Je la regarde, son visage est tourné sur le côté, son regard est perdu dans le vide et je vois une larme glisser sur sa joue.

— Fares, je ne vais pas attendre dix ans.

Sa voix n'est pas douce, mais fatiguée. Je suis sous le choc et je me lève d'un coup en secouant la tête.

— Si tu ne veux pas de moi, je pars. Voilà plus d'une heure que je perds mon temps avec toi, ça te fait deux cents euros.

Attends, elle rigole ! C'est hors de question que je la paie pour être avec moi, c'est fini tout ça.

— Elena, je…

Elle hurle, des sanglots dans la voix :

— Ne m'appelle plus comme ça ! Donne ce que tu me dois et je me casse.

Elle attend sans même me regarder.

— Deux cents euros, je te dis, putain ! hurle-t-elle à nouveau.

— La dernière chose que je ferais, c'est bien de te payer, dis-je calmement.

— Un coup, tu paies pour me baiser, un autre coup, ça te dérange. C'est toujours comme tu veux. Tu ne paies pas, mais tu contrôles. C'est peut-être ça qui te fait bander.

Elle se lève et commence à se rhabiller. Je ne sais plus quoi dire. Je ne peux pas la retenir.

Elle s'apprête à partir. Au moment où elle saisit la poignée, je l'appelle :

— Sasha !

Elle s'arrête devant la porte et se retourne.

— Casse-toi et ne reviens plus jamais.

Quand elle ferme la porte derrière elle, je regarde dans le vide. C'est fini.

# 29 – DRAME & CONSÉQUENCES

## ***ELENA***

Je sors de chez lui, je tremble de tout mon corps. Je m'adosse contre la porte. Je retiens mes larmes avec peine. J'ai accompli ce qui devait être fait. Nous le savons tous les deux. C'est fini.

L'ascenseur est trop long à venir et même si je sais que Fares ne me rattrapera pas, je décide de prendre l'escalier. Je suis vidée.

Je m'arrête un moment pour réfléchir à tout ce que j'ai enduré pour atteindre mon but. L'entraînement épuisant avec Vic, les shows, toutes ces heures à le détester.

Mais la nuit où il m'a fait l'amour, cette nuit-là, quand il m'a regardée avec une telle intensité que j'ai cru voir des sentiments, oui, j'ai bien cru que j'allais craquer. Retomber dans ses bras et le laisser me reprendre. Il a ce pouvoir sur moi. Et je m'en veux. Je suis faible.

Cette même nuit, lui dormait à poings fermés, ses traits étaient sereins et détendus. J'ai caressé son visage. J'ai eu envie de retourner dans ses draps, mais c'était trop tard. Je suis allée trop loin, jamais nous ne serons comme avant. Nous nous sommes détruits l'un et l'autre. Notre histoire s'achevait.

Pourtant je le sais au fond de moi, j'ai encore perdu. Je sais que tout ça ne m'a rien apporté. Je suis encore là, dans ce même escalier, aussi triste que le jour où j'ai décidé de le détester.

Je reprends ma marche et quitte définitivement cet endroit. En arrivant devant ma voiture, je me rends compte que je n'ai pas mes clés.

— Non, mais c'est une blague !

Je suis au bord des larmes. Il est hors de question que je remonte les chercher. Je reviendrai récupérer la Mini avec les doubles.

Je marche vite, serrant les bras sur ma poitrine. Mes talons tapent bruyamment sur le bitume. Il faut que je trouve un taxi, mais à cette heure, il va falloir être patiente. Les rues sont presque désertes. Je dois être à au moins quatre kilomètres de chez moi. Les quelques hommes que je croise s'attardent sur mes jambes, il faut vraiment que je rentre au plus vite.

D'un coup, je suis aspirée par une poigne, on m'entraîne au fond d'une ruelle sombre. La prise est puissante, elle me broie. C'est la main d'un homme. J'essaie de la retirer de mon bras. J'essaie de me dégager, mais il resserre l'étau de son poing. J'ai peur, mais je n'arrive pas à crier, la panique me coupe la respiration, ma tête bourdonne. Je me débats, je tente de me défendre, mais il est trop fort. Je n'entends que le bruissement de nos vêtements, sa respiration et ses mains qui frappent ma peau, me frottent et me griffent en m'attrapant la chair.

Je sens mon haut craquer et une main dégoûtante me malaxe un sein, ça me fait mal. Il me presse, m'écrase. Je me débats. Mes mains atteignent son visage et je griffe tout ce que je peux.

Je reçois un coup violent au visage et tombe sur le sol. Je suis sonnée, mais j'arrive à me mettre rapidement sur le dos pour me défendre. Il se place entre mes jambes et emprisonne mes mains au-dessus de ma tête. J'essaie de toutes mes forces de le faire basculer pour me libérer, mais je m'épuise. Il est trop lourd. Je ne fais pas le poids.

J'entends son souffle dans mon cou. Je sens son haleine avinée et mélangée à une eau de Cologne forte, ça me donne envie de vomir. Ses mains sont partout, il me pince, me lacère la peau. Il me lâche les bras, mais me prend par la gorge et de son autre main soulève ma jupe. Je n'arrive pas à l'atteindre. Il resserre sa prise sur mon cou. J'essaie d'enlever ses doigts qui m'emprisonnent et qui m'empêchent presque de respirer. J'ai mal, tellement mal, mon cerveau ne trouve plus aucune échappatoire. Je n'ai plus de force.

Quand je sens ses doigts entrer en moi, de la bile sort de ma bouche. L'acide me brûle la gorge. Ils entrent et ressortent encore et encore. Mes sanglots m'étouffent. Je suis comme un pantin sous ses assauts. Je me crispe de l'intérieur. Mes yeux sont grands ouverts, mais je ne vois rien sauf une ombre au-dessus de moi qui s'active à me briser. Je souffre, ses ongles griffent l'intérieur de mon corps. Des larmes coulent et je crois que je vais mourir étouffée. Mes yeux se ferment, l'air ne remplit plus mes poumons. Je vais perdre conscience. Mes mains glissent lentement vers le sol.

Mais il me relâche, me retourne soudain sur le ventre et me bloque un bras derrière le dos en appuyant lourdement dessus avec son genou. J'essaie de reprendre mon souffle bruyamment et mon cerveau se reconnecte avec la douloureuse réalité. Mon autre bras est le long de mon corps, inerte. J'ai mal. Je ne peux plus bouger. Ma joue touche le sol crasseux, je sens l'odeur du goudron me brûler les narines.

J'entends un bruit de ceinture et une braguette s'ouvrir.

J'ai essayé de me défendre, mais c'est trop tard, il n'y a plus rien à faire. Je suis à bout de force. Je vais me faire violer. Maintenant.

Cette lucidité soudaine me frappe comme un coup de poing dans l'estomac. Je suffoque. Un râle profond sort de ma bouche.

Des millions d'images traversent mon esprit, tout d'abord celles de Fares. Sa puissance, son doux visage, ses magnifiques yeux quand il sourit. Ma mère. Sa beauté, son calme et sa tendresse, puis mon père, son amour et sa compassion. Il a dit qu'il serait là. Qu'il me sauverait même de l'enfer s'il le fallait ! Et je suis en enfer. Il ne faut pas qu'il me laisse. Je veux qu'il vienne me chercher.

— Paaa…

Ma voix est rauque et cassée, son poids me coupe le souffle.

J'arrive à dégager mon bras et à soulever le haut de mon corps, libérant à peine la pression sur mes poumons. Mes larmes coulent. Je hurle en levant le visage aussi haut que je peux. Mon cri est plus fort et désespéré :

— Paaaa-paaaa ! Papaaaaaa !

Les cris d'une morte, d'une femme sur le bûcher.

— Ferme ta gueule, salope !

— Paaapaaaaaaa !

Je pleure en gémissant. Il va le faire, je suis perdue.

Soudain, j'entends des pas résonner dans la rue.

— Qu'est-ce qui se passe ici ?

La voix d'un homme me sort de ma folie.

— Au secours. Au secours ! Aidez-moi, je vous en prie !

— Hé, vous là, qu'est-ce que vous faites ?!

— Putain de salope !

Mon agresseur me libère. Je respire. L'homme providentiel court vers moi et m'aide à me relever. J'essaie de me couvrir la poitrine avec le peu de tissu qui me reste. J'ai peur. Je regarde autour de moi, tout m'effraie. Ma bouche tremble tellement que je n'arrive pas à parler. Mon sauveur me prend les bras.

— Je peux vous aider, mademoiselle ?

Je regarde les mains de cet inconnu sur moi et je m'affole. Il faut que je quitte cet endroit. Je me dégage et je me mets à courir. Vite. Les larmes ne cessent de couler. Les rares passants s'écartent sur mon passage. Je ne sais pas où je vais. Je me suis perdue. Par miracle, j'aperçois une enseigne qui m'est familière. Le cinéma de M. Orange.

# 30 – S'IL TE PLAÎT, PARDONNE-MOI

♫ Kelly Moncado « *Please Forgive Me* »
(Bryan Adams Cover)

Je me mords l'avant-bras. Assise, repliée sur moi-même au milieu de la salle de M. Orange, je pleure.

Mes sanglots m'empêchent de respirer. Je n'arrive pas à me calmer, c'est dur, bien trop dur. Je me sens sale. Je me sens seule. J'ai envie de mourir.

Je ne sais pas où aller ni comment je vais réussir à sortir d'ici. Je ne veux pas qu'on appelle la police. Je ne veux pas répondre aux questions. Je ne veux pas que l'on me regarde, que l'on me parle de tout ça. Je suis souillée. J'ai la sensation que mon corps ne m'appartient plus. Je me mords plus fort encore, mais j'ai l'impression que la seule chose que je ressens est cette douleur à l'intérieur. Elle est plus profonde. Elle me détruit.

J'entends une voix, celle de M. Orange :

— Elle est là.

Quelqu'un s'approche. Je resserre mes bras plus fort contre moi. Je gémis :

— Non, ne m'approchez pas.

Je lève lentement les yeux, terrifiée.

C'est lui.

Il est devant moi. Lui qui était l'amour de ma vie. Le seul. Je ne veux pas qu'il comprenne ce qui m'est arrivé.

Il s'accroupit, tête baissée, les yeux rivés sur le sol. Je le dégoûte…

Ma respiration s'accélère. Ma tête va exploser. Il n'arrive même pas à me regarder en face. Je ne peux pas supporter ça. J'ai déjà trop enduré.

Il relève la tête. J'ai envie de hurler, mais il avance doucement ses mains et les plongent dans mes cheveux. Ses longs doigts me massent doucement.

— Oh bébé, si tu savais comme je suis désolé, si désolé, pardonne-moi, s'il te plaît. Pardonne-moi.

Sa voix est tremblante.

— Je vais réparer tout ça, OK ?

Il enlève son T-shirt et m'aide à l'enfiler. Il est torse nu. Sa peau est lisse. Sa peau est si belle. Si parfaite alors que je ne suis plus rien, alors que je suis terriblement abîmée. Je ne veux pas le salir.

— Non, tu ne peux pas…

— Tu es plus importante que ma pudeur.

J'ai du mal à le regarder torse nu, comme si c'était la première fois.

Ses sourcils sont froncés et ses yeux brillent. Il sait.

J'ai tellement honte. Je secoue doucement la tête et des larmes recommencent à couler. Je cache mon visage entre mes mains.

— Elena ?

Sa voix est grave et douce à la fois. Je relève les yeux.

— On s'en va ?

Je hoche la tête. Je le laisse me prendre sous les bras, délicatement. Il me redresse et me presse contre son torse. J'accroche mes bras autour de son cou. La chaleur de sa peau nue me réchauffe instantanément. Mes jambes entourent ses hanches, mes bras sa nuque, comme une enfant. Il m'emporte à l'extérieur du cinéma.

Dans la rue, des gens se retournent sur nous. Mais il s'en fout. Il marche et ne me lâche pas.

Il resserre ses bras autour de moi et je serre plus fort mon emprise. Il me protège de tout. C'est le seul qui peut encore me toucher. Le seul que je laisserai faire. Il est mon refuge, il est mon ancre.

Il m'emmène chez lui. Je ne veux être nulle part ailleurs. Il me pose sur le carrelage froid de la salle de bains. J'ai du mal à retirer mes bras de son cou.

Quand je me détache enfin, il fait couler l'eau dans la baignoire.

— Il faut que tu te laves.

Il s'apprête à quitter la pièce. Je baisse la tête et murmure :

— Reste avec moi, s'il te plaît.

Il se retourne, me regarde avec tendresse et s'approche de moi. Il m'aide à enlever son T-shirt et les vêtements qu'il me reste.

Je ne peux pas m'empêcher de le regarder. Il me prend dans ses bras, me soulève et me dépose dans la baignoire. L'eau monte sur mon corps petit à petit. Je suis recroquevillée, les bras enserrant mes genoux pliés.

Il s'agenouille et me nettoie le visage puis me frotte doucement le dos. Il me nettoie.

— Laisse partir ce qu'il t'a fait. L'eau emportera tout avec elle.

Je n'arrive pas à le quitter des yeux, je ne peux pas parler. Il accomplit sa tâche avec attention. Il est concentré. Je fixe son torse hâlé et musclé. Je sens son souffle chaud sur ma peau. Mes tremblements s'arrêtent.

Il m'aide à me lever et me rince soigneusement. Il m'enveloppe dans une serviette. Il me prend dans ses bras et, arrivé devant son lit, il s'empare d'un T-shirt à manches longues et m'aide à l'enfiler. Le vêtement m'arrive aux genoux. Je sens son odeur masculine et apaisante. Je me sens bien.

Il ouvre le drap de son lit et m'invite à m'y allonger. Une fois que je suis couverte jusqu'au menton, il s'assoit sur le bord du matelas et me caresse le front.

Je ferme les yeux et je laisse échapper un soupir. J'oublie tout ce qui m'entoure, j'ai juste conscience qu'il est près de moi.

Mais après quelques minutes, il se lève. Je sens un vide m'envahir instantanément. Je panique. Des secousses reprennent mon corps. Je me mets à pleurer. Je crie, je le supplie.

— Ne pars pas. S'il te plaît. Je suis désolée, pardonne-moi. Pardon, reste avec moi. Ne me quitte pas, je t'en prie.

J'ai mal. Je ne veux pas qu'il me laisse. J'ai besoin de lui. Depuis toujours. Et aujourd'hui plus que jamais. J'ai commis des erreurs et les regrette. Il faut qu'il reste près de moi. Il faut qu'il me soulage.

Il plonge ses yeux noirs dans les miens. Je sais qu'il hésite.

Finalement, il entre dans le lit, habillé de son jean. Il reste un moment sans bouger sur le dos, le bras sous la nuque. Il fixe le plafond. Je ne peux pas supporter qu'il reste loin de moi.

— S'il te plaît, prends-moi dans tes bras, murmuré-je pendant que mes larmes coulent lentement sur mes joues.

Il se met sur le côté et me serre contre lui. Je respire sa peau et pose mes mains sur son torse solide. Je ne pense plus à rien sauf à lui. Je suis si bien. En sécurité.

Je prends sa main et la pose sur ma joue. Son pouce touche mes lèvres.

— S'il te plaît, Fares, remplace ses mains, son odeur. Aide-moi à oublier.

J'approche avec une grande appréhension mon visage du sien. Plus près encore. Il ne bouge pas. Ses sourcils restent froncés, ses iris insondables.

Je prie pour qu'il ne me repousse pas jusqu'à ce que, enfin, ma bouche frôle la sienne. Je commence à l'embrasser doucement. Ma peur s'évanouit quand il répond à mon baiser.

— Je suis tellement désolé, murmure-t-il contre mes lèvres.

J'ai besoin de lui. On ne s'arrête pas. C'est doux. Il me fait du bien. Il n'y a que lui qui peut me sauver. Il me prend le visage et enlève chaque douleur, chasse chaque marque sur mon corps. Il m'écrit une autre histoire, celle où il n'y a que nous.

Je garde les yeux ouverts, il ne les détache pas des miens. Je veux voir son visage, ce regard sombre qui apaise mes maux et ma douleur. Je vois tellement d'amour en lui. Je respire enfin.

Il n'y a toujours eu que lui.

# 31 – RÉVEIL DIFFICILE

Le réveil est difficile. J'ai des courbatures partout. Dans les bras surtout. Et j'ai l'impression d'avoir un marteau-piqueur dans le crâne. Quelque chose ne va pas. Tous les événements de la veille me reviennent en masse et je tremble. Je ne veux pas sortir du lit, quitter l'odeur rassurante de Fares sur l'oreiller. Je ramène le drap au-dessus de ma tête.

— Allez ! On se lève ! Il ne faut pas se laisser abattre. Ce n'est rien. Ça va passer !

*Mais c'est qui celle-là !*

Je fais glisser le drap juste sous mes yeux. Une blonde avec de grands yeux bruns se trouve debout devant le lit, les mains sur les hanches. Elle ne m'est pas inconnue, mais je n'arrive pas à me rappeler où je l'ai déjà croisée.

— Allez ! Allez !

Elle parle fort. Ma tête me lance.

— Elena, tu es nue en dessous ? ajoute-t-elle plus bas.

Je secoue la tête, intriguée, et d'un seul coup, elle tire sur le drap. Je me trouve mise à nue, vulnérable. Je replie mes jambes et tire sur le T-shirt jusqu'aux pieds.

— Doucement, Claire ! dit Fares.

Claire ? Claire, mais oui, la sœur de Luc.

— Moi aussi, j'ai vécu une rupture difficile, mais un de perdu, bah… c'est un de perdu ! Et puis, c'est tout.

Je m'assois sur le lit et je regarde Fares qui est dans la cuisine. Il hausse les épaules. Je considère à nouveau Claire et me dis que, si ma rupture n'était pas fictive, ses paroles ne m'auraient pas réconfortée.

— Pouaaah, par contre, tu as vu ta tête ? Fares, tu ne l'as pas frappée…

Il se raidit soudain.

— Non, mais tu plaisantes !

— Oh là là, calme-toi. C'est juste pour être sûre. Tu n'as pas un caractère facile, non plus.

Il secoue la tête, ahuri.

— J'ai trop bu et je suis tombée, tenté-je.

— Ah oui, l'alcool. Alors écoute, il y a différentes façons plus saines de traiter un mal-être. Faire du shopping avec ses copines, allez au spa ou encore faire du sport. Boire de l'alcool te fera oublier, mais ensuite ce sera bien pire…

Je l'entends parler encore et encore. J'aurais peut-être dû lui dire que Fares m'avait frappée. J'ai vraiment mal à la tête, là !

— On va dans la salle de bains et on va arranger tout ça.

Elle m'aide à me lever et m'entraîne devant le miroir. C'est moi, ça ?! Mes yeux sont gonflés comme ceux d'un boxeur. Sur ma joue, un énorme hématome bleu qui vire au violet.

— J'ai peut-être deux ou trois trucs dans mon sac qui peuvent t'aider. Je reviens.

Je fais couler de l'eau et m'en asperge le visage. Elle est fraîche et ça me fait du bien. Je prends conscience de tout ce qui m'est arrivé. J'ai du mal à le croire, mais il faut se rendre à l'évidence. Ma tenue et l'heure tardive ont joué contre moi. J'ai vraiment été stupide. À Paris, comme ailleurs, la nuit les rues sont dangereuses pour une fille seule. C'est comme jouer à la roulette russe en n'enlevant qu'une seule balle du barillet. Je secoue la tête. Fares est venu me chercher. Il m'a lavée et embrassée. Il ne me déteste pas. Enfin, je crois.

— Bon, Elena. Je n'ai pas trouvé grand-chose. Juste un peu de fond de teint. Je doute que le blush soit nécessaire, dit-elle avec un sourire désolé. Fares m'a donné de la glace. Tiens.

Je me regarde, une dernière fois, et je me trouve vraiment affreuse. Je n'ai pas envie qu'il me voie avec cette tête. *Aïe !* La glace me brûle la joue.

Fares finit de préparer le petit déjeuner quand j'arrive devant l'îlot, toujours vêtue de son T-shirt.

Il a des Timberland montantes aux pieds, un jean bleu et un T-shirt noir. Comment fait-il pour être aussi beau ? Quel contraste je dois faire avec ma mine dévastée. Ce n'est vraiment pas le moment de prendre une photo.

— Bon, je vous laisse, les filles. À plus tard.

Quoi ? Il part ? Il me fait signe de la main en baissant les yeux et quitte l'appartement. J'ai dû louper quelque chose. Ça me pince le cœur. Hier soir, il est resté couché à côté de moi. Il a laissé mes mains autour de son corps. Je ne voulais plus le lâcher. Je ne veux pas qu'il me fuie. J'espère que je n'ai pas tout gâché.

L'esprit tourmenté, je m'assois sur le tabouret de l'îlot et j'essaie de manger.

— C'est parfait. La première chose à faire, c'est de bien s'alimenter.

— Tu veux devenir naturopathe ou un truc comme ça ?

Elle lève un sourcil interrogateur.

— Quoi ? Pas du tout. Pourquoi ?

— Non, pour rien, dis-je en soupirant.

— Je prépare des études pour devenir infirmière. Fares m'a demandé de m'occuper de toi. Apparemment, ta rupture a été difficile. Vas-y, raconte ?

Elle met ses coudes devant elle et ses deux mains sous son menton. Je n'ai pas du tout envie de lui raconter quoi que ce soit. Je change aussitôt de sujet.

— Tu connais bien les parents de Fares ?

— Pas trop. Sa mère était la sœur de la mienne. Elle a tout quitté pour rejoindre l'homme de sa vie. Le truc du genre trop romantique. Ils s'aimaient à la folie. Elle est morte, il y a cinq ou six ans, d'un cancer. Une tumeur cérébrale. C'était une femme superbe, mais ma mère m'a dit que le cancer n'a pas été tendre avec elle. Au début, elle avait juste des migraines et puis ça a empiré. Elle avait de plus en plus de mal à se déplacer et, à la fin, elle perdait la tête. Quelquefois, elle ne reconnaissait même plus les membres de sa famille. Son mari a dépensé des milliers d'euros pour la soigner et, un soir, elle est morte.

Quelle tragédie ! Cela me bouleverse.

— Fares n'aime pas trop qu'on en parle. D'ailleurs, je ne l'ai jamais entendu évoquer tout ça. Il n'aime pas trop qu'on parle de lui en général.

Ça, je l'ai bien remarqué. Cette histoire m'émeut et j'ai beaucoup de peine en pensant à ce jeune garçon qui a perdu sa mère trop tôt. Je comprends pourquoi il est si mûr et responsable à son âge.

— Bref. Fares m'a demandé de t'apporter quelques vêtements. Je pense que ça va t'aller.

Elle me tend d'abord un T-shirt blanc tout simple, affichant en gros : « I love you but I love me more. » Pourquoi pas. Une fois dans la salle de bains, j'enfile son jean un peu grand.

— Elles sont passées où, tes chaussures ?

Mince, j'ai dû les perdre dans la bataille… Un frisson me traverse.

— J'ai cassé mon talon et je les ai jetées. Mais ne t'inquiète pas, j'ai une paire de baskets dans mon coffre.

— Tu as vraiment dû te prendre une sacrée cuite !

Si elle savait ! Je ne dois pas y penser. Ça me donne instantanément la nausée. J'ai eu de la chance qu'un homme soit intervenu. Sinon, je pense que je ne serais pas debout en train de parler avec elle.

On s'installe quelques instants dans le salon. Finalement, je la trouve sympa. Elle me divertit avec ses histoires de lycéenne. Elle me parle de son petit copain. Elle est avec lui depuis trois mois et, déjà, elle pense à coucher avec lui. Toutes ses copines l'ont déjà fait et ça la gêne. C'est bizarre, je n'ai jamais voulu me mettre dans la course pour ces choses-là.

— Tu crois qu'il faut attendre combien de temps avant de sauter le pas ?

Cette question me fait presque recracher le jus d'orange que j'ai dans la bouche. Si elle suit mon exemple, elle risque de patienter des années. Je réfléchis à une réponse aussi adéquate que ma faible expérience le permet.

Fares est le premier et le seul, et notre relation est assez atypique. Je me lance, essayons d'être pragmatiques.

— Tout d'abord, il faut que ton envie de lui dépasse tout. Quand tu es dans ses bras, il faut que tu te sentes comblée. Quand il t'embrasse, il faut que tu ne puisses même plus penser. Claire, réfléchis, c'est un acte que tu ne dois pas regretter.

Je m'arrête de parler et me perds dans mes pensées. Même si les circonstances étaient défavorables, j'ai aimé faire l'amour avec Fares. Je n'éprouverai jamais aucun regret. Quand je reviens à moi. Claire me fixe, perplexe.

— Tu regrettes, toi ?

— Non. Je ne regretterai jamais d'avoir attendu.

— Hum.

Elle m'adresse un large sourire.

— Merci, El. Je t'aime bien.

***

Je suis enfin chez moi, dans mon nouveau studio. Dans mon cocon. Je m'enferme à double tour. Il est agencé en L. On entre directement dans l'espace salon. On y trouve un canapé, un fauteuil et un mur réservé à mes disques et à mon lecteur CD. Une grande partie de ce qu'il y a chez moi a été payé avec l'argent des shows. Je dois être la dernière à encore acheter des CD. J'en ai une quantité folle. J'adore écouter tous les styles, mais préfère les chansons qui parlent d'amour. Je suis une romantique dans l'âme. À gauche, à côté de l'entrée, il y a la cuisine avec un bar. À droite, la salle de bains, et au fond du studio, côté cuisine, ma chambre – que j'ai meublée en blanc, séparée du reste de l'appartement par un rideau aux tons clairs – et enfin mon super dressing qui tue.

Demain, je commence les cours et Charles va me poser mille questions en me voyant arriver avec un énorme bleu sur la figure. Il faut vraiment que je trouve un mensonge en béton. Je le connais, il va me cuisiner.

J'ai encore mal à la tête. Il faut que je prépare mes affaires pour le lendemain.

Je me décide à appeler ma mère. Et je craque, je lui dis tout. Elle pleure et mon père est affolé. Ils veulent débarquer chez moi, mais je les rassure en disant que je suis forte et que je vais surmonter cela. Je me demande si je n'essaie pas de me convaincre moi-même.

Mon père est scandalisé que je ne me sois pas rendue au poste de police.

— Ma puce, tu aurais dû m'appeler tout de suite.

— Ne t'inquiète pas, papa. Un ami m'a hébergée, hier soir. Je me sens un peu mieux.

— Un ami ? Quel ami ?

— Tu ne le connais pas, papa.

— Quel est son prénom ?

— Fares.

— Fa… quoi ?

— Fares, papa.

— Chérie ? Fares est dans le calendrier ? crie-t-il à l'intention de ma mère.

Je lève les yeux au ciel.

— Il n'est pas français, enfin pas catho. On va dire que sa fête est le même jour que la Saint-Frédéric, OK ? dis-je en essayant de plaisanter.

Il ne rigole pas.

— Fais attention à toi, ma puce. Appelle quand tu veux. On passera, ta mère et moi, très vite.

J'ai raccroché après de longues recommandations.

Je file sous la douche. En me déshabillant, je peux voir l'étendue des dégâts. Ma peau est couverte de bleus. J'ai même quelques traces dans le cou. Je m'accroche au lavabo. Je me sens... tellement seule.

Il est minuit et je n'ai pas donné de nouvelles. Et lui n'a pas mon numéro et ne sait pas où j'habite. Je ne sais pas où nous en sommes. L'idée de ne plus jamais le revoir me terrifie. J'éteins la lumière, mais mes yeux restent grands ouverts.

J'entends le parquet craquer devant la porte. Je ne respire plus. Non, il n'y a personne chez moi...

— Qui est là ?

Je répète un peu plus fort :

— Qui est là ?

Je glisse une main tremblante vers la lumière, et j'appuie sur l'interrupteur d'un coup sec. Personne. Il est peut-être sous mon lit. Je commence à paniquer.

— Sortez d'ici !

Je gémis. J'ai la chair de poule et mon pouls s'accélère. J'ai tellement peur. Je fais voler le drap, sors du lit et cours derrière le bar de la cuisine. Je m'empare d'un couteau et regarde avec angoisse sous mon lit.

Rien ne bouge. J'avance avec prudence. Personne.

Salle de bains, personne non plus.

Je vérifie le verrou de la porte. Je pousse un soupir de soulagement. Je retrouve enfin mon calme. Je me fais des films. Le traumatisme est peut-être plus lourd que je ne le pensais. Je me suis endormie comme un bébé, hier, mais j'étais sous la protection de Fares. Il me manque. J'aimerais tellement qu'il soit là. Je retourne au lit avec mon couteau et le pose sur ma table de nuit. Je laisse ma lampe de chevet allumée. Je fixe la porte pendant de longues minutes. Je ne veux plus revivre ça.

***

Le lendemain matin, en sortant de chez moi, je sens que les gens me dévisagent. J'ai pris de grosses lunettes qui cachent en grande partie mon hématome.

Charles m'aperçoit et court vers moi.

— Elena !

Il me serre dans ses bras. Ça me fait du bien de le revoir.

— Qu'est-ce qui t'est arrivé ?

— J'ai eu un petit accrochage en voiture.

Il me regarde d'un air désolé et m'embrasse sur la joue. Mais il change vite de sujet.

Ça me soulage, je n'ai pas envie de parler de ce qui s'est passé et encore moins de lui mentir davantage. Il me raconte ses vacances chez ses parents. Charles est d'origine cambodgienne et son père et sa mère lui arrangent rencontre sur rencontre avec des jeunes filles de même origine. Le mariage est très important dans leur culture. Et un homme de son âge devrait déjà être marié.

Il me fait hurler de rire quand il me décrit leur dernière trouvaille.

— Elle avait un strabisme tellement visible que je ne savais pas si elle s'adressait à moi ou à ma mère ! Alors, elle me parlait et, à chaque fois, je lui demandais à qui elle s'adressait… C'était gênant ! Je te jure !

— Tu as dit non, alors ?

— Bien sûr. T'imagines la tête de nos enfants ?

— Mais ça n'a rien à voir !

— Ouais, bah moi, ça me bloque, et puis c'est toi la femme de ma vie, El !

Je sais qu'il n'est pas sérieux. On continue à rire jusqu'à notre salle de cours. Ce qui est certain, c'est que Charles est l'ami, le seul sans « e », de ma vie !

***

La reprise universitaire s'est bien passée et la fin de semaine est vite arrivée. Je n'ai pas cours le vendredi. Ça m'arrange car je vais pouvoir travailler chez Cédric un peu plus souvent.

Je n'ai pas cessé de penser à Fares. J'ai besoin de savoir si je dois définitivement tirer un trait sur lui. Cette seule pensée me donne envie de pleurer. Je ne peux pas croire qu'il ait fait semblant. Ses baisers avaient l'air si réels.

Et là, je ne réalise pas encore tout à fait que je suis devant chez lui, tremblante et super stressée.

Mes mains sont moites, je les essuie une fois de plus sur ma combinaison noire. Mon hématome est maintenant devenu jaune, presque vert. Je me suis maquillée un peu avant de partir. J'aimerais qu'il me trouve jolie.

Allez, je me lance. Je frappe, timidement.

Quand il ouvre, je manque un battement. Il est si grand et si impressionnant. Il a les muscles tendus. Il est surtout très étonné de me voir. Je recule instinctivement.

— Elena ?

— Salut.

Il sort et ferme la porte derrière lui sans même me laisser entrer. J'ai le temps d'apercevoir chez lui un autre homme grand, en costume, de dos.

— On ne s'est pas vus depuis cinq jours et je…

— Oui, oui, attends-moi deux secondes.

Il entre à nouveau chez lui et me ferme la porte au nez. C'est quoi, ce délire !

Il revient avec son portable. J'essaie de voir qui est chez lui. Mais son grand corps ne m'en laisse pas l'opportunité.

— Donne-moi ton adresse et ton téléphone. Je passe ce soir, tu es d'accord ?

— OK.

Il entre le tout dans son répertoire, puis lâche aussitôt :

— Ne m'en veux pas, mais je dois te laisser.

Il referme la porte derrière lui sans un mot de plus.

Je suis estomaquée. Je garde la bouche grande ouverte. Qu'est-ce qui se passe ? J'ai une boule dans la gorge. Je panique. Il ne veut pas être avec moi… Ce soir, je serai fixée.

# 32 – AFFRONTEMENT

Cela fait deux fois que j'éteins et rallume les bougies. Je ne veux pas qu'il s'imagine que je veux le chauffer.

Je suis dans tous mes états. Je transpire et je change à nouveau de chemisier. J'ai l'impression que mon legging est trempé. Je n'ose pas m'asseoir sur le canapé ou sur le lit de peur de déplacer les coussins ou de devoir réajuster les draps.

Je veux que tout soit parfait. Je veux qu'il aime être chez moi. C'est bête. Alors je m'installe sur le tabouret inconfortable du bar. J'ouvre la fenêtre et la referme. Mon corps est en feu et, alors qu'il n'est pas encore avec moi, le rouge me monte aux joues.

Je regarde mes mains et le bout de mes doigts tremble frénétiquement. J'aurais dû prendre un truc pour me calmer, des fleurs de Bach ou je ne sais quoi. Je ne passe pourtant pas un oral. Bordel, c'est pire !

J'entends frapper.

Il est là, mon cœur s'emballe. Ma tension monte.

J'ouvre la porte. Ai-je le mot pour décrire tout ce qu'il est ? Si, incroyable. Il baisse le regard sur moi et, comme d'habitude, une vague de bonheur déferle sur moi : l'effet Fares. La dopamine explose dans tout mon corps.

— Je peux entrer ?

Je le laisse passer. Son parfum, subtil, me remplit les narines.

Mais son attitude est bizarre. Il ne m'embrasse pas.

— Comment ça va ?

Il me pose cette question tel un docteur face à son patient. Il est complètement détaché.

— Ça peut aller. Il reste debout, la mâchoire serrée, les yeux rivés sur le bleu sur ma joue. Je décide de ne pas y aller par quatre chemins. Si je voulais te voir, c'est pour savoir où nous en étions, toi et moi, j'avance avec une voix en perte de confiance.

— Je ne suis pas venu pour parler de ça, me coupe-t-il soudain.

La surprise doit se lire sur mon visage.

— Ah bon, et pourquoi tu es là, alors ?

— As-tu vu quelque chose ?

— Que veux-tu dire ? demandé-je en fronçant les sourcils.

— Ton agresseur, avait-il des marques ? As-tu vu son visage ?

Je recule. Il n'est pas sérieux ? Si, il l'est… et froid, pour me mettre encore plus mal à l'aise. La dernière chose dont j'ai envie ce soir est de parler de ça avec lui. Je perds mon calme.

— Non mais, Fares, tu te crois dans un film où l'héroïne aurait vu un tatouage sur son cou, la couleur de ses yeux ? Ça n'est pas comme ça, dans la réalité. Tout s'est passé très vite ! Tu es venu juste pour m'interroger comme un flic ?

Il parcourt le studio de long en large, la main sur sa hanche, l'autre dans ses cheveux. Il n'a même pas le courage de me regarder.

— Putain, Elena, tu dois faire un effort !

La colère commence à me monter à la tête.

— Un effort ? Je n'ai rien vu, OK ? Par contre, j'ai tout senti. Mon cerveau a tout enregistré ! Tu veux que je te raconte ?!

Je porte ma main à mon front. Qu'est-ce qu'il cherche ? Je veux juste oublier. Oublier ! Je continue :

— C'est tout ce qui t'importe, aujourd'hui, connaître mon agresseur ?

Il tourne le visage vers moi. Son regard noir et pénétrant me fait reculer.

— Mais tu ne comprends rien. Tant qu'il est dehors, je ne serai pas tranquille. Tout est ma faute. Si je ne t'avais pas emmenée chez moi, rien de tout ça ne serait arrivé. Je me rappelle tout. Ça ne s'efface pas. Quand je t'ai trouvée assise et seule, les marques sur ton corps, ton visage, j'ai cru devenir fou ! Je suis comme un lion en cage et je veux retrouver ce fils de pute. Je veux le regarder et le bousiller. Le foutre dans un fauteuil roulant ! Et bordel, je ne serai pas tranquille tant qu'il ne se retrouvera pas à l'hôpital ou six pieds sous terre. Tu comprends ?! Je n'arrive pas à me regarder dans une glace sans avoir envie de m'arracher le cœur. Et je peux rester éveillé des heures en pensant à cela ! Oui, je ne pense à rien d'autre.

Je l'écoute et plus il parle, plus il me blesse. Ses derniers mots m'achèvent.

— Tu n'es pas sérieux ? Tu veux le retrouver, lui casser la gueule et c'est tout ?

— Ouais ! Et je passerai ma vie à le chercher, s'il le faut !

La rage me brûle les veines, je vais exploser.

— Tu n'as rien vu, alors ? insiste-t-il.

— Putain, non ! hurlé-je.

— Je me casse alors ! Je n'ai pas de temps à perdre.

Il sort de chez moi et claque la porte. Je suis choquée. Ah non, il ne va pas s'en tirer comme ça !

Je descends l'escalier à sa poursuite et l'aperçois. Je l'appelle :

— Fares !

Il s'immobilise en bas des marches, mais ne se retourne pas.

— Tu es un sale connard ! Va te faire foutre ! Toi et ton cerveau de taré ! Ta colère te bouffe les neurones. Et ouais, Sasha est née à cause de toi et, s'il le faut pour que tu m'écoutes, j'irais même jusqu'à me faire baiser par la terre entière !

— Arrête ça tout de suite !

Il s'accroche tellement fort à la rambarde de l'escalier que je peux voir les veines ressortir sur ses avant-bras.

Je crie – et je m'en tape, des voisins.

— Arrêter quoi ? De dire que je peux être aussi méprisable que toi ?

Il se retourne. Il est furieux, ses yeux me foudroient. Ils pourraient me faire peur, mais ma rage ne me lâche pas. Je parle en sifflant presque :

— Oui, tous ces bleus, c'est toi qui me les as laissés, même ceux qui sont à l'intérieur. Mais dis-toi une chose : ils ne sont rien par rapport à ceux que je peux te faire. Espèce d'enfoiré ! Je vais baiser avec tellement de mecs que tu ne pourras même plus les compter, et je te jure que je n'aurai pas besoin de Sasha !

Il fonce sur moi. Ma fureur me lâche et je fais demi-tour pour remonter l'escalier. Il est plus rapide. Il me chope une cheville et tire dessus d'un coup. Je suis aspirée en arrière et me retourne en m'aidant de mes mains. Je suis sur les fesses, à sa merci. Il remonte sur moi, il est entre mes jambes. Je suis complètement couchée sur les marches et il m'écrase de tout son corps. Ses yeux sont menaçants, mais à la fois tourmentés. La beauté de ses traits, même torturés, me déstabilise. Sa bouche est à un centimètre de la mienne. Je suffoque et le retiens par les cheveux.

— Qu'est-ce que tu attends de moi, Elena ? Qu'est-ce que tu veux ?

Son regard est plus troublé que jamais. Il y gravite un sentiment plus fort que de la culpabilité, une lourde tristesse. Les émotions de Fares sont comme des tornades, puissantes et incontrôlables.

— Toi, dis-je dans un murmure malheureux.

Il plonge sur ma bouche, ce qui m'arrache un gémissement. Je l'embrasse avidement avec désespoir. Sa langue trouve la mienne. Il passe une main sous ma nuque et approfondit son baiser. Il me retient fermement. Je ne peux pas l'arrêter, car je l'aime. J'ai besoin de lui.

— Alors comme ça, tu veux te faire baiser par toute cette putain de planète ? Tu n'as pas encore compris ? Tu es à moi.

Il se met sur les genoux, ôte son T-shirt. Mon excitation pour lui me surprend. Son corps est parfait. Il défait les boutons de son jean et le baisse jusqu'aux genoux pendant que je touche ses abdominaux, presque hypnotisée. Je peux voir son énorme érection à travers son caleçon.

Il m'incite à me lever et prend ma place sur les marches. Il s'assoit et m'attire à lui. Je suis à califourchon sur lui, mes jambes autour de sa taille. Je le sens tellement dur et long entre mes cuisses que ce contact me fait mouiller aussitôt. Il déchire mon chemisier d'un geste sec et me prend un sein dans sa bouche. Il suce mon bouton rose devenue dur au passage de sa langue.

— Sens mes mains. Sens ma peau. Sens-moi. Personne d'autre ne te touchera plus. Plus jamais, murmure-t-il entre ses respirations de plus en plus saccadées.

Ses mots me procurent un bien inimaginable, j'ai l'impression de n'appartenir qu'à lui. Ses mains maintiennent fermement mes fesses. Il frotte son sexe contre le mien. Je suis en transe, en sueur. Nous sommes, tous deux, animés par une passion dévorante et ma raison est en bouillie. Nos corps réagissent et ne se mentent pas.

Son caleçon est de trop. J'essaie de le lui enlever, mais il m'en empêche, me fixant avec intensité. Il continue ses mouvements. Je gémis tellement fort qu'il met son index dans ma bouche. Je le mordille. Je m'accroche à ses épaules et enfonce mes ongles dans sa peau. C'est brutal, possessif. J'oublie tout. Il me fait aller d'avant en arrière. Je sens la jouissance monter pendant que ses yeux noirs n'attendent que ce moment : l'explosion de mon plaisir.

J'ouvre la bouche et m'abandonne soudain à l'extase.

Je ferme les yeux pendant que mon corps devient aussi mou qu'une poupée de chiffon. Une de ses mains se pose sur mon visage et l'autre me retient par la taille. Je laisse les vagues de plaisir me quitter lentement.

Il est toujours tendu sous moi, mais il ne bouge plus. Il m'examine de façon énigmatique. Que pense-t-il de moi à présent ? J'ai mal au cœur. Qu'est-ce qui ne va pas chez moi ? Je le pousse à bout pour qu'il me saute dessus et je crois que les choses vont changer. Je le veux, mais pas comme cela… Non, pas de cette manière.

Cette jouissance me plonge dans les affres du remords d'une relation coupable. Il n'y a plus de morale. J'ai envie de pleurer, surtout quand il me demande :

— Tu as ce qu'il faut chez toi ?

# 33 – ABANDON TOTAL

## ***FARES***

La tension sexuelle est redescendue. Elle secoue la tête de gauche à droite et fixe les paumes de ses mains offertes devant elle.

— Non, je n'ai rien.

Elle dit cela comme si elle parlait d'un tout. Je sens qu'elle se contracte, elle est perdue. Ça me blesse. Je la tiens encore dans mes bras, ses yeux sont vides de tout sentiment. Avec elle je ne me contrôle plus. Quand elle me provoque comme ça, quand elle me pousse à l'imaginer dans les bras d'un autre, je perds toute lucidité. Son visage, sa bouche, sa peau me rendent fou. J'ai tellement envie d'elle. Mais, bordel, je ne peux pas faire cela. Pas après ce qu'elle a vécu.

— Viens, dis-je doucement.

Je la mets sur ses pieds et me rhabille. Elle me regarde faire puis me suit jusqu'à chez elle. Je la laisse entrer, ferme la porte derrière moi et la retiens par le bras.

— On sait à quel point on peut se faire du mal. Tu ne crois pas qu'on devrait arrêter tout ça ? dis-je calmement.

Elle se raidit. Ses yeux verts se remplissent de larmes. Elle est fatiguée.

Je suis à bout, moi aussi. Je veux cesser de la faire souffrir, mais elle revient toujours. Elle ne comprend pas que je suis toxique. J'essaie de garder mes distances, mais c'est impossible. J'ai résisté, mais c'est trop dur.

Je sens qu'elle est prête à baisser les bras et ça me bouleverse. Je ne veux pas la perdre.

— Non, non, attends, ne pleure pas. Je suis désolé. Je veux t'aider. Je veux être là pour toi.

Je passe ma main dans mes cheveux. Je ne sais pas comment lui parler surtout quand elle lève sur moi ce regard désemparé.

— Mais tu ne veux pas être avec moi…

Sa voix se brise et elle laisse couler ses larmes. Toutes ses défenses anéanties. Elle se prend la tête entre les mains. Elle la secoue piteusement et je ressens tout.

— Je n'en peux plus, Fares.

Je vois dans ses yeux toute la peine, la fragilité de mon Elena. Elle baisse le regard.

Si je lui avoue tout, elle me tournera le dos définitivement et ce sera fini. Elle m'oubliera. Je devrais lui en parler. C'est ce qu'il faudrait faire. Mais est-ce cela que je veux ? Je suis tiraillé par la culpabilité. Oui, c'est le moment.

J'ouvre la bouche puis la referme, incapable de lui dire la vérité. Je la contemple encore. Elle est si mince, elle a perdu du poids. Je sais que c'est en partie ma faute. Comme les cernes sous ses beaux yeux.

Je crois qu'on le sait tous les deux, l'un ne va pas sans l'autre. Elle a besoin de moi et j'ai besoin d'elle. J'ai envie de me taper la tête contre les murs. J'ai trop mal. Je suis déchiré de toute part, mais je ne peux pas supporter de la voir pleurer. Ça me prend aux tripes.

Non, je ne veux pas la laisser seule dans cet appartement. J'ai remarqué le couteau de cuisine sur sa table de nuit. Elle a peur. S'il faut que je reste auprès d'elle pour qu'elle se sente bien, je resterai et je paierai mes erreurs plus tard. J'accepterai le châtiment, pour elle. Je prie Dieu silencieusement pour qu'il me laisse encore du temps.

Je me mets à genoux devant elle. Je lui prends les mains et les place sur mon torse. Je lui relève le menton et la regarde intensément. Il faut qu'elle me croie.

— Je suis à toi, aussi longtemps que tu voudras de moi. Je ferai ce que tu veux.

Ses yeux essaient de trouver une faille. La faille.

Je vois qu'elle a peur. Je sais ce qu'elle veut. Elle veut que je devienne quelqu'un que je ne pourrai jamais être. Elle en demandera plus, tôt ou tard. Et on se brisera.

Mais à cet instant précis, je ne veux plus la quitter. Je veux être auprès d'elle, la protéger de tout. Je l'aime tellement que ça me fait aussi mal que le premier jour.

Je me rends. Je ne peux plus lutter.

— Et si on dormait ? Je crois qu'on en a besoin tous les deux.

Un demi-sourire apparaît sur ses lèvres. Elle essuie ses joues. Elle se dirige vers le lit et s'y allonge. Plus je m'approche, plus des étoiles animent ses prunelles.

J'aimerais dire que je suis heureux, mais ça me ronge de l'intérieur. Je ne sais pas combien de temps je vais tenir. Il faut que j'arrête d'y penser. Je prends comme un lâche ce qu'elle a à me donner et je me couche à ses côtés. Elena s'endort immédiatement, blottie dans mes bras. Sa main ne lâche pas la mienne comme si elle redoutait que je la quitte d'un instant à l'autre. Je commence déjà à la détruire.

Je l'ai regardée pratiquement toute la nuit. Mes démons m'ont presque abandonné quand, dans son sommeil, elle m'a appelé. Je l'ai bercée longtemps pour la calmer. Je ne veux plus qu'elle ait peur. Où diable pourrais-je trouver la force de m'éloigner d'elle ? C'est comme si nous étions connectés depuis toujours. Depuis le premier regard, je ne pense qu'à être à ses côtés. J'ai l'impression de ressentir des milliers de sentiments tous distincts quand elle pose les mains sur moi. Alors non, je ne peux pas partir. Pas maintenant.

Et quand, ce matin, elle sort du lit, je la rattrape par la taille.

— Où tu vas comme ça, Boo ?

— Boo ?

— Tu n'aimes pas ? J'ai toujours eu envie de t'appeler comme ça.

— Ça fait bizarre, mais j'aime bien.

Elle me sourit. Son visage est celui d'un ange. Il me traverse. Tant qu'elle sera avec moi, je ferai tout pour qu'elle se sente comme au paradis.

Je ne peux pas m'empêcher de l'embrasser, longuement. Je m'arrête enfin et ses yeux peinent à s'ouvrir de nouveau.

— Tu veux des croissants ? me demande-t-elle d'une voix enrouée.

— Oui, mais à condition que nous allions les acheter tous les deux.

# 34 – UN RÊVE ÉVEILLÉ

## ***ELENA***

Je vis un rêve éveillé. Il est à moi. J'ai du mal à le croire. Pourtant, il est bien en face de moi en train de boire son café au bar de ma cuisine. Je peux maintenant le contempler et admirer ses beaux yeux noirs, sans avoir peur, sans être gênée. Je pourrais l'observer pendant des heures.

Cette nuit, je l'ai entendu me chuchoter des mots dans sa langue maternelle. Ses mots sonnaient comme une prière.

Je sais qu'il cache quelque chose. Il a peur. Il combat des démons et j'aimerais tellement être celle à qui il ouvre son cœur. J'ai envie de croire en une vie extraordinaire avec lui.

Plus que sa beauté, sa bonté me transcende. Il est puissant et sauvage, mais il peut être doux et attentionné. Il a mis au jour ce que personne n'a su, jusqu'à maintenant, révéler chez moi. Je me suis toujours trompée sur moi-même. Pour lui ou contre lui, je suis capable de tout. J'ai fait des choses que je n'aurais jamais crues possibles.

Son odeur et sa présence me calment, me rendent vivante. Mais je sais aussi que ses mots et ses actes peuvent me réduire à néant. Je sais qu'il est capable de me briser comme de me rendre heureuse à jamais. Même si nous avons traversé des moments très durs, j'ose croire à présent que nous connaîtrons des jours meilleurs.

Désormais, nous devons prendre le temps de nous redécouvrir. L'attirance physique est indéniable mais ce n'est pas suffisant. Je pousse un long soupir, j'aimerais tellement que ça marche, qu'il tombe amoureux de moi.

Il s'aperçoit que je le fixe et se soulève au-dessus du bar pour venir m'embrasser le bout du nez, et il y passe sa langue, insolemment.

— Mais ! Ça ne va pas ?!

Je m'essuie frénétiquement. Il rigole. Son rire me tue sur place, je fonds.

— Ça te gêne à cet endroit ?

Il me fait un clin d'œil et étire ses lèvres en un sourire diabolique.

— Arrête ! Mon nez sent le café maintenant. Aaaaah, je hais le café !!!

Il est tellement irrésistible que je me mets à rire aussi.

— Tu es belle, me dit-il, soudain plus sérieux.

Je lui fais une grimace. Je louche, déforme ma bouche tout en lui disant :

— Là aussi ?

Il essaie de m'attraper, mais je me défile.

Dans le salon, j'allume mon lecteur CD et lance le disque de Coldplay. Le son envahit l'appartement. Je bouge mes hanches, je chante et je danse. Je le contourne et commence à débarrasser la vaisselle du petit déjeuner. Il me regarde, amusé. Il mord sa lèvre inférieure. Je craque ! Il essaie de m'attraper tout en restant assis sur le tabouret. J'arrive à lui échapper. Je continue ma danse, je souris et je ferme les yeux.

Quand je les ouvre, il est devant moi. Ça me surprend. Il est si sérieux. Il me prend par la taille et mes pieds quittent le sol. Il m'embrasse.

— Ne m'échappe pas.

Ses lèvres douces et sensuelles me font tellement de bien. J'ai aussitôt envie de lui. Il me repose. J'ai l'impression que je ne pourrais être plus heureuse. Ma main descend le long de son dos et se glisse sous son T-shirt. J'adore sa peau. Je pourrais la caresser pendant des heures. Il m'arrête.

— On y va doucement, OK ?

Il a raison. J'aime aussi le Fares raisonnable. Il s'approche de ma superbe CDthèque. Je crois qu'il cherche le style de musique que je préfère. Il peut toujours, je n'en ai pas. J'aime tout.

— Tu aimes vraiment Coldplay ?

— Je n'aime pas, j'adore ! En plus, ils sont en concert ce soir au Stade de France. Je n'ai pas réussi à avoir de places, c'est complet. Mais bon, tant pis, une prochaine fois.

Son téléphone sonne. Il le sort de sa poche arrière et, en scrutant l'écran, il fronce les sourcils, la mine soucieuse.

— Ça va ? je lui demande.

— C'est important, je sors une minute.

Je le regarde quitter l'appartement le téléphone à l'oreille. Je continue à ranger la cuisine puis je vais faire le lit. Cela fait plusieurs minutes qu'il est sorti. J'espère qu'il ne regrette rien, ça me bousillerait.

Quand je reviens de la salle de bains, il est près de la porte. Je manque d'oxygène et ma joie finit de s'effacer.

— Tu pars ?

— Boo, je dois y aller.

— OK…

Je baisse le visage, mais il s'est approché pour me le relever, le bout du doigt sous mon menton.

— Tu as quoi de prévu ce soir ?

— Rien.

C'est vrai, on est samedi soir et je n'ai rien de prévu. Il faut vraiment que je change mes habitudes.

— OK, alors on va à un concert.

— Quoi ? Arrête ! Tu me fais marcher ? dis-je, suspicieuse.

Je secoue la tête. Il sourit. Il n'a pas fait ça !?

— Non, je ne plaisante pas. On y va.

Je saute sur place. Je crie. Je n'y crois pas ! Je vais au concert de Coldplay, ce soir. Avec Fares ! Yihaaa ! Le package idéal !

Je m'arrète et fais mine de réfléchir, le doigt sur la bouche.

— Attends, tu as appelé un mec que tu connais, c'est ça ?... Quelqu'un d'important... hmmm, un imprésario ? Encore mieux ! Tu connais un des musiciens du groupe ! dis-je, au summum de l'excitation.

Il explose de rire.

— Non, je suis juste allé sur « Le Bon Coin » et j'ai trouvé deux places par hasard, c'est tout.

— Tu mens !!! Je sais quand tu mens !

— Tu es dingue, dit-il, le sourire aux lèvres.

Il m'embrasse rapidement sur le bout du nez.

— Bon, j'y vais. Je passe te prendre tout à l'heure.

— Attends.

Je lui saute dans les bras, me pends à son cou et ne le lâche pas. Il me sourit tendrement. J'ai envie de lui avouer que je l'aime, mais je me retiens et lui dis simplement :

— Merci.

— J'aime te voir heureuse, mon petit singe.

Il me caresse la joue. Je rougis, complètement grisée par tant d'affection de sa part. Quand il quitte l'appartement, je suis trop excitée pour parvenir à me concentrer deux secondes. Ça fait trop d'émotions d'un coup. Il faut pourtant que je me penche sur les devoirs que je dois rendre la semaine prochaine.

Avec lui, je change. Je me sens plus forte et j'ai le sentiment profond que je peux aussi lui dévoiler, sans peur, ma fragilité.

***

Il arrive à moto en bas de chez moi et me tend un casque. Il me regarde de haut en bas et ses yeux se rétrécissent. Ma combinaison-short colorée et mes sandales aux lanières montantes n'ont pas l'air de lui plaire. Bah quoi, il fait vraiment chaud ce soir.

Tout le trajet, je me colle contre son dos. J'ai toujours eu peur des deux-roues. Mais avec lui, je me sens invincible.

Quand on arrive devant le stade, il enlève son casque et passe la main dans ses cheveux noirs. Les filles le matent sans prêter attention à moi. J'avais oublié ce détail. Fares attire tout ce qui bouge. C'est clair, elles s'imaginent faire un tas de trucs avec lui. Ma bonne humeur s'envole. Je vais leur arracher les yeux !

Il me prend la main et essaie de capter mon regard.

— Ça va, Boo ?

Il m'embrasse le poignet.

— Mouais.

Il m'attire contre lui, passe son bras sur mes épaules et je me laisse aller contre son buste. Ça n'empêche pas les filles de le reluquer sans vergogne. Ça m'énerve ! En plus, ce sont des bombes. Une belle brochette de pétasses ! Fares suit mon regard puis il me renverse et m'embrasse à pleine bouche. J'arrive à peine à respirer. Quand il détache ses lèvres des miennes, il me regarde intensément.

— Tant que tu voudras de moi, je suis à toi. As-tu oublié, Elena ?

Je veux jeter un coup d'œil au groupe de dindes, mais elles ne sont plus là.

***

À l'entrée, on nous offre, à chacun, un bracelet à LED de couleur. Fares me donne le sien et m'aide à les nouer à mes poignets.

À l'intérieur, l'atmosphère est magique. Les gens tapent dans leurs mains et chantent. Peu à peu, l'excitation et l'impatience montent.

Le concert commence, l'euphorie s'empare de moi. Je suis trop petite pour voir tout ce qui se passe sur scène, mais je m'en fous. Je profite un maximum.

J'entends le début des accords de « Paradise », une de mes chansons préférées. Les projecteurs s'éteignent. Seuls quelques spots projettent des rayons violets. Je ne vois plus que mes deux bracelets fluo. Je tourne le regard vers Fares.

— J'adore cette chanson !

Fares me soulève tout d'un coup par la taille et je me retrouve sur ses épaules. C'est fantastique ! Je crie encore et encore. D'où je suis, je vois tout ! Je lève les bras en l'air. Des milliers de lumières scintillent de toute part comme un ciel parsemé d'étoiles de couleur. Puis les projecteurs se rallument. L'ambiance, la voix du chanteur, le refrain et chaque note de piano m'emportent.

***

Quand nous sortons du stade, je suis morte de fatigue, mais aux anges. Fares me tient la main. L'air s'est rafraîchi. Sa paume brûlante réussit à me réchauffer. Je me sens si bien.

Nous arrivons devant sa moto.

— Merci.

Il se tourne vers moi et me sourit. Son sourire est si beau qu'il en est troublant. Et là, je ne peux pas m'en empêcher.

— Je t'aime, Fares.

Son sourire s'efface et il m'embrasse.

# 35 – PREMIER CONTACT

Durant tout le trajet du retour, je me demande ce qu'il m'a pris de lui dire ça. Quelle conne ! Il va croire que je suis déjà accro. Bon, c'est un peu vrai. Aaah, mais qu'est-ce qui m'arrive ? Qui pourrait dire « je t'aime » après un premier rendez-vous et surtout après avoir été à couteaux tirés ? Je crois que j'en ai tellement bavé ces temps-ci, que ce moment de bonheur avec lui m'est monté à la tête. J'ai envie de frapper ce cerveau chamboulé. La dernière chose que je veux, c'est de ressembler aux filles qu'il a connues.

Il me dépose devant chez moi. Il reste sur sa moto. Je ne veux pas qu'il me laisse.

— Tu veux monter ? demandé-je avec anxiété.

J'ai une peur bleue qu'il refuse.

— Si tu veux.

Mon moi intérieur fait des bonds. J'ai passé une si belle soirée. Elle ne peut pas s'arrêter déjà.

Nous montons lentement l'escalier. J'ai une envie folle qu'il reste dormir avec moi. Je n'avais pas aussi bien dormi que la nuit dernière depuis une éternité.

Quand je ferme la porte, il est au milieu du salon, les mains dans les poches. Il m'intimide tout d'un coup, mais l'attraction est trop forte et j'avance vers lui. Quand il passe sa main derrière ma nuque, des frissons me parcourent tout le corps. Il n'y a que lui pour me faire cet effet-là. Il penche lentement la tête et m'embrasse. D'abord doucement, puis ses lèvres deviennent avides. Je succombe et je ne suis plus qu'une toute petite chose entre ses mains puissantes.

Mon cœur se nourrit de lui et je ne pense plus. Jamais je ne me lasserai de l'embrasser.

Mon ventre grogne. Voilà des jours que je n'ai pas eu aussi faim.

— Il faut que tu manges, Elena.

Il se dégage de moi et je lui propose tout ce qui se trouve dans mon réfrigérateur.

— Je ne peux pas manger ça… Non, pas ça… Ça non plus.

— Qu'est-ce que c'est compliqué, marmonné-je en lui tendant une pomme.

— Dis-toi que je suis végétarien et tu te poseras moins de questions, Boo.

C'est vrai, son régime alimentaire est un état d'esprit. Une façon de voir les choses autrement, ce que je ne suis pas obligée de comprendre ou d'analyser pour une fois.

Quand nous avons fini de manger. Je vais mettre « Kiss Me » de Ed Sheeran. Un morceau que j'adore et j'entraîne Fares dans mon lit. Une façon implicite de lui dire : « Dors avec moi. »

Je me mets à genoux sur le matelas en face de lui. Je le regarde. Il est tellement beau. Ses traits sont parfaits, ses yeux en amande me font voyager.

Mes sentiments pour lui n'ont jamais été aussi forts. Je lui caresse la joue tendrement, puis la lèvre. Il m'embrasse le bout des doigts. Je n'arrive pas à croire qu'il est là, avec moi. Je peux profiter de lui sans être torturée, sans être quelqu'un que je ne suis pas.

Je glisse mes mains sur son corps fabuleux jusqu'en bas de son T-shirt, que je lui retire lentement. Il ne cesse de me regarder, comme hypnotisé. Ses muscles sont parfaitement dessinés. Sa peau est douce. Qu'est-ce que Dieu, dans son œuvre, ne lui a pas donné ?

Je pose ma bouche sur son torse. Il frémit à mon contact. Mes deux mains sur sa poitrine, je remonte mes lèvres jusqu'à son cou puis descends mes doigts plus bas. Je commence à enlever la boucle de sa ceinture, mais il m'arrête.

Il fait glisser le haut de ma combinaison sur mes épaules. Il me caresse comme si c'était la première fois. Doucement, en effleurant le contour de mon soutien-gorge. Je frissonne. Il rampe maintenant sur le lit, je recule et me retrouve couchée sous lui. Mon cœur bat vite, trop vite.

Son regard est voilé par le désir. Je touche ses bras puissants sur lesquels il s'appuie. Il se mord la lèvre inférieure. Quand il fait ça, je perds tous mes sens et mon esprit est obnubilé par lui. Son odeur, la texture de sa peau, ses yeux brillants et ses lèvres, leur goût.

Il se redresse, me retire le reste de mon vêtement et le laisse sur le côté. Je le regarde. Il est sérieux. Il se penche sur moi et m'embrasse longuement, il prend son temps. Ses lèvres pleines sont une caresse langoureuse.

Il bascule pour se coucher et m'attirer sur lui, mon dos contre son torse. Je sens son souffle dans mes cheveux. Il les ramène derrière ma nuque qu'il embrasse délicatement. Cette position est si érotique. Il me chuchote au creux de l'oreille :

— Je veux que tu aies envie de moi, comme s'il n'y avait plus que cela qui comptait. Je veux qu'il n'y ait que moi dans ta tête et dans ta vie.

Je soupire. Il sait trouver les mots justes pour me détendre, me relaxer complètement. Je me tortille pour apaiser ce désir qui ne demande qu'à être assouvi.

— Je veux qu'on aille doucement, mais tu es impatiente.

Ses doigts glissent le long de mon corps. Il me caresse lentement. Mes épaules, ma poitrine, ma taille puis mon ventre sont réchauffés par le passage sensuel de ses larges mains. Je frissonne, j'ai besoin de lui. Je sens la chaleur de son souffle dans mon cou. Cet instant est torride. Son érection durcit au creux de mes reins.

— Je vais te faire jouir avec mes mains une dernière fois et tu vas être sage ensuite.

Il commence à faire ce que j'aime, je renverse ma tête sur son épaule, m'abanbonnant à ses caresses.

Je gémis. Ma respiration suit le rythme des mouvements de ses doigts habiles entre mes jambes. Je ferme les yeux, enivrée par son odeur. Je sens les battements de son cœur contre mes omoplates. Il murmure encore :

— Plus tard, je te ferai l'amour. Comme si nous ne l'avions jamais fait avant… Je te demande de ne pas être pressée.

Sa voix grave m'excite plus que de raison et je sens monter en moi le début de l'extase.

— Parle-moi. Dis-moi ce que tu ressens.

Je tourne mon visage. Je trouve sa bouche et l'embrasse. C'est trop bon. Sa langue s'enroule sur la mienne avec une douceur que je savoure. Tout devient plus intense. Une chaleur suffocante monte le long de mon corps, électrise mes reins. Son autre main caresse mes cheveux, massant mes racines qui se dressent sous le plaisir qui arrive.

Ses doigts bougent sur moi avec plus de vitesse, plus de précision. J'expire contre sa bouche de plus en plus vite et j'ouvre mes lèvres enfin transportée par un plaisir brut et total. Je m'entends lui dire entre deux expirations :

— Je jouis. Fares, c'est si bon.

— Je sais, murmure-t-il.

C'est doux et violent à la fois, je suis secouée par des spasmes interminables. Je ne peux plus bouger. Je repose sur lui, abandonnée. Je suis si bien. Ses bras m'enlacent.

Il y a cette voix dans ma tête qui m'implore de lui dire que je l'aime. Je la fais taire. C'est encore trop tôt.

Il me soulève légèrement et me fait glisser à côté de lui. Il se tourne vers moi et me sourit quand j'ouvre enfin les yeux. Il inspecte mon corps sous ses cils noirs – la courbe de mon cou, le vallon de mes seins puis ma hanche. Il me fait rire quand son doigt chatouille le creux de ma taille.

— Pourquoi ?

Il désigne le tatouage fait en Espagne, il y a quelques années.

— Tu n'aimes pas ?

Il plisse les yeux et, vu son expression légèrement renfrognée, il ne doit pas vraiment apprécier.

— Je ne connais pas encore la personne qui t'a poussée à le faire, ni pour quoi.

Je m'empourpre un peu.

— Je l'ai fait il y a trois ans.

Il me regarde si profondément que j'ai l'impression qu'il peut lire à travers mon âme, puis il baisse les yeux. Il a l'air désolé.

— Je l'ai fait pour toi, avoué-je finalement.

Il relève un sourcil. Il ne me croit pas.

— On est ensemble maintenant. Fares, tu es avec moi ?

— Tant que tu veux de moi, dit-il, l'air grave.

Sa main s'empare de mon cou et il m'embrasse désespérément, il me presse contre lui avec une force telle que j'ai l'impression de prendre toute son énergie. Je m'endors la tête au creux de son épaule, le cœur rempli d'espoir et d'amour.

***

Je me réveille. Fares est contre mon dos et sa main sur ma hanche. Je me retourne pour lui faire face. Il dort. Il a le visage serein et apaisé. Mon cœur se gonfle d'amour. Comment peut-on être amoureuse à ce point ?

Quel réveil pourrait être plus parfait ? Je soupire d'aise et m'étire comme un chat. Deux coups de sonnette secs retentissent.

Qui est-ce ?

Fares sursaute dans son sommeil et ouvre grand les yeux. Je récupère mon déshabillé de satin. Je vais vers la porte et regarde à travers le judas. Je crois que je vais tomber dans les pommes ! Mes parents !

Je chuchote le plus distinctement possible.

— Habille-toi !

Il panique et se lève d'un bond. Il est en caleçon. Je pouffe quand je le vois se cogner un orteil dans un pied du lit. Il sautille maintenant. C'est à mourir de rire.

Je me calme en entendant ma mère m'appeler à travers la porte :

— Ma chérie, ça va ?

— Oui, oui, deux secondes.

Je regarde Fares qui se bat avec son jean et qui essaie, en même temps, d'enfiler son T-shirt.

— Va dans la salle de bains.

— Attends, je…

Je ne le laisse pas finir sa phrase et le pousse à l'intérieur. Quand la porte de la salle de bains se ferme sur lui, j'ouvre à mes parents.

— Papa, maman ! Qu'est-ce que vous faites là ?

Ma mère me saute au cou les larmes aux yeux. Mon père nous entoure de ses bras.

— Oh ma chérie.

— Ça va, ma puce ?

Je suis compressée et je manque d'étouffer.

— Oui, je vais bien…

Tout d'un coup, on entend un raffut terrible dans la salle de bains, des objets se brisent en tombant.

Mon père regarde la porte pendant quelques secondes. Je retiens mon souffle quand Fares sort enfin, les cheveux en bataille et avec seulement une chaussette à un pied.

— Bon, je pense que c'était un problème dans le siphon. Un petit coup de Destop ça ira. Madame, monsieur…

Zéro crédibilité !

Il tend la main à mon père qui l'ignore complètement, une expression sidérée sur le visage. Je crois qu'il se rend compte que sa fille n'est plus une enfant maintenant.

Le regard de mon père passe de la chaussette au visage de Fares. Je sens qu'il va péter un plomb. Je prends Fares par le bras, lui donne ses chaussures, ouvre la porte et le pousse dehors.

— Merci pour tout. C'est gentil d'être passé.

Je lui fais un clin d'œil.

— Ça va aller ? me chuchote-t-il, inquiet.

— Je gère.

Il me ramène vers lui, ses mains sur mes joues et m'embrasse à la hâte.

Quand je referme la porte, mes parents, qui étaient juste derrière moi, me fixent avec un air qui n'annonce rien de bon.

## 36 – PARIS S'ÉVEILLE

Les yeux de mon père me foudroient et ma mère a l'air déçue. Mais je n'ai pas peur. J'assume mes choix. Je ne suis plus une petite fille.

— Elena, je ne comprends pas ce qui t'arrive.

— Papa, c'est quelqu'un de bien. Il ne faut pas que tu aies peur. Tu ne le connais pas.

— Tu le connais peut-être ? Qu'est-ce qui te fait croire cela ? Les gens comme lui ne prennent pas au sérieux les filles comme toi !

— Les gens comme lui ?

Je suis abasourdie. Qu'est-ce qui lui permet de le juger ? C'est trop facile.

— Il va se servir de toi, profiter de ce que tu as…

— Non ! C'est faux !

Je sens les larmes envahir mes yeux. Je poursuis :

— Son père est quelqu'un d'important dans son pays. Jamais il ne profiterait de moi.

— Les règles, là-bas, ne sont pas les mêmes qu'ici ! Les profits dont je te parle ne sont pas d'ordre matériel, Elena.

Je me sens humiliée. Pourquoi ne me fait-il pas confiance ? Je reste à le dévisager pendant que je sens une larme rouler sur ma joue. Je ne trouve rien à dire et ces mots tracent toutefois leur chemin jusqu'à ma tête. Effectivement, rien ne me permet de penser qu'il m'aime vraiment. Il peut avoir les filles qu'il veut et je ne me suis jamais demandé pourquoi il s'était arrêté sur moi. Quand il s'agit de Fares, je perds toute réflexion et tout bon sens. Ma mère vient me prendre dans ses bras.

— C'est bon, Joaquim, laisse-la tranquille. Viens, ma chérie. Il faut te préparer.

— Pour quoi faire ? dis-je tout bas.

— On t'accompagne au poste de police.

Mon corps se raidit d'un coup. *Non, non, c'est hors de question !* Je me dégage de l'étreinte rassurante de ma mère.

— Alors là, non ! C'est certain, je n'irai pas. Vous ne pouvez pas me forcer ! m'insurgé-je.

Mon père entre dans une colère noire. Je ne l'ai jamais vu dans cet état.

— Tu vas m'écouter maintenant. Tu vas y aller, même si je dois te porter sur mon dos. Tu es inconsciente. Tu n'es encore qu'une gamine. Le fait que tu n'ailles pas porter plainte en est la preuve. Et je suis là pour remédier à ça. Tu iras de gré ou de force !

Je suis désespérée. Je ne veux pas revivre ce cauchemar. Non, je ne veux pas en parler. Ma tête explose. Je crie, fort. Je hurle même. J'ai une crise de panique totale. Je n'en ai parlé à personne et je ne compte pas me confier à un parfait inconnu apathique qui se contentera de taper sur son clavier ce que j'ai vécu de plus terrible dans ma vie.

Ma mère me prend par le bras et m'entraîne vers mon lit. Elle s'assoit et, malgré mes tremblements irrépressibles, elle arrive à me mettre sur ses genoux. Elle pose ma tête sur son épaule et me berce.

— Chut, ça va aller, on est là. On t'aime. Calme-toi, Elena.

Mon corps reste secoué de spasmes. Des flashs de ce jour me reviennent en mémoire et j'ai si mal. Je peux encore ressentir toute cette souffrance et tout ce désespoir. Seul Fares arrive à me les faire oublier. Quand je suis avec lui, plus rien ne compte.

— Elena, me dit ma mère, si tu ne portes pas plainte, cet homme ne sera jamais puni et il pourra recommencer. Il faut que tu sois forte et je sais que tu l'es. Je l'ai toujours su. Notre premier devoir en tant que parents est de te rendre indépendante – même si on aimerait te garder toujours auprès de nous. Je vois autour de moi que tu y arrives très bien. Je suis fière de toi et tu peux voler de tes propres ailes, ma chérie, mais aujourd'hui, tu as besoin de nous et on doit t'aider.

Elle a toujours su trouver les mots pour me calmer. Je m'arrête petit à petit de pleurer et me détends un peu. Mes tremblements s'apaisent.

— Ton père a mal, car il aurait voulu empêcher ça.

Ma mère laisse échapper un sanglot. Je regarde mon père, il est dans le fauteuil, la tête baissée, les deux mains sur son visage. Je suis si triste de leur faire de la peine.

— Maman, papa était là. J'ai pu m'en sortir grâce à lui.

Je me lève lentement et je m'approche de lui. Mon père relève la tête. Je saute dans ses bras.

— Je t'aime, papa. Tu m'as sauvée, tu sais. C'est grâce à toi si je suis encore là.

Je n'avais encore jamais vu mon père pleurer…

***

Évidemment, les questions étaient très indiscrètes et mes réponses, difficiles à formuler. Comment décrire l'acte du viol sans en avoir honte, sans penser qu'on l'a peut-être cherché, sans voir dans les yeux de celui qui écoute de la pitié ou du dégoût ? Je ne suis que l'ombre de moi-même quand je sors du commissariat. Mes yeux sont gonflés et je n'ai plus de force.

Mes parents m'ont ramenée chez moi. Et le lendemain, je me suis réveillée dans les bras de ma mère. Mon père avait dormi sur le canapé. Je suis quand même allée à la fac le lundi matin. Ils sont restés toute la semaine, ils m'attendaient chez moi la journée et nous partagions un bon dîner le soir à l'appartement.

On est dimanche et il est vingt-trois heures quand ils décident de partir.

— Tu veux qu'on reste ? Je peux prendre encore un congé, ma chérie.

Ma mère me regarde avec douceur.

— Non, ça va. Merci pour tout, maman.

Je leur dis au revoir. Mon père me serre fort dans ses bras et me dit dans l'oreille :

— Fais attention à toi, ma puce.

Je traduis : « Fais attention à lui. »

Quand ils quittent l'appartement, je ne peux pas m'empêcher de vouloir Fares près de moi. Me retrouver seule me rend triste.

Nous avons échangé quelques messages cette semaine. Il me demandait comment ça allait en général, mais ce soir, il m'a envoyé :

« *Si tu savais comme tu me manques.* »

Il me manque aussi. Terriblement. J'aime mes parents et leur présence m'a fait du bien, mais Fares est comme une drogue et je suis en manque de lui. Ce soir-là, je m'endors en imaginant qu'il pense tout autant à moi.

***

Il est six heures et demie du matin. Il fait encore nuit. Je suis réveillée depuis dix minutes. Je me prépare pour aller en cours quand je reçois un message de Fares :

« *Tu es réveillée ?* »

« *Oui.* »

« *Regarde par la fenêtre.* »

Je me lève et cours regarder. Il est en bas et me crie :

— Prends tes affaires, je t'emmène quelque part.

Je souris comme une gamine qui ouvre son cadeau de Noël. Je suis tellement heureuse qu'il soit là. Ça me prend dans le ventre directement. Je suis tout excitée, je n'arrive pas à décider comment m'habiller. Il fait encore exceptionnellement chaud pour un mois d'octobre. Je choisis un slim, un T-shirt avec un gilet et des bottines. Je me maquille légèrement les yeux – je dois m'y reprendre à deux fois tellement je tremble d'excitation.

Quinze minutes plus tard, je suis prête.

Quand je me retrouve devant lui, mon cœur manque un battement. Il a une chemise en jean ajustée dont il a retroussé les manches, un pantalon beige et des chaussures montantes. Avec sa carrure et sa prestance, son magnétisme est indéniable.

Il a les bras croisés et tient, dans une de ses mains, un petit carré de tissu noir qui, lorsqu'il le déplie, se révèle être un bandeau.

— Tourne-toi.

J'obéis avec plaisir. Il me le pose sur les yeux, le noue derrière ma tête et me fait pivoter sur moi-même pour lui faire face. Il m'embrasse et je fonds comme neige au soleil. J'ai l'impression de ne pas avoir goûté ses lèvres depuis des mois. J'en veux encore, mais il s'arrête. Il me met le casque sur la tête, me prend par la taille et m'aide à monter sur sa moto qui est sur sa béquille. Après s'être placé devant moi, il prend mes mains qu'il glisse sous sa chemise. Il est tellement doux, et j'en profite pour évaluer et tripoter avec discrétion ses fabuleux abdominaux.

Il démarre sa moto et je me laisse emporter par les sensations que me procurent les yeux bandés. J'ai peur, mais c'est une expérience exquise et extraordinaire. Mes autres sens sont décuplés. Le toucher de sa peau nue sous mes mains, son parfum, les bruits de la ville autour de nous et les mouvements de la moto me font tourner la tête.

Il s'arrête enfin et me prend dans ses bras. Je me laisse aller contre lui, confiante.

Il monte des marches, ouvre une porte et grimpe encore un escalier. C'est interminable. Enfin, il me dépose, me soulève à nouveau et, quand je touche terre une bonne fois pour toutes, il m'aide à m'asseoir entre ses jambes.

Le sol est pentu. J'ai complètement perdu le nord et, lorsqu'il détache mon bandeau, j'en ai le souffle coupé. Je suis sur un toit en pierre, la vue est magnifique. Le soleil s'extirpe de l'horizon. Je n'arrive pas à y croire ! Je suis sur les toits de la basilique du Sacré-Cœur.

Un dégradé de rouge, de jaune et de bleu apparaît sous mes yeux. Je peux voir Paris prendre vie avec les premiers rayons du soleil, c'est magique. C'est, de loin, le rendez-vous le plus romantique de toute ma vie. Je me laisse aller contre son torse et savoure ce moment fabuleux.

— C'est magnifique.

Son souffle est contre mes cheveux. Sa chaleur se diffuse dans mon dos. Je suis bien. Le vide pourrait me donner le vertige, mais avec lui, je ne crains rien.

— Fares ?

— Oui, Boo.

— Tu n'as peur de rien ?

— Si. J'ai peur de Dieu. (Il s'arrête puis reprend :) Mais j'ai aussi peur de te perdre.

Je songe à ses paroles. J'ai l'impression de l'avoir toujours attendu, alors non, il ne me perdra pas, jamais. Je me demande ce qui pourrait nous séparer, s'il m'aime comme je l'aime aujourd'hui. J'aimerais tellement le combler. Tout lui donner. J'ai beaucoup de chance… Je réfléchis encore. Non, ce n'est pas de la chance…

— Avant je croyais que c'était la chance qui nous avait réunis, mais je crois finalement que c'est le destin.

— Moi aussi, mon cœur, dit-il en soupirant.

Il resserre la pression de ses bras autour de moi et j'ai l'impression d'être minuscule. Sa bouche frôle ma carotide et les mèches de ses cheveux me chatouillent la joue. Les moments passés ensemble ont toujours été courts et intenses mais il y a aussi ces purs instants de douceur et de tendresse. Ces instants qui me plongent dans un bonheur sans commune mesure. Il n'y a que dans ses bras que je me sens… en paix.

Nous restons de longues minutes à admirer le lever du soleil. Nous entendons des visiteurs et, avant que l'on quitte les lieux, il prend la parole :

— Il faut que j'aille en cours mais avant je voulais te parler, Elena.

Quand il prononce mon prénom, c'est toujours pour dire quelque chose de sérieux. Il se décale légèrement pour sortir un papier de sa poche.

— Je voulais que tu saches que je suis clean. Donc, j'ai eu des analyses de sang et voilà les résultats. Je ne l'ai jamais fait sans me protéger, mais je voulais être sûr. Et toi, je veux te sentir entièrement. Je veux qu'il n'y ait plus rien entre nous. Bien sûr, si tu le désires toi aussi.

Je hoche la tête. Oui, je veux le sentir aussi, je veux éliminer tous les obstacles, quels qu'ils soient. Je tourne la tête pour pouvoir le regarder dans les yeux, pose ma main sur sa joue et l'embrasse – cela me semble être la meilleure réponse à sa question.

# 37 - FÉLICITÉ

Il me dépose devant la fac, enlève son casque, m'embrasse puis me dit tout en me regardant avec douceur :

— Ça te dit une glace, ce soir ?

— Avec plaisir !

Je suis ravie. Je compte bien profiter de tous les moments que l'on peut passer ensemble. Il remet son casque, fait ronfler le moteur puissant de sa moto et part en trombe.

Quand je me retourne, la moitié des filles me fixent bouche bée. *Eh oui, les pétasses, il est à moi !*

Nous ne sommes plus en amphi depuis le début du master. Nous sommes dix-neuf élèves dans la classe. Les cours sont bien moins généraux. On entre dans le vif du sujet et j'adore ça.

Notre professeur principal nous annonce que nous devons trouver un stage d'avril à juin pour la première année et un autre de six mois à partir de janvier l'année prochaine. Il faut que je me mette rapidement à prospecter. Ce ne sont pas les stages qui manquent sur Paris, mais quant à ceux qui sont vraiment pertinents et significatifs, ils sont extrêmement rares. Sortir d'un master 2, c'est bien, mais l'expérience compte à soixante pour cent sur le CV et je n'ai pas envie de passer neuf mois devant une photocopieuse.

Je suis à côté de Charles. Il est en train d'écrire, à l'insu du prof, un mot pour Clothilde. C'est une magnifique black de notre classe dont je suis persuadée qu'il est amoureux.

— Charles ?

— Oui ?

— Je l'ai revu. On est ensemble.

— C'est vrai ? Arrête, c'est super, ça ! Tu me le présentes quand ? N'oublie pas, il faut qu'il me plaise aussi. Je ne vais pas laisser ma chérie épouser n'importe qui.

— Épouser ? Tu es dingue.

Fares ? Rencontrer mes amis ? Pourquoi pas. Je me rends compte que ça me ferait vraiment plaisir de les lui présenter.

— Tu sais qu'on va tous au club de Cédric, ce soir. Viens avec lui.

— OK, je vais lui proposer.

— Tu crois que Clothilde voudra venir aussi ?

Je me tourne pour la regarder. Elle a l'air d'être une fille bien. Quand elle me voit, elle me sourit. Je fais de même et reporte mon regard sur Charles, qui déchire le mot et en écrit un autre, concentré, la langue coincée entre ses dents. Il a complètement craqué pour elle. Je ne l'ai jamais vu aussi distrait, surtout quand je lui parle de moi.

Après les cours, je rentre à l'appartement directement. Fares doit passer me chercher vers vingt heures et j'ai envie de prendre le temps de me préparer. Je me lave les cheveux et décide de les onduler. J'ai mis mon Perfecto noir – ça me donne un côté rebelle, mais je veux qu'il me trouve jolie avant tout.

Quand il arrive devant chez moi, il soulève son casque pour m'embrasser et me regarde avec, dans les yeux, un désir non dissimulé.

— Tu es magnifique.

Je suis toujours exaltée quand je m'installe sur sa moto et que j'entoure sa taille de mes bras.

Nous nous arrêtons chez Amorino, un glacier, et nous décidons de marcher. Nous flânons main dans la main. C'est si agréable. Je me sens en sécurité. Avec Fares à mes côtés, rien ne peut m'arriver. Nous déambulons dans les ruelles commerçantes tout en parlant de tout et de rien. Je lui demande :

— C'est quand, ton anniversaire ?

— Pourquoi tu veux savoir ça ? dit-il en riant.

— Tu préfères ne pas me le dire ? je réponds, étonnée.

— Si, enfin, je ne sais pas. Je n'ai pas l'habitude qu'on me le demande.

Comment ? Je crois surtout qu'il n'est pas habitué à avoir de vraies relations. C'est une des premières questions que l'on se pose dans un couple, non ? Je suis vraiment surprise.

— Tu ne fêtes jamais ton anniversaire ?

— C'est un peu prétentieux de fêter la date de sa venue au monde, non ?

J'explose de rire. Alors là, c'est le pompon !

— Tu n'es pas sérieux ! Tout le monde fête son anniversaire !

Je n'en peux plus et, si le sol n'était pas aussi sale, je me roulerais par terre en me tenant le ventre.

— Non, pas tout le monde. En tout cas, pas d'où je viens.

— Tu te souviens de ta date de naissance quand même ?!

— Arrête de rire, Boo, dit-il, la main dans les cheveux, un peu gêné. Ma mère faisait en sorte que je m'en souvienne, oui. Elle ne m'offrait pas de cadeau. De toute façon, je n'avais besoin de rien, mais elle cuisinait, et on faisait un gâteau ensemble. Puis on donnait ce festin à des sans-abri et j'offrais les jouets qui ne me servaient plus à un orphelinat. Donner, faire quelque chose de bien est pour moi beaucoup plus gratifiant que de recevoir ce jour-là.

Je m'arrête de rire d'un coup. C'est tellement touchant. Et je comprends ce qu'il veut dire. Moi non plus, je n'attache pas vraiment d'importance à mon anniversaire et cet altruisme me plaît. Je l'imagine petit garçon. Sa mère a parfait son éducation en lui enseignant le don de soi.

Je le regarde et je trouve en lui une beauté différente, toute nouvelle. Un charme profond et une générosité sans limite. Je me promets intérieurement de lui faire un cadeau inoubliable le jour de mon propre anniversaire.

Son bras entourant mes épaules, nous continuons à marcher, nous traversons maintenant le pont des Arts où plus d'un million d'amoureux ont scellé leur amour en y accrochant un cadenas gravé de leurs noms. Il y en a de toutes les tailles et de toutes les couleurs.

— Tu sais que la mairie enlève chaque année plus d'un millier de ces cadenas ? déclaré-je en ne cachant pas mon amertume.

— Ah bon ?

— Il paraît que leur poids affaisse le pont.

— Tu y crois, toi ?

— Non, pas du tout. Je pense que ça leur déplaît et que ça fait un peu tache face à leur Louvre majestueux.

— Je crois que tu as raison. Je pense pourtant que, sans cela, cet endroit perdrait de son charme.

Nous arrivons au bout du pont. Nous descendons un escalier à gauche et il m'entraîne sur la promenade du port des Saints-Pères. Arrivés sous les poutres métalliques du pont des Arts, il fouille dans son sac et sort le long antivol rigide de sa moto. Non, il ne va pas faire ça !

Il saisit une de ses clés et s'en sert pour graver quelque chose dessus. Quand il me le tend, je peux y lire :

*E & F*

— Tiens, monte sur mes épaules.

Il s'accroupit et, avec son aide, me voilà devenue une géante de deux mètres soixante. Je suis dans la structure du pont. Je pouffe de rire. J'arrive à faire passer le grand U autour d'une des plus hautes poutrelles de fer. Et je le cadenasse rapidement. Quand il me fait descendre, il me lance :

— Qu'ils essaient de l'enlever, celui-là !

Devant son air revanchard, j'explose de rire. Je lui saute au cou et, alors qu'il m'embrasse, j'entends derrière moi une clé tomber dans l'eau.

Je suis toujours accrochée à lui quand je lui demande :

— J'aimerais te présenter quelques amis, ça te dit de les rencontrer ce soir ?

— Ce sera avec plaisir, mon petit singe.

Je me détache de lui. Je suis aux anges.

Le club est bondé. Je présente Fares à plusieurs camarades de classe. Ils le saluent joyeusement.

— Elena, te voilà enfin ! crie Charles.

— Charles, je te présente Fares.

Charles se racle la gorge, je suis sûre qu'il ne s'attendait pas à voir quelqu'un d'aussi impressionnant. Je crois que sa comédie de l'ami surprotecteur ne sera pas crédible.

— Waouh, il est beau gosse, me dit-il dans l'oreille.

Je crois que je deviens toute rouge.

— Ravie de te connaître, Fares.

Il lui serre chaleureusement la main.

— Également.

— Clothilde est venue. Elle a répondu à mon invitation, mais j'ai peur de l'accoster maintenant qu'elle est là, nous dit-il, piteux.

S'il cherche des conseils, il est mal tombé avec moi.

— Attends, je vous laisse, je crois voir Julia, là-bas.

J'abandonne Fares entre les mains de Charles qui l'assaille de questions sur les différentes techniques de drague. Il me fait un drôle d'air, mais consent finalement à rester l'écouter.

Je me faufile entre les gens, pressée de voir mon amie – voilà au moins un mois que je n'ai pas eu de ses nouvelles.

— Julia !

— Elena ! Ça fait trop longtemps. Je t'ai appelée, mais tu ne m'as pas répondu.

— Je suis désolée. Il m'est arrivé une masse de trucs. Il faut absolument qu'on trouve un moment pour se parler.

— Attends… Premièrement, tu réserves ton 30 juin. Deuxièmement, tu viens à mon mariage, et troisièmement, tu es mon témoin.

— Arrête !!!

Je suis tellement heureuse que je ne peux retenir mes larmes. On tombe dans les bras l'une de l'autre.

Tout est parfait. Que demander de plus ? Je suis avec Fares, l'homme de mes rêves. L'une de mes deux meilleures amies va se marier. Il faut croire que le pire est derrière moi.

# 38 – LE GARDIEN

La soirée se finit tard. Quand on sort du club, il est plus de deux heures du matin. Fares a été tout à fait à l'aise avec mes amis. Ils l'ont tous apprécié. Même Julia, qui s'est montrée distante au début, n'a pas résisté longtemps à son charme.

Avant de partir, Charles m'adresse un clin d'œil de loin, accompagné d'un pouce dressé et d'un mouvement de tête en direction de Fares. Il a finalement réussi à aborder la belle Clothilde. Je me demande si Fares y est pour quelque chose.

Je n'ai pas bu, je veux être lucide. Je veux surtout être complètement consciente quand je me retrouverai seule avec lui. J'aimerais qu'il reste avec moi. Mais comme d'habitude, j'ai peur de le lui demander.

Il monte sur sa Ducati et la démarre. Il me regarde avec intensité. Il est magnifique, un véritable top model.

— On rentre ? me dit-il enfin.

Je n'arrive pas à croire ce que j'entends. Je vais avoir un peu d'intimité avec lui. J'en ai tellement besoin.

Quand nous arrivons chez moi, je laisse tomber mes affaires par terre et je plonge directement dans ses bras. Je l'embrasse. Il répond à mon baiser mais calme mon ardeur en allant doucement. Il me prend le visage d'une main et de l'autre me caresse la taille.

— Je ne veux pas te brusquer. La dernière fois…

Je pose mon index sur sa bouche.

— Tais-toi.

Il saisit ma main et embrasse le bout de mes doigts.

— Je veux que cette fois ressemble à une première fois. Je veux que tu me regardes vraiment. Je veux que tu prennes le temps de me toucher. Je veux que tu me ressentes.

Il dit cela en faisant tomber ma veste sur le sol. Nous nous déshabillons mutuellement au milieu du salon. Je suis engloutie par son regard sombre et concentré. Nous ne nous parlons pas. Nous nous redécouvrons. Il n'y a pas de faux-semblant. Il n'y a plus de mensonge. Il n'y a que lui et moi. Nus.

Ses mains sur ma peau, il me caresse et tous mes nerfs crépitent.

— Regarde-moi.

Il semble vouloir que je grave son corps dans ma mémoire, que j'en connaisse toutes les parties. Je tourne autour de lui afin de l'admirer complètement. Il me suit du regard en silence et son souffle devient plus rapide. Ma main passe sur son torse aux muscles tendus, sur ses épaules larges, et je dépose mes paumes contre ses omoplates. Son dos est superbe, il n'a besoin ni de tatouage ni d'aucun autre artifice. Il n'a rien à envier à un homme de mon âge bien au contraire. Fares est grand et bien bâti, dans le plus simple appareil, il est renversant. Je remarque qu'il a des bleus sur les côtes. J'embrasse chaque marque et il se laisse faire. Je ne veux plus aimer d'une autre façon que comme je l'aime aujourd'hui.

Il me conduit vers mon lit. Nous avons déjà fait l'amour mais j'ai l'impression que nous sommes désormais deux êtres différents, qu'il y a quelque chose de plus fort entre nous. Il est mon ange gardien.

Il s'allonge sur moi. Il écarte les cheveux de mon front. Il embrasse mon visage doucement.

— Je veux te faire l'amour, Elena.

Chaque parcelle de ma peau vibre à sa voix grave. Je me couvre de frisson quand sa verge effleure mon corps. J'ondule contre lui. Je le désire tellement fort.

— Je te ferai l'amour, même quand ce sera plus brutal, plus violent, même quand ce sera plus douloureux. Je te ferai toujours l'amour, Elena, en pensant à ton plaisir avant le mien.

Je tremble, oui, je tremble sous l'effet de sa voix chaude et pleine de promesses. Nous ne nous lâchons pas des yeux, concentrés l'un sur l'autre et sur toutes ces sensations nouvelles. Je peux entendre les palpitations de mon cœur résonner partout dans ma tête, et quand enfin je le sens glisser en moi, c'est une délivrance. Je pousse un long râle de plaisir accompagnant le sien, plus rauque, plus masculin. Je lève mon bassin pour l'accueillir plus profondément. Il est chaud. Il me comble corps et âme. Et sa façon de bouger… Chacun de ses mouvements m'emporte au ciel. Je vois de l'amour et de la tendresse dans son regard teinté d'ombre. Il me fait l'amour simplement, avec douceur et précision. Je ne touche plus terre, il m'entraîne vers le soleil. Je n'ai jamais vécu un acte aussi beau, aussi partagé, aussi vrai. Une fusion parfaite.

— Nous sommes faits pour être ensemble. Tu le sais ? Dis-moi que tu le sais.

Ces mots suffisent à me bouleverser. Tout mon être frissonne. Je n'arrive qu'à hocher la tête. Je ne veux plus que lui dans ma vie et à jamais. Il est mon âme sœur.

Il va lentement mais mon envie de lui est si grande que ça suffit à me faire exploser. Je capture les draps dans mes poings et les serre puissamment. Je hurle, oui je crois que je hurle. Un liquide chaud m'envahit. « Il » m'envahit et c'est la sensation la plus belle et la plus chère au monde.

Après l'orgasme, je suis perdue au milieu des astres et de leur lumière, ne percevant que des points lumineux. Comblée, contentée et en nage, je reprends mon souffle.

Toujours au-dessus de moi, il garde son front contre le mien. Une larme de bonheur coule le long de ma joue.

— Je peux entendre les battements de mon cœur dans mes oreilles. Fares, c'est fou, je crois que ma tête va éclater.

Il se dégage, se met sur le côté, coude plié en appui, la tête dans la main. Je n'arrive plus à détacher mes yeux de ses lèvres magnifiques, je caresse leur douceur pendant qu'il m'explique :

— Ton cœur propulse le sang dans ton corps, mais ce que tu entends n'est pas ton cœur, c'est une de tes artères où circule ton sang qui doit toucher un os, là…

Il pointe ma tempe de son doigt. Je le regarde, hypnotisée. Il continue :

— Le sang circule d'abord dans les poumons où il se charge en oxygène. (Il met sa main sur mon thorax.) Et dans le cerveau, puis là (il suit le tracé de mes veines avec son index), dans ton ventre, tes reins, tes artères. (Sa main est entre mes cuisses et je frissonne.) Puis il remonte dans tes poumons… (Sa paume s'arrête sur le sommet d'un de mes seins qu'il flatte lentement.)

— Ils ne sont pas là, mes poumons !

— Excuse-moi, je suis perdu, on en était où ? répond-il d'une voix rauque, concentré sur sa caresse.

J'éclate de rire et il me serre dans ses bras en grognant comme un homme des cavernes. J'ai de nouveau chaud, j'ai envie de lui et nous faisons encore l'amour. Puis une fois de plus. Et « presque » rassasiée de lui, je lui demande :

— Qu'est-ce que c'est ? dis-je en touchant les hématomes sur son corps.

— Des coups reçus à la boxe. J'apprends à en donner, mais je me fortifie en les encaissant.

Je grimace. Sympa l'entraînement ! Il poursuit :

— Même si c'est un sport, ça reste très violent. Je refuse tous les combats hors entraînement au grand désespoir de mon coach. Il souhaiterait m'inscrire aux compétitions de haut niveau, mais c'est hors de question. Je veux juste pouvoir me défouler quand j'en ai besoin.

Je suis saisie par un paradoxe : il frappe pour détruire, mais apprend à soigner.

— Pourquoi tu as choisi la médecine ?

Il soupire.

— Tout d'abord parce que j'aime ça. Et ensuite, parce que plus longtemps mes études dureront, plus longtemps mon père me laissera tranquille.

— Tu es en troisième année, c'est ça ?

— Non, en quatrième. Au vu de mes résultats et de mon dossier, j'ai pu faire ma première année à l'école de médecine de Dubaï tout en repassant le bac en candidat libre.

Son regard se perd. Je me demande quelles responsabilités habitent ses tourments.

Je le dévisage. J'ai envie de lui dire « je t'aime », mais il ne me l'a pas encore dit lui-même et je me promets d'attendre qu'il soit prêt.

Depuis cette nuit-là, on ne s'est plus quittés. Il a dormi chez moi tous les soirs sauf quand il était de garde à l'hôpital pendant ses stages d'externe. On adore regarder les séries à la télévision quand il fait trop froid pour se promener dehors. Et quand le temps est un peu plus clément, on sort et on devient critiques gastronomiques. On adore tester les nouveaux restaurants, les nouvelles pâtisseries. Il m'emmène partout. Avec lui, j'ai redécouvert Paris. J'ai repris du poids. Je suis heureuse. Enfin comblée.

***

Je suis réveillée un matin par une sensation exquise. Fares est entre mes jambes. Ses cheveux me chatouillent le bas du ventre pendant que sa bouche m'embrasse lentement. Ses larges mains parcourent mes fesses et mes cuisses. Je commence à bouger sous les passages de sa langue. Je sens que ça vient, ma respiration s'accélère peu à peu et c'est fulgurant. Le plaisir paralyse tous mes muscles encore engourdis.

— Bonjour, bébé, souffle-t-il.

Il embrasse l'intérieur d'une de mes cuisses, se lève et part dans la salle de bains se préparer pour aller en cours comme si de rien n'était.

Merveilleusement détendue après ce délicieux orgasme matinal, je tourne la tête et regarde, posée sur ma commode, la photo de nous deux au réveillon du jour de l'an. J'ai un chapeau pointu sur la tête, je lui embrasse la joue pendant que lui souffle dans un sans-gêne multicolore. Nous en avons fait du chemin. Nous sommes heureux.

La sonnerie de mon portable retentit. Je glisse hors du lit et le récupère. Je ne connais pas le numéro.

— Allô ?

— …

Le téléphone me tombe des mains. Je m'effondre sur le sol. Fares se précipite vers moi.

— Elena, ça ne va pas ?

— Ils l'ont retrouvé…

***

Quand nous arrivons au commissariat, le policier s'adresse directement à Fares :

— Le suspect a été reconnu par l'homme que vous nous aviez indiqué.

Je tourne la tête vers Fares, interloquée. L'agent s'explique :

— L'homme qui vous est venu en aide, mademoiselle. Nous avons juste besoin de votre identification pour mettre votre agresseur derrière les barreaux. Il a un lourd casier. Il ira au trou pour pas mal d'années.

— Je connais la justice française et permettez-moi d'en douter, répond Fares, extrêmement tendu.

— C'est bon, calme-toi.

Sa main est toujours dans la mienne, je lui caresse le bras. Nous sommes conduits dans une salle sombre et je peux voir, à travers la vitre, une autre pièce vide - une salle d'interrogatoire.

— N'ayez pas peur, il ne peut pas vous apercevoir.

Un homme entre menotté, suivi d'un policier. J'en ai des frissons. Il a, à peu près, la quarantaine. Il est costaud. Il a les cheveux gris et les yeux d'un bleu acier. Son regard est froid, il ne montre aucune émotion. Mais je ne le reconnais pas. Je leur ai déjà dit, je n'ai rien vu. J'ai peut-être besoin d'être devant lui pour que des détails me reviennent. Dans la même pièce. Là où je suis, ce n'est qu'un homme comme un autre.

— Il faut que je lui parle, dis-je calmement.

— Vous en êtes sûre, mademoiselle ? me demande l'officier.

Fares me regarde, inquiet, et je me serre un peu plus contre son bras.

— Oui, mais je veux qu'il vienne avec moi.

Je désigne Fares du menton. Il est contracté, ça se voit. Mais sans lui, je n'y arriverai pas. Il acquiesce.

J'entre dans la petite salle d'interrogatoire. Et j'ai aussitôt l'impression d'étouffer. C'est trop étroit ici. Je manque d'air. Un autre policier est entré avec nous.

Tête baissée, je fais un pas en direction du suspect. Je tremble de tous mes membres. Quand je lève le regard sur lui, il me fixe, menaçant. Mais je m'approche encore et Fares m'encourage en me serrant plus fort la main.

J'avance le plus près possible. Et là, je suis sûre. Je reconnais son odeur immédiatement. Je sens mon sang quitter mon visage. Les images et les sensations me reviennent. Je suis prise de vertiges, des frissons de dégoût me parcourent le corps.

— C'est lui, dis-je faiblement.

— Répète, Elena, demande Fares en approchant son visage pour m'entendre.

— Ta gueule, salope !

L'homme avance soudain vers moi.

— C'est lui ! hurlé-je. C'est lui !

Je recule. Je suffoque et je lève les mains pour me protéger. Oui ! C'est sa voix ! Son odeur ! Je vais vomir. C'est l'homme qui m'a touchée, qui m'a fait du mal. L'homme qui a failli me détruire. Et il avance vers moi pour finir ce qu'il a commencé. Je suis perdue !

Fares me lâche la main immédiatement et, d'un coup de pied, il fait tomber l'homme à terre. Il commence à le frapper de ses poings. L'homme crie à l'aide. Mais Fares se redresse et, en appui les deux mains à plat contre le mur, il lui assène des coups de pied, encore et encore. Dans les côtes, le cou, le ventre. J'entends des os se briser quand il casse le bras avec lequel l'autre essaie de se protéger. Celui-ci crie plus fort, mais Fares ne semble rien entendre, il est dans une transe infernale où la raison n'a pas sa place.

Tout se passe si vite que les deux policiers dans la salle ont à peine le temps de réagir. Ils parviennent enfin à prendre chacun un bras de Fares et essaient de le faire reculer.

Je ne peux même plus crier. Juste un son aigu inintelligible sort de ma bouche. Je m'effondre contre le mur derrière moi.

— Faaaa…

Les policiers n'arrivent pas à le maîtriser. Fares donne maintenant des coups de pied dans la tête de l'homme. Il va le tuer. Je vomis.

Des renforts arrivent. Ils sont quatre sur lui. Ils l'écartent enfin et le plaquent contre le mur. Sa respiration est saccadée. Tous ses muscles sont tendus, les veines de ses bras ressortent, la rage se lit sur son visage. L'un des agents parvient, non sans peine, à lui passer les menottes.

— Non, arrêtez ! Laissez-le, s'il vous plaît !

— Sortez !

# 39 – TAXI ROSE

Ça fait plus de deux semaines que je n'ai pas eu de ses nouvelles. Je ne sais pas où il est. Son téléphone sonne occupé. Je suis morte d'inquiétude. C'est tellement dur d'être loin de lui, de dormir seule. Il me manque et je crois devenir folle. Je suis retournée au commissariat, mais les agents m'ont clairement fait comprendre que, comme je n'étais pas de la famille, ils ne pouvaient rien me dire. Évidemment !

Je commence mon stage dans cinq jours. Et je n'ai vraiment pas la tête à ça. J'ai trouvé une place de conseillère en marketing dans le service Stratégie et Développement des ventes chez Hermès International. Je devrais être heureuse, car il s'agit là d'une super opportunité pour une future embauche, mais je ne peux pas me réjouir. Je devrais déjà avoir préparé l'analyse financière et commerciale de l'entreprise, mais je n'arrive pas à me concentrer. Je suis complètement chamboulée. Toutes mes pensées sont tournées vers lui. Je ne suis capable de rien et la page Word de mon ordinateur reste désespérément blanche. Mon Dieu, j'ai juste besoin de savoir s'il va bien.

On sonne à ma porte. Je me lève d'un bond. Et si c'était lui ! Mon cœur s'emballe, je crois que je vais faire une attaque. Quand j'ouvre, je suis déçue de voir un homme tiré à quatre épingles. Il me tend un bouquet de roses rouges et attend. Il y a une carte à l'intérieur, je la saisis immédiatement.

« Rejoins-moi, s'il te plaît. F. »

J'ai un coup de chaud. C'est lui ! Je vais le revoir ! Tout en moi s'affole. Je prends mon sac et, déterminée, je dis à l'homme :

— Je vous suis.

En bas de chez moi, une limousine m'attend. C'est tout lui, ça ! Il ne peut pas faire simple ! Les gens observent la scène - ce n'est vraiment pas le quartier qui convient à ce genre de véhicule.

Nous roulons pendant quelques kilomètres. Je n'arrive pas à me calmer. J'ai trop chaud puis trop froid. Le chauffeur doit se demander ce qu'il me prend de baisser et de remonter sans arrêt cette vitre.

Enfin nous nous arrêtons. Nous sommes devant un aérodrome où se trouvent plusieurs hangars et une petite tour de contrôle. Je bafouille :

— Je... Vous êtes sûr que c'est ici ?

— Oui, mademoiselle.

Quand je sors de la voiture, une femme en tailleur, d'environ une trentaine d'années, vient m'accueillir. Elle me sourit chaleureusement.

— Bonjour, mademoiselle. Votre jet vous attend.

Attends ! Mon quoi ?! Non, mais non ! Je ne peux pas partir. Je n'ai même pas d'affaires. Ma bouche s'ouvre et se referme.

— Les conditions météo sont idéales. Votre temps de vol pour Dubaï est estimé à six heures quarante.

— Comment ? Six heures quarante ?

Je n'en crois pas mes oreilles. Je vais tomber dans les pommes. Bon, un peu de courage, ce n'est pas le moment de flancher. Telle une marionnette, je suis l'hôtesse et monte dans le jet.

Une fois que je suis installée dans l'un des confortables fauteuils de l'appareil, elle me propose une coupe de champagne. Je refuse. Il ne manquerait plus que je me saoule au champagne, ce serait le comble du luxe. Après deux heures de réflexion intense à me torturer les méninges, je m'endors dans l'avion.

***

Quand je sors de l'aéroport, le dépaysement est total. Déjà le choc climatique : il fait au moins trente-cinq degrés. Et puis, tout ici est en XXL : les buildings, les voitures, les bijoux… La plupart des femmes portent la gandoura, elles sont voilées, mais une majorité d'entre elles ont le visage découvert. Je me félicite intérieurement d'avoir mis un pantalon, ce matin.

Le contraste entre tradition et modernisme est vraiment intéressant. Il y a même des taxis réservés aux femmes seules, conduits par des femmes et, pour pousser le vice, ils sont roses ! J'adore !

Mais je suis attendue par un homme en tenue traditionnelle qui arbore un panneau avec mon prénom inscrit dessus. Quand j'arrive à sa hauteur, il ouvre la porte d'une impressionnante Bentley aux vitres teintées, sans me regarder dans les yeux. Si je n'avais pas autant confiance en Fares, jamais je ne serais montée là-dedans.

Après une bonne heure de route, la nuit est tombée. Le chauffeur s'arrête devant une maison au bord de la plage. Elle est magnifique. Aux fenêtres, des rideaux blancs virevoltent, poussés par le souffle léger du vent chaud. L'endroit est reculé et paisible. Je me détends un peu. J'ai du mal à croire que je suis dans ce lieu paradisiaque.

J'entre par la porte principale en fer forgé, déjà grande ouverte. Je pose mon sac. Je suis impressionnée par l'intérieur qui offre un luxe hors du commun. La demeure est très spacieuse. La décoration orientale, moderne, blanche et argentée me fait voyager aussitôt dans le monde des *Mille et Une Nuits*. Les meubles en bois peint sont incrustés et sculptés à la main, les lustres sont en métal ciselés, les portes de forme mauresque. L'atmosphère demeure, toutefois, très intime. Quelques bougies sont allumées dans des photophores et renvoient une douce lumière.

Je descends quelques marches et je le vois. Il est de dos, les mains dans les poches. Il est sur la terrasse et regarde l'horizon.

En face de lui, la baie de sable de la ville de Dubaï. Mon cœur accélère ses battements.

J'entends le bruit des vagues glissant sur la plage. C'est comme dans un film. Je crois rêver.

— Fares ?

Il se retourne. Il a pris des couleurs, son visage hâlé contraste avec sa tenue locale en lin blanc. Il est splendide. Il m'offre son fabuleux sourire qui m'a déjà fait craquer tant de fois. J'ai l'impression qu'on s'est quittés il y a des mois. Je ne sais pas si je pleure de joie, de colère ou de désespoir.

— Je te déteste, tu m'as abandonnée !

Je cours vers lui et lui frappe la poitrine. Il bloque mes mains et les plaque sur sa nuque. Il me porte dans ses bras et j'enroule mes jambes autour de sa taille. Le revoir et le sentir me fait tellement de bien.

— Je suis désolé, Boo.

J'enfonce mon visage dans son cou, je respire son parfum et les larmes ne cessent de couler.

— Non, c'est ma faute, pardonne-moi. Jamais tu n'aurais dû m'accompagner. J'aurais dû prévoir tout ça. Où étais-tu ? Qu'est-ce que tu as fait tout ce temps ?

— J'ai passé quarante-huit heures en garde à vue.

— Quarante-huit heures !

Je suis atterrée.

— Ensuite, j'ai dû quitter le pays. Ils m'interdisent d'avoir des contacts avec la France pendant un mois, le temps que les autorités y voient plus clair dans mon dossier.

— Comment ça, ton dossier ?

— Ils m'ont posé des milliers de questions : si je m'étais déjà rendu en Syrie, si je comptais un jour m'y rendre, si j'étais en contact avec telle ou telle personne ? Je ne pensais pas qu'en frappant un pervers je deviendrais un terroriste.

— Tu ne peux pas agir aussi impulsivement. Frapper les gens n'est pas une solution…

— C'est sûr. Mais si j'avais été suédois ou finlandais… tiens, même chinois…

Sa propre constatation le fait rire. Je le ramène à la réalité :

— Je ne rigole pas, arrête. Qu'est-ce qui va se passer maintenant ?

— Mon avocat a plaidé la légitime défense.

— Quoi ? Il avait les poignets menottés, Fares !

— J'ai un très bon avocat et c'est cette ordure qui a commencé en t'agressant. Tu m'as tellement manqué, Boo.

Il respire profondément l'odeur de mes cheveux et resserre son étreinte autour de moi.

— Toi aussi, si tu savais.

Mes jambes lui serrent si fort la taille qu'il me libère les hanches pour encadrer mon visage de ses deux mains. Il m'embrasse partout, le nez, les joues, le front. Je suis tellement heureuse de le toucher, de voir qu'il va bien.

— Elena, je ne sais pas ce que je ferais sans toi.

Je goûte enfin au bonheur de le retrouver.

— Descends, je vais te montrer quelque chose.

Il m'entraîne dans une pièce qui n'est autre qu'un dressing de rêve.

Il a pensé à tout. Il m'a acheté quelques habits. Des robes longues, des pantalons en tissu léger.

— Ici, les femmes sont… comment dire ?… discrètes. Surtout, il faut préserver ta peau du soleil.

Il me tend une très belle paire de lunettes de soleil Cartier. Je les regarde en les prenant du bout des doigts. C'est un objet hors de prix ! Il est dingue ! La salle de bains est garnie de tous les produits dont une femme peut avoir besoin. Il a l'air fier de lui. Croit-il que m'offrir tout ça rachète son absence ? Tout ce qui compte pour moi, c'est d'être avec lui.

Enfin, je vois la chambre qui s'ouvre aussi sur la terrasse, et, au-delà, sur la piscine à débordement qui donne l'impression de couler directement dans la mer.

Je suis sous le charme du lit orné d'une tête de lit en bois clair sculpté de magnifiques bas-reliefs.

Mes deux paumes sur le torse de Fares, je l'entraîne à reculons vers le matelas. Il se mord la lèvre inférieure, un air coquin comblant ses traits. Je ne peux pas réfréner mon envie de lui. Je ne peux plus attendre. Son regard change aussitôt, il n'est plus rieur et heureux, mais voilé par le désir.

Nous faisons une première fois l'amour. Comme des fous. Nous restons ensuite enlacés, encore à moitié habillés.

La deuxième fois est plus douce, plus sensuelle. Il finit, lentement, de me déshabiller puis me porte jusqu'à un des grands fauteuils de la terrasse. Il me fait asseoir face à lui, à califourchon sur ses genoux. J'adore cette position, car je peux le contempler. La couleur de notre peau est différente mais nos corps s'emboîtent parfaitement. Il me regarde longtemps et me caresse partout. Son air sérieux et appliqué me fait chavirer. Quand il s'enfonce enfin en moi, je soupire si fort que je vide tout l'air de mes poumons. Nous ne faisons plus qu'un.

Je monte et descends doucement sur lui. Ses yeux se ferment à demi et il me fait aller et venir, de plus en plus vite, de plus en plus fort, en me maintenant fermement les fesses. Je tombe dans la profondeur sombre de ses prunelles. Le bonheur de le sentir en moi est si intense que je veux retenir mon orgasme. Quand je n'en peux plus, il m'embrasse en enfonçant sa langue dans ma bouche, étouffant ainsi mes cris et multipliant mon plaisir.

Je me couche à ses côtés et nous restons nus l'un contre l'autre à admirer la Cité d'Or quand je lui pose une question :

— Ce n'est pas là que tu vis ?

— Non, c'est une location.

— Où est-ce que tu habites alors ?

Son regard s'assombrit soudain. Il devient aussi noir que la nuit.

— Suffisamment loin d'ici.

Puis il ne parle plus. Il resserre son étreinte et nous nous endormons, seuls face au monde entier.

Je passe les quatre jours les plus fabuleux de ma vie. Il m'apprend à plonger, à naviguer, à conduire un quad sur les dunes du désert. Nous marchons sur la plage de sable blanc et nous faisons l'amour dans l'eau turquoise. Le soir, nous mangeons des fruits en contemplant le coucher de soleil.

Je le regarde souvent prier. Cela n'a rien à voir avec mes prières au pied de mon lit, mes deux mains jointes. Il faut être beaucoup plus endurant. Chaque prière est à faire à une heure précise dans la journée. Je suis assise en retrait et j'observe ces mouvements répétitifs qui m'hypnotisent. Je trouve ce rituel beau et apaisant.

Comment peut-on être si différents et aussi profondément liés ? Pense-t-il que je suis assez bien pour lui ? Pense-t-il que nos différences pourraient avoir raison de nous un jour ?

Il se lève enfin et vient vers moi.

— Qu'est-ce qui se passe, Boo ? Tu as l'air triste. Parle-moi.

Je suis mal à l'aise. Je joins mes deux mains sur mes cuisses comme une enfant.

— Crois-tu que, puisque je ne prie pas comme toi, on n'ira pas dans le même paradis ? Je veux dire, crois-tu que, parce que je ne suis pas comme toi, ma place est en enfer ?

Il prend l'air étonné. Il se met à genoux entre mes jambes et me dit d'un air sérieux :

— Mon cœur, qu'importe comment tu pries, qu'importe où et avec qui tu es. Ce qui est vraiment important, c'est de croire en ce paradis. Et avec ce que je vois là – il pose sa main sur mon cœur –, je suis sûr qu'au paradis, tu y as déjà ta place.

Le dernier jour, nous visitons un village reculé et nous traversons un marché. Je choisis un voile blanc pour me protéger la tête du soleil. Fares m'aide à le mettre à la manière d'un Touareg.

Pendant qu'il marchande un poisson qu'il veut griller pour le dîner, sur la plage, une vieille femme me prend par le bras et me parle en anglais.

— Tu ne devrais pas être avec lui.

Je ne suis pas sûre d'avoir compris, mais avant que je lui demande de répéter, elle me tourne le dos et se remet à marcher.

— Hé !

Je lève le bras pour la rappeler.

— Quelque chose ne va pas, Boo ? Regarde, nous allons nous régaler !

Il a un sourire jusqu'aux oreilles en me montrant l'énorme spécimen qu'il a dégoté. Je regarde une dernière fois en direction de la femme, mais je ne la vois plus.

— J'espère qu'il sent meilleur une fois grillé ! lâché-je en me pinçant le nez.

Ce dernier soir, je suis perturbée et je n'arrive pas à oublier les paroles de la vieille femme croisée sur le marché. Que voulait-elle dire par là ? Pourquoi ne devrais-je pas être avec lui ? Je suis perdue. Je regarde à travers les flammes du feu que Fares a allumé sur la plage et qui subsiste après notre grillade. Il faut vraiment que j'arrête de me prendre la tête. Cette femme a dû le prendre pour quelqu'un d'autre.

Je décide de profiter de nos derniers moments ensemble. Je me laisse aller contre lui. Je suis entre ses jambes, le ventre repu qu'il me caresse doucement.

— J'ai quelque chose pour toi.

Il sort de sa poche un long étui en velours rouge.

— Je veux que tu saches que tu es tout pour moi. Je n'ai jamais été aussi heureux. Je veux que tu t'en souviennes.

Il sort un collier argenté et me le fixe autour du cou. Je prends dans la main la petite plaque rectangulaire qui plonge entre mes seins. Elle est accrochée à une chaînette reliée au reste du collier. Je la retourne. Les deux initiales de nos prénoms sont entremêlées.

— Le pendentif est en platine. Tu peux le garder en permanence, il ne s'abîmera pas.

— C'est magnifique, tu n'aurais pas dû, dis-je, émue par cette attention.

Je me retourne face à lui. Je me perds dans le noir profond de ses iris.

— Je t'aime tellement.

Ses yeux brillent et je crois, un instant, qu'il va me le dire aussi. Mais il me prend dans ses bras et me porte jusque dans la maison, où il me fait l'amour comme jamais.

Le lendemain, il me raccompagne à l'aéroport. Je l'enlace une dernière fois sans l'embrasser, pour ne pas choquer les personnes autour de moi.

— Peut-être qu'il y a des gens qui préfèrent tout ça : le luxe, les bateaux, les bijoux, mais moi, je ne veux que toi. Je veux que tu rentres à la maison.

— Dans un peu plus d'une semaine, Boo, je suis à toi.

# 40 – JUSQU'À CE QUE LA MORT NOUS SÉPARE

Je me lève en pleine nuit et cours aux toilettes. C'est déjà la troisième fois cette semaine. J'ai des haut-le-cœur.

— Ça va, Boo ? me crie Fares depuis le lit.

— Oui, ça va, ne t'inquiète pas. Rendors-toi, chéri.

Aujourd'hui, c'est le mariage de Julia et la dernière chose dont j'ai envie, c'est de tomber malade. Il faut absolument que je trouve un médecin au plus vite.

Il est trois heures du matin quand je retourne au lit et j'ai vraiment besoin de dormir. Je me colle contre Fares. Il est brûlant. Il recouvre mon corps de son bras.

***

Voilà une heure que je suis dans la salle d'attente. Je tape du pied. Le mariage est dans cinq heures. Je me refais le planning dans la tête. Aller chez le coiffeur, la maquilleuse, rentrer, faire l'amour à Fares, m'habiller, aller chez Julia, l'aider à se préparer et surtout mission, numéro un, la déstresser.

Elle m'a appelée en panique ce matin, car les roses de son bouquet n'étaient pas blanches-blanches mais tiraient sur le jaune. Je crois même qu'elle pleurait, donc j'ai ajouté sur ma liste : « Passer chez le fleuriste. » Oh là là ! Je ne vais jamais y arriver. Surtout avec ce docteur qui met une plombe !

— Mademoiselle Lopez ?

— Oui, c'est moi.

Je me lève en hâte, entre dans le cabinet et m'installe dans le confortable fauteuil en face de son énorme bureau en merisier.

— Si on pouvait faire vite, s'il vous plaît. J'ai un mariage aujourd'hui. J'ai juste besoin d'une prescription contre la gastro ou un truc dans le genre. Ah, et mettez-moi aussi des vitamines. Merci.

Je lui fais le plus beau de mes sourires, mais ça n'a pas l'effet escompté. En même temps, il a environ soixante ans et l'air complètement blasé.

Il me regarde en fronçant les sourcils et me demande quand même de m'asseoir sur la table d'auscultation. Je m'y dirige en traînant les pieds. Je suis fichue ! Il écoute mon cœur avec son stéthoscope. C'est froid. Ça me rappelle de bons moments passés avec Fares. On s'était bien amusés avec ce machin-là, une fois. Je souris, plongée dans mes souvenirs… Mais qu'est-ce que je fais ? Je n'ai pas le temps ! Je reprends mes esprits et me dandine pour montrer mon impatience. Le médecin se redresse.

— Veuillez me suivre.

— Euh… Oui.

Le docteur me fait entrer dans une petite salle adjacente. C'est quoi, ce bordel ? Il est aussi gynéco ! Il prépare un appareil.

— Installez-vous, soulevez votre T-shirt.

Il m'applique un gel sur le ventre… Non, non… Attends, il ne va pas me sortir un truc du genre…

— Vous n'êtes pas malade, mademoiselle, mais enceinte.

— Quoi ?!

— De dix semaines environ. Il faudra faire un bilan, des analyses…

Je ne l'écoute plus. Ma bouche semble ne pas vouloir se refermer. J'ai les yeux grands ouverts et j'essaie d'assimiler l'information. Moi, enceinte ! Non, je ne peux pas, c'est trop tôt. Nous ne sommes pas encore prêts pour cela. Je fais rapidement le calcul dans ma tête. Il y a dix semaines… dix semaines… J'étais à Dubaï avec Fares ! Je n'avais pas ma pilule, mais nous nous sommes protégés, enfin… la plupart du temps. Et j'ai pris la pilule du lendemain !

Je suis bouleversée. Je pleure. Non, ce n'est pas possible ! Il va croire que je l'ai fait exprès, que je lui ai tendu un piège.

Le docteur me tapote l'épaule.

— Mademoiselle, si l'enfant n'est pas voulu, il vous reste des solutions.

Avorter ?! Non, jamais je ne ferais une chose pareille !

Même s'il ne me l'a jamais dit, je sais qu'il m'aime. Ça ne peut pas être autrement. Tout ce qu'il a déjà fait pour moi, tout ce qu'il m'apporte chaque jour, ça ne peut pas être que du vent. Nous allons traverser cela, ensemble. Il me l'a dit, il est heureux avec moi.

Je sors de chez le médecin, l'échographie à la main. On peut voir un petit corps, de petites mains et la forme d'une tête. La même que Fares, on dirait. Cela m'attendrit. Je me sens différente tout à coup.

Je pose mes deux mains sur mon ventre. Cette nouvelle m'a effrayée, mais maintenant je désire ce bébé et je souhaite le protéger. Avoir un enfant de Fares est tellement inespéré, tellement fou, mais nous sommes fous tous les deux. Et peut-être qu'il réalisera à quel point il m'aime et me le dira enfin.

Je décide de ne pas lui en parler tout de suite. Je souhaite attendre la bonne occasion.

Je me rappelle le cadeau spécial que je voulais lui offrir pour mon anniversaire. Voilà le moment idéal. J'espère de tout cœur qu'il va l'accepter. C'est dans quinze jours. Je prends un stylo dans mon sac et marque un mot à son intention derrière l'échographie.

***

De retour à la maison, je me prépare et, dans la salle de bains, je regarde mon corps dans le grand miroir. C'est vrai qu'il a changé. J'ai pris un peu de poids et ma poitrine est plus lourde, plus gonflée. Avant d'apprendre cette nouvelle, je pensais que ces rondeurs étaient dues au stress causé par le stage. Je mange mal le midi, je ne prends que quelques minutes pour déjeuner. Mais tous ces efforts ont porté leurs fruits, ils veulent me reprendre en stage l'année prochaine. Ça risque maintenant d'être compromis.

Mon regard descend sur le tatouage fait en Espagne, quatre ans plus tôt. J'y ai ajouté « you » juste avant que Fares revienne de Dubaï.

« I'll never forget you »

Je voulais qu'il sache que je parlais de lui. Exclusivement de lui. Je voulais lui ôter tous les doutes qu'il pouvait encore avoir. Quand je le lui avais montré, il avait embrassé longuement cette partie de mon corps pour apaiser la douleur faite par l'aiguille du tatoueur.

Heureusement, Julia n'est pas du genre à habiller ses témoins et demoiselles d'honneur en harmonie avec la décoration de table de son mariage. Elle nous a laissés libres de décider de nos tenues. Je porte une robe vert menthe ajustée, quoiqu'un peu serrée au niveau de la poitrine, mais bon, pour une soirée, ça va le faire.

— Tu es prêt ? La cérémonie commence dans deux heures et je dois me rendre chez Julia avant. Tu me rejoindras plus tard, dis-je en sortant enfin de la salle de bains.

Il est en caleçon devant moi, les cheveux en pétard. Son corps est un peu plus massif. Il change, prend la carrure d'un homme. Et la boxe lui a sculpté une silhouette de rêve. Ah ! Il me fait craquer !

— Il faut encore que je m'habille, mon smoking est chez moi. Waouh, dit-il en levant les yeux. Julia sait que tu es le plus beau témoin qu'une mariée ait jamais eu ? Il me prend par la taille et m'embrasse. Si je ne t'avais pas déjà fait l'amour il y a quelques minutes, je n'aurais pas eu d'autre choix que de t'enlever cette robe maintenant. D'ailleurs, tu es sûre qu'il ne te manque pas un châle pour mettre au-dessus de ça... (il touche le haut de ma poitrine) ou mieux, une polaire Quechua.

— Arrête ! Il fait trente degrés dehors !

— Alors, que je t'explique les bienfaits de la sudation…

— Tais-toi.

Je l'embrasse et, quand je remarque qu'il n'a plus rien à dire, je libère sa bouche. Il me regarde intensément.

— Tu es toute ma vie, Elena, tu le sais ?

Je me colle contre lui et me laisse aller. Son odeur me fait tourner la tête et, oui, j'ai encore envie de lui. L'effet Fares, quoi ! Il frotte son sexe gonflé contre mon bassin.

— Fares… dis-je, en le repoussant avec peu de volonté.

— Tu ne vas pas me laisser y aller comme ça ? Ça me fait mal.

Je baisse les yeux et son caleçon est tendu à l'extrême, ce qui provoque chez moi un petit rire de gorge. Il écarte l'élastique d'une main et de l'autre redresse son érection qui dépasse maintenant fièrement de son vêtement.

— Tu es ingérable.

— Tu es excitante.

Je lui souris comme une adolescente. Des frissons de désir me traversent le corps et font dresser mes tétons. Fares n'hésite plus, il plonge dans mon cou et me lèche sournoisement sous le lobe de l'oreille.

Mon téléphone se met à sonner, une fois. Fares grogne contre ma peau, affamé. Je gémis un vague « je dois y aller ». Sa main puissante enserre mon sein et me le presse. Mon Dieu, je vais devoir changer de culotte.

Je m'accroche à ses cheveux sombres, les reins cambrés, lui au-dessus de moi, ma poitrine réclamant son visage, sa bouche, sa langue. Seigneur !

Le téléphone continue ses plaintes incessantes et je me ressaisis.

Mes mains retiennent ses avant-bras et je me dégage avec une volonté prête à s'effriter s'il n'arrête pas de se mordre sa délicieuse lèvre inférieure.

— Ce n'est pas possible, plaide-t-il tout penaud.

— Si ! File sous la douche. Maintenant !

Je récupère mon portable et mon sac sur le bar de la cuisine.

— Froide, la douche ! lui lancé-je avant de quitter le studio, les jambes cotonneuses.

***

Quand j'arrive dans la chambre de Julia, elle est en pleurs.

— Mais Ju, tu es folle ! Tu fais couler tout ton maquillage.

— Quoi ? Alors que c'est du waterproof ? C'est de la grosse merde ! Il fait trop chaud ! Tout part en cacahuète, El.

— Mais non, ça va bien se passer. Tiens, ton bouquet, il est plus blanc que blanc !

— Tu as pu arranger ça ! Tu es géniale, heureusement que tu es là.

Elle se met à rire soudain en me prenant dans ses bras. Elle est complètement bipolaire aujourd'hui. On se demande, vraiment, laquelle de nous deux est enceinte !

— Tu es magnifique, ma Ju ! Mais où est Katy ?

— Je n'en sais rien. Elle est partie me chercher un peu d'eau, je crois qu'elle panique aussi.

En parlant du loup, Katy entre en trombe dans la pièce.

— Enfin tu es là, El !

Comme infiniment soulagée, elle s'adresse à moi en baissant la voix :

— Je ne savais plus quoi faire. Elle n'arrêtait pas de pleurer. C'était horrible ! Et sa mère me crie dessus ! Ils sont dingues dans cette famille.

— Je t'entends, Kat ! Elle est où, ma bouteille d'eau ? demande Julia, l'air exaspéré.

— Merde ! J'ai complètement oublié. Mais j'ai une info : j'ai croisé Luc et ne faites pas de gaffe, car il n'est plus avec sa copine !

— Arrête ! Euh… en passant, je te signale que la reine des gaffeuses, c'est toi, Kat ! dis-je en lui donnant une tape sur le bras.

Julia s'énerve.

— Katy, putain, une bouteille d'eau ! Ma gorge est toute sèche. J'aurais dû choisir un autre témoin, même Chloé aurait mieux fait l'affaire.

— Tu rigoles ! Chloé, la pintade ! s'écrie Katy. N'importe quoi ! Et puis, si tu arrêtais de pleurer, je ne serais pas obligée de courir partout pour te trouver une fontaine !

— C'est qui, celle-là ? je demande à Katy.

— La pintade ? La chérie d'Éric, dit-elle comme si de rien n'était.

— Éric est là ?!

***

La cérémonie est très émouvante. Les mariés échangent leurs vœux dans une église au style baroque assez grande pour accueillir tout le monde. Je suis à côté de Julia et je me tords le cou. Où est Fares ?

Quand nous sortons de l'église, les invités félicitent les mariés et je le vois. Dans son costume bleu nuit, il est à tomber. Il est l'élégance même. J'ai l'impression qu'il a porté cela toute sa vie. Il m'offre galamment son bras, j'y glisse aussitôt la main.

— Tu étais où ?

— J'ai eu un petit contretemps.

— Quel genre ?

Il scanne les invités, l'air ailleurs.

— Fares ! Réponds-moi, dis-je à voix basse en lui tirant sur la manche.

— Excuse-moi, Boo. Mon père.

— Ah. Encore…

Je grimace un peu. Je sais ce que cela signifie, il va partir quelques jours.

— Ça fait deux mois… Tu comprends ?

— Oui, oui, pas de souci.

Fares étant fils unique, je peux comprendre l'envie de son père de le voir le plus souvent. Mais je déteste quand il quitte l'appartement. À part pour ses gardes, nous nous séparons rarement plus de vingt-quatre heures.

Nous restons un moment à attendre que les mariés montent dans leur véhicule de collection blanche.

— Je vais chercher la voiture, OK ?

J'acquiesce et regarde Fares s'éloigner. Pendant toute la cérémonie, je nous ai imaginés tous les deux à la place de Julia et Paul. Malgré nos différences, je suis certaine que l'on peut se battre ensemble et être heureux. Je touche mon ventre du bout des doigts. Oui, j'aimerais tellement qu'on y arrive.

J'entends quelqu'un m'appeler, je me retourne. C'est Luc.

— Elena ! Ça fait vraiment plaisir de te voir, tu es superbe.

— Luc, je suis si heureuse que tu sois là !

Il me prend dans ses bras, me serre fort et, quand il s'écarte, me fait un large sourire. Mais il s'arrête net en voyant Fares sortir de la voiture et me prendre par la taille.

— La voiture est prête, Boo, dit Fares en fixant son cousin sans même lui dire bonjour.

Il resserre son étreinte et m'attire à lui en un geste possessif.

— Qu'est-ce que tu fais là ? lui demande Luc, glacial.

— Je suis invité tout comme toi.

On dirait deux coqs prêts à s'étriper. Luc crispe sa mâchoire et Fares ferme ses deux poings. La tension est électrique.

— OK, bon, à plus tard, El.

Luc part sans même me regarder. Je n'y comprends plus rien.

— Qu'est-ce qui lui arrive ?

— Rien. Viens, on nous attend.

Je monte dans une très belle Maserati noire qu'a louée Fares pour l'occasion. Nous roulons pendant presque une demi-heure. J'examine la main de Fares sur ma cuisse. Il a de longs doigts. Il est fait pour être chirurgien. J'ai envie de lui dire pour notre bébé. Mais je sais être patiente.

Nous nous retrouvons tous dans le magnifique parc d'un château proche de Paris. C'est superbe. De grandes tentes blanches dispersées sur un immense gazon abritent le buffet. C'est vraiment agréable. Les jardins à la française, l'orangerie et le labyrinthe de buis rendent l'endroit très bucolique.

Des tables rondes sont disposées tout autour de la piste de danse. Paul entraîne Julia au centre de la piste et ils ouvrent le bal. Ils sont si beaux tous les deux. J'en ai les larmes aux yeux. Fares me serre la main sous la table et en profite pour m'embrasser délicatement la joue. D'autres couples commencent à rejoindre les mariés.

— Danse avec moi, chuchote-t-il, penché vers moi.

Cette phrase me donne des frissons et me renvoie quatre ans en arrière. Il s'en est passé des choses depuis tout ce temps. Je regarde sa main tendue vers moi. Son regard magnétique me trouble encore aujourd'hui. Je l'aime.

Une fois dans ses bras, il murmure au creux de mon oreille :

— J'aime danser avec toi.

— Alors pourquoi tu ne m'emmènes jamais danser, rétorqué-je, amusée.

— Nous allons remédier à cela.

Je colle ma joue contre sa mâchoire fraîchement rasée. Fares est un excellent danseur. Pas besoin de cours, il sait très bien guider et, à en juger par le regard appuyé des deux jeunes collègues de Julia, mon petit ami leur paraît très appétissant. Je lève les yeux pour rencontrer les siens. Il me nourrit de son sourire. J'ai l'impression de jouer dans la mauvaise cour avec lui parfois. Deux ans et demi nous séparent et, même si des fois j'oublie son âge, les nanas de vingt ans me le rappellent impitoyablement. Cependant, Fares a un don, celui de me faire sentir irremplaçable et toujours désirée. Même après un an de relation, les émotions sont toujours aussi fortes et intenses. Aucun doute ne vient troubler mon bonheur et mon bien-être permanent. Il est mon plus grand amour. Je chuchote :

— Je t'aime.

La soirée se passe à merveille, mais je suis épuisée. Katy me regarde bizarrement quand je refuse la coupe de champagne qu'elle me tend.

— Bah quoi ?

— Rien.

Elle rétrécit ses yeux en deux fentes minuscules. Je peux lire sur ses lèvres, alors qu'elle articule exagérément, sans prononcer un mot : « Il faut qu'on parle. »

Éric est à notre table avec… mince, c'est quoi son prénom déjà ? Ah oui, Pintade. Elle est bien plus grande que moi, mince et a de beaux cheveux bruns. OK, elle est jolie. Je n'ai jamais vu Éric avec quelqu'un, ça me fait bizarre. Je ne me sens pas à l'aise au début, mais il fait comme si de rien n'était, me sourit chaleureusement et mes émotions passent. Stupides hormones ! Je me promets d'en toucher deux mots à Julia pour ses plans de tables plus que foireux.

Il est déjà tard et je n'en peux plus. J'ai besoin de rentrer. Je rejoins Fares qui discute avec un groupe d'hommes un peu plus loin. Mais ils sont plongés dans une discussion sur le fameux conflit israélo-palestinien. Je ne les interromps pas et vais me rasseoir. C'est alors que, une fois sur ma chaise, je remarque qu'il n'y a plus qu'une personne à table : Éric.

Il fume une cigarette et me fixe avec insistance. Me retrouver toute seule avec lui me trouble. Je secoue la tête en fronçant les sourcils, et lui demande :

— Qu'est-ce qu'il y a ?

— Tu danses ?

Je cherche Fares des yeux sans le trouver. Et puis, pourquoi pas, je ne fais rien de mal.

— OK, mais rien qu'une danse, je suis fatiguée et…

Éric m'a déjà saisi la main et emmenée sur la piste. Il émane de lui un léger mélange de tabac et d'alcool. Son parfum, son aura et son assurance fonctionnent autant sur moi qu'à notre première rencontre, et je me laisse diriger. Il ne dit rien. Il me berce. Je suis tellement fatiguée. Je me rends compte que j'ai posé ma tête contre son épaule quand il interrompt le cours de mes pensées :

— Tu l'aimes ?

Je me raidis.

— C'est quoi cette question ?

J'ai un vertige et je crois que je vacille. Éric me soutient contre lui un moment avant de me ramener à la table.

— Excuse-moi, Elena.

Et sans un mot de plus, il quitte le parc d'un pas rapide. Troublée par son attitude, je le regarde s'éloigner quand Katy arrive paniquée vers moi.

— El, viens vite. Luc et Fares se prennent la tête dans le labyrinthe. C'est chaud !

— Comment ?

Cela me sort de ma léthargie. Je vais les secouer tous les deux et ils vont enfin me dire ce qui leur prend !

Je suis Katy à travers le gazon et j'entends des voix derrière une des allées. Nous courons toutes les deux dans leur direction. On dirait que plusieurs personnes assistent au spectacle. Quand on les aperçoit, Fares est en train de bloquer Luc contre la haie. Je n'en crois pas mes yeux. Il est furieux, il tremble. Luc est blanc comme un linge et le dévisage avec mépris.

— Tu ne lui parles pas et tu ne l'approches plus, OK ? siffle Fares entre ses dents.

Katy me souffle à l'oreille :

— Tu te souviens, je t'avais dit que Luc craquait pour toi. Ça va mal finir, cette histoire.

Je la considère, interdite – mais qu'est-ce qu'elle me raconte ?

— Hé ! Arrêtez tous les deux ! Mais qu'est-ce qui vous arrive à la fin ?

Fares lâche rageusement le col de Luc.

Ce dernier réajuste sa chemise et le toise. Puis il tourne les talons et passe entre Katy et moi. Il me jette un coup d'œil rapide dans lequel je n'arrive pas à déceler ses sentiments, avant de lâcher :

— Je suis désolé, Elena.

# 41 - ICARE

## ***FARES***

— Mais merde, qu'est-ce qui te prend ?

Je ne lui réponds pas. La colère contrôle mes nerfs. Je marche vite en direction de la Maserati. Elle essaie de me suivre, mais elle a du mal. Il faut que je parte d'ici. J'étouffe.

— Fares, putain ! Arrête-toi ! m'ordonne-t-elle.

Je me retourne d'un coup pour lui faire face. Elle s'immobilise, elle a peur. J'avance vers elle, elle recule et manque de tomber. Je n'arrive pas à lui parler. Aucun mot ne sort de ma bouche. Qu'est-ce que je peux lui dire à part des mensonges ? Je n'arrive même pas à la regarder dans les yeux. Et elle veut des réponses, ici et maintenant. Elle les exigera et fera tout pour les obtenir. Je suis mort.

Je lui dois la vérité. Je me prends la tête entre les mains et mes jambes lâchent, je tombe à genoux devant elle. Surgissent des images de nous heureux. J'ai gâché nos derniers instants de bonheur et ce n'est plus l'heure de lui demander pardon. C'est terminé, mais rien que le penser me tord les entrailles. Je murmure :

— Je ne peux pas, je ne peux plus.

Elle s'approche doucement et passe sa main dans mes cheveux.

— Ça va aller. Viens, on rentre.

Le trajet est long, très long. Elle ne parle pas, elle est sûre d'elle. Elle ignore pourtant ce que je m'apprête à lui dire – sinon elle garderait ses questions en sommeil – et je sais que cela va la détruire. Comment vais-je faire sans elle ? Comment vais-je réussir à tenir ? L'heure est venue, le soleil me brûle déjà les ailes.

Je me gare sur le parking de l'agence de location. Elle descend déterminée de la voiture et claque la portière. Je dépose les clés comme convenu dans la boîte aux lettres. Même si nous nous trouvons tout près de l'appartement d'Elena, le trajet risque d'être difficile.

On se met à marcher côte à côte sans se toucher, ce qui n'est pas dans nos habitudes. Mais devrions-nous toujours avoir des habitudes ? Elle ne dit rien, son regard rivé sur le sol. J'ai envie de lui prendre la main, mais je sais qu'elle attend que je lui parle. Et ce qu'il y a dans ma tête est tout ce que je ne veux pas qu'elle sache, tout ce que j'ai réussi à lui cacher jusqu'à maintenant.

Ses bras sont croisés contre sa poitrine. Elle est en colère. Elle croit encore qu'elle pourra tout me pardonner, qu'il ne s'agit que d'un détail, qu'elle peut le surmonter. Oui, elle croit encore que tout est pardonnable, mais il y a des fautes qui ne le sont pas.

Je donnerais tout pour revenir quatre ans en arrière. J'aurais trouvé une solution, nous l'aurions trouvée ensemble. Mais aujourd'hui, c'est trop tard. Je dois assumer.

Une voiture passe devant nous et j'entends des pneus crisser sur le bitume dans notre dos. Plusieurs portières se referment. Je me retourne, des mecs avancent rapidement dans notre direction. Tant pis pour les explications, je passe mon bras sur les épaules d'Elena.

— Marche plus vite.

Elle m'obéit immédiatement, comprenant qu'il y a un truc qui cloche.

— Hé, toi ?!

Un des mecs veut attirer mon attention. Pas question que je m'arrête.

— Ne te retourne pas.

— Hé ! Le basané, tu te souviens de moi ? Ça fait un moment que je te cherche. C'est mon jour de chance aujourd'hui.

*Je ne crois pas, non. Si c'était ton jour de chance, tu ne m'aurais pas trouvé.*

— Il n'y en a pas assez dans ton pays, hein ? Tu les préfères moins habillées, c'est ça ? C'est vrai que celle-là, on voit carrément qu'elle est bien roulée.

— Reste calme, je t'en supplie, me souffle Elena.

Elle commence à paniquer.

*Non, Elena, je ne laisserai personne te toucher, même si je crève ici et maintenant.* Si je me retourne, je vais les défoncer, lui et sa bande de potes. Ce n'est pas bon pour mon casier, mais je m'en fous, ce qui m'importe, c'est Elena, et il est hors de question qu'il lui arrive quoi que ce soit.

J'entends courir, ils se rapprochent.

— Elena, cours, dépêche-toi, rentre à la maison et enferme-toi.

Elle commence à pleurer. Elle s'accroche à mon bras. Ses beaux yeux sont baignés de larmes.

— Non, je ne peux pas te laisser ! Fares, viens avec moi. Je courrai vite, ils ne pourront pas nous rattraper.

— C'est trop tard, ils ne vont pas nous lâcher. Bébé, si tu m'aimes, cours, s'il te plaît.

Elle ne bouge pas.

— Vas-y, PUTAIN ! crié-je.

Elle me jette un regard désespéré, me lâche enfin, retire ses talons et se met à courir. Quand je me retourne, ils sont pratiquement devant moi. J'analyse la situation : ils sont quatre. Il faut qu'au premier contact je tape fort, histoire d'en faire tomber un ou deux. Mais ils ont des battes de base-ball. Ça risque d'être un peu plus compliqué.

Le mec qui parle, je ne peux pas l'avoir oublié ; c'est celui du bar que j'ai foutu K.-O. après l'avoir vu embrasser Elena. Il a bu, ses yeux sont injectés de sang. C'est un bon point pour moi.

— Alors, on fait moins le malin !

— C'est sûr qu'avec tes petits copains, tu te sens mieux. Je me demande comment tu comptes les remercier.

Sa bouche se déforme sous la colère.

— Ferme ta gueule, je ne crois pas que tu sois en position de l'ouvrir. Tu te souviens de ce soir-là ? Moi, je ne l'ai pas oublié. Tu m'as pété le nez.

— Je me disais bien que tu avais changé, tu es encore plus moche qu'avant. Quoique, en regardant de plus près…

Je m'avance et il n'y voit que du feu. Mon poing part directement au milieu de sa sale gueule. Il tombe par terre. Et de un. J'arrive à éviter une des battes destinée à s'écraser sur mes côtes, je la saisis et tire dessus. Je donne un coup de pied dans le ventre du mec. Il a mal, il se tient le bide. Ça va être plus simple que je le croyais.

Les deux autres gars sont plus hésitants, mais je ne vais pas les laisser partir. Il faut qu'ils comprennent. J'avance vers l'un d'eux, le plus baraqué. On dirait que ses heures de gonflette ne lui servent pas à être courageux, il recule.

— Hé, connard ! Regarde ce que j'ai trouvé ! Maintenant, tu vas te calmer, sinon elle est morte.

Je me retourne. Non, ce n'est pas vrai ! Il y avait un cinquième gars, il a rattrapé Elena. Il la maintient contre lui et plaque un couteau sous sa gorge. Je baisse les bras et laisse glisser la batte de mes mains. Il se peut, finalement, que je ne rentre pas ce soir.

Le baraqué me frappe dans le dos et je tombe à genoux. Elena pousse un cri aigu. Mon regard toujours rivé sur elle, je lis la peur dans ses yeux. Je n'ai jamais vu son visage trahir une telle frayeur. Elle a déjà terriblement souffert. Je reçois un autre coup plus sec et un troisième. Ils se font plaisir, les enculés. Elena crie :

— Laissez-le, je vous en prie.

*Elena, tais-toi. Laisse-les s'amuser avec moi.*

Ils me frappent encore, mais je peux tout encaisser tant qu'ils ne la touchent pas.

Le mec au nez cassé se relève. Il me balance un coup de pied au visage. Je tombe sur les mains. Une seule goutte de sang coule de mon arcade. Il frappe comme une gonzesse en plus.

— Depuis le temps que j'attends ça, jubile-t-il.

Il prend une des battes et me tape dans le flanc. J'entends une côte se casser. Je serre les dents. Il frappe encore et encore. Je ne peux pas résister indéfiniment. Je tombe plus bas, la face contre le goudron froid. Il aura ce qu'il veut. Je le laisserai faire.

— Arrêtez !

Elena pleure, elle implore.

— Arrêtez de lui faire du mal. Pitié, laissez-le tranquille. S'il vous plaît, je ferai ce que vous voulez.

C'est exactement ce qu'il ne fallait pas dire !

— Elena ! dis-je, la voix cassée.

— Ah bon, ce que je veux ? On pourrait peut-être finir ce qu'on a commencé.

Je relève la tête. Il prend le couteau des mains de son pote et le fait glisser le long de la joue d'Elena. Sa poitrine se gonfle et s'abaisse à un rythme infernal, elle cherche à mieux respirer. Je sais à quoi elle pense, mais cette fois je suis là et on ne touchera pas à un seul de ses cheveux. Même si je dois y laisser ma peau.

Je me redresse d'un coup malgré la douleur qui me déchire. J'envoie le mec derrière moi contre le mur avec un coup de pied dans le thorax.

J'avance comme une machine sur celui qui tient mon cœur entre ses mains. S'il lui arrive malheur, je crève.

— Viens là ! lui crié-je d'une voix forte.

Il panique.

— Reste où tu es, mec !

Il tend son bras armé du couteau vers moi, c'est exactement ce que je veux. Je fonce sur lui, il essaie de se défendre. Je lui donne un coup de poing dans le ventre puis un coup de pied directement dans le cou. Il se le tient et lâche le couteau.

Après un dernier coup, il tombe par terre, la tête la première.

Mon corps n'est plus qu'une masse de muscles et de nerfs. Ma rage est un appel au meurtre. Je lui assène un autre coup dans le nez. Je veux l'amocher. Je lui saisis les cheveux à pleine main et écrase sa bouche contre le bitume. Je ne vais pas m'arrêter, je me connais. Je suis prêt à lui défoncer la mâchoire sur le trottoir.

Les autres me regardent comme si j'étais un monstre. C'est ce que je suis. Ils prennent peur et s'enfuient, laissant leur pote entre mes mains. Le malheureux. Je vais le tuer ! J'en suis capable.

— Pitié… gémit-il.

Pitié ?! Il croit que je peux avoir de la pitié pour un type comme lui ? Elena s'approche de moi et s'accroche à mon dos.

— Arrête, je t'en supplie.

Elle est gelée. Elle pleure tellement que ça me fait mal, plus mal que ma propre douleur. La sentir contre moi me soulage aussitôt. Ses larmes qui tombent sur ma peau me rappellent qui je suis. Je ferme les yeux, mes muscles se décontractent. Je lâche lentement la tête que je m'apprêtais à massacrer et passe mes bras derrière mon dos. J'attire Elena contre moi et la soulève en me courbant laissant le mec par terre presque inconscient.

Je marche avec elle sur mon dos. Elle s'abandonne totalement sur moi. J'ai mal, mais je ne dois pas la lâcher. C'est peut-être la dernière fois. Elle ne le sait pas, mais j'ai été touché. Je sens la chaleur de mon sang couler le long de mon flanc. Il ne m'a pas loupé, l'enfoiré. Je tousse. La douleur est aiguë et lancinante, mais ça me fait tellement de bien de l'avoir contre moi. Je n'aimerai jamais une autre personne comme je l'aime.

Arrivés chez elle, je la dépose sur le lit et me laisse tomber près d'elle. J'arrive à tourner le visage. Elle est épuisée ; son maquillage a coulé, mais elle est toujours aussi belle. Elle respire profondément, elle est si paisible maintenant.

J'ai une peine immense à l'idée de la faire souffrir. Quand elle découvrira qui je suis…

Une relation doit s'écrire dans le futur et nous n'en avons jamais eu. Le bonheur d'hier est remplacé par une boule dans ma gorge. J'ai de plus en plus de mal à respirer. Mon corps est bouillant mais je tremble de froid – j'ai de la fièvre. Il faut que je lui dise tout ce qu'elle doit savoir sur moi. Maintenant, j'en ai besoin, avant qu'il ne soit trop tard…

— Il faut que je te parle.

Elle bouge dans son sommeil.

— Elena ?

— Hum… Demain, d'accord ? Je suis trop fatiguée, dit-elle entre deux respirations.

— J'ai besoin de te dire…

— Compte les Boo, OK ? Un Boo, deux Boo, trois Boo…

C'est une de ses techniques qui m'aident à trouver le sommeil. Je souris.

Sa tête repose maintenant sur mon épaule. Je me demande si vraiment elle se souviendra de moi. Même quand elle saura tout. Même quand elle me détestera. Je passe ma main sur sa peau.

Je suis tombé chaque jour un peu plus amoureux d'elle. Je l'ai aimée dès le premier jour et personne ne peut comprendre pourquoi, ni comment, ni à quel point. J'ai commencé à vivre avec elle et je meurs pour elle.

Je ne suis pas parfait et il y a tellement d'erreurs que je regrette. Je ne suis qu'un homme et j'avais besoin d'elle.

Je ne ressens plus rien…

# 42 - RÉVÉLATION

## ***ELENA***

Au réveil, j'ai soif et mal partout. Le bras de Fares est sur ma hanche.

Ma tête me lance… Je me passe la main sur le visage. Du rouge au bout de mes doigts attire mon attention. Je retourne ma main lentement en tremblant. Mes paumes sont pleines de sang, ma robe aussi, tout mon corps. Je sens un goût métallique sur mes lèvres. J'ai du sang partout sur mon visage et dans mes cheveux. Je me lève d'un bond.

Je regarde Fares. Il est étendu sur le ventre comme hier et les draps sont maculés de son sang. Je me précipite sur lui.

— Non, non ! Pas ça, Fares, réponds-moi ! Fares, parle-moi ! Je t'en supplie.

Je le secoue, mais il ne bouge pas. Ses yeux restent fermés, sa bouche est ouverte, il ne manifeste aucune réaction. Non ! Non ! NON !

Je lui arrache sa chemise. Je vois la plaie ouverte. Mes mains s'agitent, j'ai du mal à les contrôler. Je prends le drap et appuie sur sa blessure. Je crie, désemparée et impuissante.

— Fares, nooooooon !

Je cherche son pouls, mais je ne sens rien. Il est mort ! Ce n'est pas possible. Je vis un cauchemar. C'est comme si un millier de clous me transperçaient le cœur. Le poids de la douleur écrase mes poumons. Je suffoque.

Je cours chercher mon téléphone. Je tremble tellement que j'arrive à peine à composer le numéro des urgences. Au bout de deux sonneries, ça décroche. Je mets le haut-parleur et hurle en pleurs :

— Au secours… Je vous en supplie, aidez-moi… ! Il y a du sang partout, je ne sais pas quoi faire… ! Je crois qu'il est… il est mort…

Je ne peux plus parler, prise par de furieuses convulsions, ma bouche reste ouverte. Je secoue frénétiquement la tête et lâche le téléphone. J'ai l'impression que mon corps tout entier brûle. Ça ne peut pas être réel. Il ne peut pas être parti.

Je suis en enfer. C'est trop douloureux, chaque fibre de mon corps me fait mal. Ma tête va exploser.

— Fares ! Faaaares ! gémis-je.

Je prends sa main inerte et en caresse mon visage, mais il ne réagit pas. Je pose ses longs doigts sur mon ventre.

— Je t'aime. Je t'aime tellement. Reviens-moi, s'il te plaît. Ne nous fais pas ça ! Je t'en prie. Ne me laisse pas seule. Tu vas être papa, tu m'entends ? Je porte ton enfant, Fares ! Tu verras, tu seras heureux, nous serons ensemble… Reviens, je t'en supplie.

Mes forces m'abandonnent, je me couche près de lui en chien de fusil. Je passe un bras sur son torse et le serre. Et je prie entre mes sanglots.

— Mon Dieu, aidez-nous ! Aidez-nous, je vous en prie… Je ferai tout ! Mais faites-le revenir. Ramenez-le-moi… Je ne peux pas vivre sans lui…

Je plonge dans les ténèbres, le silence se fait autour de moi. Je comprends que j'ai envie de mourir. Sans lui, la vie ne vaut plus rien. Un jour, sa main s'est posée sur moi et depuis je n'ai cessé de penser à lui. Je retiens ma respiration. Je veux partir avec lui. Maintenant, car jamais je ne pourrai aimer un autre comme je l'aime.

Je suis tombée chaque jour un peu plus amoureuse de lui. Je l'ai aimé dès le premier jour et personne ne saura dire pourquoi, ni comment, ni à quel point. J'ai commencé à vivre avec lui, et je ne peux pas vivre s'il n'est plus là.

Je ne suis pas parfaite et il y a beaucoup d'erreurs que je regrette. Je ne suis qu'une femme après tout, et j'ai besoin de lui.

Je ne ressens plus rien…

Je sombre.

Des voix me ramènent du fond de mon inconscience. Tout se passe au ralenti. On me soulève, je suis dans les bras d'un policier. Je ne veux pas lâcher la main de Fares. On me la retire de force. Mes larmes coulent sans cesse. Mes doigts crispés lâchent le drap avec lequel j'ai comprimé la plaie. Mon corps ne répond plus. Je vois entre mes larmes qu'ils essaient de le ramener à la vie.

Et je sais. Tout est clair à présent. C'est quand nos vies nous échappent, quand notre bonheur a semblé si court, quand les images du passé nous font mal, que l'on sait à quel point on a été heureux…

***

— Elena ?

Entendre sa voix est comme si on m'insufflait la vie. Déjà trois jours qu'il est entre la vie et la mort. Trois jours que je ne dors pratiquement pas. Trois jours que je ne mange pas. Il est pâle, ses lèvres pleines sont striées de gerçures profondes. Il a des cernes sous les yeux. Il est en vie.

Je lui saute au cou.

— Aïe !

Je monte carrément sur son lit. Je m'en fous, je l'ai souvent fait ces derniers jours. Les infirmières n'ont pas pu m'obliger à sortir de sa chambre. Jour et nuit, j'ai espéré ardemment entendre sa voix susurrer mon prénom ou sentir sa main serrer la mienne. Et là, il me regarde.

— Tu étais mort !

— Elena, je crois que tu écrases une perf.

— Je m'en fous ! Pourquoi tu m'as fait ça ?

Il me serre contre lui, ça me fait tellement de bien. Je ne peux pas croire que l'on a échappé à ce cauchemar. Nous pouvons tout surmonter aujourd'hui. Nous sommes plus forts. Invincibles. Je l'aime.

## ***FARES***

Je peux me tenir debout depuis deux jours. Elena m'aide et ne me quitte pas. Je suis si faible, et elle si forte, si confiante. Elle est maigre, elle a souffert, mais quelque chose a changé dans ses yeux. Je ne l'ai jamais vue aussi épanouie.

Nous étions dans le couloir de l'hôpital quand ils sont arrivés. Je le savais, mon père n'allait pas rester longtemps sans être informé de ce qui s'était passé, mais je ne pensais pas que la confrontation serait aussi brutale.

Je marche lentement, traînant la potence sur laquelle est accrochée ma perfusion, et Elena me tient l'autre bras. J'entends derrière moi une voix qui m'est familière. Je me retourne : c'est mon père. Il n'est pas seul.

Elena me regarde, déconcertée. Je baisse la tête. C'est fini. C'est maintenant. Mon cœur se serre douloureusement. C'est pire que la souffrance de ces six derniers jours. Elle va savoir. Elle va me détester.

Elena nous détaille tour à tour. Mon père la toise froidement. Il est furieux. Elle est perdue. Il me parle en anglais et je sais qu'elle comprend.

— C'était évidemment n'importe quoi de te laisser ici tout seul ! Le commissariat et maintenant l'hôpital ! Non, ça ne peut plus durer. Tu as besoin de ta famille, besoin de stabilité.

Elena me jette un coup d'œil et fait un pas vers eux. Elle présente sa main et lui adresse un de ses sourires que j'aime tant.

— Ta famille ? Fares, tu pourrais me présenter. Je suis enchantée…

Je l'arrête avec ma main. Elle m'examine, interdite. Je baisse les yeux quand son regard émeraude m'interroge.

— Elena…

Mon père n'a aucune pitié. Il parle même en français quand il lui dit :

— Je vous présente sa femme et son fils.

Elle reste figée un instant, sous le choc, puis, sans même me regarder, elle recule et part en courant. Non ! Pas comme ça !

J'arrache la perfusion de mon bras et j'essaie, comme je peux, de la rattraper. Elle prend la direction de l'escalier. Je sens ma blessure se rouvrir. Je suis très vite en sueur.

Quand j'arrive enfin à attraper son bras, elle se retourne et je reçois une gifle cinglante. Je me retiens avec difficulté à la rambarde. Ses yeux sont noyés de larmes. Ils n'ont jamais été aussi verts, aussi perçants. On dirait que son visage s'est creusé un peu plus. J'y vois là toutes mes fautes impardonnables.

— Elena…

— Arrête ! Tu n'es qu'un menteur, putain ! Comment as-tu pu me cacher un truc pareil ? C'est pire que tout ce que j'ai pu imaginer ! Ne t'approche plus jamais de moi !

Elle se détourne et je ne la vois plus.

# 43 – REGARDER LE CIEL ET NE PLUS VOIR NOS ÉTOILES

Elena : « Oui, je le veux. »

Je m'effondre dans l'escalier. Ma plaie saigne de plus en plus. J'espère qu'ils vont me laisser crever ici. J'espère que, quand ils me retrouveront, je serai déjà mort, car je le suis à l'intérieur. Le premier qui me touche, je le casse en deux. Oui, je lui réserve mes dernières forces. Ils ne répareront jamais cela de toute façon. Ils ne me répareront jamais complètement.

Je ne suis pas fait pour être heureux. Je n'ai pas été conçu pour cela ni éduqué dans ce sens.

Toute ma vie, j'ai appris à être froid, à ne pas me laisser prendre par les sentiments. Je dois diriger, c'est tout – mon père me poursuivrait même en enfer pour ça. Je suis pieds et poings liés. Je ne dois pas reproduire ses erreurs, il me l'a souvent répété depuis la mort de ma mère. Les femmes sont une faiblesse pour lui. Ma mère était sa faiblesse comme Elena est la mienne. Ma tête n'arrive même pas à imaginer demain. Je ne me vois pas reprendre ma vie là où elle m'a laissé.

Pourtant, je savais que ça allait arriver. Je sentais l'étau se resserrer autour de ma gorge un peu plus chaque jour. Je me noyais dans mes mensonges et elle commençait à le comprendre.

Les nuits, je posais ma main sur son front et je demandais à Dieu de la protéger, la protéger de moi et de mes fautes. Pourquoi ai-je laissé tout cela arriver ? Pourquoi lui ai-je permis de m'aimer ?

Je lui ai menti, je l'ai trahie et j'ai agi en connaissance de cause. Mais est-ce que je m'étais attendu à aimer ? Je pensais que tout ça, c'étaient des conneries. Les conneries des faibles. On m'a appris à ne pas être faible. À ne pas tomber amoureux.

Même si j'ai menti, jamais je ne me suis autant dévoilé. Je n'avais jamais fait l'amour à personne avec cette intensité. Je n'ai aimé le faire qu'avec elle.

J'étais venu dans ce pays pour me laisser du temps avant d'assumer mes devoirs et mes responsabilités. Et il faut que je les assume aujourd'hui.

Je sens quelqu'un s'approcher de moi, une main délicate se pose sur mon épaule. Je sais que c'est Aliyah. Je l'observe. J'aurais dû tomber amoureux d'elle, tout aurait été plus simple.

Nous nous connaissons depuis longtemps. Elle est douce, généreuse et elle m'aime. Je le sais, je le vois dans ses yeux depuis notre enfance. Le jour de notre mariage, elle me regardait avec des yeux éperdus. Ce même jour où je lui ai demandé du temps. Elle a compris et m'a laissé partir, elle savait que j'avais besoin de m'éloigner. Elle n'a rien dit et m'a attendu.

Ses yeux en amande me regardent avec douceur, elle a compris. Elle sait que j'en aime une autre, mais elle sait aussi que je ne la quitterai pas. Jamais je ne pourrai briser mon engagement auprès d'elle.

Mon père est en haut de l'escalier derrière elle. Il n'a pas décoléré.

— Les études sont finies pour toi. Tu as déjà perdu assez de temps. Je t'ai laissé faire pour que tu découvres la vie, pour que tu deviennes un homme, mais tu n'as plus besoin de ça maintenant.

Je me lève avec les forces qui me restent. Aliyah s'écarte. Elle sait que dans ces moments-là il vaut mieux ne pas me faire face. Je monte avec difficulté jusqu'à lui et le regarde droit dans les yeux pour lui montrer que je ne plaisante pas. C'est la première fois que je l'affronte et je vais lui montrer que je suis devenu un homme.

— Si je tiens mes engagements, crois-moi, tu vas tenir les tiens.

Je vois dans ses yeux toute la colère qu'il n'aurait pas hésité à laisser éclater avant, mais il se contient.

— Alors, ils resteront avec toi.

Je me retourne vers Aliyah. Adam est maintenant dans ses bras. Il me fixe avec ses grands yeux ronds remplis de larmes.

— Viens par là, toi.

Il se tortille pour descendre des bras de sa mère et, quand elle le pose par terre, il court vers moi. Je m'accroupis et il plonge dans mes bras.

— Tu m'as manqué, je ne veux plus partir. Je peux rester avec maman ? Hein, dis ?

Il faut que je sois fort, au moins pour lui.

— Oui, maman et toi, vous allez rester. Mais pour l'instant, je dois me reposer, d'accord ?

Je me relève avec difficulté, mais il s'accroche à ma jambe, et j'arrive tant bien que mal à retourner dans ma chambre avec cette sangsue. Les infirmières me sautent dessus avec leurs pansements et leurs compresses. Mes yeux restent, pendant longtemps, dans le vide.

***

Il est pratiquement vingt-trois heures. Je suis à nouveau seul. Elle me manque. Je n'arrive pas à croire que notre histoire est finie. Je regarde la chaise vide à droite de mon lit. Mon cœur se casse. Elle ne reviendra pas.

Il faut que je lui parle, que je la voie une dernière fois, qu'elle m'écoute, qu'elle comprenne.

Sans moi, elle ne souffrira plus. Je ne peux lui apporter que du mal et de la tristesse. Oui, je peux avoir la force de lui donner au moins l'avenir qu'elle mérite. Elle ne doit plus pleurer. Je veux lui dire que tout est ma faute, qu'elle a toujours été parfaite, qu'elle a changé ma vie, que moi aussi j'ai partagé ses rêves, qu'elle sera toujours dans mon esprit et ne disparaîtra jamais de mes regrets.

Elle me parlait de ses peurs, mais elle ne connaissait pas les miennes. Elle ne me connaissait pas.

Il faut que j'arrive à lui dire au revoir.

Je me lève. Je crois que cette fois le pansement va tenir. J'ouvre un des placards. Elle a pensé à apporter des vêtements. Cette attention me bouleverse. Je pose mes deux mains sur le lit et baisse la tête. Il faut que je le fasse, que je la laisse partir.

J'appelle un taxi devant l'hôpital. En l'attendant, je contemple le ciel, il semble ne plus avoir d'étoiles. Il ne sera plus jamais pareil.

Quand je suis enfin en bas de son appartement, je sais qu'elle est là. Je vois de la lumière par la fenêtre, elle ne dort pas.

Je monte les quatre étages avec peine. Je suis essoufflé et les points de suture tirent sur ma chair. Allez, encore un effort. J'arrive enfin devant sa porte. Je la regarde pendant quelques secondes. Je me décide à frapper.

Éric ouvre la porte, pas besoin d'être psychologue pour comprendre ce qu'il fout là. Julia tient Elena dans ses bras, elle me fusille du regard. Katy est dans la cuisine, son mec aussi. Quel plan foireux !

— Elena ?

Je toise Éric qui me barre le passage.

— Il faut que je lui parle, réussis-je à dire calmement.

— Je suis désolé, je crois qu'elle ne veut pas.

Je pense que c'est le seul mec dans cette pièce qui a les couilles de rester en travers de mon chemin. Si ce n'était pas un ami d'Elena, il serait déjà dans la salle de bains à nettoyer le sang de sa bouche. Je regarde par-dessus son épaule – il est presque aussi grand que moi.

— Elena, il faut qu'on parle.

Elle tremble comme un être apeuré en entendant le son de ma voix. Ce n'est pas vrai ! Je ne peux pas l'avoir brisée à ce point. Des poignards me transpercent le cœur. Je dois me retenir à l'embrasure de la porte. Je voudrais la réconforter, la serrer dans mes bras, lui dire à quel point je l'ai aimée, que nous deux c'était réel, que je suis désolé et qu'elle me manquera à jamais. Mais je l'entends répéter sans cesse :

— Non ! Non ! Non !

— Il me semble qu'elle ne veut pas te parler, insiste Éric.

— C'est toi qui décides pour elle maintenant ?

Il commence à me prendre la tête, celui-là. Il croit que je n'ai pas vu son manège, le jour du mariage ? Il était avec une fille, mais ne regardait qu'Elena. Il l'aime, j'en suis sûr. Il doit se réjouir de ce moment tant attendu. Blessé ou pas, je vais l'exploser.

Je le pousse.

— Tu vas vite dégager, dis-je en haussant la voix.

Elena se lève d'un coup et se place à un mètre de moi, elle tremble.

— Elena ! Viens, j'ai besoin qu'on parle !

— Tu es mort, tu as compris ?

Je suis sous le choc, ses mots me font reculer d'un pas. Elle secoue la tête.

— Fares est mort dans mon lit ! Fares est mort, il y a une semaine. Toi, je ne te connais pas ! Tu n'es personne ! Il est mort, putain !

Son visage est tordu par la douleur.

— Il est mort ! Il est mort ! Fares est mort !

Elle crie. Ses yeux gonflés sont injectés de sang. Elle est plus frêle et fragile que jamais. J'ai l'impression qu'elle revient de l'enfer. Je ne peux pas la laisser, j'avance vers elle. Ça me brise de la voir dans cet état. Elle hurle :

— Non ! Non ! Non ! Demande-lui de partir, s'il te plaît ! J'en peux plus ! Je n'en peux plus !

Elle est effrayée et se blottit contre Éric. Mon cœur se remplit d'acide.

Je la regarde une dernière fois m'échapper. Pour toujours. Je recule et plaque ma main sur ma bouche. Comme un automate, je sors de l'appartement et Éric referme la porte derrière moi.

# 44 – QUAND RIEN NE PEUT PLUS SE BRISER

♫ Maria Carey – « *My all* »

## ***ELENA***

Quand on ferme enfin la porte sur lui, je m'asphyxie, je m'écroule, vidée, criant de douleur, me tenant le corps. Je veux mourir.

Jamais plus il ne me serrera contre lui, jamais plus il ne me protégera. Il est loin maintenant. Il rejoint une autre que moi : sa femme…

Cette pensée me fait hurler plus encore.

— Elena, s'il te plaît.

Éric, accroupi à mes côtés, me serre dans ses bras et essaie de me calmer, mais j'ai l'impression qu'il ne me touche pas. Rien ne pourra plus me toucher, jamais rien ne pourra me faire plus mal. Personne ne peut comprendre, ne peut ressentir cette douleur aussi profonde, aussi violente.

Tous mes membres sont engourdis par la souffrance. Mes doigts se crispent, mon visage se fige. Je n'arrive pas à pleurer. Jamais cette blessure ne se refermera. Je veux qu'il disparaisse de ma tête.

— Sors de ma tête ! Sors de ma tête, putain !

Ma bouche émet des râles provenant de l'enfer. Le diable s'amuse à me transpercer le cœur.

Julia est à mes côtés.

— Transporte-la dans son lit, s'il te plaît.

À travers mes larmes, je vois Katy qui me regarde, horrifiée. Éric soulève mon corps. Je ne suis plus là. Ma tête bascule dans le vide.

Je porte son deuil, il est mort.

Il est cinq heures du matin, je ressens soudain une douleur atroce au bas du ventre. Les crampes me paralysent. Mon utérus se contracte, je me tords sous ces assauts terribles. Je me lève difficilement et passe au-dessus de Katy qui dort dans mon lit avec Julia. Je vais aux toilettes et m'assois sur l'abattant. Je regarde entre mes cuisses, je saigne abondamment. Je prends, en tremblant d'effroi, le papier-toilette et je m'essuie. Le sang est marron et rouge, parsemé de quelques caillots. Je serre le papier en boule dans ma paume à me faire mal.

Je m'effondre lentement sur le carrelage froid de la salle de bains. Je fixe la lumière au-dessus de moi, sans bouger, le cerveau vidé, la bouche pâteuse. Épuisée.

Le sang continue à couler entre mes jambes et s'étale sur le carrelage blanc. Il n'est plus là. Il ne viendra pas m'aider. Il n'en saura jamais rien. Il ne saura jamais que je viens de perdre son enfant. Je ferme les yeux et le laisse partir.

Quand je me réveille, je suis à l'hôpital. Katy et Julia se serrent l'une contre l'autre et me regardent, désolées.

— Tu l'as perdu, dit Julia en pleurs.

Je tourne la tête sur le côté. Je sais.

***

Habitée par ma solitude dans cet appartement vide, je pense encore à lui comme une obsession lancinante. Le poids de son absence m'écrase et la réalité de la rupture prend corps. Depuis une semaine je suis seule, j'ai froid et je ne trouve pas le sommeil.

C'était mal de l'aimer. Mon cœur ne peut pas supporter sa trahison. Je veux oublier tous ces souvenirs, tous ces moments qu'il a osé m'offrir. Je lui appartenais, maintenant je ne sais même plus qui je suis. Je veux effacer de mon esprit son visage, ses yeux, sa bouche.

Il me souriait, mais je voyais qu'il était torturé. Il me prenait toujours dans ses bras comme si c'était la dernière fois et sombrait dans un sommeil agité. Pourquoi n'ai-je pas compris ? Pourquoi ai-je été aveugle à ce point ? Je crois perdre la raison quand je repense à nos nuits et à quel point je me sentais bien, à quel point j'ai encore besoin de lui.

Il m'a fait croire que notre amour était plus fort que tout et il me laisse crever seule dans notre rupture, dans cette désillusion brutale. Je pensais le connaître, mais je sais que ses pensées n'étaient pas toujours pour moi. Et contre ça, je ne pourrai pas me battre. Il est avec elle. Elle est jolie. Je me rappelle son beau visage, ses longs cils, ses habits si différents des miens. Elle représente tout ce que je ne peux pas nier : la fin dévastatrice de notre histoire. Je me fourvoie, ce n'était pas une histoire, car il ne m'a jamais rien promis. M'être trompée sur lui est ce qui me fait le plus de mal.

Est-ce qu'il la caresse en ce moment ? Est-ce qu'il l'apaise comme il le faisait avec moi ? Lui dit-il les « je t'aime » que j'ai toujours rêvé d'entendre ?

Comment vais-je m'en sortir ? Il a fabriqué tous ces souvenirs pour me détruire. J'hésite encore entre sombrer complètement et la nécessité de survivre. Survivre avec l'impression d'être sale, idiote et affreusement laide. Ses actes m'ont blessée à vie.

Parce qu'il m'a si bien séduite, je lui ai tout donné.

Je me suis laissée aller et il m'a démolie.

Le regard médisant des autres, le jugement de mes parents et toutes les barrières silencieuses dans cette société qui redoute l'amour en noir et blanc sont des épreuves qui n'ont jamais affecté mes sentiments mais je sais à présent que ce ne sont pas nos différences qui ont eu raison de nous, mais nous-mêmes.

# 45 – ÉNIÈME ROUND

## ***FARES – SIX MOIS PLUS TARD***

Je défais mes cartons. Adam est sur mes épaules. Il vient d'avoir cinq ans. C'est fou comme il grandit vite. Nous avons déménagé dans un plus grand appartement pour lui offrir une chambre, le loft étant devenu vraiment trop petit pour nous trois. C'est encore le bazar, je ne retrouve plus mes affaires dans tous ces cartons.

Je cherche mes livres de discipline chirurgicale. Ils sont introuvables.

— Où ta maman a bien pu les ranger ?

Adam joue avec mes cheveux, il tire dessus. Je veux bien le laisser faire tant qu'il me laisse chercher ce que je veux. Il est infatigable, il me suit partout et parle tout le temps. Il me pose des milliers de questions. Il m'exaspère, mais quand il me sourit avec ses joues rebondies, je n'ai qu'une envie : les croquer.

Aliyah a dû ranger par mégarde mes bouquins dans ses affaires sans faire attention. J'ouvre au cutter un de ses cartons où il est marqué en noir « Papiers ». S'ils ne sont pas là, j'abandonne. Je les rachèterai.

Il y a un tas de documents, des dessins d'Adam, des photos de famille. Ça m'étonnerait qu'ils se trouvent là. Je m'apprête à refermer le carton quand une petite boîte rose et bleu attire mon attention.

Je la sors et l'ouvre. Il s'agit d'une échographie, un embryon de deux mois tout au plus. Je fixe le cliché pendant quelques secondes.

— Adam, descends, s'il te plaît.

Il glisse le long de mon torse jusqu'au sol. Je me relève. Je n'arrive pas à comprendre. La date dans le coin en haut à droite est bien postérieure à la naissance d'Adam. Il doit y avoir une explication. Je retourne l'échographie et découvre un mot rédigé à la main. C'est l'écriture d'Elena.

« Plus que le destin, Dieu nous a réunis et nous a fait ce cadeau.

J'espère que tu l'aimeras comme je l'aime déjà.

Joyeux *mon* anniversaire,

Boo »

Je lis et relis les phrases – pourtant simples –, mais je n'arrive pas à les comprendre. Cela ne peut être possible. C'est une erreur. Non, elle n'est pas enceinte. Elle ne porte pas mon enfant.

Aliyah entre à ce moment-là dans le salon, portant de la vaisselle. Je la regarde et tourne à nouveau les yeux sur l'échographie entre mes doigts. Dans un bruit fracassant, elle fait tomber les assiettes qu'elle transportait dans la cuisine. Je fixe sans les voir les éclats de porcelaine éparpillés à ses pieds. Non, elle n'a pas fait un truc pareil ? Elle ne m'a pas caché ça ?!

Je parle doucement, je sens tous mes muscles se contracter. Mon pouls devient chaotique.

— Tu n'as pas fait ça ?

Elle recule. Elle a peur. Oh si, elle a osé ! Elle le savait ! Elle me l'a caché ! Je la connais assez pour le voir dans ses yeux, mais je ne suis plus de son côté. Pas après ça. Elle est indéfendable.

Je franchis l'espace entre nous en deux enjambées. Elle tente de m'échapper, mais je lui attrape le bras et l'oblige à me faire face. Ses yeux brillent et Adam commence à pleurer.

— Tu le savais ! Hein ? grondé-je.

Elle se met à geindre des phrases incompréhensibles.

— Où as-tu trouvé ça ?

— À l'hôpital… Je…

— Tout ce temps, tu le savais et tu ne m'as rien dit !

Je deviens fou. Enfin, elle arrive à relever les yeux pour m'affronter.

— Il ne voulait pas !

— Qui ?

— Ton père ! Il a dit qu'il ne fallait pas que tu le saches, que ça allait foutre ta vie en l'air !

Je la lâche, dégoûté. Je fais les cent pas dans l'appartement, mes deux mains fourrageant mes cheveux.

— Foutre ma vie en l'air ? Depuis quand es-tu de son côté ?! J'ai tout lâché pour toi. Je me suis marié avec toi !

Elle reprend un peu contenance et relève le menton.

— Oui, tu es marié avec moi, Fares ! Tu m'as trompée et je n'ai rien dit ! Je t'ai laissé une chance. Mais aujourd'hui encore, tu penses à elle. Tu crois que je ne le vois pas !

J'en ai assez entendu, je ne peux plus rester. Je fonce vers l'entrée et prends les clés de ma moto.

— Attends, Fares ! Reviens, s'il te plaît !

Elle se tord les mains. Adam hurle. J'ouvre la porte et me fige sur le seuil, hésitant. Non, je ne peux pas. Ma tête va exploser. Il faut que je parte avant de dire des choses que je pourrais regretter.

Je roule sans m'arrêter, sortant de la ville. À travers ma visière, je crois voir le visage d'Elena. Ses beaux yeux si expressifs quand elle sourit. Je me rappelle son intelligence, sa gentillesse, sa douceur… Elena est depuis toujours incrustée dans ma tête, sous ma peau. Dans chaque partie morte de mon corps qui ne s'anime que lorsque j'entends son prénom. Je veux la revoir ! Putain, je donnerais tout pour la revoir.

Je perds la tête. C'est trop. Je ne peux pas renoncer. Tout mon corps se contracte et, sur un coup de folie, je braque à gauche, monte sur le terre-plein central et fais demi-tour. Je dois la retrouver.

J'arrive devant chez elle. A-t-elle refait sa vie ? A-t-elle déjà notre enfant dans ses bras ? A-t-elle encore son ventre rond ? Je l'imagine souvent ainsi dans mes rêves, mais mes réveils se transforment toujours en cauchemars quand je réalise que je ne vis plus avec elle. Mes entrailles se serrent à la seule idée de ne pas avoir été à ses côtés.

Je descends rapidement de ma moto. Je cours dans l'escalier. J'ai le cœur qui bat à un rythme fou à l'idée de la revoir. La porte est grande ouverte. Des bagages sont disposés un peu partout dans l'appartement. Elle part ? Mais où ?

— Prenez les bagages, j'ai tout laissé dans l'entrée. Merci, dit-elle depuis la salle de bains.

Quand je l'aperçois, c'est un choc. Elle est tellement belle. Mes souvenirs n'étaient pas justes. Je suis tout d'un coup projeté des mois en arrière. J'ai tellement envie de la prendre dans mes bras, de l'embrasser, de lui dire que je resterai avec elle et notre enfant, si elle veut encore de moi.

Son regard m'arrête. Je sais qu'elle éprouve à l'instant les mêmes émotions que moi. Elle se retient à la commode et dit dans un souffle :

— Je pensais que c'était le taxi.

Je regarde partout. Où est-il ? Où est mon enfant ? Elle ne peut pas être seule.

Elle se redresse et me demande, implacable :

— Qu'est-ce que tu cherches ?

— Je sais. Je sais tout.

Son regard se fige, ses pupilles se dilatent. Je crois voir de la tristesse passer dans ses yeux.

— Je suis désolée, le taxi m'attend.

Je lui barre le passage en me mettant devant la porte. Elle ne peut pas partir comme ça. J'ai besoin de savoir où il est, où elle va. J'ai besoin de lui parler. J'ai besoin d'être avec elle.

— Réponds-moi, s'il te plaît. Où est-il ?

Je lui parle doucement. Je ne veux pas lui faire peur.

Elle fronce les sourcils et me regarde droit dans les yeux. J'y perçois une lueur étrange. Une lueur de déjà-vu, dans les yeux de Sasha…

Elle s'avance lentement vers moi, se met sur la pointe des pieds et me chuchote au creux de l'oreille :

— Il est mort le même jour que son père.

Elle prononce ces mots avec une froideur incomparable. Je bafouille. Tout part en vrille dans ma tête. Ses yeux verts brillent comme deux morceaux de glace.

— Tu… Quoi ? Tu n'as pas fait ça ?

Je suis sidéré. Elle me répond, totalement apathique :

— Quoi ? Avorter ? Qu'est-ce que ça change ?

Ça change tout… Ça me détruit.

— Excusez-moi.

Je laisse le chauffeur de taxi passer devant moi et prendre les valises d'Elena. De toute façon, je ne peux plus bouger. Cette information reste dans mon cerveau et m'envoie des ordres paralysants dans tout le corps.

— Maintenant, écarte-toi. J'ai un avion à prendre. Pas besoin de te dire de claquer la porte avant de quitter l'appartement.

Elle me contourne et s'en va, sans un regard. Je ne ressens plus le besoin de parler ni celui de la retenir.

Après quelques minutes, je referme la porte derrière moi.

Je n'ai pas pu rentrer à la maison. Je suis allé dans le seul endroit où je me sens encore chez moi. Je frappe de toutes mes forces dans le sac de boxe de la salle d'entraînement, mais ça ne me suffit pas. Ce n'est pas assez. Il y a trop de souffrance. Je n'arrive pas à évacuer.

Je laisse mes yeux errer dans la pièce puis me dirige vers l'un des piliers faits d'acier au milieu de la salle et je frappe, encore et encore, comme un fou, jusqu'à ce que la chair éclate. Jusqu'à ce que le sang coule des bandages blancs sur mes phalanges. Jusqu'à ce que les os de mes deux mains se fragilisent. Je veux me bousiller.

Mon entraîneur arrive sur moi et m'enserre le corps pour me maîtriser, mais je suis comme possédé, pris dans une spirale délirante. Rien ne peut m'arrêter. Je frappe encore et j'y mets toute ma force, toute ma douleur.

— Merde ! Vous autres, aidez-moi !

Je sens que l'on me tire vers l'arrière. Je me débats, je hurle.

— Laissez-moi !

Pour la première fois de ma vie, des larmes coulent sur mon visage. Mon entraîneur me prend par les épaules et se place devant moi. Il me regarde droit dans les yeux et, après quelques secondes, il capte enfin mon attention.

— Calme-toi, OK ? Arrête ! Qu'est-ce que je peux faire pour t'aider ? Dis-moi, fiston ! Qu'est-ce que je peux faire ?

— Me donner la date et le lieu d'un combat sur un ring.

# 46 – LÀ OÙ ON NE DIT JAMAIS « JE T'AIME »

## ***ELENA***

Le regard perdu au-delà du hublot de l'avion, je repense à mon départ de Paris. J'ai retenu mes larmes pendant tout le trajet jusqu'à l'aéroport, il est hors de question que je pleure. Après notre rupture, je m'attendais à tout instant à le voir venir me demander des comptes. Mais le temps a passé et je m'étais faite à l'idée de ne plus jamais le croiser. Je pensais surtout ne plus rien éprouver pour lui.

Je déteste croire que je l'aime encore. Cet homme, je ne le connais pas. Il fait partie de mon passé, de la partie la plus triste de ma vie. Celle que je veux oublier. Je ne veux plus jamais retomber dans ses bras. Je ne veux plus jamais le voir, ni même penser à lui. Je ne pars pas à l'autre bout du monde pour rien.

Éric pourra repasser, avec sa « théorie des six mois » complètement bidon.

Mon vol durera à peu près onze heures et, pour ne plus ressasser, j'ai pris l'habitude de prendre un cachet. Dès le décollage de l'avion, je m'endors aussitôt.

Arrivée à l'aéroport de Tokyo, je vois une petite Japonaise brandissant une pancarte affichant mon prénom. Elle s'incline respectueusement devant moi et je fais de même. J'ai étudié les usages avant de venir. Ici, on ne s'embrasse pas, on ne se serre pas la main.

Elle s'appelle Yûna et parle anglais avec un fort accent, mais nous arrivons à nous comprendre. Elle a une coupe de cheveux très courte et sophistiquée. Ses vêtements sont sobres et elle se tient très droite.

Punaise, je sens que je ne vais pas m'amuser, ici !

Après quelques jours, je me rends compte que je me suis trompée. J'aime le Japon et Yûna cache en elle une certaine extravagance et beaucoup de fantaisie.

Ici, les gens ne montrent aucune émotion. Le tabou n'est pas le sexe, mais les sentiments. La tristesse, la colère et même l'amour se doivent d'être dissimulés.

Je suis au Japon pour mon stage de deuxième année chez Hermès. J'intègre le département marketing de l'agence de Tokyo. Je vais avoir beaucoup de travail, il me faudra faire mes preuves avant de prétendre à un poste important ici.

Ma rémunération est honorable bien qu'il s'agisse d'un stage. Il faut dire qu'il n'y a qu'un seul jour de repos par semaine. Je travaille d'arrache-pied et ne compte plus mes heures. Je m'investis à cent pour cent et j'aime ça.

Pratiquement tous les soirs après le travail, je mange avec les célibataires de mon service. C'est une pratique courante et sans ambiguïté. Il m'est quasiment impossible d'y échapper et Yûna déteste quand je ne viens pas. Elle est devenue mon amie. Elle sait que ces dîners me font du bien et cela me permet de ne pas trop cogiter toute seule chez moi.

Mon appartement est en face de celui de Yûna. Il est encore plus petit que celui de Paris, mais je ne vais pas cracher dans la soupe : je ne paie pas de loyer, tout est pris en charge par Hermès.

On passe le plus clair de notre temps ensemble et, pour être honnête, je m'éclate. On atteint la majorité à vingt ans au Japon, mais même passé cet âge, les Japonais restent de grands enfants. Nous sortons beaucoup, nous jouons aux jeux d'arcade des nuits entières et surtout nous passons des heures à chanter dans les karaokés. J'adore ça !

On se retrouve souvent chez moi pour papoter de nos différences culturelles avec deux autres collègues. Je leur apprends les coutumes occidentales. Elles sont tantôt écœurées, tantôt émerveillées.

Mais le « french kiss » remporte la palme du dégoût, elles trouvent cela complètement répugnant. Je comprends pourquoi soixante-dix pour cent des jeunes Japonaises sont célibataires !

— Non mais, les filles, il faut vraiment vous imaginer le faire avec quelqu'un de torride !

Elles ne semblent pas vraiment transportées par mon enthousiasme. Bon, peu de Japonais ont l'air torrides, je l'avoue. Fares est torride, lui. Mais je délire ou quoi ?!

Le temps passe à une allure folle et j'arrive plus ou moins à oublier que je le déteste.

Un matin après être venue à vélo au boulot – j'ai pris cette habitude, car rouler en voiture ou prendre le métro relève de l'impossible –, je m'installe à mon bureau quand je vois Yûna arriver avec une boîte de chocolats dans les mains.

— C'est pour qui ?

— Yamato, avoue-t-elle avec un sourire stressé.

— Quoi, ça y est ! Tu te lances enfin ?

Yûna est dingue de Yamato, je l'ai vu dès mon arrivée dans le service. Elle le regarde à son insu, tandis qu'il évite le plus souvent de regarder vers elle. Punaise, qu'est-ce qu'ils sont coincés, ces deux-là !

Nous sommes le 14 février, et elle m'explique que, au Japon, la coutume veut que ce soit la femme qui offre des chocolats à l'homme qu'elle convoite. Un mois plus tard, le 14 mars, il y a ce qu'on appelle le « White Day » où l'homme offre en retour un cadeau d'une grande valeur à celle qui lui a fait présent de chocolats s'il a des sentiments pour elle.

J'essaie de l'encourager.

— Allez ! Tu avances sûre de toi, tu le regardes droit dans les yeux et tu lui donnes la boîte. OK ?

— El, je ne me sens pas bien.

Elle est plus pâle que d'habitude – elle ne va pas tomber dans les pommes quand même !

— Vas-y, personne ne te regarde. Au moins tu seras fixée comme ça, lui dis-je en lui adressant un clin d'œil.

Elle me regarde, interdite. Bah quoi ? Ça aussi, il ne faut pas le faire ?!

Elle est vraiment timide et je la vois avancer d'un pas incertain jusqu'au bureau de Yamato. Quand elle arrive devant lui, il lève les yeux, stupéfait. Ils se regardent sans rien se dire. *Yûna, donne-lui les chocolats !* Elle est pétrifiée. C'est quoi ce délire ! La scène devient de plus en plus comique. Je commence à me marrer derrière mon écran puis à avoir un début de fou rire. Ce n'est pas possible ! Je l'appelle tout bas :

— Yûna !

Elle se retourne vers moi aussi raide qu'un piquet.

— Donne-lui, bon sang ! lui soufflé-je fortement.

Elle ne le regarde pas et lui balance la boîte sur le bureau. Il essaie de la rattraper, mais elle s'ouvre et la moitié des chocolats tombent par terre. C'est une catastrophe ! Je tape sur la table, pliée en deux. Elle commence à les ramasser, il lui vient en aide, et ils se cognent la tête. Alors là, c'est trop ! La pauvre Yûna le laisse en plan et revient en face de moi, plus rouge qu'une pivoine et super fière d'elle. Hilare, je me tiens le ventre.

— C'est bon, j'y suis arrivée ! annonce-t-elle, triomphante.

— Franchement, Yûna, bravo, tu l'auras mérité ton cadeau du White Day. C'est sûr !

— Et mon french kiss ! me dit-elle en essayant de me faire un clin d'œil mais en fermant les deux yeux en même temps.

Je regarde Yamato derrière elle qui continue de ramasser les chocolats et en fourre un dans sa bouche. C'est certain ! L'affaire est dans le sac !

J'ai dû apprendre à m'adapter aux us et coutumes du pays. Ce qui me frappe ici, c'est l'extrême civilité des Japonais. Où que l'on soit, on crée une file d'attente dès qu'on est plus de deux à patienter. On porte un masque pour ne surtout pas contaminer son voisin quand on est malade. Si on fait la grève, il ne faut pas gêner les autres, aussi, on manifeste sur le trottoir. On ne doit pas crier, ni courir, ni fumer – même dans la rue –, ni se faire remarquer… Ici on ne s'embrasse pas, on ne se dit pas « je t'aime ».

La fin du stage est arrivée. Je dois rentrer pour les vacances d'été. Yûna me surprend à tenter un câlin d'au revoir, mais ce n'est pas très chaleureux. Je lui souris, elle va me manquer. Je reviens dans un mois, de toute façon, car j'ai réussi à obtenir la place tant convoitée de responsable e-marketing.

Quand j'arrive à Paris, mes parents m'attendent à l'aéroport. Ma mère pleure comme d'habitude et nous rentrons à la maison. J'ai décidé de rester chez eux. Après ces longs mois d'absence, j'ai besoin d'être avec ma famille.

Les vacances passent vite et nous sommes déjà le 31 juillet. Je dois reprendre l'avion pour Tokyo ce soir, mais avant il faut que je fasse quelque chose, j'en ai besoin. J'y ai bien réfléchi.

J'achète deux roses chez un petit fleuriste près du Louvre. J'avance sur le pont des Arts, plus rien n'est comme avant. Les cadenas ont tous été retirés, les passants ne sont plus les mêmes. Des plaques transparentes tapissent maintenant les rambardes. C'est triste, ce pont a perdu de son charme. Je prends la rue qui longe la Seine, descends l'escalier et marche quelques mètres sur le quai.

Je m'arrête et je souffle. Mon cœur semble comprimé dans un étau, m'obligeant à ouvrir plus grand la bouche pour mieux respirer. Je prends un moment pour moi et je dépose la première rose puis la seconde sous le pont. De longs frissons me parcourent, insidieux et persistants. Je ne veux pas lever les yeux, mais c'est plus fort que moi.

Il est toujours là. L'antivol de la moto de Fares. Mais quelque chose est marqué dessus à l'encre noire. Les écritures ne sont pas récentes. Je me mets sur la pointe des pieds, mais je n'arrive pas à les lire. C'est bien trop haut.

Un homme âgé portant sa petite-fille sur les épaules passe devant moi. Je leur demande gentiment :

— Excusez-moi, pouvez-vous me dire ce qu'il y a de marqué sur le cadenas, s'il vous plaît ?

La fillette tape dans ses mains, visiblement amusée par ce nouveau jeu.

— Bien sûr, me répond l'homme aux cheveux blancs en souriant.

Il se tient le plus droit possible et dit à sa petite-fille :

— C'est un très bon exercice, Anna.

Elle tend le cou et commence à lire :

— « Ze… ne… t'ou… blieerai zaamais. Ze ne t'oublierai zamais ! » Z'ai réussi, papi !

— Vous allez bien, mademoiselle ?

Je recule. Non. Je ne vais pas bien. Pas bien du tout. Je quitte les lieux en courant.

# 47 – BAD TRIP

♫ Major Lazer & DJ Snake – « *Lean On* » (feat. MØ)

## ***TOKYO – LE LENDEMAIN***

La musique entre dans mes oreilles et envahit mon esprit. La piste de danse semble ne plus se trouver sous mes pieds. Les murs noirs de la boîte de nuit s'étendent à l'infini.

Je crois que j'ai pris quelque chose d'assez fort, un truc capable de me faire décoller. Un petit cachet blanc qui empêche mon cerveau de se souvenir de toi et de ce que tu m'as fait. *Pars, maintenant, quitte mes pensées.*

Est-ce que je peux transgresser tous les interdits ? Oui, ce soir, tout est possible. Est-ce que les gens peuvent voir ce que je vois ? Les couleurs se dégradent à chaque mouvement devant moi.

J'ai juste besoin d'échapper à la réalité, une fois. Juste besoin d'oublier ces secondes assassines, que la souffrance cesse.

Et ça marche.

Je sens mon esprit quitter mon corps, rejoindre une rive plus belle et plus douce. Je le laisse s'évader pour qu'il ne revienne pas et emporte avec lui mes pénibles souvenirs car plus rien ici ne l'allège, ne l'apaise.

Je ferme les yeux. Est-ce que je monte ou je descends ? Le décor tangue, mais mes jambes ne bougent pas.

J'ai envie d'être loin, peut-être même que j'ai envie de me rapprocher de toi, juste ce soir. J'imagine un monde idéal où il n'y a que nous, pas de femme, pas d'enfant.

Je te vois. Je sais que cette image ne te ressemble pas, mais j'ai envie de faire semblant, de croire à ce mensonge fabriqué. Laisse-moi rêver.

Je marche encore et encore vers toi, mais le chemin s'allonge, je cours ou je plane.

Mon cerveau reçoit mille informations à la fois. Tout est comme dans un stroboscope, des flashs les uns à la suite des autres. Un film d'antan. Tes yeux ne changent pas. Ils ne m'ont jamais quittée.

Tu te places derrière moi, ta bouche s'écrase sur mon cou, plus fine et moins douce. Je crois sentir ton odeur. Je m'abandonne. Je me retourne et je t'embrasse. Qu'il s'agisse de toi ou non, c'est sans importance finalement. Ce soir, plus rien ne compte.

Yûna me tire par le bras et m'arrache à ton étreinte. Je te laisse derrière moi, sans douleur, alors je souris. Elle me fait signe d'avancer et je suis soudain téléportée dans une autre pièce.

Est-ce qu'elle sait à quel point je suis bien ? J'essaie de le lui dire, mais elle ne m'entend pas.

Je sens mon cœur cogner à m'exploser la poitrine, il suit le rythme des lumières. Tous les bruits que j'entends se transforment en mots, et tous les mots auxquels je pense se transforment en sons. Une sensation bizarre à la fois agréable et flippante vient de l'intérieur de mon ventre. C'est chaud puis c'est froid. Ça me brûle.

La musique devient de plus en plus grave ou de plus en plus lente. Je ne sais pas.

Mon pouls semble s'affaiblir. Mon cœur va s'arrêter de battre ou imploser. Je veux juste oublier, un instant. Soulager ma peine et profiter de mon délire, de ce bien-être éphémère.

Yûna me tire de nouveau par le bras. Je sais que c'est elle, mais je ne la vois pas.

— T… ole !

J'ai l'impression qu'un film défile indéfiniment dans ma tête. Des flashs de toutes les couleurs m'éblouissent.

Les images vont de moins en moins vite. Je suis encore aspirée en avant. Je ne souris plus. J'ai mal. Oui, tellement mal. Mon ventre, mes doigts, ma tête brûlent. Je crois que je vais mourir. Mourir sous acide. *Fares, je vais mourir de toi.*

Je crois entendre Yûna m'appeler encore et encore mais il est trop tard.

D'un coup, je suis penchée au-dessus d'un lavabo, de l'eau coule sur mes cheveux. Yûna enfonce un truc dans ma bouche. Du métal froid me touche la langue. J'essaie de le retirer, car je sens la bile remonter le long de ma gorge, mais mes mains ne m'obéissent pas et je vomis.

Un brouillard envahit la pièce et m'engloutit. Tout est flou.

Je te caresse une dernière fois le visage, tu me souris comme autrefois…

## ***FARES – PARIS – AU MÊME MOMENT***

*Commentateur 1 :* Le public est en délire ce soir !

*Commentateur 2 :* Tout à fait. Il faut dire que Hotbaby attend avec impatience ce combat. Dans une de ces dernières interviews, il ne donnait pas trois rounds à Red Angel avant de le mettre K.-O. !

*Commentateur 1 :* Qu'il se méfie, il me semble que Red Angel n'a encore perdu aucun match, lui non plus, et il est connu pour son extrême violence.

*Commentateur 2 :* Heureusement, les gants rembourrés vont pouvoir limiter les dégâts. Avec sa gueule d'ange, Red Angel fait couler plus de sang que n'importe quel autre boxeur. Il aime démolir et il ne s'arrête pas. Il a déjà reçu plusieurs avertissements. Si j'étais en face de lui, je tremblerais comme une feuille.

*Commentateur 1 :* Personne ne sait d'où il vient, mais j'ai ma petite idée, je crois que cet ange nous vient tout droit de l'enfer ! Quand il frappe, il vaut mieux avoir bien préparé sa défense.

*Commentateur 2 :* En face de lui, Hotbaby se prépare, il reste invaincu cette saison et il a beaucoup plus d'expérience que lui. Red Angel devrait faire attention à son jeu de jambes et à son crochet du gauche.

*Commentateur 1 :* Le combat risque d'être passionnant. Les deux boxeurs montent maintenant sur le ring. Ils se saluent à peine. Et c'est parti !

*Commentateur 2 :* Ils se tournent autour et, pendant que Hotbaby se balance sur ses deux pieds, Red Angel marche tranquillement. Il le regarde avec férocité. Il est impressionnant !

*Commentateur 1 :* Hotbaby attaque le premier et l'Ange est maintenant dans les cordes. Il laisse son adversaire lui administrer des coups dans l'abdomen et se protège juste le visage. Il ne faudrait pas l'abîmer, celui-là. Il reçoit un coup dans les côtes. Houuuu ! Ça doit faire mal, mais il semble plutôt bien encaisser. Il accuse les coups sans broncher, il ne se défend pas. C'est terrible pour son adversaire qui se fatigue.

*Commentateur 2 :* Red Angel semble maintenant réagir. Ils sont front contre front et il le pousse !

*Commentateur 1 :* Oui, il repousse son adversaire, ce qui n'est pas autorisé bien sûr, mais l'arbitre n'intervient pas. Et Hotbaby recule jusqu'au milieu du ring.

*Commentateur 2 :* Red Angel lui dit quelque chose, mais malheureusement, d'où on est, on ne l'entend pas. Ça n'annonce rien de bon, je vous le dis !

— Je vais t'éclater ! Ne recule pas.

Je veux lui faire mal. Je ne boxe pas, je rentre dans une transe assassine. Et ils me laissent faire. Ils aiment ça et ils en redemandent. C'est trop facile.

Lorsque je frappe, j'oublie tout le reste. Je veux sentir cette déconnexion totale, et il n'y a qu'en boxant que j'y arrive. Quand j'entends des os craquer, quand je démolis, quand je vois le sang couler.

La foule m'encourage, elle veut du spectacle. Je vais lui en donner.

*Commentateur 1 :* L'Ange rouge avance rapidement sur Hotbaby. Il le boxe sans s'arrêter. Sa puissance de frappe est vraiment incroyable. Un coup au visage. Pouaaaahh, du sang coule de l'arcade de Hotbaby.

*Commentateur 2 :* C'est vrai que son style est différent. On a vraiment l'impression de ne plus être sur un ring, mais dans la rue !

*Commentateur 1 :* Il est infatigable. Son adversaire essaie de se reposer sur lui, mais l'Ange lui envoie un coup droit dans la mâchoire. Il va tomber, et Red Angel continue de le cogner. Oh là là ! C'est terrible, ce qui se passe ! Il faut arrêter le combat ! L'Ange sanguinaire continue sans cesse à donner des coups, bien que son adversaire ait l'air complètement sonné.

*Commentateur 2 :* L'arbitre stoppe le combat. Ouf ! Hotbaby reste à terre, il ne se relèvera pas. Red Angel marche comme un lion en cage !

*Commentateur 1 :* Ce qui est sûr, c'est qu'il ira loin dans la compétition.

*Commentateur 2 :* S'il se contrôle, bien entendu ! Je n'ai jamais vu un match de ce niveau finir aussi rapidement. Red Angel semble lui adresser un dernier mot et quitte le ring.

— La prochaine fois, tu fermeras ta grande gueule !

*Commentateur 1 :* Le public l'acclame, mais il rentre dans les vestiaires. Voilà un boxeur qui ne recherche pas les applaudissements !

Ce soir, je ne contrôle plus rien. J'ai eu comme la sensation que tu étais avec moi et que tu me répétais sans cesse :

« J'ai tué notre enfant. »

# 48 – WE LOVE GREEN

## ***ELENA – UN AN PLUS TARD***

Yûna et Yamato me suivent jusqu'à la porte d'embarquement. Ils m'ont promis de venir me rendre visite bientôt. Je me retourne vers eux et, malgré une maîtrise de soi toujours impeccable, je vois de la tristesse dans les yeux de mon amie. Elle me prend la main et me la serre très fort.

— Elena, promets-moi quelque chose. Promets-moi de lui pardonner.

Je roule de gros yeux étonnés. Son éducation ne lui permet pas d'oser dire à quelqu'un ce qu'il doit faire. Visiblement, cette entorse à la règle lui coûte. J'ai même le sentiment qu'en me disant cela, elle m'offre un cadeau. Elle poursuit :

— Ça ne veut pas dire oublier, tu sais. Mais j'aimerais que tu renonces à le détester, à le juger ou même à le punir. J'aimerais que tu prennes soin de toi maintenant.

Je crois qu'elle repense à ma nuit de folie passée sous ecstasy. Je suis touchée par ses paroles. J'en ai les larmes aux yeux, elle va vraiment me manquer.

— Je te le promets, ma Yûna, merci. Promets-moi en retour d'être un peu moins coincée, dis-je pour détendre la situation qui devient embarrassante pour elle.

Sa bouche s'élargit jusqu'aux oreilles et elle me fait, cette fois, un vrai câlin d'adieu. Yamato est derrière elle et me remercie silencieusement en souriant. C'est un homme bien, il la rendra heureuse.

Ce fut une année salvatrice, je me suis plongée un maximum dans le travail, tout en profitant pleinement de mon peu de temps libre. Yûna a raison. Il faut que je lui pardonne et reprenne ma vie en main. J'ai bientôt vingt-cinq ans. Je dois à nouveau penser à moi et surtout à ma vie sentimentale. Je dois réapprendre à ouvrir mon cœur, refermé tragiquement sur lui.

Mon dernier départ de Paris, voilà un an, s'était encore fait dans la souffrance et la déception. Quand je m'assois dans l'avion, je ne peux m'empêcher d'y repenser.

Ce jour-là, j'ai cru pouvoir changer ce qui ne pouvait l'être : le passé. Et j'avais eu l'idée de faire quelque chose d'incroyable, de vraiment stupide, et je m'étais lamentablement cassé le nez. Après avoir vu les inscriptions sur le cadenas, je me suis replongée dans la peine. Ce fut comme si cet amour perdu resurgissait du passé alors que je le pensais mort et enterré.

J'ai tout d'abord voulu fuir. Sans me retourner. J'ai couru pendant longtemps dans les rues de Paris, jusqu'à l'épuisement. Et, à bout de souffle, j'ai continué à marcher, les idées chamboulées, la boule au ventre.

Et puis, j'ai ressenti le besoin et l'espoir fou de retrouver l'homme que j'avais quitté. L'homme avec lequel j'avais vécu pendant un an. Celui qui a partagé les moments les plus intenses de ma vie. Je suis arrivée devant son appartement. Sa moto noire était garée sur le trottoir d'en face, devant la salle de boxe. Il ne me restait plus que trois heures avant de prendre l'avion. Je me suis donc assise et j'ai attendu en fixant la porte en fer rouillé.

Encore aujourd'hui je ne sais pas pourquoi, à ce moment de ma vie, j'ai cru qu'il était possible de tout effacer et de repartir de zéro. Comment ai-je pu penser, une seule seconde, lui pardonner ses mensonges et écouter ce qu'il avait voulu me dire six mois plus tôt, chez moi, avant que je ne parte au Japon pour la première fois ?

Mes mains étaient moites et je n'étais pas vraiment sûre de moi. Après de longues minutes d'attente, l'adrénaline est retombée et je me suis levée, le cœur dégonflé et fatigué.

Mais il est sorti à ce moment-là. J'ai laissé échapper un souffle quand je l'ai vu. Sa carrure s'était encore développée et j'ai immédiatement été subjuguée par sa beauté. Je me suis sentie soudain minuscule par rapport à ce qu'il représentait. Mais j'étais venue avec un objectif et il était hors de question que je fasse comme Yûna et sa boîte de chocolats.

Au moment où j'ai rassemblé mon courage pour l'approcher, un diablotin brun est sorti de la salle et a couru vers lui. Il l'a rattrapé au vol et l'a installé sur le siège passager de sa moto. Mon cœur a éclaté et ma détermination avec lui. Et si ce beau garçonnet avait été notre enfant et que quelqu'un vienne briser notre famille ? Je n'avais plus rien à lui offrir. Il était marié. Il en aimait une autre. Et je ne faisais plus partie de l'équation depuis longtemps.

Je suis restée, complètement pathétique, à les observer derrière une voiture. Fares avait changé, quelque chose de plus sombre semblait l'habiter, ses traits étaient moins doux, son visage plus sérieux. Encore plus mystérieux.

Comment aurait-il pu laisser son enfant après que je lui eus froidement dit que j'avais abandonné le nôtre ?

Je les ai regardés partir, je suis sortie de mon abri et j'ai ramassé ma dignité.

Rentrer sur Paris n'est pas vraiment un choix personnel, mais professionnel. Un poste à très haute responsabilité s'est libéré chez Hermès France, et j'ai été prise après un entretien par vidéoconférence.

Me voilà donc de retour après avoir vécu un an et demi au Japon.

Quand je rentre dans mon appartement, j'ai immédiatement une sensation de vide. On est loin de mes soirées animées avec Yûna et les filles.

Mais j'ai besoin de me reprendre en main. J'enterre l'Elena triste et fragile. Je pars en chasse et je compte bien me faire plaisir.

***

Voilà déjà une semaine que je suis rentrée, mon appartement est sens dessus dessous et mon linge… C'est simple, on dirait qu'un voleur est passé et a décidé de trouver un trésor caché dans mon dressing ! Le chantier complet.

En plus, je suis en retard ! Je finis d'onduler mes cheveux et dépose du blush rose sur mes joues. Il est bientôt dix-neuf heures et j'ai rendez-vous avec Katy et Julia au festival « We Love Green », qui se tient comme tous les ans en mai au parc de Bagatelle. Tout y est pensé pour les écolos : des éoliennes et des panneaux solaires sont installés pour l'occasion afin d'alimenter les scènes, les stands et les lumières. Les gens se prélassent dans l'herbe, profitent des derniers rayons de soleil avant le concert. L'ambiance très « peace and love » rappelle le mouvement hippie et j'adore ça.

Quand j'arrive enfin au festival, je m'achète une couronne de fleurs que je mets aussitôt sur ma tête. Ça va parfaitement avec ma robe blanche style bohème.

J'aperçois Katy de loin qui pédale sur un vélo, elle y va à fond. Luc est à côté d'elle et l'encourage. Ce stand propose de recharger son Smartphone en utilisant un vélo à dynamo. Oui, tout est vraiment green ici. Des artistes sont même venus présenter des œuvres réalisées avec des matériaux biologiques et écoresponsables.

Quand j'arrive devant Katy, elle est en nage. Luc m'accueille avec un grand sourire et je le prends dans mes bras.

— Ça va ?

Il semble encore désolé. Je ne lui en veux plus depuis longtemps. C'était mon erreur, pas la sienne.

— Putain, El, ça fait à peine dix minutes que je pédale, et j'ai rechargé de quatre pour cent !

— Non, mais sérieusement, Kat, tu es contente là ?!

J'explose de rire ! Elle est sérieuse en plus. Elle m'a manqué. Les filles sont venues le soir de mon arrivée, mais j'étais tellement crevée que j'ai écourté la soirée.

Elle descend du vélo et Luc la retient par la taille. Alors ça, ce n'est pas possible ! Elle n'est pas censée être avec Carlos ?

— Non, ne me dites pas que… non, ne me dites rien !

Je me cache les yeux comme si je voyais un truc malsain, vraiment trop bizarre. Katy s'explique :

— Ça fait un moment que je ne suis plus avec… enfin, tu sais qui. Et puis, j'ai toujours cru que Luc te préférait… alors quand j'ai vu que…

Elle s'arrête. Je sais à quoi elle fait allusion et je n'ai vraiment pas envie d'en entendre plus. Luc lui embrasse la joue et elle rougit instantanément. Katy qui rougit, c'est nouveau, ça ! Finalement, ils sont plutôt bien assortis. Je leur souris chaleureusement.

— Je suis sincèrement contente pour vous.

Nous rejoignons Julia assise sur le gazon avec d'autres personnes, avec lesquelles je fais connaissance. Elle a le ventre rond et se laisse aller contre Paul. Ils sont trop beaux tous les deux. Le couple parfait.

Le soleil se couche, les guirlandes des stands et les ampoules sur certaines œuvres à côté de nous s'allument lentement. Les artistes de style pop-rock-électro font la balance sur scène. Quand le concert commence, la nuit est tombée.

Katy, comme à son habitude, n'arrête pas de parler des moments qu'à son grand désespoir j'ai manqués. Nous avons échangé plusieurs fois au téléphone, mais la distance a un peu espacé nos contacts. Je suis heureuse que finalement rien n'ait changé entre nous. C'est comme avant. Enfin presque…

Pendant que Katy me raconte à quel point Julia est chiante et profite un peu trop de son statut de femme enceinte, je suis attirée par la conversation d'un groupe de filles à côté de nous. Elles minaudent et pouffent comme des dindes. Elles sont toutes émoustillées et fixent quelque chose derrière moi.

*Pouffe 1 :* Wouah ! Il est encore plus beau en vrai !

*Pouffe 2 :* Il faut absolument que vous me preniez en photo avec lui.

*Pouffe 1 :* Attends, je l'ai vu la première !

*Pouffe 3 :* En même temps, c'est difficile de ne pas le remarquer. Les filles, je crois que je suis amoureuse.

Mais de qui elle parle ? Je regarde derrière moi et ses yeux plongent directement dans les miens. Il me pénètre et bousille tout. Je me retourne aussitôt. Je respire trop fort. Je ne me sens pas bien. Je baisse la tête et ouvre la bouche pour mieux respirer. Mes épaules s'affaissent, je tremble.

J'entends Katy qui s'adresse à Luc :

— Qu'est-ce qu'il fait là ? Tu lui as dit qu'on était ici ? Je t'avais averti qu'Elena allait venir.

— Bah, j'étais avec lui cet aprèm…

— Oh, la gaffe.

— Je suis désolé, Elena, s'excuse Luc.

Je n'arrive pas à relever la tête. Je leur demande dans un souffle, les yeux rivés sur le sol :

— Vous traînez avec lui ?

— J'ai toujours traîné avec lui, El, c'est mon cousin. Bon, nous avons eu des différends. Mais on a toujours été amis.

Du coin de l'œil, je le vois qui approche et mon cœur tape furieusement dans ma poitrine. Il faut que je lui pardonne, il le faut ! Je dois l'affronter et ça ira mieux.

Il ne dit rien, je sens qu'il est juste à côté de moi. Tout mon corps le sent. Le temps est comme suspendu. Je n'entends plus le concert, mais les battements de mon cœur dans mes tempes. Son odeur s'infiltre dans mes narines, ce parfum pouvant faire tourner la tête à la plus croyante des nonnes. Je me risque à regarder à côté de moi, je lève lentement les yeux. Il est accroupi. Je peux voir ses coudes sur ses cuisses et ses mains qui sont relâchées au milieu de ses jambes. Mon regard remonte et suit son corps. Je vais me faire du mal. Il a la tête baissée, ses mèches de cheveux lisses et sombres tombent devant ses yeux qui me scrutent avec insistance. Je suis en train de perdre la vie. Oui, mon cœur cesse de battre. Fares produit toujours le même effet dévastateur sur moi, il est si beau qu'il me tue.

Il soutient encore mon regard. Je résiste tant bien que mal et j'ai l'impression que mille sentiments passent dans ses yeux. Finalement, le plus détestable d'entre eux domine. La haine. Il lâche soudain sur un ton des plus intimidants :

— Tu t'es perdue ? Qu'est-ce que tu fous là ?

C'est la douche froide. Je lève un sourcil. Son attitude me donne envie de lui arracher les yeux. J'essaie de répondre sur le même ton.

— Qu'est-ce que ça peut te faire ?

— Tu n'étais pas mieux à dix mille kilomètres ? Je veux bien te payer le billet d'avion pour que t'y retournes.

Un autre affront. Une autre gifle. Elle est cuisante, elle me fait mal. Je me dresse d'un bond. Les personnes autour de nous nous fixent comme si elles étaient au cinéma. Prenez du pop-corn pendant que vous y êtes !

— Garde le blé de ton père, OK ? Franchement, tu crois que j'ai besoin de ton fric ?

Il affiche un sourire insolent.

— Ce dont je me rappelle c'est que tu ne boudais pas les billets que je te laissais sur l'oreiller.

Son insulte me coupe le souffle. Je me couvre de sueurs froides. Je note très bien l'allusion à notre première fois. L'assemblée me dévisage, je pourrais même entendre les « ooooooh » dans leurs pensées. Rouge de honte, je prépare une repartie des plus agressives, mais Julia s'est levée et me tire par le bras.

— Allez, je crois que vous avez assez discuté comme ça.

On se foudroie toujours du regard pendant qu'elle m'oblige à m'éloigner de plusieurs mètres. Quand je me retourne vers elle, je suis plus qu'en colère, je suis en furie.

— Putain, Julia, c'est quoi ce délire ?!

Ma respiration s'est accélérée. Des larmes de rage me montent aux yeux.

— Elena, tu es partie et beaucoup de choses se sont passées ici. Il t'a fait du mal, il s'est conduit en véritable enfoiré, je le sais. Et au début, je ne voulais pas lui parler, je te jure. Mais il a fait des trucs bien pour nous, et Luc, son cousin, est avec Katy maintenant.

Les bras m'en tombent. Je ne crois pas ce que j'entends. Je vais devoir traîner avec lui alors. Pardonner, oui, mais le côtoyer… je crois que c'est au-dessus de mes forces.

# 49 – L'ENGAGEMENT

Nous nous regardons en chiens de faïence pendant que Julia essaie de m'expliquer pourquoi elles m'ont lâchement poignardée dans le dos. Je bous intérieurement, je ferme les poings de rage, je le déteste !

Quand je vois Éric arriver et lui serrer la main, c'est la goutte d'eau qui fait déborder le vase. Ils sont tous devenus fous ou quoi ? Fares parle avec mes amis comme si de rien n'était. Je commence à avoir l'impression d'être de trop, là !

Il a compris comment me faire péter un plomb. Il me rend dingue et c'est exactement ce qu'il veut. Mais à ce jeu, je peux être plus forte que lui. Il ne perd rien pour attendre.

Je remarque un groupe de filles derrière lui qui trépignent, hystériques.

— Putain, Ju ! Mais qu'est-ce qu'elles attendent comme ça ?

Elle se retourne.

— Tu ne sais pas ? Il a gagné le championnat du monde de boxe, cette année. Il a beaucoup de succès, dit-elle, gênée.

— Il a arrêté ses études ? demandé-je, stupéfaite.

— Bah, disons qu'il n'a plus vraiment l'obligation de les poursuivre. Il gagne très bien sa vie et je peux te dire qu'il n'a plus besoin de l'argent de son père.

Je suis abasourdie. Il aimait apprendre. Il était passionné par la chirurgie et m'en parlait pendant des heures. Il était doué et ses belles mains étaient faites pour cela. Je ne peux pas croire qu'il ait laissé tomber. Jamais il n'aurait pu arrêter comme ça ! J'ai vraiment basculé dans un autre monde.

— Elena, il te payait vraiment ? Je veux dire quand vous faisiez… enfin tu vois, quoi.

Embarrassée, elle secoue son index en direction de mon entre-jambe. Je fulmine.

— Mais non !

Elle paraît soulagée – je rêve !

— Écoute, je sais que c'est dur pour toi, mais de l'eau a coulé sous les ponts, non ? J'irai lui parler, OK ? Il n'a pas à t'agresser non plus. Je suis tellement heureuse que tu sois là.

Devant son air contrit de femme enceinte, je ne peux que capituler. Elle veut vraiment que tout s'arrange. Ses hormones lui font croire à un monde rempli de paix, de joie et de Bisounours couleur pastel. Je décide finalement de me calmer. Je baisse ma garde et jette un dernier regard vers lui. Il m'a à présent complètement occultée. Il est toujours aussi attirant et dégage un sex-appeal incroyable. J'imagine l'effet qu'il a sur les filles qui font le pied de grue derrière lui et j'ai envie de leur crier : « Ça ne se voit pas mais cet enfoiré est marié !!! »

Je respire, oui, je respire toujours.

— OK, je vais faire un tour, dis-je, totalement dépitée.

— Tu veux que je t'accompagne ?

Je regarde son ventre énorme.

— Non, ça va. Merci, Julia, à plus tard.

Elle me serre le bras et me sourit avec compassion.

En fait, je compte partir. Il est hors de question que je revienne auprès d'eux. J'ai besoin d'air pour assimiler autant d'informations. Je commence à marcher en direction de la sortie du parc quand j'entends :

— Elena ?

C'est Éric. Il court jusqu'à moi.

— Je suis si heureux que tu sois revenue.

Son sourire pourrait faire craquer n'importe qui. Spontanément ; je le lui rends. Ses yeux manifestent en effet le plaisir qu'il a de me revoir.

J'ai promis à Yûna de prendre soin de moi et, quand je regarde Éric, je vois en lui la seule personne qui a su éveiller en moi l'envie d'aller plus loin après Fares. Je risque un dernier coup d'œil. Il est toujours sur le gazon, des filles à côté de lui le reluquent avec adoration. Elles sont ridicules, c'est d'un pathétique…

Éric regarde dans la même direction que moi.

— Ne restons pas là. Viens.

Je renonce à quitter le festival. Nous flânons bientôt entre les stands. J'aime toujours autant sa compagnie, il m'apaise.

— Attends-moi là, s'il te plaît, dit-il soudain avec un regard plein de malice.

— D'accord.

— Tu ne bouges pas, OK ?

— Où veux-tu que j'aille ? je réponds, amusée.

Il lève un sourcil et je comprends. *Vers Fares…*

— Ne t'inquiète vraiment pas pour cela.

S'il y a un endroit où je ne veux pas être, c'est à côté de lui.

Il revient d'un des stands avec deux verres de vin bio. Il m'en tend un et m'invite à y tremper mes lèvres. Je goûte et c'est sans appel, je déteste définitivement cela. Devant ma mine dégoûtée, il éclate de rire.

— Tu es bien la seule personne que je connais qui n'aime pas le vin.

— Quoi ? Mais avec qui tu traînes, sérieux ?

Il me contemple avec tendresse et je constate que j'aime cela. Il est habillé décontracté. Il a vraiment bon goût. Il a changé. Éric n'a plus le visage rond du jeune homme que j'ai connu autrefois.

— As-tu fini tes études, Elena ?

— Oui, je suis directrice marketing chez Hermès.

— Wouah rien que ça !

— Et toi ?

— Je suis architecte, j'ai mon propre cabinet. Je suis spécialisé dans la réalisation de maisons modernes, dit-il non sans fierté.

— Ça marche bien ?

Il me fait un demi-sourire malin.

— Plutôt bien, oui.

C'est le genre d'homme déterminé et indépendant qui obtient toujours ce qu'il veut, que rien ni personne ne peut arrêter. On dirait qu'il tient le monde entre ses mains. Son assurance me plaît.

Nous nous arrêtons à Hippie Market où il m'achète, à mon insu, un joli bracelet qu'il attache aussitôt à mon poignet. C'est si attentionné et ça fait tellement longtemps que l'on n'a pas eu ce genre d'égard envers moi que je lui plaque un bisou sur la joue. Il se laisse faire avec plaisir.

Il me parle de sa rupture avec Cloé. Elle est récente, mais il n'a pas l'air d'en souffrir. Je comprends que ça vient de lui. Je lui raconte mon séjour au Japon. Il écoute avec intérêt sans m'interrompre. Il sourit quand je lui parle de Yûna et me dit qu'il aimerait beaucoup la rencontrer. Nous discutons pendant près de deux heures, je me sens tellement bien avec lui que je ne vois pas le temps passer.

Nous nous arrêtons au milieu d'un petit pont au-dessus d'un des plans d'eau du parc, nous entendons le concert de loin, c'est très agréable. Il y fait un peu plus froid et il glisse délicatement sa veste sur mes épaules. Il me prend par la taille et me soulève pour que je m'assoie sur la rambarde. Je suis maintenant à sa hauteur, il s'approche de moi et se faufile entre mes genoux. Je m'arrête de parler, tout d'un coup surprise par d'étranges frissons qui me traversent le corps. Il me regarde droit dans les yeux et je suis subjuguée par la profondeur de ses yeux clairs. Il prend soudain un air sérieux.

— L'aimes-tu encore ?

Il a toujours été direct. Mon cœur se serre. Je fronce les sourcils et je tourne la tête sur le côté.

— S'il te plaît, réponds-moi. J'ai besoin de savoir.

J'entends de l'émotion dans sa voix. Je dois lui répondre maintenant. Je fais appel à toutes mes pensées cohérentes. J'ai toujours su que j'aimais Fares, mais peut-on vraiment appeler cela de l'amour ? Ce sentiment d'être lié à quelqu'un par la passion, la haine et la souffrance.

— Non, je ne l'aime plus.

Il se sent mieux. Moi, pas.

— Elena, l'amour n'est pas obligatoirement une douleur… Regarde-moi.

Il prend mon menton entre ses doigts et me fait lever les yeux vers lui.

— Je peux te combler, t'aimer comme il ne t'aimera jamais. Te donner ce que tu souhaites. Te protéger. Je ne te mentirai jamais, Elena. Je suis amoureux de toi depuis la première fois que je t'ai vue. Je t'ai attendue et je me dis que l'on pourrait être ensemble maintenant.

Il est sincère et ses mots me touchent profondément. J'ai besoin de cet amour, besoin de me sentir aimée, juste une fois. Vraiment. C'est même devenu une nécessité. Il prend mon visage entre ses mains, se rapproche de plus en plus et ne laisse plus qu'un centimètre entre nos deux bouches.

Il attend que je fasse le dernier pas vers lui, que je lui donne ma permission d'aller plus loin. Et il me demande bien plus qu'un baiser, il veut que je m'engage dans une relation de confiance. Il me veut entièrement. Il est amoureux de moi et je sais ce que cela représente.

Je plonge dans le lagon turquoise de ses yeux. Je crois voir quelque chose de beau. De solide. D'authentique. Il ne partira pas, il ne me quittera pas. Il n'a pas de secret. Je ne suis plus obligée de souffrir de ma solitude. J'ai besoin d'un homme comme lui, honnête et sans secret. Je ressens, tout à coup, une onde délicieuse. Une certitude. Je veux être avec lui.

Je franchis le dernier espace qui nous sépare et je l'embrasse. Il s'applique. C'est doux, rassurant. Je sens qu'il se freine, qu'il a besoin de plus, qu'il a toujours attendu cela. Je passe mes bras autour de son cou. Même si je l'ai déjà embrassé par le passé, j'ai l'impression que c'est la première fois. Peut-être parce que toutes mes pensées sont tournées vers lui aujourd'hui. Ses lèvres me font du bien. Je me laisse aller et, un instant, je crois ne plus penser.

Mais quelque chose me dérange, je ne sais pas quoi, je m'écarte un peu. Il reste à quelques centimètres de moi en me retenant toujours par la taille. Il continue de me fixer comme s'il attendait que je lui dise pourquoi je me suis soudain reculée. Je ne veux pas qu'il croie que je le repousse encore. Je me mords les lèvres en baissant les yeux et j'essaie de lui dire :

— Éric, je…

— On va doucement, j'ai compris. (Il me sourit.) Je vais aller nous chercher un truc à manger et on s'installe sur l'herbe après. Tu es d'accord ?

Il m'aide à descendre de la balustrade. Je n'arrive pas à répondre. Je fais juste oui de la tête. Oui, je suis prête pour une relation, prête à passer à autre chose, à aimer de nouveau.

Quand je me retrouve seule sur le pont, je tourne la tête comme attirée par un aimant. Il est là.

Fares.

Les deux mains dans les poches, à cinq mètres devant moi. Il nous a vus. Je crois tenir là ma vengeance, mais mon cœur se serre. Son regard n'a jamais été aussi brillant, désarmé et impuissant. Je fais un pas vers lui.

— Fares, je…

Qu’est-ce qui me prend ? Je ne lui dois rien !

Son regard change, il est à nouveau glacial et insondable. Il baisse la tête, tourne les talons et je le vois disparaître dans la foule.

# 50 – COMMEDIA DELL'ARTE

J'ai passé une semaine de dingue. Nous sommes vendredi et, ce matin, après avoir mangé tranquillement mon petit déjeuner, je pars au travail en prenant le courrier au passage. Il y a un petit écrin blanc dans la boîte aux lettres. C'est Éric. Cela fait déjà un mois que nous sommes ensemble. Le plus souvent, nous nous voyons le week-end. Nous prenons notre temps.

J'ouvre l'écrin et découvre des boucles d'oreilles tombantes serties de diamants noirs. Elles sont splendides. Il est fou !

« J'ai hâte d'être à ce soir, ma chérie. J'espère que tu es prête à t'amuser.

Éric »

Je reçois un appel de Katy. Elle est tout excitée.

— On y va ensemble ce soir alors ?

— Passe me prendre comme prévu, oui.

— Je veux absolument gagner. Tu te rends compte ? Un week-end dans ce château de rêve. Je suis prête à faire des croche-pieds et à tirer les perruques des autres participantes. Je te préviens, tous les coups sont permis !

Je suis sûre qu'elle va le faire, en plus.

Ce soir, nous allons participer à un jeu dans un grand château près de Paris. Nous avons payé cinquante euros par personne. À gagner : rester sur place pour le week-end, tous frais payés, avec massage et soin. Un séjour romantique à savourer comme des rois. L'endroit rien qu'à nous.

Le but du jeu est simple : chaque couple est séparé dans les quatre coins du château et nous sommes censés nous retrouver. Une fois ensemble, nous devons rejoindre une chambre qui nous est attribuée. Les femmes disposent de la carte représentant les différentes pièces du château et un point rouge indique celle à retrouver. Le couple qui y arrive en premier a gagné.

Ce soir, si nous gagnons, ce sera ma première nuit avec Éric et j'ai décidé de sauter le pas avec lui. J'en ai envie.

Seulement, ça ne sera pas si simple. Il y a des règles. Les couples ne pourront pas se voir avant la fin du jeu. Chacun doit trouver une tenue de soirée moderne en relation avec la célèbre commedia dell'arte, et porter un masque pour cacher son identité.

J'ai loué une robe longue à la Isabella tandis qu'Éric est censé être en Lélio.

— Bon, Kat, je te laisse. J'ai encore une journée de travail devant moi avant ce soir. À plus tard.

— On va s'éclater ! crie-t-elle avant de raccrocher.

Il est dix-neuf heures quand je rentre enfin. Je dois vraiment me dépêcher.

On sonne à ma porte et un livreur me tend une boîte rectangulaire noire. Je suis surprise. Éric n'arrête jamais. Il est comme ça, imprévisible.

— Signez ici, s'il vous plaît.

Je ne me fais pas prier. Je la récupère immédiatement et je l'ouvre, impatiente.

C'est une robe de soirée. Je la déplie devant moi, elle est magnifique. Elle est noire, brillante, longue et fluide. Une fente est dissimulée sous le tissu sur toute la longueur. Les lacets sont censés entourer le cou. Le dos est complètement nu. Le masque entièrement fait de dentelle est tout aussi magnifique. Je regarde la robe que j'ai louée sur mon lit, elle me paraît terne à présent. Le choix est vite fait. Ça promet d'être torride si nous gagnons ce soir. Je souris. Je suis décidée.

Je commence à me préparer. Je me maquille un peu plus que d'habitude. À l'aide d'un pinceau, je dépose sur mes paupières un fard noir. Quand je me regarde dans le miroir, mes yeux ressortent comme ceux d'un chat. Je relève mes longs cheveux en un chignon très serré. Je mets mon châle sur les épaules et je suis enfin prête.

Le château se trouve à plus de trente kilomètres de Paris. Quand nous y arrivons, il fait déjà nuit. Je me dis aussitôt que nous allons perdre. Je n'ai pas vraiment le sens de l'orientation et, en plus d'être majestueux, le château est gigantesque ! Des lanternes sont installées de part et d'autre de l'allée et nous conduisent à l'entrée. Nous sommes accueillis par une femme en tenue très stricte qui nous invite à entrer et nous présente le propriétaire du lieu.

Nous sommes une dizaine de femmes masquées à attendre le top départ. Le châtelain nous donne à chacune la carte et une petite lampe à pétrole.

— Attention, mesdames. Il ne faut absolument pas vous faire attraper par un autre que votre conjoint sinon vous et votre moitié serez immédiatement éliminés.

L'ambiance est irréelle, presque mystique. Le château est plongé dans le noir. Quelques bougies éclairent les salles et les longs couloirs. J'éprouve un sentiment de peur mêlé à de l'excitation. Katy, quant à elle, est très concentrée.

Le jeu commence. Chacune s'enfonce dans le château et prend un chemin différent. Je décide de m'engager dans la pièce directement à droite. Je marche lentement.

Elle est magnifique et silencieuse. Je suis en admiration devant les tableaux, les meubles anciens et les tapis de soie. C'est tellement beau que je perds le fil du jeu. Je me ressaisis. Elena, concentre-toi ! *À ce rythme-là, tu ne l'auras jamais, ton week-end de rêve.*

Je marche depuis plusieurs minutes déjà quand je sens passer quelqu'un derrière moi.

Je cours me cacher derrière un grand rideau rouge d'une des salles de réception, d'où j'aurai une meilleure vue sur l'inconnu. Allié ou ennemi ? Je laisse dépasser mes yeux et je crois apercevoir l'ombre sur la gauche. Ce n'est pas Éric. Il faut absolument que je quitte cet endroit. Je suis bien trop repérable ici.

Je sors de mon abri. Tremblante, je marche et je le sens. Je suis traquée.

Cet homme m'a prise en chasse comme un gibier. Je me mets à courir pour lui échapper. Je le vois encore passer. Je me sens prise au piège.

Je suis dans une autre grande pièce et je crois ne pas être seule. Je me retourne, mais il n'y a personne. Il n'est pas loin, car je l'entends, il se rapproche.

Un long couloir s'étire maintenant devant moi. Je cours et j'essaie, en paniquant, d'ouvrir chaque porte. La dernière cède enfin. J'entre et je la referme aussitôt derrière moi.

Je reprends mon souffle quelques secondes et lève les yeux. Je me trouve dans une chambre silencieuse, comme coupée du reste du monde. Seules les fenêtres laissent entrer les lueurs de la pleine lune. Je pose ma lampe à pétrole sur le meuble à l'entrée. Je m'avance jusqu'au centre de la chambre comme attirée par son mystère.

Je passe devant le grand lit en caressant le bois verni puis son drap en soie rouge. Une baignoire blanche sur pieds se situe près d'une des fenêtres. Les murs sont noirs, mais des scènes y sont peintes ; des femmes et des hommes nus rappellent l'audace de l'époque libertine. Cette pièce est suggestive. C'est un appel au plaisir et aux péchés de la chair.

La flamme de la lampe s'éteint soudain par un souffle dans mon dos. La pièce est à nouveau plongée dans l'obscurité. C'est lui, je le sais. Fares… Ma respiration s'accélère. Il m'a traquée, poussée jusqu'ici et piégée. Je tremble, je n'ose pas me retourner.

Il avance doucement. Sa présence fière et impudente envahit l'espace. Tout mon corps se tend comme un arc. Ce magnétisme. Ce parfum. Il n'y a que lui que je peux sentir ainsi. Je n'ai pas besoin qu'il retire son masque.

Il se dresse juste derrière moi, ne me touche pas. Je retiens mon souffle. Je peux à présent percevoir sa respiration près de mon oreille. Sa voix est grave et sensuelle :

— La robe te plaît ? Quand je l'ai vue, j'ai su qu'elle était faite pour toi.

J'ai envie de me retourner pour le gifler mais tout cela, tout ce stratagème pour se retrouver seul avec moi, me tétanise. Un prédateur sait intimider sa proie. Je m'en rends compte. Je dois partir, m'enfuir mais il est trop près et je reste figée. Il m'est impossible de bouger. Je sens des picotements dans mes bras, mes jambes et mon ventre.

Il vient se placer devant moi et je plonge dans l'infini de ses yeux noirs audacieux. Sa bouche bien dessinée m'attire déraisonnablement. Il est habillé comme la nuit, il provient des ténèbres. Il est renversant.

Il tire lentement sur le nœud qui retient mon masque et dévoile mon visage. J'ai dû mal à respirer.

Chacun de ses gestes est chargé d'une intensité érotique. Il tourne autour de moi, comme le loup qu'il est en cet instant. Je sens mon chignon se détacher épingle après épingle pendant qu'il passe devant moi encore et encore. Je n'ose pas parler, paralysée. Mes cheveux se libèrent complètement et cascadent jusqu'en bas de mon dos, caressant mes reins dénudés.

— Tu es tellement belle, Elena.

Quand il prononce mon prénom, ma tête tourne et je ferme les yeux. C'est si bon de l'entendre de sa bouche, c'est si mal de rester là à l'écouter. Il murmure d'une voix profonde et rocailleuse :

— Te souviens-tu de nous ? Comme c'était bon ? Moi, je m'en souviens.

Mes poumons se gonflent d'oxygène mais mon cœur ne bat plus. J'essaie de garder contenance, le menton relevé mais tremblant. Il retire mes boucles d'oreilles sans même me toucher et je le laisse faire. Je les entends tomber une à une sur le sol. Je sens comme un feu s'allumer en moi.

— Me laisseras-tu seulement te regarder, Elena ?

Je serre les poings pour contrôler les frissons qui s'emparent de ma nuque, descendent et se propagent dans mes reins. Fares me frôle et je sens son souffle partout sur ma peau. Il a le pouvoir de me faire chavirer, je le sais.

— Ou me laisseras-tu te toucher ? Te caresser ?

Il me trouble plus que de raison, plus que n'importe qui. Je suis suspendue à ses lèvres sensuelles et magnifiques qui me transportent dans un coin sombre de l'enfer.

— Laisseras-tu ma bouche glisser sur ta peau, ma langue te goûter ? Me laisseras-tu t'embrasser, Elena ? Peux-tu franchir ce pas avec moi ? Peux-tu revenir sur ta parole ?

Je commence à me perdre dans des sensations troubles et charnelles. Il approche son visage du mien. Mes lèvres s'entrouvrent. J'inspire, je peux sentir son parfum provocant.

— Mes doigts pourraient courir sur toi, à l'intérieur de toi. Je pourrais lécher et mordre tes lèvres, ta nuque, la pointe dressée de tes seins. Es-tu frustrée ? Penses-tu pouvoir le tromper ? Tu sais à quel point c'est bon avec moi.

Je ferme les yeux. Quand il parle ainsi, mon âme m'échappe.

— Pourras-tu l'oublier alors que tu me supplieras de te faire ce que tu veux, tout ce que tu aimes ? Penseras-tu à lui quand tu crieras de plaisir dans mes bras ? Tu cherches une idée, n'est-ce pas ? Tu t'imagines déjà lui mentir.

Tous mes membres s'engourdissent. Ma respiration s'accélère. Sa voix rauque et calme m'excite au-delà de toute mesure. Il ne me touche pas, mais la tension sexuelle entre nous est palpable et cela fait naître en moi une frustration puissante et indescriptible. Il est maintenant dans mon dos, penché sur mon cou.

— Tu as envie que je te prenne contre le mur derrière toi, sur le lit et dans cette baignoire.

Je suis des yeux ces endroits et j'imagine ce qu'il pourrait me faire. J'étouffe.

— Je peux te soulever pour que tu ne touches plus terre. Veux-tu être nue contre moi ? Veux-tu me sentir durcir contre ton ventre ?

Il se replace devant moi, il dégage le tissu de ma robe sans me toucher et tire dessus d'un coup sec. Il se déchire et s'écarte pour laisser entrevoir ma culotte en fine dentelle. Ses yeux brillent de son désir et attisent le mien. Je peux sentir la chaleur de son corps. Son odeur m'ensorcelle. Il me fait l'amour avec ses mots. Sa respiration s'accélère, sa voix devient plus basse :

— Veux-tu ma bouche au milieu de toi ? Ma langue te fouillant profondément ? Je peux saisir ton orgasme entre mes lèvres, tu le sais.

Mes jambes vont lâcher. Je sens le signal : un picotement bouleversant à l'intérieur de mes cuisses. Sa bouche généreuse me frôle le cou et ses mains chaudes passent dans mon dos. C'est un calvaire exquis, un supplice érotique. Il continue sa provocation. Sa voix est grave. Mes pensées sont désordonnées, erratiques, ma respiration est pire que tout cela.

— Peux-tu me dire d'arrêter quand tout ton être me réclame ? Peux-tu ne pas me toucher quand plus rien ne nous sépare ? Peux-tu renoncer, Elena, quand tu es prête à réaliser toutes tes envies ? Tes fantasmes ?

J'ai trop chaud et je sens l'humidité entre mes jambes mouiller le tissu et sur le point de couler le long de mes cuisses. Je crois que je vais jouir, là, maintenant. Je resserre mes jambes, les frotte entres elles. Il me contourne encore.

— Veux-tu sentir mes lèvres sur ton corps ? Tes fesses pressées entre mes doigts ?

Il se fige devant moi, puis s'approche. Je recule jusqu'à sentir le mur contre mon dos. Je relève la nuque, suffocante. Son avant-bras en appui au-dessus de ma tête, son bas-ventre est à quelques millimètres de la dentelle de mon sous-vêtement. Ses cheveux frôlent mon front, ses yeux fixent mes lèvres, des frissons violents me traversent et crépitent en mon centre.

— Peux-tu t'oublier ? Te perdre quand je m'enfoncerai entièrement en toi ? Me laisseras-tu te posséder jusqu'au fond ? Pourras-tu oublier que tu es à quelqu'un d'autre, que tu n'as pas le droit ? Que cela t'est interdit ?

Je perds mon calme, c'est trop dur. Je me contracte pour apaiser ma frustration. Mon souffle se mêle au sien comme si nous faisions l'amour. Comme si sa langue cherchait la mienne. Comme si son sexe entrait, sortait, puis replongeait en moi. Plus percutant, plus fort, plus violent. Tout au fond. Je ne suis plus moi, mais celle d'avant, celle qui lui appartenait. Sa voix n'est plus qu'un souffle désordonné qui annonce le chaos.

— Peux-tu faire ce qui est au-delà du raisonnable ? Peux-tu te contrôler… encore et encore ? Me laisseras-tu écarter tes cuisses plus largement, taper plus fort… et me propager en toi ?… Me laisseras-tu… te faire jouir ?… Elena… Veux-tu jouir pour moi ?

Je jouis, oui, je crois que je jouis. Ma tête chauffe et mon crâne s'écrase contre le mur. Mon clitoris frémit. Ma conscience est en bouillie, elle n'existe plus. Ma raison traîtresse m'abandonne alors que je gémis de plaisir ouvertement, devant lui, ancrée dans ses yeux à l'éclat assombri.

Je ne suis pas rassasiée après cet orgasme trop bref, trop loin de lui. Il murmure d'une voix plus épaisse :

— Alors, qu'est-ce que ça fait ?

Penché sur moi, il a incliné le visage sur le côté, un centimètre sépare nos deux bouches.

— Dis-moi, qu'est-ce que tu ressens ?

Je perçois son souffle brûlant et saccadé contre mes lèvres. J'ai envie de lui. Je ne dois plus me mentir. Tout mon être le réclame, j'oublie tout. Seul Fares me fait cet effet-là.

Quand j'avance pour enfin prendre ce que je veux et plonger dans le plaisir qu'il m'offre, il recule et sa voix est glaciale, tranchante :

— Qu'est-ce que ça fait de désirer quelque chose tellement fort que ta raison est impuissante face à tes sentiments et de ne pas pouvoir l'obtenir parce que cela t'est interdit, parce que tu es liée à un autre ? Est-ce que ça fait mal ?

Les mots ne veulent pas sortir. J'essaie de récupérer le pan de ma robe. Je me sens vulnérable, humiliée.

— Tu croyais que j'allais te laisser m'embrasser… mais, Elena, je suis marié.

Quand il quitte la pièce, toutes les lumières s'allument.

Je suis seule.

J'ai perdu.

# 51 – NOYADE

— Tu trembles, Elena, ça va ?

Je monte sans un mot dans la BMW gris métallisé d'Éric. Je suis encore sous le choc. J'ai bu la tasse. La douche froide a été terrible.

— On gagnera l'année prochaine. Je te le jure, essaie-t-il de me consoler.

Je ne peux pas lui répondre. Je suis anéantie. Je n'arrive pas à croire ce qui vient de se passer.

Je l'aurais suivi. Il m'aurait entraînée avec lui dans les méandres des ténèbres. Un violent frisson me parcourt l'échine.

Je n'ai que du dégoût, d'abord pour moi-même, d'avoir été si idiote, et ensuite pour lui, d'être si cruel. Je ne comprends pas le flot d'émotions que je peux encore ressentir. Je pensais être plus forte, mais je me suis trompée. Je suis faible et pathétique. Je regarde par la vitre pendant tout le trajet. Mon ventre se tord chaque fois que je revis mentalement la scène.

Il m'a bafouée une fois de plus, mais c'est la dernière. Je me le jure. Il ne jouera plus jamais avec mes sentiments. Quelque chose s'est brisé, je le sens au fond de moi.

Éric pose sa main sur ma cuisse et je frémis.

Il pleut maintenant et j'aperçois mon reflet sur la vitre. La pluie ruisselle tel un torrent de larmes sur mon visage. Je ne me reconnais plus. Je suis la dernière des salopes.

Nous sommes déjà devant chez moi, Éric attend. Je sais ce qu'il veut : monter. Mais je ne peux pas, pas après ce que j'ai fait.

— Je suis désolée, Éric, je ne me sens pas bien.

— Je sais. Ne t'inquiète pas. Je t'appelle demain ?

— Oui… Je… Très bien.

Fares a voulu me donner une leçon, je l'ai comprise. Mais la différence entre lui et moi, c'est que je ne sais pas mentir sur mes sentiments. J'attends quelques instants la main sur la poignée de la porte. J'arrive avec peine à prononcer son prénom.

— Éric ?

— Oui ?

Je tourne mon regard vers lui. Devant ma mine décomposée, son visage se durcit. Il est inquiet, mais il faut que je lui dise.

— Il était là.

Pas besoin de prononcer son prénom, il sait. Je sens la colère monter en lui et je vois ses joues rougir. Il enlève instantanément sa main de ma cuisse et attrape son volant comme s'il voulait y imprimer ses empreintes. Ses phalanges blanches deviennent bleues, sa mâchoire se serre.

— Il t'a touchée ? siffle-t-il tout bas, écumant de rage.

*Concrètement ?*

— Non, il ne m'a pas touchée, mais…

— Putain, je vais aller le voir ! Je vais lui mettre mon poing dans la gueule ! Je n'ai pas peur de lui !

Il hurle et j'ai l'impression que l'habitacle s'est rétréci.

— Éric, calme-toi, il ne s'est rien passé…

Il se tourne vers moi. Je vois le ciel de ses yeux s'effacer, ses pupilles se dilater. Il est furieux. Il prend mon visage à deux mains et écrase sa bouche sur la mienne. Son baiser est possessif, il me fait mal. Je saisis ses poignets et essaie de me dégager. Mes yeux se remplissent de larmes.

— Éric, arrête !

Quand il me lâche, il regarde partout, désemparé.

— Excuse-moi, putain, ça me rend fou ! Tu vas me quitter pour lui ?

Je ressens sa douleur, ses peurs, toutes ses angoisses. J'ai mal de le voir comme ça.

— Non, bien sûr que non ! Éric, j'ai des sentiments pour toi.

Il secoue la tête, l'air perdu.

— Je suis désolé, Elena. J'ai du mal à te croire.

Tout est ma faute, il n'y est pour rien. Il est pris dans le tsunami d'une relation chaotique. Il est temps que cela cesse. J'approche ma main de son visage, mais il recule, les yeux dans le vague.

— Tant que tu n'es pas sûre de toi, je pense que l'on ne devrait plus se voir. Je n'ai pas envie de souffrir et je sais que tu es la seule personne sur cette putain de planète à pouvoir me blesser.

Un gouffre s'ouvre entre nous. C'est comme si je n'avais plus le droit de le toucher. Ça me fait mal. Pourtant, la seule barrière est celle que j'ai créée moi-même. Je reste un instant à le contempler sans rien dire. Il ne me regarde pas. J'ai de la chance d'être avec un homme comme lui et je suis en train de tout gâcher.

— Je comprends. Je suis désolée, dis-je piteusement.

Je le regarde une dernière fois. Je ne veux pas le quitter, mais il a raison. J'ai des choses à régler. Je sors de sa voiture. À peine ai-je claqué la portière qu'il démarre en trombe dans un crissement de pneus.

Je monte l'escalier, envahie par la peine et les remords. Quand je suis chez moi, je me déshabille. La robe va directement dans la poubelle. Il faudra que je pense à y mettre le feu.

Même s'il n'a fait que me frôler, j'ai l'impression que ses mains ont laissé des marques. Ma tête est vide. Mes yeux errent dans le vague. Je prends une longue douche et j'essaie d'enlever les traces et le poids de ses mots.

Comment peut-il être aussi dur ? Comment ose-t-il inverser les rôles ? Alors qu'il est avec une autre depuis notre rencontre. La première fois qu'il m'a touchée, la nuit où il m'a fait l'amour, il n'était pas seul. Il en aimait une autre. Il s'est toujours joué de moi.

Il m'a enchaînée à lui, m'offrant d'inoubliables moments doux et heureux. Je me suis engouffrée à corps perdu dans un amour qui n'avait aucun but, aucune réciprocité. Je me rends compte que j'ai été seule à vivre pleinement cette histoire, car en amour je ne sais pas faire semblant. Et quelque part, malgré tout ce qu'il m'a contrainte à endurer, malgré toutes les larmes que j'ai pu verser, j'ai espéré pathétiquement qu'il revienne. Cette constatation accablante m'anéantit. Comment puis-je avoir autant de mépris pour moi-même ?

Il veut que je paie, il veut que je souffre. Il croit tout savoir. Mais je n'ai plus dix-huit ans et il va le comprendre.

Quand je suis dans mon lit, mes yeux restent grands ouverts. Je tourne encore et encore. Mes draps sont complètement tirebouchonnés et me collent à la peau – comme son souvenir. J'ai chaud, je transpire. Ma tête répète les centaines de phrases que j'aurais dû lui dire pour le rejeter, le détruire. Mais c'est trop tard, il n'est plus devant moi. Il faut que je trouve un moyen de faire disparaître son souvenir, l'emprise qu'il a sur moi. Je m'assois soudainement sur mon lit et me tiens la tête entre les mains.

Il n'y a qu'une façon de passer à autre chose. Qu'une façon pour noyer définitivement mon passé. Je suis décidée. Je fais voler les draps, je me lève et m'habille à la hâte. Je prends une grande inspiration avant de fermer la porte. Je descends l'escalier rapidement et je monte dans ma voiture. Il est deux heures du matin et je roule. Je sais où je dois me rendre. Je sais que c'est la seule solution.

***

Il m'ouvre la porte, il ne porte qu'un pantalon, le haut de son corps est complètement nu. Il est mince, sa peau est pâle. Je m'arrête un instant. Je ne sais pas pourquoi il m'intimide, mais il ne faut plus que j'hésite. J'ai fait mon choix.

— Elena ?

Éric est surpris. Je lui saute dessus, ferme les yeux et prends sa bouche. Je l'embrasse avec détermination. Je ne peux plus attendre. J'ai déjà commis l'erreur de prendre mon temps. C'est l'unique solution pour l'oublier. J'en suis sûre.

Éric se détache de moi et recule. Il est déconcerté et ses traits ne cachent pas une certaine méfiance.

— Tu es sûre que ça va ?

— Je suis sûre d'une seule chose : je te veux. Je veux être avec toi.

Il hésite un instant et réagit finalement en plaquant sa bouche contre la mienne. Il pivote en me serrant contre lui, ferme la porte avec son pied et je suis maintenant contre le mur. Sa peau est chaude et j'enlève mon T-shirt pour le sentir contre moi. Je veux me créer de nouvelles sensations. Sa respiration s'accélère. Je pose mes mains sur son buste et je m'arrête de l'embrasser. Je l'étudie. Il faut que je me familiarise avec cet autre corps, cet autre homme. Il me regarde faire. Il comprend.

— Il n'y a eu que lui ?

— Il n'y a que nous.

Je relève la tête. Il met ses mains autour de mon visage et m'embrasse d'abord doucement puis à en perdre haleine. Je me laisse transporter par ce plaisir nouveau. Jamais personne n'a su me transporter comme Fares. Se peut-il que quelqu'un d'autre puisse me donner autant de plaisir ? J'ai trop de questions et j'ai besoin de réponses maintenant. Je dois me libérer de ses filets. J'aurais dû le faire depuis longtemps.

Sa main descend le long de mon corps, elle est douce. Il saisit la mienne.

— Viens.

Il m'entraîne jusque dans sa chambre, devant son lit. Je vois toute la puissance de son désir, mais il prend son temps. Il s'écarte de moi.

— En as-tu vraiment envie, Elena ?

Je ne suis plus une enfant, mais je ne peux pas m'empêcher d'être nerveuse. Il faut que je lui prouve ma volonté. Je fais glisser mon short le long de mes jambes. Je retire lentement ma culotte et je me dresse, face à lui. J'ai envie de me cacher, mais je me tiens droite, le menton levé. C'est fini, les comportements de sainte nitouche, je n'en suis pas une et il faut qu'il comprenne que j'irai jusqu'au bout.

Il s'approche, m'attire et m'allonge sur le dos. Je relève un peu une jambe pour cacher l'intérieur de mon intimité. J'entends qu'il retire ses derniers vêtements. Mon cœur s'arrête presque de battre, mon souffle est court. Il se couche sur moi, nu.

Il me contemple et je suis subjuguée par ses yeux bleu océan. Ce qu'ils reflètent est plus limpide. Il n'a pas peur. Il s'offre à moi sans règles ni mensonges.

— Si tu savais comme j'ai envie de toi.

Oui, je le sens contre ma cuisse. Il m'embrasse et je réponds avec la même ardeur. Je lui caresse le dos. Sa peau est différente. Il se redresse et ouvre le tiroir de sa table de nuit. L'air me manque soudain. Je me calme pour mieux respirer. Je vis tout, sans voile, sans ombre devant les yeux. Je suis consciente de chacun de ses gestes, j'entends chacun de ses soupirs.

Il est à genoux au-dessus de moi et je le fixe, comme hypnotisée, mettre le préservatif sur son membre dressé. Il revient contre moi et son regard s'ancre au mien.

Je le sens entrer doucement et cela bouscule mes pensées. C'est une sensation nouvelle. Sa forme est différente, ses mouvements sont doux. Il va lentement, il prend son temps.

Il ondule sur moi, son bassin allant et venant avec minutie. Je remue mes hanches contre lui, je veux qu'il aille plus vite et plus fort.

Il comprend et, petit à petit, je me détends, me laisse emporter puis chavire. Je commence à éprouver ce que Fares savait me faire ressentir : une envie puissante, un besoin d'être assouvie.

Je suis bientôt submergée par des vagues grandissantes. Des lames puissantes déferlent au creux de mon ventre. Une onde chaude me remplit les reins. Il reprend ma bouche et je réponds avidement. Il me fait du bien et je finis par me noyer dans ses yeux maintenant plus sombres, bleu marine.

Je ne pensais pas jouir un jour avec un autre homme, mais Éric m'a prouvé le contraire. Il m'a caressée et embrassée. Il m'a fait l'amour et j'ai aimé ça.

Je reste blottie contre lui. La houle silencieuse des battements de mon cœur me rappelle que j'ai fait le choix qui convient.

Quand il me dit « je t'aime », je l'embrasse.

Je ne me sens pas encore libre.

Il me reste une dernière chose à faire…

# 52 – ÉCHEC ET MAT

♫ Ellie Goulding – « *Dead In the Water* »

Son adversaire plie sous ses coups puissants. Quand il frappe, je vois qu'il ne réfléchit plus. Il n'est plus lui-même depuis longtemps.

Au fond du gymnase, je l'observe. J'ai enfilé un sweat dont la capuche me dissimule et j'attends. J'attends que ce soit à mon tour de frapper.

De la sueur coule sur son front et son T-shirt noir lui colle à la peau. Proche d'un silence religieux, la salle s'est figée et chaque regard est tourné vers lui. Les gens l'admirent, le félicitent, l'encouragent.

Il a épuisé l'homme en face de lui, un autre prend sa place. Fares est grand, Fares est fort. Il a toujours été celui qu'on regarde. Il dissimule bien ses secrets. Son visage est fermé à tout. Son sourire n'existe plus, je sais que je ne le reverrai plus jamais. Il a l'air exténué, mais j'ai l'impression qu'il n'y a que ça qui lui fait du bien. Il ne s'arrête pas et son courage n'appartient qu'à lui.

Le combat se termine enfin. Le nôtre peut commencer. Il dénoue ses gants avec ses dents, les ôte et les laisse tomber sur le sol. Un gamin les ramasse comme s'ils étaient faits d'or.

Il ne parle pas malgré les félicitations des autres boxeurs et des femmes présentes autour de lui. Il a toujours été entouré, mais je sais qu'il cache une profonde solitude.

Ici, personne ne lui ressemble.

Tout ça, c'est son monde et je veux les briser, lui et son univers, pour qu'il ne se sente bien nulle part. Je souhaite qu'il parte et ne revienne jamais.

Il pénètre seul dans les vestiaires. Je retire ma capuche et laisse glisser ma veste par terre. Je me dirige vers la porte qu'il a prise et entre à mon tour.

La buée flotte autour de moi. Il prend sa douche. J'entends le son apaisant de l'eau frapper le sol. Mon cœur bat lentement, très lentement. Je touche du bout des doigts ses vêtements humides. Son odeur s'en dégage, son parfum envoûtant.

Je veux qu'il n'ait rien sur le corps. Je veux qu'il se sente démuni, désarmé.

Je veux aussi me mettre en danger. Je veux être troublée par sa nudité. Je veux être sûre de tenir le coup et je veux qu'il sache qu'il n'y a plus rien à faire. Plus rien à sauver.

Je veux qu'il arrête de me poursuivre. Qu'il arrête de croire que nous avons été spéciaux l'un pour l'autre. Ce n'était qu'un mensonge. Son illusion.

Il fait chaud. Je me sens bien. Je reste debout. C'est la dernière fois que je l'affronte.

Je le vois sortir de la douche, une serviette blanche autour de la taille, de son corps mat et parfait. Il se passe la main dans les cheveux. Oui, il me séduit, mais ce n'est qu'apparence – et il m'a si souvent trompée.

Je reste à le contempler une dernière fois. Avant qu'il ne s'aperçoive de ma présence. Avant de lui dire adieu.

Il lève le visage et me voit. Ses yeux brillent et il esquisse un faible sourire.

J'avance. Il penche la tête légèrement sur le côté. Il essaie d'identifier l'état dans lequel je suis – je le sais.

Le temps est comme suspendu. Un fil fragile nous retient encore l'un à l'autre. Il bouge ses lèvres et mon prénom paraît plus beau.

— Elena.

Il sait rendre beaux les mensonges.

— Te souviens-tu de nous, Fares ?

Il me regarde approcher et m'arrêter devant lui. Il me répond doucement.

— Oui, je me souviens.

Il ne bouge pas, concentré sur mon visage.

— Te souviens-tu de cette photo que tu as tenue entre tes mains ? Notre enfant ?

Je lève ma main et il me laisse lui caresser la joue.

— Fares, il est mort non pas parce que je l'ai voulu, mais parce qu'il a vu son père en aimer une autre.

Il me fixe intensément de ses iris noirs tourmentés, les sourcils froncés. Ça le blesse en plein cœur, je le sens.

— Je l'ai perdu la nuit suivante. Le sang a coulé entre mes jambes et il est parti. Je n'ai rien pu faire.

Une larme coule sur sa joue.

— Je n'ai pas pu le retenir et je l'ai laissé s'en aller. C'était mieux ainsi car rien de bon ne l'attendait. Son père m'avait quittée pour rejoindre sa femme et son autre enfant.

Je m'apprête à enlever ma main, mais il la retient contre sa joue. Ses longs doigts entre les miens. Il tremble. Je cherche son regard, son attention, mais il fixe misérablement mes lèvres.

— Je veux que tu arrêtes. Je veux que tu oublies. Je veux que tu me laisses partir, moi aussi. S'il te plaît.

Je retire ma main et, cette fois, il ne m'en empêche pas. Je fais demi-tour et me dirige vers la sortie.

— Elena… Ne pars pas, s'il te plaît, murmure-t-il.

Je m'arrête, la main sur la poignée de la porte.

— Je vais péter un plomb, je te jure.

La porte se referme, ainsi que mon cœur, définitivement.

# 53 – CHÂTEAU DE CARTES

## ***SIX MOIS PLUS TARD***

Je sors de la salle de bains et observe Éric avec tendresse. Il est chez moi en train d'essayer de réparer mon grille-pain. Nous n'habitons pas encore ensemble. Je me dirige vers lui et l'embrasse sur la joue.

— Ça sent la cigarette, ici. Tu ne m'as pas dit que tu arrêtais ?

— Oui, ma chérie, mais aujourd'hui j'en ai besoin.

Ce soir, nous sommes invités aux fiançailles de Katy et Luc chez les parents de ce dernier. Il redoute la présence de Fares, j'en suis certaine. Pourtant, je ne l'ai pas revu depuis notre ultime entrevue, six mois auparavant, dans les douches de son club de boxe.

Il a eu plusieurs occasions de se montrer, mais il n'est venu ni aux fêtes ni aux anniversaires. Il n'y a donc pas de raison qu'il soit là ce soir.

Je pensais même qu'il avait quitté la ville, mais Julia a gaffé un jour et j'ai compris que ce n'était pas le cas. Il prend soin de m'éviter et c'est mieux ainsi. Je l'ai poussé dans un coin de ma tête et, petit à petit, il s'est éloigné de mon esprit.

Éric s'acharne de plus en plus sur le pauvre appareil.

— Tu sais, il sera là à notre retour, dis-je, amusée par son obstination. Nous devons partir, sinon nous allons être en retard.

Il a mis un smoking gris foncé avec une chemise blanche et une cravate assortie. Il a vraiment belle allure. Je porte une robe bustier longue et rouge, signée Versace. J'aime beaucoup cette marque. Le créateur sait mettre en valeur les femmes sans les rendre provocantes. Mes longs cheveux sont bouclés et tombent sur le côté. Éric me regarde avec admiration et m'embrasse sur la joue.

— Tu es magnifique.

Je le gratifie de mon plus grand sourire. Il sait me rendre belle rien qu'en posant les yeux sur moi.

Nous descendons l'escalier quand Éric s'arrête soudain et me dit :

— Avant d'y aller, j'aimerais t'emmener quelque part.

Je prends son poignet et regarde sa montre.

— Tu crois que nous avons le temps ?

— Ne t'inquiète pas, c'est sur le chemin.

Son regard est insistant et, même si nous sommes justes niveau temps, je décide de me laisser surprendre.

Nous roulons sur l'autoroute puis nous bifurquons sur une nationale. Il tourne bientôt sur la droite et nous avançons sur un chemin sinueux. Heureusement, Éric a pris son 4 x 4.

— Tu es sûr de savoir où tu vas ?

— Certain, répond-il en me caressant la joue. On est bientôt arrivés.

Il s'arrête enfin.

— Viens, on descend.

J'ouvre la portière et regarde le sol boueux.

— Éric, je ne peux pas marcher ici en talons aiguilles.

Il sort, fait le tour de la voiture, ouvre ma portière, et je pousse un petit cri quand il me soulève dans ses bras. Il marche quelques mètres.

Nous sommes au milieu d'un chantier et Éric me dépose sur les fondations d'une grande maison avec ossature en bois. On peut deviner les futures baies vitrées et une vue magnifique. C'est très rare à proximité de Paris. Je m'avance jusqu'au centre – j'imagine qu'il s'agit du salon.

— À qui est cette maison ?

— À nous, si tu le veux bien.

— Comment ?

J'ai failli m'étouffer. Devant mon air étonné, il continue :

— J'ai acheté ce terrain il y a quelque temps et j'ai décidé de commencer les travaux. Ça va prendre du temps, mais je pense que d'ici un an on sera installés.

— Tu ne m'en as jamais parlé ?

— Je voulais te faire la surprise.

C'est réussi ! J'avance et je passe à travers les futurs murs de la maison. C'est immense. Il me suit en silence.

— Ça pourrait être notre chambre, on y aurait la même vue que du salon.

Je hoche la tête. Il a pensé à tout, et je me rends compte que cela ne me dérange pas.

— Et ici ?

— La chambre d'un enfant – il y en a une autre là-bas.

Il me jauge du coin de l'œil, attendant ma réaction.

Des enfants ? Je n'y avais plus pensé depuis… Des enfants avec Éric, l'idée me séduit. Je hoche de nouveau la tête et lui souris, ce qui le détend quelque peu.

— Bien sûr, on a le temps, mais plus j'y pense et plus je me dis que je veux passer ma vie avec toi, Elena. On est ensemble depuis plus d'un an et je sais que c'est toi. En fait, je l'ai toujours su.

Sans me quitter du regard, il s'accroupit et attrape deux câbles électriques qui se trouvent par terre et les raccorde. Soudain, des centaines d'ampoules s'allument au-dessus de moi sur les poutres en bois et elles forment :

« Veux-tu m'épouser ? »

Je suis sous le choc. Je reste en admiration devant les lumières qui ressemblent à une voûte étoilée et, après quelques instants, mes yeux se posent enfin sur lui. Il est anxieux.

Il est parfait. Il est fait pour moi. Il ne m'a jamais déçue. Oui, je veux l'épouser.

— Oui, Éric, j'accepte d'être ta femme.

— C'est vrai ?

Il est fou de joie. Il me prend dans ses bras et me fait voler au-dessus de lui. Son bonheur est communicatif et je ris avec lui.

— Tu es dingue !

Il me serre tellement fort que je crois que ma cage thoracique va exploser.

— Elena, tu me combles de joie. Je vais te rendre heureuse, je te le promets ! Je vais t'offrir tout ce que tu désires. Tu ne manqueras jamais de rien.

J'en suis certaine.

Nous arrivons à la réception un peu plus tard que prévu et Éric ne me lâche pas. En arrivant, nous discutons avec un couple d'amis devant le grand escalier en marbre. Je ne peux m'empêcher de regarder en haut des marches. Je distingue la porte de la salle de bains, là où j'ai vécu mon premier vrai baiser avec Fares. Je frissonne nerveusement et reporte mon regard sur Éric. Cette maison est chargée d'un passif court mais intense. Je décide que nous ne traînerons pas ce soir.

Après quelques minutes, j'aperçois enfin Katy. Elle est magnifique dans sa robe fourreau ivoire. J'essaie de libérer ma main, mais Éric me retient.

— Où tu vas ? me demande-t-il, soucieux.

— Je vais voir Katy, là-bas.

— Je viens avec toi.

Qu'est-ce qui lui prend ? Il est vraiment bizarre ce soir.

— OK.

Je ne manque pas de le dévisager, intriguée, avant de me faufiler entre les invités. Il y a beaucoup de monde. La décoration est classe et raffinée. C'est l'œuvre de Katy, elle est douée pour ça. Elle a complètement changé d'orientation et est aujourd'hui wedding planner. Il faudra absolument qu'elle s'occupe de mon mariage.

— Kat, tu es superbe !

— Merci, El. Salut, Éric. Vous allez bien tous les deux ? On ne vous voit pas beaucoup en ce moment !

C'est vrai qu'entre le travail et ma relation avec Éric, je me suis un peu coupée de mes amis. Il y a une autre raison aussi…

— Enfin bon, loin des yeux, mais toujours près du cœur ! me dit-elle en me prenant dans ses bras.

Elle me fait un gros bisou sur la joue. Elle me manque.

— Je vous ai installés à notre table.

Elle me présente une grande table ronde au milieu des autres. Je vois Julia – déjà assise, son fils sur ses genoux –, et bien sûr Paul. Cette fois, j'arrive à dégager ma main de celle d'Éric et je me presse de les rejoindre.

— El ! Tu es venue !

— Évidemment que je suis venue ! Je n'allais pas manquer cela.

— Je croyais que tu voulais l'éviter. Je pensais vraiment ne pas te voir mais Katy m'a dit que tu venais quand même. Tu es courageuse.

Je ressens un frisson me brûler la colonne vertébrale.

— Il est là ? bafouillé-je.

— Je ne l'ai pas encore croisé, mais oui, il est présent normalement. C'est bizarre que tu ne sois pas au courant. Katy m'a dit qu'elle en avait parlé à Éric.

C'est quelque chose qu'il a sciemment oublié de me dire. Je comprends beaucoup de choses d'un coup, en particulier sa soudaine possessivité excessive. Je vais le tuer. Heureusement, ma place est face à la petite scène installée pour le discours. S'il vient, il ne verra que mon dos.

Les invités s'installent tranquillement à table. Claire, la sœur de Luc, nous rejoint, elle est splendide. Quand elle me voit, elle m'adresse un grand sourire.

— Elena ! Ça fait tellement longtemps ! Il faut absolument que l'on se trouve un moment pour discuter ce soir. Et waouh ! Tu es canon !

J'éclate de rire devant tant de spontanéité. Je la remercie. Ça me touche qu'elle se souvienne de moi.

Les minutes passent et je ressens une certaine appréhension à l'idée de le revoir. Une tension m'envahit peu à peu.

Julia m'a laissée prendre son fils Nathan sur les genoux. Il est trop mignon, enfin, sauf quand il me tire les cheveux et essaie de me mettre un de ses petits doigts dans les yeux.

— Bonsoir, Elena.

Mon cœur s'arrête et des frissons me parcourent des orteils à la racine des cheveux. Je ne peux pas. C'est trop. Sa voix a toujours eu un effet dingue sur moi. Six mois sont passés, mais c'est comme si c'était hier. Je me retourne lentement. Mon cœur bat trop vite, mon souffle est court et se serre quand je lève les yeux sur lui…

Il est splendide et provocant dans son smoking total black. Ses cheveux sombres sont coiffés en arrière. Son regard est toujours aussi pénétrant et dangereux. Tout mon corps se glace quand mon regard glisse sur sa femme à son bras. Elle est magnifique dans sa robe bleu nuit. Elle me salue poliment. C'est de loin le couple le plus beau et le plus élégant ce soir. Pourquoi ça me blesse de les voir tous les deux ? Mon ventre se change en cube de glace et c'est comme si quelqu'un d'autre répondait à ma place :

— Bonsoir.

On ne se lâche pas des yeux.

— Elena ?

Éric, qui est à côté de moi, attire mon attention et me délivre de cette attraction dangereuse. Pendant qu'il me parle, je vois, du coin de l'œil, Fares qui présente un siège à sa femme et s'installe à côté d'elle. En face de moi !

— Un, deux. Un, deux. Allô ! Allô !

Luc teste le micro sur la scène.

— Il marche, chéri. Je t'assure. On t'entend bien ! lui crie Katy depuis notre table.

Luc sourit à sa future épouse et se lance dans le discours d'ouverture de soirée.

— Tout d'abord, je suis heureux que vous soyez tous venus ce soir. En même temps, j'en connais une qui ne vous a sans doute pas laissé le choix…

— Qu'est-ce qu'il raconte ? C'est n'importe quoi ! dit Katy, faussement outrée.

— Ma future femme m'a préparé un discours, mais en général je ne suis pas vraiment doué pour faire ce qu'elle me demande et c'est bien pour ça qu'elle m'aime d'ailleurs.

Katy le fusille du regard et articule un « je vais te tuer » muet.

— Moi aussi, je t'aime, ma chérie. Il y a peu, elle m'a avoué avoir commencé à fumer à cause de moi. Pour se rapprocher du coin fumeurs où je passais ma vie quand nous étions au lycée. C'est mignon, vous ne trouvez pas ?

Tout le monde se met à rire.

Katy ne sait plus où se mettre. Je lui souffle un « ah bon ? » pour la taquiner.

— Mais c'est aussi la plus belle des preuves d'amour que l'on m'ait faite, continue Luc d'une voix émue.

Je sens des larmes pointer au creux de mes yeux. Je regarde Fares à la dérobée. Il a tourné sa chaise en direction de la scène. La cheville sur son genou, son bras sur le dossier. Il a le visage baissé, le regard perdu. Mon cœur et mes entrailles se contractent.

— Depuis, tu as arrêté de fumer pour notre plus grand bonheur à tous, mais je souhaite du fond de mon cœur, Katy, que notre histoire soit à jamais ton addiction.

J'entends des reniflements dans toute la salle. Katy essuie ses yeux avec le coin de sa serviette. Elle se lève et rejoint Luc. Elle lui parle dans l'oreille et le visage de son fiancé se fend d'un sourire émouvant. Il l'étreint et annonce :

— Allez, régalez-vous, amusez-vous, ce soir c'est pour nous.

Tout le monde applaudit tandis que le couple regagne sa place autour de notre table. Je croise le regard de Fares une nanoseconde. Mon cœur s'est serré. Dans une autre vie, ces fiançailles auraient pu être les nôtres.

L'entrée est servie pendant que je reprends un peu contenance. Il ne me regarde plus, mais je peux sentir ce magnétisme entre nous. C'est puissant, même plus qu'autrefois. Je me sens mal à l'aise en début de soirée, mais le temps passe, l'ambiance est bonne et je me détends un peu. Il m'ignore et prend soin de sa femme. C'est dans l'ordre des choses.

Les fiancés ouvrent le bal et toute la salle se charge d'émotion. Je cale mon menton sur mon poing fermé pour les admirer. Ils sont si beaux tous les deux. Et quand la première danse se termine, Katy me regarde et je la sens mal.

Elle nous tire par le bras, Éric et moi. Nous sommes obligés de la rejoindre et, un peu mal à l'aise, nous foulons la piste de danse.

Luc incite Fares et sa femme à se lever aussi puis invite d'autres couples à les imiter.

La musique qui s'échappe des haut-parleurs est un air triste et mélancolique. Une mélodie qu'on écoute un soir où l'on a le cœur brisé. Je reconnais immédiatement les accords de « When I was your man », chanson interprétée par Bruno Mars.

Je pâlis.

Fares l'a reconnue aussi car il regarde la sono en fronçant les sourcils… Mes jambes manquent de me lâcher. Je resserre mes doigts sur la veste d'Éric, le souffle coupé.

*… Quand nos amis parlent de toi,*
*tout ce que ça me fait, c'est que ça me détruit…*

Dès le premier couplet, Fares pose un regard décomposé sur moi mais détourne aussitôt les yeux.

*... Parce que mon cœur se brise un peu plus*
*lorsque j'entends ton nom...*

J'essaie de ne pas prêter attention aux paroles de cette chanson, mais impossible de faire autrement. J'ai envie de m'enfoncer doucement, très lentement, un poignard dans la poitrine pendant que la musique écoule ses notes douloureuses. Fares fixe un point invisible en direction du sol.

*... Trop jeune, trop bête pour comprendre*
*que j'aurais dû t'acheter des fleurs et tenir ta main*
*J'aurais dû te consacrer tout mon temps*
*quand j'en avais encore la chance,*
*T'emmener à toutes les soirées,*
*car tout ce que tu voulais c'était danser...*

Je ne le vois plus, il est caché par d'autres danseurs. J'essaie de reprendre mon souffle. Katy hausse les épaules innocemment et je lis sur ses lèvres : « Ce n'est pas moi, je te le jure. » Les mots n'ont jamais été plus cruels qu'à cet instant.

*... Maintenant mon bébé danse...*
*Mais danse avec un autre homme...*

Fares a fermé ses paupières. Je n'arrive pas à détourner mes yeux de son beau visage. Mon cœur se morcelle, se détache et je prie pour qu'il n'entende pas ce déserteur l'implorer de le récupérer.

*... Ma fierté, mon ego, mes besoins et mes choix égoïstes*
*ont fait qu'une femme forte et bien*
*comme toi est sortie de ma vie,*
*Maintenant je ne pourrai jamais, jamais réparer*
*tout ce gâchis et ça me hante chaque fois que je ferme les yeux...*

Bon cavalier, l'élégance même, il sait toujours aussi bien danser. J'ai envie de tout planter là et de quitter cette maudite salle. Le voir enlacer sa femme et en souffrir serait la fois de trop. Je ne pleurerai pas : mes larmes se sont taries depuis longtemps.

Mais j'ai du mal à respirer. Je me décide à abandonner cette danse et à m'éloigner d'Éric, quand les yeux de Fares s'ancrent profondément dans les miens. Sous son doux regard, il m'incite à rester, et mon cœur se déchire en lambeaux. Il baisse un peu le visage et ses mèches rebelles assombrissent ses traits. Ses belles lèvres s'entrouvrent en un pâle sourire avec lequel il souhaite peut-être me convaincre qu'à présent tout ira mieux. La musique s'achève bientôt mais je n'arrive pas à quitter ses yeux caressants. Mon poing se serre avec force dans le dos de mon futur mari. Il ne sait pas qu'à ce moment même, alors que je suis dans ses bras, j'envie la jolie fille en robe bleu marine.

*... Même si ça fait mal,*
*Je serai le premier à dire que j'avais tort,*
*Je sais qu'il est sans doute trop tard pour que tu pardonnes mes erreurs mais je veux juste que tu saches...*

Fares ne se dérobe pas même s'il paraît meurtri. Il est plus fort que je ne le serai jamais. Déterminé à me dire enfin adieu, il me contemple de ses iris noirs pendant que le chanteur s'exprime une dernière fois pour lui. Mon cœur s'est définitivement arrêté.

*... J'espère qu'il t'achète des fleurs,*
*J'espère qu'il te tient la main,*
*Qu'il te consacre tout son temps,*
*Quand il en a la chance,*
*Qu'il t'emmène à chaque soirée,*
*Car je me souviens combien tu aimais danser,*
*Qu'il fait toutes les choses que j'aurais dû faire,*
*Quand j'étais ton homme,*
*Qu'il fait toutes les choses que j'aurais dû faire,*
*Quand j'étais ton homme...*

La chanson est terminée. La femme de Fares relève le visage sur lui, rompant ainsi notre lien. Il se détache d'elle. Luc se frotte les mains puis donne une tape dans le dos de son cousin, qui lui sourit.

— J'ai hâte que tu goûtes au dessert, Katy nous a choisi...

Je les observe quitter la piste, Fares tenant galamment sa femme par la taille.

— Ça va, Elena ? Tu as l'air toute crispée, remarque Éric en écrabouillant mes doigts dans sa main.

Je le dévisage, interdite.

— Éric, tu me fais mal.

— Oh, excuse-moi, dit-il innocemment.

Nous reprenons notre place et faisons comme si rien ne s'était passé. L'atmosphère est lourde et j'ai l'impression d'avoir volé des minutes qui ne m'appartiennent pas.

Éric est très nerveux. Il avale verre sur verre. Sa main est sur ma cuisse. Il me semble qu'il resserre sa prise de plus en plus fort, minute après minute. Quand il se remplit une nouvelle flûte de champagne, je l'arrête.

— Éric, tu ne crois pas que tu as assez bu, ce soir ?

— Non, je ne crois pas !

Il me parle brusquement et trop fort. Je scanne autour de moi, Fares a levé les yeux. J'ai envie d'arracher la tête d'Éric, mais je me retiens. Je ne suis pas vraiment d'humeur à m'afficher en public ce soir.

Éric se tourne vers Fares. Il est froid et parle avec hauteur :

— Alors, tu es de nouveau champion du monde à ce qu'il paraît. Sympa, le travail ! Ça ne demande pas beaucoup de matière grise, mais c'est bien payé.

— Qu'est-ce qui te prend, Éric ?

Je suis stupéfaite, le rouge me monte aux joues. Fares pose son verre d'eau et répond calmement :

— On va dire que ça me détend.

— Tu n'es toujours pas décidé à quitter le pays, on dirait. Tu comptes t'installer définitivement ? Tu as le droit d'être là, en France, je veux dire ?

Non mais qu'est-ce qui lui arrive ? Il est arrogant, ça ne lui ressemble pas. Ça va dégénérer, je le sens.

— Éric !

Je pose ma main sur son bras. Je lui intime de se taire. Il retire son bras avec vigueur. Fares ne plie pas, ce n'est pas son genre :

— Oui et ça s'appelle le droit du sang. Je te laisse chercher ce que cela signifie dans un dictionnaire.

Fares est impassible. Il reprend son verre et boit tranquillement tout en regardant Éric droit dans les yeux. Ce dernier est rouge de colère. Je suis dans un cauchemar ! Il se lève soudain et martèle son verre avec un couteau. Je sens que toute cette histoire va mal tourner.

— Je souhaiterais porter un toast.

La salle devient silencieuse et tous les regards convergent vers lui. Je tire Éric par le bras, mais il s'arrache de ma prise dans un grand geste. Je ne sais plus où me mettre. Je lui souffle :

— Qu'est-ce que tu fais ?

Il m'ignore et continue :

— Je tenais à remercier les fiancés, d'une part pour m'avoir accepté dans leur cercle d'amis bien que ce ne soit pas gagné au début. Je passe des moments formidables avec vous. Je suis vraiment ravi de profiter de cette magnifique soirée, c'est très réussi. D'autre part, je souhaiterais aussi vous annoncer une nouvelle qui me tient à cœur.

— Éric ! Arrête !

Il se tourne vers moi, je le supplie du regard. Non, ce n'est pas vrai, il ne va pas faire cela maintenant. Bouche à demi ouverte, cherchant l'air, je regarde Fares dont toute l'attention est focalisée sur Éric.

— Elena, tu partages ma vie depuis maintenant plus d'un an, tu me combles davantage de jour en jour, chaque moment passé avec toi est un bonheur indescriptible et je suis tellement heureux que je souhaite le crier sur tous les toits.

Il dit cela en appuyant sur chaque mot. J'entends des « oh » dans la salle visiblement émue par ce discours sadique déguisé. Il détourne ses yeux pour fixer Fares et annonce d'un air victorieux :

— Je lui ai demandé sa main aujourd'hui et elle a dit oui !

Mon cœur fait un bond dans ma poitrine. Les invités se mettent tous à applaudir.

— Il n'est pas sérieux, ton mec ? me souffle Julia dans l'oreille.

Pétrifiée, je jette un nouveau coup d'œil vers Fares. Toute trace de calme s'est effacée de son visage, ses traits sont tirés et le verre qu'il a entre ses mains éclate en morceaux. Sa femme le regarde avec une peine non dissimulée. Fares se lève lentement de table.

— Excusez-moi.

Éric esquisse un sourire, il est fier de lui. Il se laisse retomber lourdement sur la chaise. Je suis estomaquée. Je lui souffle, la voix éraillée :

— Pourquoi tu as fait ça ?

— Mon amour, je pensais qu'il n'y avait plus rien entre vous !

Il porte encore la flûte de champagne à ses lèvres.

— Si tu voulais le blesser, tu as réussi ton coup. Et arrête de boire, bon sang !

— Il ne t'a jamais fait de mal, dis-moi ?

Son regard est dur et sa voix emplie de sarcasmes.

— Tu es cruel.

Je n'arrive pas à croire ce qu'il vient de faire. Son air suffisant me met dans une rage folle. Je ne connaissais pas ce versant de sa personnalité. Je n'aime pas du tout cela.

— Tu veux que je te resserve du champagne, mon amour ? ajoute-t-il, l'air de rien, les yeux étincelants.

— Non, merci. Tu en as assez fait.

Je retire ma serviette de mes genoux et la pose sur la table.

— Je vais prendre l'air, j'étouffe ici !

Je me lève.

— Elena... Reviens, c'est bon quoi !

Il est complètement saoul et ça m'écœure. Je sors et je parcours le jardin. Je repense à Fares, à la douleur peinte sur son visage. Ça ne finira donc jamais.

Je marche quelques mètres dehors et je le vois, adossé, le pied contre le mur, au fond du jardin. Il faut que je lui présente des excuses. L'attitude d'Éric est intolérable. Je m'avance vers lui et, quand j'arrive à sa hauteur, il a les yeux rivés sur le sol. J'ai l'impression qu'il est à des lieues d'ici.

— Fares ?

Il relève la tête et son regard me transperce.

— Qu'est-ce que tu veux ?

— Ne me repousse pas, s'il te plaît. Je suis désolée pour ce soir, je ne sais pas ce qui lui a pris...

Je m'arrête, surprise par l'intensité de ses iris. Il a un verre dans sa main ensanglantée et ça n'a pas l'air d'être de l'eau.

— Tu as bu ?

Il ne répond pas à ma question, il me dévisage comme tourmenté par ce qu'il s'apprête à me dire.

— Qu'est-ce qui te pousse à être avec lui, Elena ?

— Pardon ?

— C'est un connard !

— Ne dis pas ça !

Il passe ses deux mains dans ses cheveux.

— Tu es avec lui pour te venger de moi ?

S'il y a bien un truc dont je ne parlerai pas avec lui, c'est de ma relation avec Éric.

— Pourquoi tout tournerait autour de toi ?

— Parce que TOUT tourne autour de nous et tu le sais autant que moi. Tu te mens à toi-même.

À quoi joue-t-il encore ? Il faut pourtant qu'on arrive à se parler. Il faut qu'on étouffe notre histoire, que ça arrête de nous bouffer. Nous avons besoin de nous pardonner pour tourner la page. Notre bonheur dépend de cela.

— Écoute, Fares, on peut s'entendre d'une autre façon, toi et moi. On peut être amis.

Il se redresse et balance son verre qui explose contre le mur. Je sursaute. Il vient se planter devant moi :

— Amis ? Tu nous vois, amis ?! Putain, sérieux, Elena !

Je vois de la douleur passer dans ses yeux sombres – une souffrance que je connais bien.

— M'as-tu seulement regardé un instant ? Tu le vois, non ? Je ne suis plus le même ! Je suis fracassé. Oui, tu as raison, je suis mort la nuit de l'agression, dans la rue. Tu aurais dû me laisser crever sur ce putain de trottoir ce soir-là. Mais tu m'as sauvé et tu as gardé la meilleure partie de moi. Et celle qui reste ne peut pas être amie avec toi.

Il s'approche encore plus et mes sens se perdent sous l'emprise de son parfum puissamment attirant, inaccessible et déroutant. Il est à quelques centimètres de ma bouche. Il lève ses mains vers mon visage sans toutefois oser me toucher et souffle plus doucement contre mes lèvres.

— Cette partie de moi est destructrice, complètement déraisonnable.

Sa bouche tremble et je plonge dans ses prunelles d'un noir ténébreux. Il sent le sucre, il n'a pas bu, ça me soulage.

— Tu me manques tellement, ça me rend dingue, murmure-t-il, le désespoir secouant sa voix.

Des larmes me montent aux yeux. Non, il ne peut pas me faire ça ! Pas maintenant ! Plus jamais ! Je me surprends à hurler :

— C'est trop tard. Tu es marié, Fares !

Il répond sur le même ton :

— Je suis marié ?! J'ai l'air d'être marié, Elena ?! C'est ça être marié quand je crève de ne pas être avec toi ?

Je secoue la tête. Non, je ne retomberai plus dans le panneau. Il ne fléchit pas, il cherche mon regard et, quand il le saisit, il me dit d'une voix grave et hachée :

— Nous avons perdu notre enfant et je ne me pardonnerai jamais de ne pas avoir été là. Tu crois que tout était faux, mais tu te trompes. Il y a des choses que tu ne sais pas et que j'aurais dû te dire, la première fois que je t'ai vue. Et j'en peux plus, il faut que ça sorte, il faut que tu le saches. Elena, je ne…

— Elena !

Je me retourne, Éric court vers moi et Fares recule. Éric me saisit le bras. Il me fait mal.

— Éric, putain, lâche-moi !

— Qu'est-ce que tu fais avec lui ? hurle-t-il, ses doigts s'enfonçant un peu plus dans ma peau.

— Lâche-la, tu lui fais mal.

*Non, Fares ne te mêle pas de ça.* Il parle calmement, il essaie de se maîtriser mais un feu dangereux s'anime dans ses prunelles sombres.

— Occupe-toi de ta femme, OK ? Et laisse la mienne tranquille !

— Je te jure, si j'apprends que tu lui fais du mal…

Fares fait un pas vers nous. Du monde commence à approcher. Katy, Luc, Julia… C'est une catastrophe !

— Qu'est-ce que tu vas me faire, hein ? Tu crois que j'ai peur de toi ? Je vais défoncer ta belle gueule d'enfoiré !

— Éric, non ! crié-je.

Il me lâche brutalement et je tombe pratiquement par terre. Je ne le reconnais plus. Il n'est que haine, son visage est déformé par le mépris. Il se dresse devant Fares et lui lance un coup de poing au visage. Du sang coule immédiatement de sa bouche. Fares ne l'a pas évité, il n'a pas bougé d'un centimètre. Il espérait qu'il donne le premier coup. Il n'a attendu que ça.

Son regard change instantanément, il est plus furieux, bien plus violent. Doucement, il essuie le sang avec son pouce, saisit Éric par le col de sa chemise et le plaque contre le mur. Il est en transe, je reconnais ce regard. Il va le tuer.

— Tu veux de la violence, tu veux voir ce que c'est ?! Alors, regarde dans mes yeux ! Putain ! Regarde dans mes yeux !

— Fares, arrête, s'il te plaît !

Je cours vers lui, j'entoure son corps de mes bras et je serre de toutes mes forces. Je sais qu'il n'y a que de cette façon que je peux le calmer, que je peux le ramener à la raison, lui faire perdre cette envie de destruction. Contre lui, je peux sentir tout son être et l'apaiser. La fusion opère, nos âmes s'enlacent, je rentre dans sa tête. Je parle doucement :

— Calme-toi, je t'en prie.

J'entends un souffle, il se décontracte. Il lâche le col d'Éric et ses bras recouvrent les miens, comme s'il ne voulait plus que je le quitte. Mon Dieu…

— Toi, tu dégages !

C'est la voix de Katy. Je m'écarte.

Éric regarde Fares, triomphant.

— Je suis désolée, Elena. Éric, c'est à toi que je parle ! précise Katy.

Nous sommes dans la voiture, devant mon immeuble. Éric pose sa tête sur mes genoux et pleure devant moi pour la première fois.

# ÉPILOGUE – EXPLOSION (1)

## ***FARES – SIX MOIS PLUS TARD***

Je sors de la salle de bains, habillé seulement d'un bas de jogging. Je suis fatigué. Je n'ai pas dormi de la nuit. Je marche près de la fenêtre, il pleut. J'ai un terrible mal de crâne et mes côtes me déchirent.

Hier soir, j'ai pris une raclée. J'ai la bouche en feu. Je me suis laissé volontairement abîmer sur le ring. Et comme un faible, mon adversaire n'a pas fini le travail. Je peux encore ouvrir les yeux. J'aurais aimé qu'il m'aveugle car, où que j'aille, elle est là, partout dans mon esprit.

Elle ne peut pas se marier aujourd'hui. Pas avec lui, pas avec un mec comme lui. Elle ne peut pas se donner sur un coup de tête.

Des pensées me rattrapent et me rendent fou. J'imagine ce type la toucher, l'embrasser. J'ai envie de tout casser et la lampe en porcelaine sur le buffet en fait les frais. Je la brise contre le mur. Je regarde mes mains, elles ne font que détruire et ne réparent plus rien depuis longtemps. J'ai mal aux tripes, mes poings se serrent, je crois que je vais vomir.

Ce n'est pas mon style, mais je lui ai écrit une lettre dans laquelle je lui raconte tout. Absolument tout. Et je lui dis que, si elle trouve la force de me pardonner, je l'attendrai chaque jour sur les toits du Sacré-Cœur pour admirer le lever du soleil. Elle n'est jamais venue…

J'y suis encore allé ce matin, une dernière fois. J'ai fermé les yeux et j'ai prié, mais je crois que plus personne ne m'écoute là-haut.

Je suis explosé, une bombe a tout ravagé. Je pense encore à sa beauté, sa simplicité, son regard quand elle soupire, quand elle est bien. Sa peau douce, ses longs cheveux, son visage quand je lui fais l'amour. La couleur de ses yeux quand elle pleure, quand elle a mal. Je veux effacer cela.

Comment est-elle en ce moment ? A-t-elle peur ou est-elle sûre d'elle ? Regarde-t-elle par la fenêtre comme moi ? Se demande-t-elle où je suis ? Pense-t-elle que je ne l'ai jamais aimée ?…

Oui, bien sûr. Je l'ai trop blessée. Je l'ai perdue. Elle ne reviendra pas. C'est fini. Elle me déteste et je me hais.

Je me détourne, profondément dévasté et impuissant. C'est alors que je vois Aliyah dans l'entrée, tenant un sac de voyage d'une main, et Adam de l'autre.

— Où vas-tu ?

— J'aurais dû le faire depuis longtemps. Je te quitte.

Je suis abasourdi. Elle n'a pas ce droit.

— Tu ne peux pas, tu le sais, dis-je d'un air las.

— Je trouverai une solution. Va la rejoindre.

Je n'en crois pas mes oreilles. Ses yeux brillent et elle rapproche Adam d'elle. Elle a mal en me disant cela. Même elle, je ne la mérite pas.

— Je ne vous abandonnerai pas. Tu sais très bien ce qui va arriver. Arrête de me torturer, Aliyah, s'il te plaît.

Elle lâche le sac et Adam, vient devant moi et pose sa main sur mon torse. Je soupire.

— Je t'ai toujours aimé, trop fort, même. J'ai attendu, souhaitant ardemment que tu m'aimes, or, je vois bien qu'il n'y a qu'elle. Je pensais que tu allais l'oublier, mais j'ai eu tort. Je ne t'en veux pas, je me suis trop obstinée. Nous ne sommes plus des enfants – elle baisse la tête. Fares, je te délivre de ton engagement. Nous ferons ce qu'il faut.

Elle se détourne, je la retiens.

— Attends… Non…

Je regarde Adam, il lève ses beaux yeux vers moi. Je l'aime tellement. Je ne peux pas les laisser.

— Ne t'inquiète pas pour nous. Je n'en peux plus de te voir te détruire. Je n'en peux plus d'être spectatrice de ta perte. Tu crois que je n'ai pas vu que tu voulais te blesser hier soir ?

Se peut-il qu'elle me fasse ce cadeau ? Elle paraît sérieuse et semble déterminée. Mon cœur se met à battre plus vite, plus fort. L'adrénaline me saisit.

Je m'avance et la prends dans mes bras. Adam se serre contre nous. Nous aurions pu être une famille idéale mais, j'ai beau essayer, mon cœur n'y arrive pas. Je baisse les yeux et regarde mon fils avec amour. Je le soulève et le fais tourner. Je le dépose et je retiens Aliyah par les épaules.

— Je suis tellement désolé.

— Tu l'aimes. Je ne peux rien y changer.

Je n'ai jamais été un bon mari pour elle. Mais je ne les laisserai pas seuls. Nous nous battrons.

— Ne partez pas, d'accord ? Restez ici. Nous trouverons une solution ensemble.

Elle relève ses yeux humides et acquiesce.

— Aliyah, je te jure, j'ai essayé… dis-je avec sincérité.

— Je sais.

Je m'accroupis et regarde mon garçon dans les yeux.

— Je reviens, OK ? Reste avec maman. Prends soin d'elle. Je peux compter sur toi, bonhomme, tu la protèges ?

Adam lève le menton, fier d'avoir une telle mission. Je lui ébouriffe sa tignasse brune. Je me redresse et caresse la joue d'Aliyah de mon pouce.

— Cours, dépêche-toi.

J'enfile juste mon sweat à capuche. Devant la porte, je me retourne. Elle a les larmes aux yeux. J'hésite encore.

# ÉPILOGUE – EXPLOSION (2)

♫ Ellie Goulding – « *Explosions* »

## ***ELENA***

Je m'observe dans le miroir en pied de ma chambre d'enfant. Rien n'a changé ici, même les posters et les photos sur les murs. J'ai l'impression de ne plus connaître celle que j'étais autrefois, elle ne me ressemble pas. Elle était fragile et avait des rêves. Comment ai-je pu être cette fille-là ?

J'ajuste, une dernière fois, mon chignon. Ma robe est simple. Julia finit de lisser la jupe droite – elle est si maniaque.

Je me dirige vers la fenêtre, les gouttes frappent la vitre. La pluie est censée faire ressortir les émotions. Il pleut et rien ne se passe.

J'ouvre ma boîte à bijoux et prends mes boucles d'oreilles. Je les mets et pense à tous les invités qui m'attendent en bas. Ils sont tous présents.

Avant de fermer le couvercle, j'aperçois le pendentif que m'avait offert Fares. Je le soulève délicatement et l'enroule autour de mes doigts. La plaque tourne dans le vide. Je ferme les yeux.

— Elena, tu viens ? On t'attend, me dit Julia dans mon dos.

— J'ai besoin de cinq minutes, s'il te plaît.

— OK.

J'entends qu'elle referme la porte derrière elle. Je suis enfin seule. Je regarde durant de longues secondes tournoyer sur elles-mêmes nos initiales enlacées. Mais aujourd'hui, une page se tourne.

— Pourquoi tu fais ça ? Tu ne l'aimes pas. Tu le sais.

Je ferme les yeux. Il ne peut pas être là. Je gémis. Des larmes me montent immédiatement aux yeux.

— Non, pas maintenant, s'il te plaît. C'est trop tard.

Mon cœur va lâcher. J'éprouve une douleur profonde dans la poitrine, j'ai le vertige.

— Il n'est jamais trop tard. Ton cœur m'appartient, il ne sera jamais à lui. Tu veux me punir, mais, Elena, je peux endurer ça, pas toi. Tu le sais. Tu continueras de me chercher partout des yeux. Pour me voir, rien qu'une fois, pendant une seconde. Juste pour ressentir à nouveau ce que tu ressens à cet instant même. Et là, le jour de ton mariage, tu fais comme si tu n'avais jamais connu l'amour. Ne nous inflige pas ça, s'il te plaît, regarde-moi.

Ces mots me ravagent, mais je ne suis plus celle qu'il a connue, celle qui lui donnait tout.

— C'est fini. Je ne peux pas…

Ma gorge se serre. Je secoue la tête. Il faut qu'il s'en aille.

— Si, tu le peux, tu es si forte. Te souviens-tu de tout ce que l'on a traversé ? Ce n'est pas un hasard, ce sont nos épreuves. Nous pouvons en surmonter encore. Retourne-toi.

Non, je ne me retournerai pas, sinon, je sais ce qui se passera. Je ne veux plus me faire du mal. Et mon cœur peut encore se briser pour lui. Il s'effrite en ce moment même.

— Je t'ai dit de me laisser partir, je t'en prie…

Je le supplie avec toute ma peine, comme une prière. Il y a déjà eu tant de gâchis.

— Je ne partirai pas, je reste. Je t'attends.

— Tu m'attends aujourd'hui ? Mais où étais-tu quand j'avais besoin de toi ? Quand j'avais besoin de te sentir, de te toucher ? Tu as attendu un jour pareil pour me faire tomber encore une fois, je le sais.

Je suis désemparée, ma voix se brise dans un sanglot. Je ne peux pas faire ça, non, je ne peux pas… J'ai tout misé et j'ai déjà trop perdu.

Il approche lentement. Je resserre mes bras autour de moi. J'ai froid. Mes lèvres tremblent.

— Je sais que tu as peur. Je sais ce que tu ressens. Notre relation nous a explosé entre les mains et personne ne peut nous comprendre. Regarde-nous, l'un sans l'autre on n'est rien. Malgré tous nos efforts pour tourner la page, nous sommes encore là à nous faire du mal parce que c'est plus fort que nous… Mais nous pouvons être bien plus que ça. Tu m'as tellement appris. J'ai besoin de toi, je ne suis meilleur qu'avec toi. S'il te plaît, viens dans mes bras et partons d'ici.

Je me brise en un millier de morceaux.

— C'est faux, tu me mens. Tu l'aimes bien plus fort que moi, sinon pourquoi tu l'as laissée nous séparer ? Et pourquoi ne m'as-tu jamais dit « je t'aime » ?

Je dis les derniers mots d'une voix étranglée. Il est derrière moi, il ne me touche pas. Des larmes coulent sur mon visage, je n'arrive pas à les arrêter. Elles glissent comme une rivière intarissable le long de mes joues. J'ai tellement envie qu'il me calme, qu'il me fasse du bien, qu'il me réchauffe de ses bras solides. Je m'en veux, je me sens si mal. Mon cœur n'est que souffrance, je serre mes bras sur ma poitrine. Il me parle à voix basse, doucement :

— Tu as toujours préféré les mots, mais n'as-tu rien senti ? N'as-tu rien vu ? Je suis désolé de t'avoir fait du mal. Je m'en voudrai toute ma vie, mais je m'en voudrai encore plus si je te laisse partir avec lui. Je ne te jure pas que ce sera plus facile, que jamais tu ne voudras abandonner, mais je te promets que chaque fois que je te regarderai, chaque fois que je te toucherai, au moment où je poserai mes lèvres sur toi, ce sera comme si c'était la première fois. Je te promets une histoire d'amour. Une vraie. Avec moi.

Il me prend doucement le pendentif des mains et l'attache autour de mon cou. Ma peau s'électrise au contact du métal. J'ai un besoin irrationnel de le sentir et ce sera toujours ainsi. Je n'ai plus de mots. Il murmure dans mon oreille :

— Je suis en retard, je sais, mais je suis là maintenant et je ne te quitterai plus. Nous allons nous battre ensemble. Je sais que nous pouvons le faire. Laisse-le. Je te jure que nous serons heureux. Nous avons juste besoin l'un de l'autre, rien de plus. Viens avec moi. Quittons cet endroit.

Mon envie de le croire est tellement forte, tragiquement irrationnelle.

— Fares ?

Je penche le visage sur le côté pour enfin toucher sa main avec ma joue. Juste pour oublier ce que je suis en train de faire. Pour sentir une fois encore son odeur, sa chaleur. L'autre moitié de moi.

— Oui, Boo.

— Es-tu seulement réel ? dis-je dans un souffle.

La porte s'ouvre. Je me retourne. Quand j'ouvre les yeux, son fantôme a disparu. Julia me tire de mon rêve.

— Elena, Éric ne peut plus attendre, il faut qu'on y aille ! Mais… tu pleures ?!

Katy et Yûna entrent à ce moment.

— Aïe, aïe. Si tu veux, on annule tout. Le mariage, c'est trop pourri ! s'exclame Katy.

— C'est ton métier et tu es mariée, Kat ! lui lance Julia.

— C'est exactement pour cela que je suis contre !

Yûna, qui était derrière, se faufile entre les filles et me prend les mains. Elle me regarde droit dans les yeux et me pose « la » question :

— Fais-tu le bon choix, Elena ?

Le bon choix ? Quel choix ? Il n'y a pas de choix. Seulement l'homme qui m'attend devant l'autel et que j'aime. J'ai aimé un homme à la folie. Je l'ai tellement aimé – peut-être trop –, que je n'ai jamais su l'oublier. C'est la vie. Parfois ce combat-là est inégal mais il faut avancer. Il restera toujours présent dans un coin de ma tête, comme un secret, en compagnie de mes erreurs et des siennes, impardonnables.

J'essuie les larmes sur mes joues et inspire avec courage. Je lui réponds :

— Oui et je suis prête.

Elle regarde mon cou en levant un sourcil. Son éducation lui permet seulement de me dire :

— Très joli collier…

Je descends l'escalier lentement puis glisse mon bras sous celui de mon père. Il me regarde avec tendresse.

— Où que tu sois, ma chérie… tu le sais.

— Oui, je t'aime, papa.

Ma mère, à nos côtés, a les larmes aux yeux.

— Tu es si belle ! Je suis fière de toi, *mi corazón*.

Nous traversons la rue en direction de la petite chapelle où se rendent souvent mes parents. Il pleut toujours.

La porte s'ouvre sur nous. Éric est au fond, devant l'autel, il me sourit et ça me réchauffe le cœur.

J'avance lentement. Je regarde autour de moi. Je vois des visages émus, des visages heureux.

Éric ne me quitte pas des yeux, il est comblé. Je l'aime. Oui, je l'aime, pas comme j'ai déjà pu aimer autrefois, mais je l'aime. Il n'y a que ça qui m'importe.

Dieu ne nous donne qu'une seule chance… Et la nôtre, à Fares et moi, n'est plus. A-t-elle seulement existé ?

J'entends le prêtre débuter la cérémonie. Mais je ne l'écoute pas. Plus rien ne compte. Je regarde fixement le lagon profond des yeux de mon futur mari. Je lui fais confiance.

Je m'abandonne. Et quand l'ultime question arrive enfin, je réponds simplement :

— Oui, je le veux.

## ***FARES***

J'arrive sur le parking devant chez elle. Je gare ma moto. Pourvu qu'il ne soit pas trop tard. Il y a une belle voiture de collection garée devant la petite chapelle en face. La rue est silencieuse.

La grande porte s'ouvre et je la vois sortir à son bras. Je recule. C'est fini. Elle lui a dit oui. Mon cœur éclate. Je fixe la scène, impuissant. Complètement tétanisé.

Elle est mariée.

Est-ce cela qu'elle a ressenti, quand elle a su la vérité ? Car là, tout de suite, j'ai envie de me foutre en l'air. Je prends conscience qu'il n'y a plus rien à faire, un désespoir extrême me submerge. Je continue de la fixer, complètement abattu par la vision que m'offre cette fin de cérémonie qui fait naître en moi un sentiment amer et profond d'injustice. Elle aurait dû être mienne.

Pourtant un détail me frappe. J'avance d'un pas, puis d'un second. Certes, elle est magnifique dans sa robe blanche, oui, elle est plus belle que jamais et tout aurait pu être parfait, seulement… C'est comme si elle avait perdu de son éclat. Comment se fait-il que personne ne s'aperçoive à quel point elle est triste et désorientée ? Je vois les traits de son visage où la mélancolie s'est invitée. Je ne peux pas me tromper. Elle me cherche, je le sens. Elle m'attend, bordel ! J'en suis certain. Je ne vais pas encore une fois la laisser partir, j'ai déjà commis cette erreur trop de fois.

J'approche d'un pas sûr, mes yeux sont rivés sur elle. *Elena, regarde-moi !* Je m'en tape, de lui, du scandale, de la famille et de ce que les gens diront. Je me battrai et, même à terre, je continuerai pour elle.

Un mec m'arrête. Je tourne la tête et je le reconnais immédiatement.

— Laisse-moi passer, l'intimé-je, à deux doigts de perdre mon calme.

Il ne retire pas sa main. Cette fois, même sa mère ne le reconnaîtra pas. Il n'a pas l'air d'avoir peur et me regarde avec un sourire démoniaque. Le même qu'il avait affiché avant que je ne lui pète une dent, il y a quelques années de cela. Je poursuis :

— Je te jure que la raclée que je t'ai mise la dernière fois n'est rien comparée à celle que je vais te mettre si tu ne me lâches pas.

Il ne bouge toujours pas et déclare, déterminé :

— On a trouvé un truc pour t'empêcher de faire une connerie, car Éric savait que tu viendrais, et il n'avait pas tort.

Il agite devant moi l'enveloppe dans laquelle j'avais glissé la lettre à l'intention d'Elena. Je blêmis et ressens un frisson d'effroi, de panique et de rage. Mon corps tremble nerveusement.

— Je te conseille de ne plus venir la faire chier si tu veux que ta petite famille aille bien, ajoute-t-il, cynique.

J'ai envie de le tuer, ici et maintenant. J'aurais dû le faire il y a deux ans. Je pense à Aliyah et Adam. Même Elena ne serait pas en sécurité avec ça entre de mauvaises mains. Mais j'ai mis moi-même cette enveloppe dans sa boîte aux lettres. Et je sais qu'il ne vit pas avec elle.

— Fais un mouvement de plus et ils sauront tout.

Je relève les yeux. Je laisse, avec douleur, Elena monter dans la voiture de collection et partir sous la pluie. Mon regard s'arrête sur Carlos. Je serre les dents et lui dis avec tout le calme qui me reste :

— Regarde bien derrière toi quand tu marches et verrouille la porte de chez toi. Crois-moi, tu ne sais pas où tu as mis les pieds.

# BONUS – TOME 2

♫ Gnash – « *I hate U, I love U* »

Elena : « Mais qui es-tu ? »

Je regarde le diamant que je porte au doigt. Voilà une semaine que je me suis mariée. Je finis de préparer mes derniers cartons. Je quitte mon appartement et ça me fait quelque chose. Les murs renferment tellement de souvenirs. Mais notre maison est enfin prête à nous accueillir. Éric doit déjà m'y attendre.

Quelqu'un sonne à la porte. Quand je l'ouvre, ma surprise est de taille. C'est Aliyah, elle est seule. Elle me regarde, le visage ravagé par le chagrin. Elle parle faiblement.

— Tu te souviens quand tu es venue me voir à l'hôpital, cette nuit-là. Quand tu m'as donné cette boîte bleu et rose. Tu m'as promis que, si je la lui montrais, il t'oublierait… Tu étais pourtant sûre de toi. J'ai hésité longtemps et, finalement, il l'a trouvée dans nos affaires.

Je me recule instinctivement.

— Tu as eu tort, Elena… Il ne t'oubliera jamais.

Non ! Non ! Putain non !

— Elena, il faut que l'on parle…

*À suivre…*

# REMERCIEMENTS

Puis-je dire merci à autant de personnes qui le méritent sans en oublier… J'espère que toutes et tous pourront se retrouver dans ces remerciements :

Je tiens avant tout à remercier mes parents, vous avez toujours su me guider et me montrer l'exemple avec beaucoup d'amour et de sagesse. J'aimerais pouvoir vous rendre au centuple tout ce que vous m'avez donné.

Merci à mon mari, pour ta patience, ton dévouement et pour être au quotidien ma source d'inspiration.

À mes deux meilleures amies pour votre soutien, votre présence dans ma vie et votre aide précieuse dans mes moments de doute.

À vous, mes lectrices, qui depuis le début suivent IHULM sur Wattpad. Merci pour tous vos commentaires bienveillants, ainsi que vos messages d'encouragement. Vous êtes mes anges, mon moteur. Ma « team biscuit »… Grâce à vous, je suis sous une pluie continuelle de petites miettes délicieuses ! Je vois partout des paillettes de chocolat en forme de cœur ! Je suis si heureuse de vous avoir près de moi ! J'ai l'impression d'avoir écrit ce roman avec vous, encore merci pour cette aventure humaine inoubliable.

Et enfin, je remercie profondément mon éditrice et les fabuleuses correctrices de ce roman. Je salue votre patience, votre écoute, votre disponibilité, votre travail formidable. Quelle chance d'avoir pu collaborer avec une équipe aussi extraordinaire ! Je souhaite exprimer toute ma gratitude pour m'avoir accueillie dans vos bras à une heure où mon cœur était lourd.

Découvrez tout de suite
un extrait d'un autre roman BMR

# NICK AND SARA

## de Pauline Libersart

# CHAPITRE 2

Sara-Jane se sentit brutalement secouée par l'épaule. Une douleur cuisante sur sa joue droite et, aussitôt après, sur la gauche se répercuta dans tout son corps meurtri. Hébétée, elle tenta de rouler sur le côté, de protéger son visage, mais elle ne parvint pas à lever ses bras engourdis. Elle reçut une autre paire de gifles.

— Allez, réveille-toi, *printsessa* ! Émerge !

Un linge humide et froid fut appliqué sur sa figure, glissa sur son cou, sur sa nuque, sa gorge, l'obligeant à reprendre conscience, à quitter le confort de l'oubli. Péniblement, contre sa volonté, ses paupières s'ouvrirent. Elles étaient gonflées et la brûlaient ; sa vue mit plusieurs secondes à se stabiliser.

Le monde chavira : elle perdit tout repère quand quelqu'un la força à se redresser et à s'asseoir au milieu du grand lit. Elle referma ses yeux douloureux et sentit que des mains l'aidaient à s'asseoir puis la relâchèrent, prudemment, prenant le temps de s'assurer de son équilibre.

*Je suis où ?*

Dans un geste instinctif, la jeune fille plaqua ses paumes sur sa bouche et contint de justesse la forte nausée qui lui retournait l'estomac. Les paupières closes, elle était assaillie par une violente migraine. Elle eut l'impression qu'une main invisible lui enfonçait avec un plaisir sadique des clous dans les yeux et elle faillit s'évanouir de douleur.

Sara-Jane vacilla. Les mains qui l'avaient giflée, puis redressée, la rattrapèrent une nouvelle fois.

— Allez, secoue-toi ! Sors du coaltar. Maintenant ! ordonna une voix dure tout près d'elle.

Une voix masculine… Le tissu mouillé fut de nouveau appliqué sur son visage, et cela lui fit du bien. Après deux ou trois passages sur sa nuque, l'homme lui fit poser sa main dessus pour qu'elle maintienne le linge en place toute seule.

— Surtout, tu restes éveillée, *printsessa*. Je reviens. Reste consciente !

Le silence retomba autour d'elle. Profond, ouaté, rythmé par les battements de son cœur qui lui martelait les tempes et les tympans. Le temps s'écoulait étrangement, comme distordu par l'absence de bruit.

Quand Sara-Jane se sentit un peu plus stable, elle serra les dents et se contraignit à écarter de son épiderme ce qui, au toucher, devait être un gant de toilette en éponge épaisse. Elle entrouvrit les yeux, cligna des paupières à plusieurs reprises en attendant que sa vue s'éclaircisse, mais sans parvenir à fixer son regard. Elle le laissa errer autour d'elle, sans comprendre ce qu'elle voyait.

Elle était dans une grande chambre lumineuse de style hispanique, assise au milieu d'un immense lit à baldaquin, drapé de rideaux bordeaux en voile transparent. Par la baie vitrée qui occupait tout un pan de mur, elle distinguait le ciel nocturne qui commençait à peine à blanchir. L'endroit où elle se trouvait lui était inconnu, et c'était bien là la seule certitude qui émergea du brouillard douloureux où elle se débattait.

Dans un instant de lucidité, Sara-Jane s'étonna de voir une seringue pleine d'un liquide translucide posée sur la table de nuit. Toujours aussi hébétée, elle regarda ses bras qui portaient plusieurs traces de piqûre… ainsi que d'étranges marques violacées sur les poignets.

*Mais c'est quoi ça ?*

Les mots avaient eu du mal à s'assembler dans son cerveau.

*Je dois bouger*, songea-t-elle d'instinct.

Il lui fallut ce qui lui parut être un temps infini pour parvenir à pivoter, encore plus longtemps pour faire glisser ses jambes et les laisser pendre le long du lit. Alors qu'elle luttait pour coordonner ses gestes, une pile de tissus atterrit sur ses genoux, la faisant sursauter comme si elle avait reçu une nouvelle gifle.

Sara-Jane baissa les yeux et elle mit plusieurs secondes à comprendre de quoi se composait le paquet. C'est à cet instant seulement qu'elle prit conscience de sa nudité. Cette inquiétante constatation ne suffit pourtant pas à la sortir de sa léthargie, ni même à réveiller sa pudeur.

— Habille-toi. Grouille-toi !

Sara-Jane regarda pendant de longues secondes l'homme qui venait de lui parler, avant que ces ordres ne se frayent un chemin dans le chaos de ses pensées. Elle ne songea pas à contester. Ses mains commencèrent à agir, par automatisme. Incapable de tenir debout, c'est avec bien du mal qu'elle réussit à enfiler sa culotte. Il ne lui vint pas à l'idée de chercher son soutien-gorge avant d'essayer de passer le tee-shirt blanc qu'il lui avait jeté.

Perdue, elle se demanda pourquoi cet étranger ne voulait pas qu'elle remette sa jolie robe en lamé et ses talons hauts qu'elle aimait tant. Ses chaussures gisaient devant elle, au pied du lit, abandonnées. Elle s'en émut un instant. L'homme – impatient, peut-être même inquiet – l'attrapa par les bras. Il l'obligea à se lever. En quelques gestes précis et froidement efficaces, il lui enfila une jupe en jean et un gilet en laine noire, tout en la maintenant debout dans un équilibre précaire. Il la fit se rasseoir et s'agenouilla devant elle pour lui mettre des tennis en toile, allant jusqu'à lui nouer les lacets.

La nausée s'était un peu atténuée, mais pas la migraine. Sara-Jane se sentait chancelante, hébétée. Amorphe, elle se rassit et l'observa pendant qu'il enfournait un certain nombre de choses dans un sac à dos.

— Viens et surtout ne fais pas de bruit, ordonna-t-il en lui attrapant la main.

Il l'obligea une nouvelle fois à se lever et la tracta jusqu'à la porte palière, qu'il ouvrit avec précaution. Il se faufila dans un couloir sombre sans allumer les lumières. Trop déconnectée pour comprendre ce qui se passait, Sara-Jane se laissa entraîner, se contentant de mettre un pied devant l'autre – ce qui était déjà un effort considérable pour elle –, les yeux fixés sur leurs mains unies. La sienne était petite et pâle, celle de l'homme était large, forte, bronzée et…

Soudain, un violent frisson parcourut la jeune fille. Une évidence s'imposa dans le chaos de son cerveau : sa peau à lui était chaude alors qu'elle avait froid, qu'elle était gelée jusqu'à la moelle des os. Elle grelottait ; ses dents se mirent à claquer.

Brutalement, il stoppa sa progression à l'angle d'un couloir, et elle le heurta de plein fouet. Il se rétablit vivement et réussit à retenir Sara-Jane de justesse avant qu'elle ne s'affale de tout son long. Il la fusilla d'un regard assassin. Mais, constatant son état lamentable, il émit un soupir contrarié et se détourna d'elle. Comme une enfant, elle fut contente qu'il cesse de la regarder méchamment. L'homme reprit sa progression, cette fois en la tenant fermement par le coude.

Déconnectée de cette réalité aberrante contre laquelle son esprit luttait, Sara-Jane songea qu'elle ne connaissait personne avec d'aussi beaux yeux… et un sourire inconscient étira ses lèvres.

Lors d'un nouvel arrêt, titubant malgré le soutien de l'homme, elle dut s'appuyer au mur. Son estomac fut pris de spasmes.

— Tiens le coup, ma princesse. Serre les dents. Nous y sommes presque, lui chuchota-t-il à l'oreille avec ce qu'elle crut percevoir comme une certaine gentillesse.

Il passa son bras autour d'elle, caressant au passage son dos d'un geste apaisant. Sara-Jane hocha la tête pour lui montrer qu'elle avait compris et qu'elle se sentait un peu mieux, même si parler était toujours au-dessus de ses forces.

Ils arrivèrent dans un petit escalier en colimaçon.

*Escalier de service*, songea-t-elle.

En effet, les pièces et les couloirs qu'ils avaient traversés étaient richement meublés et décorés, alors qu'ici les murs étaient uniformément gris et le sol couvert de lino beige. Tout était silencieux dans cette immense maison déserte.

L'homme resserra la prise autour de sa taille et l'attira contre lui pour l'aider à descendre, hanche contre hanche, une marche à la fois. En bas, il guida la jeune fille jusqu'à une petite porte latérale et il la déverrouilla en tapant un code sur le clavier accroché le long du chambranle. Ils sortirent, et il repoussa le battant avant de la refermer de la même façon.

*Toujours réactiver l'alarme*, ânonna Sara-Jane dans sa tête.

C'était une des rengaines de sécurité qu'on lui avait répétées des milliers de fois.

Ils étaient maintenant à l'extérieur du bâtiment, face à une campagne sombre et inquiétante. Ils se remirent en route, longèrent un mur d'enceinte. Chancelante, Sara-Jane s'accrochait au tee-shirt de son guide avec l'impression que cette marche dans la nuit ne finirait jamais. Elle sentait ses faibles forces décliner. Pourtant, paradoxalement, l'air frais la soulagea. Ses idées s'éclaircirent un peu.

Ils arrivèrent près d'un vieux pick-up noir, poussiéreux, garé sous un arbre et aux trois quarts dissimulé par des yuccas géants. L'homme ouvrit la portière côté passager et la fit monter sans ménagement ; il était visiblement de plus en plus pressé de quitter les lieux. Sous le regard effaré de Sara-Jane, il ouvrit la boîte à gants et y récupéra un révolver qu'il glissa dans la ceinture de son pantalon. Sans un mot, il se mit au volant et démarra lentement, évitant de faire ronfler le moteur.

La voiture suivit un long moment un chemin de terre défoncé avant de s'engager sur une route en aussi mauvais état.

— Bois, ordonna-t-il, rompant le silence.

Sara-Jane, qui somnolait, toujours prisonnière de sa gangue laiteuse, sursauta. L'ordre résonna dans son cerveau comme si elle l'avait déjà entendu lui dire la même chose, souvent... Trop perdue pour réfléchir, elle se contenta de lui obéir. Elle prit la petite bouteille en plastique qu'il lui tendait. L'eau, même tiède, lui fit du bien.

— Essaie de dormir.

Épuisée, désorientée, elle ne discuta pas, ne chercha pas à comprendre. Elle se recroquevilla, serrant ses bras autour d'elle pour contenir les frissons qui lui parcouraient le corps. Barbouillée, malade, couverte d'une sueur glacée, elle sombra très vite dans un sommeil sans rêves, la tête calée contre la portière...

***

À plusieurs reprises, l'homme réveilla Sara-Jane pour la contraindre à boire. Il lui secouait l'épaule d'une main, l'autre tenant le volant du pick-up qui alignait les kilomètres sur les mauvaises routes.

— Bois !

— Encore... Pourquoi ? réussit-elle enfin à coasser à la troisième tentative.

— Pour t'hydrater. Ça aide à éliminer la drogue que tu as dans le sang.

*Drogue ? Quelle drogue ?*

Incapable de coordonner deux idées, elle ne posa pas la question, et but. Malgré sa faiblesse, elle se rendit compte que l'eau la ranimait un peu plus chaque fois, même si elle avait toujours la bouche horriblement pâteuse. Elle se rendormit presque aussitôt.

En milieu de matinée, Sara-Jane se réveilla. Le soleil était déjà haut. Il tapait dur, et elle entendait ronronner la climatisation de la voiture. Ils roulaient. Ils avaient quitté les routes mal bitumées pour se lancer sur des chemins de terre. Partout autour d'eux, elle voyait du sable, des cactus… et encore du sable, et encore des cactus. Un désert aride et déprimant.

*Où est la mer ?*

Tournant la tête en douceur pour ne pas réveiller sa migraine qui s'était un peu calmée, la jeune fille regarda l'homme au volant. C'était la première fois qu'elle était assez lucide pour l'observer.

Il ne paraissait pas beaucoup plus âgé qu'elle : il devait avoir une vingtaine d'années. Il avait un visage très agréable, même s'il ne s'était pas rasé depuis plusieurs jours : bronzé, des cheveux blond clair striés de mèches blanchies par le soleil.

*Trop longs*, songea-t-elle. *Ça fait négligé.*

C'était un très beau garçon à l'air avenant et sympathique. Il ressemblait un peu aux princes charmants des dessins animés de son enfance… presque un ange. C'était peut-être un étudiant en vacances, comme elle… La curiosité de Sara-Jane se réveilla. Son cerveau, bien que fonctionnant au ralenti, avait enregistré la façon dont il parlait.

— Vous êtes américain, n'est-ce pas ? demanda-t-elle d'une voix faible qu'elle eut du mal à reconnaître comme étant la sienne.

Pas de réponse.

— Comment vous appelez-vous ?

Il lâcha l'étroite route des yeux quelques secondes pour la regarder et parut évaluer son état.

— Sans intérêt pour toi.

— Je veux savoir !

— Je suis juste ton ange gardien.

— J'exige de connaître votre nom ! répliqua Sara-Jane, habituée à ce que tout le monde lui obéisse sans discuter.

— Ce ne sont pas tes affaires, *printsessa* ! asséna-t-il, visiblement contrarié par le ton arrogant de la jeune fille.

— Je ne vous permets pas de me parler...

— Tu la fermes !

Sara-Jane aurait bien riposté qu'elle n'autorisait personne à s'adresser à elle de cette manière, mais elle se sentit soudain très mal. Prise de nausée, de suées, de tremblements, elle dut refermer les yeux et se cramponner au tableau de bord. Une violente poussée de migraine lui vrilla les tempes. Elle ne vit pas le regard étrangement inquiet de son compagnon, pas plus qu'elle ne l'entendit murmurer :

— Tiens le coup, ma princesse ! Je ne sais pas quelles merdes tu as dans le sang mais accroche-toi, il ne faut pas que tu claques maintenant.

Trop malade, Sara-Jane renonça à l'interroger et se recroquevilla sur elle-même, tentant de survivre à cette nouvelle crise.

Suivant un chemin cahoteux et sinueux, ils arrivèrent, une dizaine de minutes plus tard, près d'une espèce de ferme délabrée qui semblait être leur destination. Elle était à peine plus grande qu'une cabane de chasse. Son chauffeur dissimula la voiture derrière le bâtiment, sous un auvent décrépit. Il descendit et sortit du coffre une bâche kaki qu'il étala sur le capot, comme un camouflage militaire.

— Viens avec moi, ordonna-t-il en lui ouvrant la portière.

Toujours sonnée, mais également un peu vexée par la façon dont il lui avait parlé, Sara-Jane se laissa glisser de son siège, se refusant à prendre la main qu'il lui tendait. Soulagée, elle constata qu'elle était bien plus solide sur ses jambes qu'à son réveil, plusieurs heures auparavant. Elle se serait sentie très humiliée si elle s'était affalée une fois de plus dans ses bras.

Incertaine, elle le suivit à l'intérieur sans discuter, dans l'espoir d'en apprendre plus sur sa situation. Une seule idée claire surnageait dans le brouillard de son esprit : elle devait trouver un téléphone pour appeler son père. Lui saurait quoi faire.

Il n'y avait qu'une pièce sombre dans la cabane, éclairée par une pauvre fenêtre aux vitres crasseuses, avec un sol en terre battue. Au milieu, étaient placées une table branlante et deux vieilles chaises au paillage abîmé. Le long d'un mur, elle vit un lit métallique dépourvu de matelas et, en face, un évier en pierre avec un antique robinet rouillé. Ni électricité ni téléphone dans cette masure.

*Je suis où, là ?* songea-t-elle en essayant de se concentrer malgré la douleur qui vrillait ses neurones.

Posant son sac à dos noir sur la table, son « ange gardien » en sortit une espèce de sandwich emballé dans du papier cellophane.

— On va passer un petit moment ici. Mange, dit-il en lui tendant la chose.

— Non merci, je n'ai pas faim.

— Tu es shootée, tu n'as rien avalé depuis beaucoup trop longtemps. Tu dois manger pour aider ton métabolisme à reprendre le dessus.

— Je n'en veux pas. Ce machin est dégoûtant, s'obstina-t-elle bêtement.

L'homme blond serra les dents, sa patience visiblement mise à rude épreuve par l'entêtement de Sara-Jane. Elle l'entendit marmonner :

— Pauvre courge.

Farfouillant de nouveau dans son sac à dos, il en sortit une épaisse serviette éponge portant un luxueux monogramme brodé, ainsi qu'un savon d'invité encore emballé. Choquée, elle songea qu'il avait dû les voler dans la salle de bains de la grande maison de laquelle ils s'étaient enfuis le matin même… Un matin qui lui paraissait déjà si loin.

Il lui tendit les affaires de toilette.

— Lave-toi, là, dit-il en désignant une bassine en plastique dans l'évier. Tu te sentiras mieux après.

Et, sans lui laisser le temps de prononcer un mot, son étrange compagnon sortit de la cabane, où elle était désormais seule, désemparée, perdue…

Passant une main lasse dans sa longue chevelure emmêlée, Sara-Jane soupira. Il avait raison au moins sur un point : elle était très sale, poisseuse de sueur et de poussière. En plus, elle portait sa culotte de la veille. À l'idée de ce manque d'hygiène, elle ressentit des démangeaisons très désagréables à l'entrejambe.

Se décidant, elle rinça la cuvette à plusieurs reprises, pour s'assurer qu'elle était à peu près propre. Cette simple action entama ses forces, ses genoux se remirent à trembler, les muscles de ses cuisses se tétanisèrent.

*Dépêche-toi*, s'ordonna-t-elle.

Elle commença par se passer de l'eau sur le visage. La température glaciale la saisit. Pourtant, ce choc lui fit du bien, et elle recommença plusieurs fois. Elle eut l'impression de regagner plusieurs degrés de conscience, comme un plongeur qui se rapproche enfin de la surface et voit la lumière croître.

Le silence de la cabane aussi l'aidait à se reprendre. Elle n'avait pas réalisé à quel point le ronronnement permanent du moteur et le bruit des roues l'avaient abrutie.

Elle aurait aimé se délasser sous une douche chaude, ou mieux encore : se laisser aller à la rêverie dans un Jacuzzi avec de la musique douce et des bougies parfumées… Elle dut se résoudre à un simple décrassage en mode camping sauvage.

Résignée, elle trempa un coin de la serviette dans l'eau avant de l'enduire de savon. Pas question de se déshabiller dans cet endroit sordide et de risquer de se faire surprendre par l'étranger énigmatique qui lui servait de chauffeur. Elle glissa le tissu mouillé sous son tee-shirt, passa avec délectation le tissu frais sur sa peau, ôtant traces et odeurs. Elle se rinça de la même façon et se sécha. Elle dut se tenir un instant à l'évier, car les murs avaient tendance à tanguer par moments.

Elle hésita, puis finit par se résigner : elle releva sa jupe sur ses hanches et baissa sa culotte. Par chance, le gilet était assez long pour dissimuler l'essentiel si jamais son « ange gardien » revenait avant qu'elle n'ait eu le temps de se laver.

Décidée à faire vite, malgré l'étau qui lui serrait à nouveau les tempes, Sara-Jane se frotta énergiquement l'entrejambe. Une douleur inattendue la fit tressaillir. Effarée, elle découvrit les traces d'un liquide blanchâtre sur le tissu éponge – un liquide qui ne pouvait être que…

Sa peau se hérissa. Un hoquet chargé de bile remonta de son estomac. Sa mémoire engourdie se réveilla de la manière la plus brutale. Son esprit tenta avec la force du désespoir de lutter contre le flot d'images violentes, incohérentes, brouillées qui montaient en vagues anarchiques à l'assaut de sa conscience. Elle voulait les repousser, nier l'horreur, mais c'était comme si un barrage avait cédé, libérant le contenu de la boîte de Pandore… Un raz-de-marée.

Au bord du malaise, Sara-Jane dut s'appuyer contre le mur. D'abord des deux mains, le temps de combattre la nausée. Puis, avec une lenteur prudente, elle pivota pour s'y adosser, serrant les dents pour ne pas s'effondrer.

*Respire*, s'exhorta-t-elle.

Elle finit sa toilette à toute vitesse et réajusta ses vêtements alors qu'elle luttait toujours pour ne pas s'évanouir sous la violence des souvenirs. Elle les refoulait de toutes ses forces vers les zones noires de son inconscient.

*Bats-toi, ne t'évanouis pas*, lui répétait en boucle son instinct.

Une évidence s'imposa à elle, inéluctablement, une réalité qu'elle ne pouvait refuser d'admettre, même si elle voulait la nier. Se précipitant vers l'évier, elle vomit le peu que contenait son estomac. Plusieurs fois, des spasmes de douleurs la plièrent en deux, avant de se transformer en hoquets qui s'espacèrent peu à peu, la laissant vidée de toute substance.

Nageant en plein désarroi, au désespoir, la jeune fille ne put retenir ses larmes – les sentant dégouliner sur ses joues sans avoir le courage de les essuyer. Elle resserra le gilet de laine autour d'elle – alors même qu'il devait faire près de trente degrés.

À cet instant, son soi-disant « ange gardien » entra dans la cabane. Sara-Jane se retourna d'un bloc et le dévisagea, submergée par un maelstrom de sentiments allant de la colère à la haine la plus pure, en passant par une rage meurtrière.

— Vous !... Vous...

— Assieds-toi, dit-il en évaluant la situation et son état d'un rapide coup d'œil.

Il attrapa l'une des chaises qu'il plaça entre eux.

— Assieds-toi, répéta-t-il.

Il tendit la main vers Sara-Jane, et elle fit un bond instinctif en arrière, levant les bras comme pour se protéger des coups tout en chancelant. S'en voulant de sa réaction craintive, elle se redressa et attaqua :

— Vous êtes un salopard, une ordure ! Vous êtes... vous êtes...

— Ne te fatigue pas, *printsessa*. J'ai déjà entendu bien plus vulgaire sur mon compte et surtout, je suis capable de faire bien pire que tout ce dont tu te souviens. Je t'ai dit de poser tes fesses là-dessus !

— Non ! cria Sara-Jane. Vous ne savez pas qui je suis ! Mon père est sénateur. Un sénateur des États-Unis ! Il vous fera payer ce que vous m'avez fait. Espèce d'enfoiré !

Cette fois, un éclair de colère traversa le regard qui la fixait durement.

— Tu vas te calmer et tu vas t'asseoir. Maintenant !

Trop paniquée pour réfléchir, elle hurla :

— Allez vous faire foutre ! Vous n'avez pas d'ordre à me donner ! Espèce de...

Avant même qu'elle n'ait eu le temps de finir sa phrase, il l'attrapa à bras-le-corps et la colla contre son torse d'une dureté d'acier. Sa force parut phénoménale à Sara-Jane qui, le souffle coupé, eut l'impression d'étouffer.

Tout en la maintenant prisonnière, d'un geste brutal, il remonta sa jupe sur ses hanches avant de la soulever et de l'asseoir sur la vieille table bancale qui gémit sous le choc. Agressif, il explora, palpa son corps, sans aucune douceur. Sara-Jane cria, tenta de repousser les mains qui la touchaient partout, pétrissant ses seins, se baladant sur sa peau à l'intérieur de ses cuisses – qu'elle serrait pourtant de toutes ses forces – jusqu'à atteindre sa culotte... Elle se débattit avec l'énergie du désespoir, essaya de lui échapper.

Soudain, il lui attrapa les genoux et lui écarta les jambes. Elle eut juste le temps de plaquer ses mains sur la table, derrière elle, pour ne pas basculer à la renverse. Violemment, il se colla contre son intimité, la maintenant durement par les hanches. Sara-Jane hurla, voulut le repousser, frappa, griffa, mais, indifférent à ses efforts de plus en plus faibles, il lui imposait sa force.

Désemparée, elle réalisa qu'elle n'avait pas la moindre chance. Perdant espoir, elle renonça et ferma les yeux, tentant de refouler ses larmes, cherchant le courage d'affronter ce qu'il allait lui faire subir.

— Pitié... s'entendit-elle tout de même supplier.

Elle mit plusieurs secondes à se rendre compte qu'il avait cessé de bouger et qu'il se contentait à présent de la maintenir immobile.

Sara-Jane souleva ses paupières gonflées. L'homme la fixait droit dans les yeux.

Malgré son visage d'ange blond, un regard gris comme l'acier, implacable, inflexible, la toisait, lui faisant comprendre qu'il pouvait écarter le peu de tissu qui les séparait, s'il le voulait, que rien de ce qu'elle pourrait dire ou faire ne pourrait l'en empêcher. Elle était totalement à sa merci, prisonnière, vaincue.

Sara-Jane serra les dents, retenant un sanglot, refusant de laisser échapper de nouvelles supplications qui ne serviraient à rien d'autre qu'à l'humilier, mais qui se bousculaient pourtant dans sa tête… Toutes ces phrases débiles que les victimes débitaient dans les films de série Z pour apitoyer leurs agresseurs et qu'elle avait toujours trouvé affligeantes de stupidité. « Oh, laissez-moi vivre je vous en supplie, je suis si jeune » ou « Pitié, je dois veiller sur ma vieille mère grabataire »…

Elle sursauta, se rendant compte que son esprit divaguait, qu'elle était à la limite de perdre conscience. Avec un énorme effort, elle réussit à reprendre le contrôle de ses pensées et, dans une certaine mesure, de son corps. Elle ne sut jamais où elle trouva le courage d'affronter le regard gris qui la dévisageait froidement.

Soudain, sans aucune forme d'avertissement, son bourreau la relâcha et recula d'un pas.

— Quand je te donne un ordre, tu obéis sans discuter. Compris ? Si tu ne te tiens pas tranquille et que tu m'emmerdes encore une fois avec tes caprices, je te le ferai payer au centuple.

Il attendit qu'elle acquiesce pour lui tourner le dos et se désintéresser d'elle de la façon la plus humiliante qui soit.

Sara-Jane, sonnée, mit un moment à réaliser qu'il l'avait libérée de son emprise physique et surtout psychologique. Elle frissonna en songeant à ce regard clair, glacial qui lui avait promis l'enfer… Elle resserra les cuisses et se remit debout tant bien que mal, rajustant sa jupe avec des gestes saccadés, fébriles. Elle tremblait encore de tous ses membres.

D'instinct, elle alla se réfugier le plus loin possible de lui, dans l'autre angle de cette pièce sordide où ils attendaient Dieu seul savait quoi. Ce salaud l'avait terrifiée. Elle avait cru qu'il allait abuser d'elle sur cette table branlante.

*Calme-toi*, s'exhorta-t-elle. *Il ne s'est rien passé. C'était un avertissement.*

Sentant ses genoux flancher, elle préféra se laisser glisser le long du mur et s'asseoir par terre, se recroquevillant sur elle-même. Croisant les pans du gilet autour de ses jambes nues, elle essaya de se concentrer – comme pendant les cours de yoga où la traînait sa mère – pour retrouver son calme, chasser ce sentiment visqueux de panique qui l'assaillait par tous les pores de la peau et provoquait une nouvelle nausée.

*Inspirer. Expirer.*

Survivre.

*Inspirer. Expirer*, se répéta-t-elle encore et encore.

Crispée, Sara-Jane tentait maintenant de contrôler des tremblements qui n'avaient rien à voir avec la peur. Ils partaient de son ventre, la secouant tout entière, épuisant ce qui restait de ses pauvres forces. Les lèvres sèches, elle ne savait plus si elle avait faim, froid ou sommeil.

*La drogue*, comprit-elle enfin, en pensant aux piqûres sur ses bras.

La poussée d'adrénaline provoquée par le simulacre d'agression que l'ange blond venait de lui infliger avait quand même eu un effet bénéfique : sa migraine avait totalement disparu. Elle se sentait un peu plus lucide. Elle laissa échapper un soupir qui lui valut un coup d'œil narquois de son dangereux compagnon. Puis, il l'ignora de nouveau.

Elle le vit vérifier son arme avant de la remettre en place dans la ceinture de son pantalon dissimulée sous son tee-shirt, contre ses reins. Il s'assura également, en inspectant les alentours par la fenêtre crasseuse, qu'ils étaient toujours seuls.

Sara-Jane fixa son regard sur une des lézardes du mur, et un long moment s'écoula dans le silence le plus total. Elle devait se rappeler, retrouver ses souvenirs pour comprendre ce qui lui était arrivé. Sa survie en dépendait. Elle en était convaincue…

Pour l'éditeur, le principe est d'utiliser des papiers composés de fibres naturelles, renouvelables, recyclables et fabriquées à partir de bois issus de forêts qui adoptent un système d'aménagement durable. En outre, l'éditeur attend de ses fournisseurs de papier qu'ils s'inscrivent dans une démarche de certification environnementale reconnue.

Composition et mise en pages : Nord Compo

PAPIER À BASE DE FIBRES CERTIFIÉES

hachette s'engage pour l'environnement en réduisant l'empreinte carbone de ses livres. Celle de cet exemplaire est de : 500 g éq. $CO_2$
Rendez-vous sur www.hachette-durable.fr

Achevé d'imprimer en France par CPI Brodard & Taupin
Dépôt légal 1re publication octobre 2017
85.0948.6 – ISBN : 978-2-01-626435-5
Édition : 01 – Dépôt légal : octobre 2017
N° d'impression : 3024705